U0035394

微的宇宙

現代華文截句詩學

李瑞騰——主編

|【總序】不忘初心

李瑞騰

　　一些寫詩的人集結成為一個團體，是為「詩社」。「一些」是多少？沒有一個地方有規範；寫詩的人簡稱「詩人」，沒有證照，當然更不是一種職業；集結是一個什麼樣的概念？通常是有人起心動念，時機成熟就發起了，找一些朋友來參加，他們之間或有情誼，也可能理念相近，可以互相切磋詩藝，有時聚會聊天，東家長西家短的，然後他們可能會想辦一份詩刊，作為公共平臺，發表詩或者關於詩的意見，也開放給非社員投稿；看不順眼，或聽不下去，就可能論爭，有單挑，有打群架，總之熱鬧滾滾。

　　作為一個團體，詩社可能會有組織章程、同仁公約等，但也可能什麼都沒有，很多事說說也就決定了。因此就有人說，這是剛性的，那是柔性的；依我看，詩人的團體，都是柔性的，當然程度是會有所差別的。

　　「臺灣詩學季刊雜誌社」看起來是「雜誌社」，但其實是「詩社」，一開始辦了一個詩刊《臺灣詩學季刊》（出了四十期），後來多發展出《吹鼓吹詩論壇》，原來的那個季刊就轉型成《臺灣詩學學刊》。我曾說，這一社兩刊的形態，在臺灣是沒有過的；這幾年，又致力於圖書出版，包括同仁詩集、選集、截句系列、詩論叢等，迄今已出版超過百本了。

　　根據白靈提供的資料，2020年將會有6本書出版：

一、截句詩系

新加坡詩社　郭永秀主編／《五月詩社截句選》

雲朵／《舞截句》

二、臺灣詩學同仁詩叢

王羅蜜多／《大海我閣來矣》

郭至卿／《剩餘的天空》

三、臺灣詩學詩論叢

李瑞騰主編／《微的宇宙：現代華文截句詩學》

李桂媚／《詩路尋光：詩人本事》

　　截句推行幾年，已往境外擴展，往更年輕的世代扎根了。今年有二本，一是新加坡《五月詩社截句選》，由郭永秀社長主編；一是本社同仁雲朵的《舞截句》。加上2018年與東吳大學中文系合辦「現代截句研討會論文彙編成《微的宇宙：現代華文截句詩學》，則從創作到論述，成果已相當豐碩。

　　「臺灣詩學詩論叢」除《微的宇宙：現代華文截句詩學》，有同仁李桂媚的《詩路尋光：詩人本事》。桂媚寫詩、論詩、編詩，能靜能動，相當全方位，幾年前在彰化文化局出版《詩人本事》（2016），前年有《色彩‧符號‧圖象的詩重奏》納入本論叢（2018），今年這本「詩人本事」，振葉尋根，直探詩人詩心之作。

　　今年「同仁詩叢」，有王羅蜜多《大海我閣來矣》主題為海，全用臺語寫成；郭至卿擅長俳句，今出版《剩餘的天空》，長短篇什，字句皆極精練。我各擬十問，讓作者回答，盼能幫助讀者更清楚認識詩人。

詩之為藝，語言是關鍵，從里巷歌謠之俚俗與迴環復沓，到講究聲律的「欲使宮羽相變，低昂互節，若前有浮聲，則後須切響」（《宋書・謝靈運傳論》），是詩人的素養和能力；一旦集結成社，團隊的力量就必須出來，至於把力量放在哪裡？怎麼去運作？共識很重要，那正是集體的智慧。

　　臺灣詩學季刊社將不忘初心，在應行可行之事務上全力以赴。

｜《微的宇宙》序

李瑞騰

　　臺灣詩學季刊社成立時，我建議以「挖深織廣，詩寫臺灣經驗；剖情析采，論說現代詩學」為定位標語，表明我們組社創刊的努力方向，並在〈發刊詞〉中闡釋了其內涵意義。我今回想，當年腳踏實地的宣告，一方面有其當代性，另一方面則有超越性，後來也就一步一腳印的付諸實踐，特別是在論說現代詩學上面。

　　在季刊時期，我們用「專題」對應臺灣現代詩學的大大小小課題，記得當年寫專題前言時，雖只是提綱挈領，但都有呼應新詩體類或詩潮的宏願，等於是動員學界和詩壇朋友，以集體力量為臺灣的「現代詩學」之建立做準備。後來刊物一分為二，「吹鼓吹」在創作上「挖深織廣」，極富實驗精神，遍地開花；「學刊」盼能提供學界朋友一個開放性的論述空間，以更嚴謹的學術方法面對臺灣的現代詩。

　　臺灣詩學季刊社同仁頗多任教於大專院校，熟悉學術規範及其運作，因此研討會也就成了我們另一個論述空間，在那裡發表研究成果、與同道論辯、交換訊息等，以2018年來說，我們與南投文化局合辦詩人岩上的研討會，與東吳大學合辦現代截句詩學研討會，主題明確，論述取向多方，論文經修改後彙編成冊，如若原先有所規劃，體用兼備，必能提供學界，甚至一般文學愛好者有用的參考。

　　岩上研討會已出版《在現實的裂縫萌芽》（臺北：萬卷樓，

2019年9月），今將截句研討會論文略作編輯，以體用分成二輯：詩體探源與建構、語言藝術與驗證，出版《微的宇宙：現代華文截句詩學》（臺北：秀威，2020年12月）。必須要說明的是，輯一第一、二篇在研討會時是主題演說，非發表論文，在本書中略有導言的作用。

微宇宙，微的宇宙，細微的物類自有其宇宙，「推歸之至微，要絜於精神也」（史記・龜策列傳），至微無內，必從本質上掌握，從精神面審度。截句之微，很難說至極，但已差不多了。詩這個文類，原本就是用小我來寫大我，用有限來寫無限；它篇幅小，文字少，密度必高，此詩人何以用心於筆墨之外的原因。但古典詩歌，有四行的絕句，卻也有長篇古體歌行；現代新詩有小到三、四行的小小詩，亦有上百行的長篇巨構。其中有差異，可以想見。

在蕭蕭和白靈的領軍下，臺灣詩學季刊社推動了幾年截句，現代截句研討會既是成果驗收，也是創作經驗的系統化、深刻化。截句短小，但不輕薄，語近卻情遙，其中最重要的是詩質，是我們應該戮力經之營之的地方。

目次

輯一
截句詩體追源與建構

▌截句作為一種詩之類型

中央大學中文系教授兼文學院院長

　　上世紀的八十年代之初，我曾經寫過一本《水晶簾捲──絕句精華賞析》，挑選七十餘首絕句，詳加注釋並賞析，撰有長篇導言〈四行的內心世界〉，談絕句的基本構成：形象性、音樂性、意象性；論其四行的內心世界：感性的美之觀照、知性的批評行為。

　　1987年，張默編著的《小詩選讀》，我應邀寫序，大略討論了小詩，因為該書未收入張默自己的作品，我因之而分析了他一首四行詩〈駝鳥〉：

　　　　遠遠的
　　　　靜悄悄的
　　　　閒置在地平線最陰暗的一角
　　　　一把張開的黑雨傘

　　我當時對此詩的詮釋如下：「短短四行，其內在世界卻豐富而飽滿，相當耐讀。首句指出觀物者（詩人自身）與客體對象之間的空間距離，次句是此空間的狀況之氣氛，『遠』字、『悄』字疊用，『的』字類用，『悄悄』之上多一『靜』字，聲調上一時之間便從單調中而繁富動聽起來，兩句整體上頗有『以聲摹境』的作用。

我以為張默此詩，乃是抓住鴕鳥的特色形象，賦予一個普遍性的意義；一個人如果沒有勇氣去面對迎面而來的挑戰，笨拙無用，一時逃避而又自曝其短，則正如鴕鳥一般，被人閒置在人間最陰暗的小角落。

這短短四行的內在世界，豐盈多姿，語近情遙，正是小詩的本色。

2014年，我為棕色果的詩集《蟬與學士帽》寫序，約略統計他之所作詩的行數，看他10行之內小詩中有二首4行詩，且其中一首詩題用為書名，我於是分析了〈蟬與學士帽〉與另一首〈無情〉，結論是：四行的內心是多麼寬闊！

近幾年，臺灣詩學季刊社力推「截句」，形同一場新的小詩運動。我不免想起昔日注析絕句的往事，乃重讀那篇導言，覺得二者在詩藝內涵上實有相通之處。也想起為詩壇友人撰序，細讀其四行小詩，不正是今之「截句」的一種形態，遂覺得有必要把它說得更清楚，也算為當前詩運作一證言。

今之「截句」是當代華文世界的一種詩類，指四行以內的小詩。但為什麼四行以內的小詩以「截句」命名？

我們都知道，「絕句」係唐代近體詩之一，每首四句，有五言、七言之分，和另一近體詩「律詩」並列，因為律詩八句，亦分五、七言，因此而有「絕截律半」之說。意思是說：絕句為截取律詩四句而來。此說一出（元代範德機的《詩格》），或駁其說（明・胡應麟《詩藪》），或闡其論（清・王堯衢《古唐詩合解》），今人黃盛雄著《唐人絕句研究》（臺北：文史哲，1979）首章論「起源」，即以一節「絕截律半辨誤」。就詩歌發展史來看，絕句先於律詩沒錯，但截取律詩之半能否成為絕句？答案當然是肯定的，既然如此，稱絕句為截句，也沒有什麼不可以。

現代的截句之名，當然來自古典絕句的別稱「截句」，但其截法顯然不會一樣。截律詩之半，或截前四句，或截後四句，或截中

四句，或截前後四句（清・施補華《峴傭說詩》）；但現代詩大部分是分行自由體，其截法也就相對自由。但要截成一個什麼樣子？由於古典絕句是四句，所以從一首較長的詩截出四行以內以成詩，最順理成章了。現代詩中的截句，就以四行為度，以四行以內為截句。

就其生成而言，「截句」本是截取較長的詩數句（四行以內），後來詩人創作「截句」，寫成四行以內的詩，其表現美學正如古之絕句。這等於說，今之「截句」有二種：一是「截」的，二是創作的。但不管如何，重要的是「成詩」，換句話說，它雖只四行或更短，但要獨立完整、要以小搏大、要語近而情遙、要句絕而意不絕。至於如何下筆？如何承轉？如何收尾？等謀篇之方，意象與節奏的經營之法，則有待整合論述。

去年臺灣詩學季刊社總共出版了13本個人截句詩集，並有一本新加坡卡夫的《截句選讀》、一本白靈編的《臺灣詩學截句選300首》；今年也將出版23本，有東南亞幾本華文截句選，如《新華截句選》、《馬華截句選》、《菲華截句選》、《越華截句選》、《緬華截句選》等，另外有卡夫的《截句選讀2》、香港青年學者余境熹的《截句誤讀》、白靈又編了《魚跳：2018臉書截句300首》等，截句影響的版圖比前一年又拓展了不少。

另外，該社與聯合報副刊合辦截句限時徵稿，參與者眾，佳作亦多，當有助於推廣。同時，該社將在今年十二月與東吳大學中文系合辦「現代截句詩學研討會」，深化此一文類。如同古之絕句，截句語近而情遙，極適合今天的網路新媒體，我們相信，會有更多人投身到這個園地來耕耘。

「截」之本義為「斷」，可釋為「段」、「阻」、「止」、「分明」等。探討「截句」作為一種現代詩類的名與實，挖深織廣，直探詩心，是很有意義的。

|「截句」之得失

陳仲義
廈門城市學院中文系教授

　　「短篇小說鬼才」蔣一談領銜的截句叢書，第一輯入選19本：于堅《快閃記憶體》、西川《山水無名》、伊沙《點射》、朵漁《出神》等。由於集結眾多大咖加盟，引發巨大爭論震盪，2016年堪稱截句年。

　　點讚者不吝讚美之詞：「開闢了一個新的戰場」（張元珂）；「創造了一種新文體」（江澤函）；「無疑是一種新的方法論，我甚至將它看作一種與精神相關的技術革命（周瑟瑟）；甚或拔高到截句是「一種文學上的大發明」（嚴彬）；「填補了當代中國短句詩歌寫作的空白」（小科普）；「一種詩非詩的新文體」（哲涵）；「一種新向度」（楊慶祥），乃至於「截句就是詩中之詩」（舌粲蓮花）。

　　批評者針鋒相對：自戀復自誇，好大喜功。思維的活躍和命名的急切，渴望不朽的夢想和跑馬圈地的野心，以及對終南捷徑的執念與追逐。格局小、思路淺、氣息弱、脈象短等弊端應運而生，淪為一種趣味主義、功利主義主導下的流水線作業和投機式書寫。[1]

　　先不做褒貶，以始作俑者蔣一談的系列論述、對談為考察，截

---

[1]　〈截句四家談：詩壇新氣象抑或浮躁時代真實投影？〉，揚子江晚報2016.8.8。

句的體式特徵可概括為四個字：「無、短、減、斷」。「無」是不用標題、以無題旨、無提示方式突入詩作；「短」是指篇幅只能在三行之內，絕不超出第四行；「減」是指有意削減排列中的長句、複句成分；「斷」是剪斷分行中明顯的黏接、連鎖關係。[2] 這樣的體式特徵自然帶來相應的美學體質，如充滿迅猛的意象，失重般的急轉，平地驚雷式的終結；迸發核裂變式的詩意，迅疾、有力，直擊核心，造成巨大留白。[3] 這樣的美學體質容易走向「方寸之間，涵化天地」的驚厥，同時也可能同一些漢俳秀句、格言、警語、偈語，親為比鄰，混為一體。對此，有年輕學者建言，為提升美學質地應該做到：「即興」與「難度」平衡；「短句」與「意境」平衡；「當下性」與「超越性」平衡。[4]

　　體式特徵與美學質地的較好合度，讓蔣一談展示不少佳構麗句，如「我時常被雨淋透／我還未遇到喜歡的傘」；「她抱緊自己／睡出了一張床」；「塵世落在身上／慢慢變成了僧袍」，「閉上老眼／鐘聲即渡船」充滿悟性慧根，得承認有些變異還是成功的，比如那兩句六個字：

　　　蔣一談
　　　蔣一痰

通過諧音「談」與「痰」的比照進行自嘲，在「痰」的分泌物中做不雅鏡像的直接照射，真正體現出截句的特性，在此以前，人們決然是不敢這樣寫的。所以我們還得承認截句是一種超級「減化」形式：題目消失，結構削弱，層次減少，字詞省略，不用鋪墊，無需

2　參見蔣一談：〈截句是中國人日常生活裡的詩心啟蒙〉，《中國教育報》 2016.7.8。
　　蔣一談、金理：〈關於「截句」的通信〉，《文藝爭鳴》2016年第11期。
3　李壯：〈尋找現代生活的「神聖之地」：論蔣一談詩集《截句》〉，中國現代文學研究叢刊2016年第12期。
4　盧楨：〈簡約而不簡單：新世紀「截句」寫作論〉，《天津師範大學學報》2017年第1期。

完整，著眼於最後的「爆破」。

然而，過於自信，加上文體過於精短容易露餡。有人在「豆瓣」上推舉他20首名篇，並逐一點讚。就前述的美學尺度加以考量，至少有4首（占五分之一）未能達標：

1
滿月是一枚婚戒
伸出手指戴一下吧

比較半個世紀前北島〈黃昏：丁家灘〉：

是他，用指頭去穿透
從天邊滾來煙圈般的月亮
那是一枚訂婚的金戒指

兩者關於月亮——婚戒的意象何其相似，我不願意說這是對北島下意識的模仿或套寫，但肯定屬於遲到的「收割」。

2
雨打芭蕉
芭蕉很煩

經百度搜索，雨打芭蕉相關資訊多達144萬條，雨打芭蕉的詩句也高達33.7千條，可見它已積澱為我們民族文化心理結構一個基本意象。唐詩宋詞出現千百萬次，借用原型意象沒有關係，關鍵是否有所突破。可是，該詩第二句引發主體心情心境，仍停留在一般常識水準上，芭蕉很煩——很煩、很惱、很燥、實在太一般化了，毫無新意可言。讀者期待雨打芭蕉打出個什麼與眾不同的東東來，結果

令人失望，可謂平庸。

> 3
> 午夜的花
> 午夜的披頭散髮

提供某種意象「疊印」，讓人回想起龐德著名的「地鐵」之花。一百年前，人家已經開發出來了。是不是要迅速逃離出大師的陰影，才有前途？

> 4
> 我的吻，不在嘴唇上
> 而是藏在嗓子裡
> ──這是我為你預留的深吻

第二句，其實已經起到結語的作用，且具含蓄意味。偏偏來個第三句的說明交代，難道不是個蛇足嗎，建議刪除。

　　由是推之，截句在簡單外表下設置誘餌，只有高手才能避開陷阱。陷阱之外還有局限，局限體現在截句與短詩的同質性一面，故如何強化截句與短詩的異質性，或許是截句能夠更為金雞獨立的希望之所在。[5]

　　只說截句與那些超短詩、微型詩的重大區別，有自己的小宇宙，小氣候，是有些言過其實；專論沒有一點兒區別也靠不住（尤其對比俳句）。沒有區別──完全不值得爭論討論，權當新詩文體命名途中一段噱頭；而強調區別──可以爭取文體建構的多一種可能。

---

[5]　蔣一談：〈截句與俳句、短詩、微型詩之別〉，揚子晚報2016.8.15。

由小詩演化為微型詩、超短詩再到截句體，筆者的看法是，截句屬於超短詩、微型詩或閃詩的範疇。但是超短詩、微信詩、微型詩的名頭不夠響亮，唯獨截句體以一個「截」字和一個「句」字的組合，特別是用「截」突出了「這一個」體式特徵（無短減斷），我們不得不欽佩蔣一談在命名上的聰慧：精準與機巧。

　　當然要做到與微型詩的區別，還得克服交集的干擾。「截句因為短詩而存在，卻又是短詩的一個變體。短詩有題目，截句因為沒有題目而有了飄忽不定的狀態和瞬間斜刺的力道，截句必須依靠詞語的力量維持自身的平衡、完整和想像空間。」[6]作者講得頭頭是道，但這一切，難道短詩、超短詩、微型詩都不需要嗎？「截擊、截取、力道、瞬間、抓取、頓悟……雖然微詩和截句，在篇幅上都是詞語短製，而且截句並不排斥消遣和娛樂，但這兩個漢字帶給寫作者的心理暗示和詞語沉澱是不一樣的。」[7]即便他進一步想對截字的心理暗示與沉澱大加發揮，最後還是沒有出示足夠的說服力。

　　因為所有的短詩、小詩、超短詩、微信詩、微型詩都可以帶有剎那、瞬間、靈感、直接、智性成分……只不過截句更強調靈機一動、電光火石般的悟得。所以筆者非常讚賞信報上所評述的：截句所標榜的一切優點本身就是短小詩長期以來就存在的部分特質。[8]將部分特質推進到極端特質，不失為一種「行銷」策略？

　　再嚴苛一些，截句體許多句子充其量是一些有詩意的句子，是超短詩的一種「類型」與「分叉」，喻言批評道：這種三句半的玩意兒，稍具才情者，掌握製作技巧，一夜之間生產幾百句其實沒有太高難度。[9]許多跟風的山寨版容易詩興爆棚，走向簡單化膚淺化。它告誡我們，大而無當固然不可，篇制過短同樣不宜，俗云

6　同註5。
7　劉瑋、劉杭、武祉漢：〈「截句」炒出文學偽概念〉，北京娛樂信報2016.8.11。
8　喻言：〈關於截句：不要跟風，小心玩殘自己〉，詩生活，http://www.poemlife.com/libshow-3741.htm。
9　同註1。

「一寸短，一寸險」，或許最適合的位置只能作為「詩餘」罷了（張宗剛）。

　　博爾赫斯早年曾追求極簡主義詩歌：「濃縮詩歌，只留下最基本的要素——比喻；捨棄無用的承啟句、連接句和形容詞；擯除一切浮艷矯飾、剖白心曲、狀寫環境、訓誡說教和晦澀冷僻的文字；將兩個和更多的形象合而為一，以擴大其啟發馳騁聯想的功能」。[10]故而把截句歸入極簡主義詩歌也未嘗不可。可見每種體式命名只要找到一二美學亮點就可以一馬平川？不過，沒有標題的規定卻是一個巨大的美學缺陷。標題在詩中的功能是：一成為內容的一個重要部分或核心部分，它與內容構成相鋪相成的彰顯關係，為何要輕易放棄？二是可增加一次「分行頓」機會，何樂而不為呢？況且無標題還會造成檢索的流失與混亂。

　　沒有標題，是筆者對截句最大的不滿。標題是內容的重要組成部分，這一功能好端端地被葬送，實在不該。

原詩：	試改：
你已經不愛我了（1）	〈你已經不愛我了〉（標題）
你剛剛轉過身（2）	
就把我從眼神裡摳出來（3）	你剛剛轉過身（1）
我感覺到了（4）	就把我從眼神裡摳出來（2）

第一句本身完全可以充當標題，而且還可以刪掉第四句結尾，全詩壓縮一半，更為簡潔。好好的標題武器不用，這就叫枉費資源。

　　第二個不滿，是隨意碎片化，助長了懶漢精神，慫恿詩人自覺或不自覺把偶發的、未完整、為完成、未完善的半成品，當成好作品推廣出去。畢竟千百次截肢斷掌，才可能抵達一次那一個「維納

---

[10]　安清泉：〈生命與詩歌的終極：關於博爾赫斯晚年的一組短詩〉，https://site.douban.com/172610/widget/works/11021271/chapter/22187610/2012.11.3。

斯」，否則許多時候經不起推敲。「截句妙在起結，當戛然而起，起而未起，戛然而結，結而未結，如同孤峰拔地，懸崖臨空。」「上乘的截句，其行與行之間，當有萬里之勢，詞與詞之間，字與字之間，亦能有千里百里之勢。」[11]大多數人只遵循三四行的形式規約，未能深入機理，所以大量產出的截句徒有其名。

新世紀以來，網路、自媒體興起，帶動微型詩、超短詩、閃詩創作如火如荼。可見在截句尚未「出土」之前，其父其兄們早已順風順水，安身立命。完全弒父，取而代之，未免六親不認；踢開兄長，獨立特行，勇氣可嘉，似乎也難棄貪天之功？在DNA基因大抵相似的前提下，畢竟雙方許多方面都存在賡續的關係。

縱觀百年詩體，能夠成型成熟的，大抵需要三個條件：①穩定的規範性，②區別於他體的重複性，③特定的操作性。由是掂量，這個截句體可謂是一次貼切的命名，命名得「恰到好處」，它委實解決了寬泛性短詩命名的外延過大，以及名稱平淡的通病。它有如豹子尾般的一擊，直接、犀利，突破「超短詩」「微型詩」的方正規範和「溫吞水」，所以能迅速一石激起千層浪。在久違了的文體建設工地上，重新召喚人們再來一次忙碌。由於命名的尖銳與凸顯得以脫穎而出，且增加若干新的詩學特徵。它可能會正式擠進新詩文體的花名冊，某種程度取代了超短詩、閃詩，或者與之並列，也可能成為短詩的一個鮮明「分支」。

雷平陽有一個評價說得客觀：「好的截句是詩，不好的截句就是截句。」[12]這是從內容出發的感言，那麼從詩體形式出發呢？截句依然可歸入短小詩的範疇，那些擁有「革命性的力量」的誇大提法，還是謹慎為好。具體說吧：少數極好的截句，完全可以獨立成篇；部分稍好的截句，只是一篇中的核心、詩眼與文心，還有待發

---

[11] 胡亮：〈也來談截句〉，《詩探索》2017年第1輯。

[12] 雷平陽：〈好的截句是詩，不好的截句就是截句〉，詩生活，http://www.poemlife. com/newshow-10080.htm，2016.9.6。

展；一般性的截句不過是「散裝」「便條」「碎片」；而湊合起來的截句，是打著直覺旗號、披掛超短衣超短褲超短裙的「混混」。

最後重申：沒有充足而深刻的理由把截句體拔得過高——指認它為創造性新文體。它有相當屬性是與小詩、俳句、微型詩、超短詩相互交集的，不能為了凸顯差異而完全掩蓋它們的同質性；承認它的精準命名，為超短詩另造截句「別號」，有助於刺激「微時代」微詩歌的發展。

最大的尷尬是：取消標題是截句體式不同於超短詩的最大區別與特色，但要付出標題是內容重要組成部分的損失。孰喜孰憂？所以到後來，估計多數人會選擇有標題的截句體——皆大歡喜。

▎七首截句所呈現的臺灣新詩伏流

蕭 蕭

明道大學特聘講座教授

摘　要

　　「截句」，近三年海峽兩岸新興詩體，以「截句」為名出版的詩集、詩選、賞析，已達五十種以上，值得我們將「截句」這種特殊文類放回新詩百年的歷史長河中觀察。本文特從《新詩三百首》的《百年新編》本中，選出符合今日截句定義「四行以內」的「有題小詩」七首，加以論析，發現這七首「截句」分別具有以下七種特質：或在物理人理上極致發揮，或在身體美學上舒展情慾挑逗，或能折而有哲顯露哲理思考，或者已具起承轉合的基本架式，或者以虛入虛而能空無設境，或許偷天換日在形式上隨意滑轉，或許翻空出奇自成異想世界。彷彿是潛藏、隱伏在地面下的「伏流」，水流速度緩慢，水量含持力穩定，水質清澈度高，被發現的機會低。因此本文特別加以掘發、揭示，使其能與唐宋以降的絕句、詞曲小令、禪家偈語、日本俳諧、泰戈爾詩篇，同樣在臺灣截句寫作現場，熠熠發光。

關鍵詞：截句、臺灣新詩史、偈、楊華小詩、哲理與禪思

一、前言：主流與伏流的逆滲透

「截句」成為當代新詩文體，也不過是最近三年（2015-2018）的時間。

這三年的時間，兩岸詩壇以「截句」為名出版的詩集、詩選、賞析，已達五十種以上，值得我們將「截句」這種特殊文類放回新詩百年的歷史長河中觀察。當然，臺灣新詩近百年的長流裡顯然沒有最近新興的「截句」之名，但有小詩之實，本文特從《新詩三百首》的《百年新編》本中，選出符合今日截句定義「四行以內」的有題小詩七首，藉以直接見證截句的書寫早已有之，且純熟而有成，間接證明「四行以內」的截句倡導，是明智的，因為這七首小詩足以顯現新詩創作的七種模式。

所謂「伏流」（underground-stream），是指潛藏、隱伏在地面下的「水流」，也可以稱為「暗河」（subsurface-stream），通常出現在大陸石灰岩地形中，潛藏時段多、地段長，偶爾也有外露的時段、地段。或者是指在河床、沼澤之下方或側邊砂礫層的流動的水，特別稱為「伏流水」（Hyporheic-flow），[1] 這種「伏流」或「伏流水」，與一般河川水相比，因為有砂礫層的關係，水流速度比較緩慢，水量含持力比較穩定，水質清澈度比較高，但也因為在河床、水道的下方或側邊，發現度比較低。將這四種特質，拿來比喻新詩史中罕見卻有潛力、有特性的詩的現象，如「截句」者，最為恰當，因此將本文定名為〈七首截句所呈現的臺灣新詩伏流〉。

河川水與伏流水，主流與伏流之間，具有滲透與逆滲透的流通關係，這是從不平衡走向平衡的關係，將液體濃度不同的兩種液體（淡水與海水，水與酒）中間以半透膜隔開，濃度較稀的溶劑分

1　經濟部水利署水利規劃實驗所：〔水利資源專有名詞〕（https://www.wrap.gov.tw/pro22.aspx?type=0102000000），2018/9/15擷取。

子就會有一部分通過半透膜跑到濃度較高的那一邊，逐漸達成平衡，這就是「滲透現象」（osmosis）。如果在濃度較高的那一邊加壓，則水分子的移動會暫時停止，這時所需的壓力就叫「滲透壓」（osmotic pressure）。如果所施的壓力大過滲透壓，則水分子的移動，呈反方向而行，即濃度高的一方流向濃度低的，這種現象就是「逆滲透」（Reverse osmosis）。[2]大自然的河川水與伏流水，具有這種流通關係，以這種關係可以解釋新詩形式的變動，主義流派的消長，意識形態或趨勢的轉折，誰是主流，誰是伏流，何者中央，何者邊緣，為平衡而移動的現象，就可以瞭然於胸。

二、蔣一談截句觀：簡潔、直接、非傳統性

　　「截句」者，蔣一談（1969-）於2015年11月出版《截句》詩集（副標題：「塵世落在身上」），[3]成為華文世界以「截句」為名的首波創作潮浪的浪頭。緊接著，2016年1月他又策畫出版〔截句詩叢〕，[4]包括于堅、西川、歐陽江河、桑克、臧棣、霍俊明等人自截或他截的截句作品（也包括蔣一談自己的第二部截句《詩歌是一把椅子》），從此掀起大波紋。2017年7月，蔣一談更將截句寫作納入童心，出版《給孩子的截句》，[5]企圖擴大影響力，降低寫作年齡層。他在《給孩子的截句》的卷首說：「什麼是截句呢？截句是最短的現代詩歌，是距離我們的日常生活和內心感受最近的詩歌文體。截句，一行兩行三四行，沒有詩歌題目。在最短的詩行裡和漢語擁抱，會帶給你寫作樂趣和信心，並為將來寫出更多的現代

2　胡毓輝：〈淺談RO逆滲透原理與設計〉（https://webbuilder5.asiannet.com/ftp/2627/Vol27ROwater.pdf），2018/9/15擷取。
3　蔣一談：《截句》，北京市：新星出版社，2015。
4　蔣一談主編：〔截句詩叢〕，安徽合肥市：黃山書社，2016。
5　蔣一談：《給孩子的截句》，北京市：中國畫報出版社，2017。

詩歌打下基礎。」[6]似乎透露出倡議截句寫作的初衷，就在於重新認識自己的好奇心、想像力、思維度，為創作現代詩歌做好鋪墊工程。

有趣的是，從《截句》、〔截句詩叢〕到《給孩子的截句》，冊頁的設計一直是「一行／兩行／三四行」的截句行數限定，「沒有目錄的詩歌文本」註記，可見蔣一談的原始概念，「截句」就是截句，講究行數在四行之內，不講究詩的意象、結構與節奏；消除書之目錄、詩之題目（或編號），也就是消除意旨、內涵、組織、架構、呼應的考量；重視的是金句響亮，不重視篇章的照應。

最初，蔣一談之所以定名為「截句」，他承認來自於李小龍（李振藩、Bruce Jun Fan Lee，1940-1973）「截拳道」的功夫美學：「簡潔、直接和非傳統性」，[7]雖然他也說過，「截句」是一種源自古典，具有現代詩歌精神的詩歌文本，但他更推崇李小龍「簡潔、直接、非傳統性」的美學理念，強調詩意的瞬間生發。[8]顯然，蔣一談「截句」的「截」是功夫美學的「迅截」、「直截」，一招就要「擊中要害」，是短篇小說家的「經濟」美學、「聚焦」功夫，不是講求「起承轉合」的唐宋「絕句」詩學架構，不是當代小詩作者重視的情韻鋪排。

因此，我們所看到的「截句」說詞，重點都在「句」或「截」，如臧棣（1964- ）《就地神遊》的〈後記：稱之為截句〉：「從語言意識上講，寫截句，強調的是語言的行動、詞語的動作。一個寫出的句子，是從龐雜的語言大物中截出來的。」「他將克制已久的對句子的迷戀傾瀉而出」。[9]如霍俊明（1975- ）是以跨欄、衝刺的力勁來比擬四行小詩：「像是110米跨欄，無論是從

6　蔣一談：《給孩子的截句》，扉頁。
7　蔣一談：〈截句，一個偶然〉，《截句》，頁140。
8　蔣一談：《給孩子的截句》，封底。
9　臧棣：《就地神游‧後記：稱之為截句》，安徽合肥市：黃山書社，2016，頁118。

準備、蹲踞、起跑、跨欄、中途加速直至衝向終點,任何一個環節都不允許有絲毫的閃失。」[10]

三年來,蔣一談所推動的「截句」精神,盡在這「截」與那「句」。

或許要到臧棣,才真說出了蔣一談的「截句」真髓所在:

> 「好的詩句也赫然具有從渾然的詩歌文體中獨立出來的力量。」
>
> 「這股蘊藉在詞語中的強悍的力量,其實暴露了一種詩的最基本的衝動:對短小的語言佈局的渴求,以及對簡潔的文體表達的期盼。」[11]

三、白靈截句妙喻:激噴而出的燦天煙花

同年但早於蔣一談的《截句》,臺灣現代詩壇也在2015年分別推出兩本四行詩集,一是標榜「絕句」的劉正偉(1967-)《新詩絕句一百首》(臺北:釀,2015年4月),一是標榜「相對」的曾美玲(1960-)《相對論一百》(臺北:書林,2015年7月)。兩本詩集都以詩句四行為限,不多不少;也以詩篇滿百為定,不多不少。劉正偉傳承唐宋「絕句」,從2013年就開始提倡「新詩絕句」寫作:「新詩絕句的唯一規則,就是只寫四行,而沒有字數、形式與格律上的限制。與古時候五言絕句一樣四行,稱為絕句。」[12]曾美玲側重內涵的相對性思考:「讓凌亂破碎的人生感悟,繁複抽象

---

[10] 霍俊明:《懷雪·後記》,安徽合肥市:黃山書社,2016,頁118。

[11] 臧棣:《就地神游·後記:稱之為截句》,頁116。

[12] 劉正偉:〈論提倡『新詩絕句』〉,《新詩絕句一百首·序》,臺北:釀出版,2015,頁3。此文曾發表於《臺灣時報·臺灣文學副刊》(2013年2月20-21日),《乾坤詩刊》66期(2013年4月,頁14-16),香港《文學評論》(2013年6月,頁76-77)。

的思維，藉由相對的意象，短小的形式表現，化繁為簡的過程中，對於生命與自然，也漸漸養成多角度的關照與深層思考。」[13]他們遵循的是今體詩的絕句格式，嚴謹的四行規定，不做「2+2」、「3+1」、「1+3」的形式實驗，不能低於四行，未有截改舊作的說詞，就像十行詩（洛夫、向陽）、八行詩（岩上）、七行詩（游喚、周慶華）、五行詩（白靈）、三行詩（陳黎、蕭蕭）、二行詩（瓦歷斯・諾幹），都停留在詩家個人實驗，未能掀起詩壇上仿學效應。不過，2014年7月，湖南出生的八〇後詩人肖水（1980-），出版了《艾草：新絕句詩集》，[14]兩人雖未資訊相通，卻完全回應了劉正偉的「新詩絕句」寫作呼籲。

　　2016年年底，白靈（莊祖煌，1951-）建議「臺灣詩學季刊社」同仁繼「2014鼓動小詩風潮」之後，再創小詩寫作高峰，新年度請求以「截句」為名，寫作四行以內小詩，號召同仁在2017年底各以己名出版《○○截句》，獲得同仁響應，蘇紹連（1949-）立即在2017年1月假〔臉書〕成立〔facebook詩論壇〕網頁，接受四行以內的新創截句，也接受截取舊作為四行（內）的新成品，一時蔚為風氣，在白靈主持下，2017年底同仁自向明（董平，1928-）以下共出版十五本「截句」詩集、詩選、品讀，2018年則增為三十八種「截句」詩系，還邀請社外詩友許水富、胡淑娟、王勇、秀實、詹澈、林煥彰、孟樊、林廣、劉梅玉等人共襄盛舉，同創截句；也邀請境外詩友王崇喜、卡夫、辛金順、林小東、王勇、余境熹等人，或編選當地華文截句選，或截竹為筒作笛吹，打開「誤讀」視窗，擴大截句創作的感染力。兩年來，白靈還結合紙本媒體，與《聯合報・副刊》推出各種跨界合作的截句競寫：小說截句、電影截句、禪之截句等等；結合學術單位，詩界論述家，召開「現代截句詩學研討會」（東吳大學，2018.12.8）。白靈用心切、用力深，臺灣當代截

---

[13] 曾美玲：《囚禁的陽光・後記》，臺北：詩藝文出版社，2000，頁181。
[14] 肖水：《艾草：新絕句詩集》，北岳文藝出版社，2014。

句的寫作，春花秋月，方興未艾。

　　白靈的截句觀，既取蔣一談的「截句」之名，又取唐宋以來的「絕句」規模，講究詩題不可失、結構不可少的「詩」的基本要求，他認為蔣一談所主編的〔截句詩叢〕，截取舊作之佳句，但未標注出處或附上原作，更未標識詩題，平白喪失了詩題的提綱或擴延作用，截句成了片語斷章。因此他所倡導的臺灣「截句」，延著小詩多年創作傳統而來，既納入一至四行的彈性、可截舊作的模式，又繼古來詩的傳承，則當有一首詩的模樣，詩題及詩的完整度即成了臺灣提倡截句時的基本要求，那是嚴肅當作一首小詩來完成的態度。[15]如果再以白靈的另一篇論文〈從斷捨離看小詩與截句——由東南亞到兩岸詩的跨域與互動〉來看，白靈不將「截句」與「小詩」切割，不將「截句」與「詩」分離，「截句」的特殊處只在要求詩句四行（以下），此外與「小詩」、「閃小詩」、乃至「俳句」、「絕句」、「微型詩」，對於「詩」的意象、結構、節奏的經營，並無差異。[16]

　　「截句」是「詩」，要有題目、有內涵、有呼應、有滋味。這就是白靈推廣中的「截句」，臺灣的「截句」。

　　《白靈截句》書中有一首〈截句的原因〉，可以視為白靈「以截句論截句」的「截句」內在需求，「截句」是「詩」，「截句」的要求不止於外在的四行形式：

　　　　匙孔找對鑰匙再糾纏也只能一瞬
　　　　你見過鑰匙一直插著不拔的嗎
　　　　最精彩的演出是用噴的

---

[15] 白靈：〈從小詩風到截句潮〉，《臺灣詩學截句選300首》，臺北：秀威，2018，頁12-13。

[16] 白靈：〈從斷捨離看小詩與截句——由東南亞到兩岸詩的跨域與互動〉，《新詩跨領域現象》，臺北：秀威，2018，頁285-294。

煙花燦天後不凋謝還能叫煙花嗎[17]

　　〈截句的原因〉，作為一首「截句」詩論的宣言，它以相對的兩個意象組成：鑰匙與煙花。鑰匙在插入匙孔後的轉動，已經達成開門的功用，繼續留在匙孔內反而成為一種阻礙；煙花在夜空中噴燦，一瞬而謝，不該久留，那才是美的綻放。截句的效應就在時間點上的那一瞬間，空間點上的那一丁點，美、瞬成，美、瞬滅。瞬實而又瞬虛的煙花，那才是藝術的美與真，那美與真是應該存放在讀者心中的，既虛且實的，那一瞬間、那一丁點，彷彿是從長流中截取下來，竟會是藝術的永恆。

　　〈截句的原因〉，如果不作為一首「截句」詩論的宣言來看，它仍然是一首精彩的好詩，譬如將題目改為〈高潮〉，不就是一首精彩的情色詩？鑰匙與匙孔的關係是男陽與女陰的對應，「糾纏」二字是「纏綿」加「糾葛」的激烈畫面，第三行的「噴」字可以呼應題目的高潮，如是，白靈是否也以這首詩暗示讀者：寫作截句是一種等同於做愛的高潮享受？

　　詩論裡，白靈說「詩是宇宙之花」：「詩是宇宙之花，因此隱涵著宇宙自身乍現乍滅的縮影，既是『花』，因此不可能『大』或『重』。它是質能混沌中短暫的的成、住、壞、空，是宇宙能量無止境的變身和輪轉中必然的精神，卻也是偶合的形式，因此短或暫是常態，長或久是變態。包括對它的認識，也不是自然產生的，而是逐步認識的，它的出現是氣泡式的，難以捕捉或重現，它『現』的背後是更龐大永無以明示的『不現』。因此所有的『現』皆是一粒米，背後是無以計數的倉廩，是逗點、破折號或短瞬喘口氣似的休止符，從來無法句點。」[18]這樣的論述也可當作「截句的原因」，換句話說，「截句」是從「無以計數的倉廩」擷取下來的一

---

[17]　白靈：〈截句的原因〉，《白靈截句》，臺北：秀威，2017，頁118。
[18]　白靈：〈五行究竟〉，《五行詩及其手稿》，臺北：秀威，2010，頁11-12。

粒米。

詩作中，白靈直接以〈詩是一朵花〉作為主題：

> 每朵花都是一座敦煌
> 詩人是花瓣上的一滴清淚
>
> 為在花尖上凝結自己　　而來
> 為在花影下滴碎自己　　而去[19]

在這首詩中，白靈將每一朵花都擬喻為一座「敦煌」，「敦煌」明指西元四至十四世紀開鑿的古敦煌地區千餘石窟，其實暗喻龐大宏偉的佛教文化、佛教建築、藝術、壁畫、彩塑，甚至於直指全人類精神文明，而詩人則渺小為「花瓣上」的一滴清淚，亦即「敦煌石窟裡」的一滴清淚，亦即「人類文化史上」的一滴清淚，「清淚」二字當然是憫然之心的清晰映現，「凝結」與「滴碎」開啟了讀者想像的無限大天地。

這樣的一首詩也可當作「截句的原因」，「截的必要」，換句話說，「截句」是從「無以計數的敦煌文化」擷取下來的一滴淚、一點憫然。

四、臺灣詩史的截句伏流

臺灣新詩史上顯然沒有最近新興的「截句」之名，但有小詩之實，本文特從《新詩三百首》的《百年新編》本中，選出符合今日截句定義「四行以內」的小詩七首，可以直接見證截句的書寫早已有之，且純熟而有成，可以做為新詩寫作的範式，間接證明「四行

---

[19] 白靈：〈詩是一朵花〉，《白靈截句》，臺北：秀威，2017，頁26。

以內」的截句倡導，是明智的，因為這七首小詩足以顯現新詩創作的七種技藝模式，熟悉這七種模式，以小見大，可以掌握、翻轉、側身、推展詩的各種技藝。

（一）物理人理的極致發揮

日本殖民臺灣的五十年，有人承襲傳統中文的優雅，有人改用殖民者的語言，也有人直接以現實的河洛語寫作，屏東詩人楊華（1906-1936）是少數不曾受到日文荼毒的臺灣詩人，他以優雅中文寫作小詩，以臺語透露低階層勞工的心聲，是日據時代真正寫作有成的兩位詩人之一（另一位是彰化詩人王白淵，1902-1965）。楊華三十年生命中，創作數量最多、最有成就的就是小詩，依寫作先後分別是《黑潮集》（寫於1927年2月，53首小詩）、《心弦集》（寫於1932年1月，52首小詩）、《晨光集》（寫於1933-34年，59首小詩）。楊華一生或許可以用他自己的詩作〈燕子去了後的秋光〉來形容，是灰枯淒澀的，是嗚咽哀鳴的，但他的〈小詩〉作品卻在淒澀中聞得到溫馨，在哀鳴裡感覺得到一時片刻的寧謐。

〈小詩〉　　楊華

一、
人們看不見葉底的花，
已被一雙蝴蝶先知道了。

二、
人們散了後的秋千，
閒掛著一輪明月。[20]

---

[20] 楊華：〈小詩〉，張默・蕭蕭主編：《新詩三百首百年新編・臺灣篇Ｉ》，臺北：九歌出版社，2017，頁82-83。

這兩首小詩，都以兩行呈現，這在臺灣新詩初創的年代何等勇敢！楊華也寫古典詩，是漢文私塾的老師，但他寫的新詩沒有小腳放大的遺跡。如果有人認為日據時代作家的小詩就會有日本俳句的影響陰影，從楊華的小詩，我們發現他是純淨的絕緣體。這兩首小詩，可以是臺灣小詩發展一開始就亮出的最亮的亮點，是「以物理通人理‧從人理達天理」的最高境界。

我讀臺灣師範大學「國文研究所」時，陳立夫老師（1900-2001）曾開設「人理學」課程，這個課程大約是臺灣各大學前無古人、後無來者的「天人合一」哲學高端課程，1917年陳立夫進入天津北洋大學工礦學系，畢業後赴美留學，1924年取得美國匹茲堡大學（University of Pittsburgh）冶礦碩士，擔任採礦工程師，後來投入四書「吾道一以貫之」的研究，開設「人理學」課程，真正一生從物理去悟解人理，從人理去貫通天道，這樣的思想通貫歷程，影響後來我的詩學研究。我發現詩人以象見意、以象立意、以象盡意的努力，其實就是「以物理通人理‧從人理達天理」的努力，楊華的小詩在日據時代就努力企及這樣的意境，以這兩首小詩而論，他以優雅之姿，輕鬆騰上。

第一首，「人們看不見葉底的花」，是世俗之眼；「已被一雙蝴蝶先知道了」，則是詩人之眼、哲人之智。

據其詩意，應該是擷取了宋朝蘇東坡（1037-1101）元豐八年（1085）所寫的〈惠崇春江晚景〉（此詩題也作〈惠崇春江曉景〉）之第一首中「春江水暖鴨先知」詩意。惠崇（965-1017）是北宋名僧，福建建陽人，能詩善畫，最擅長畫鵝雁鷺鷥，背景往往有寒汀遠渚、瀟灑虛曠之象。惠崇的春江晚景，繪了二圖，一是〈鴨戲圖〉，一是〈飛雁圖〉，蘇東坡見其圖，分別寫了兩首詩。「春江水暖鴨先知」來自第一首。

　　竹外桃花三兩枝，春江水暖鴨先知。

蔞蒿滿地蘆芽短，正是河豚欲上時。[21]

　　此詩前一聯是惠崇〈鴨戲圖〉的實寫，圖畫中所有，後一聯則是蘇東坡心中所擬想的春日應有的景觀，圖畫中所無卻是觀畫者應有的延伸。前一聯是實寫，但實中有虛，實的是「竹外桃花三兩枝」，即目所見，虛的是「春江水暖鴨先知」，詩人心中所感受的，春天來了，解凍後的河流漸漸有了暖意，藉由鴨子戲水的愉悅所寫出的春日觸覺。後一聯是虛寫，從畫中延伸出來的春景，眼中所無，心中所有。這一聯兩句，仍然是有實有虛，實的是春景的綠意盎然：蔞蒿滿地蘆葦的嫩芽剛剛冒出，早春的靜景，虛的是詩人心中所幻想的，江水轉暖，蘆葦微動，應是河豚逆水而上所造成的早春動景，一實一虛，一靜一動，以詩思的活躍添補靜止的畫面，使〈鴨戲圖〉有了立體的、動態的、敘事的、影像的效果。

　　以鏡頭的移轉來看，東坡此詩，依常人賞景的習慣，從遠方看起，所以見到竹外桃花三兩枝，而後移往近處、眼下，畫家藉著水波瀲灩寫鴨子戲水的喜悅，詩人卻以觸覺的水暖去呼應視覺的桃花三兩枝（早春）。接著，詩人的鏡頭轉到畫面外，春天應有的綠草原，蔞蒿、蘆葦，處處可見，想像中的河豚也應該逆遊而上了吧！這樣的鏡頭移轉，也符合了絕句詩學的首句「起」、三句「轉」的結構要求。

　　以「知」來寫「春到」，頗有歷史淵源，唐人張謂（？-777）〈南園家宴〉：「竹裡登樓人不見，花間覓路鳥先知。」孟郊（751-814）〈春雨後〉：「昨夜一霎雨，天意蘇群物。何物最先知？虛庭草爭出。」杜牧（803-852）〈初春雨中舟次和州橫江裴使君見迎李趙二秀才同來因書四韻兼寄江南許渾先輩〉：「蒲根水暖雁初浴，梅徑香寒蜂未知。」一直到宋代蘇東坡（1037-1101）

----

[21] 〔宋〕蘇軾著、〔清〕馮應榴輯注：《蘇軾詩集合注》，上海：上海古籍出版社，2001，頁1334-1335。

的〈惠崇春江晚景〉：「竹外桃花三兩枝，春江水暖鴨先知。」都透過鳥、草、雁、蜂、鴨，更敏銳地感知早春訊息，南臺灣的楊華（1906-1936）承襲這種詩意的造境法，卻完全跳脫古典詩的「鳥先知」、「草爭出」、「雁初浴」、「蜂未知」、「鴨先知」的典型句法，在一九三〇年代的南臺灣，應用花與蝴蝶之間「愛」的流動能量，寫出了純熟的白話體新詩：「人們看不見葉底的花，／已被一雙蝴蝶先知道了。」人、花、葉、蝶的畫面，是屬於南臺灣特有的景象；舒緩的語言，是白話文純熟而俐落的語境，在一九三〇年代的臺灣特別難得；而且，「一雙」的詞彙，像蘇東坡的「河豚欲上」語，又盪開了新的情愛聯想。

楊華的第二首詩，也從「人們」著眼、入手，從現實之境，一下子就盪進了哲理的思維、禪意的空明。「人們散了後的秋千」，剛剛由動返靜，從繁華歸於平實，讀者的想像不自覺在時間軸上往前探尋那鞦韆盪高的歡笑，結果對映的是廣大的天空中「閒掛著一輪明月」，那對比之境，惹人玄思。

截句，兩行小詩，日據時代的楊華那樣從容不迫，悠閒地高掛著一輪明月在臺灣新詩的上空。

（二）身體美學的情慾挑逗

身體書寫在新詩發展百年的後二十年才有陳克華（1961-）[22]、顏艾琳（1968-）[23]等新世代詩人著力發揮，但發軔者鍾鼎文（1914-2012）起手的美力與悟力，十分圓融，值得觀摩。〈人體素描〉是一首組詩，從髮到腳都有歌詠，兩行一段，格式嚴謹，有四行型的截句，也有八行律詩的模式，《新詩三百首百年新編·臺灣篇Ⅰ》收入五篇，〈臂〉與〈腳〉是四行的作品，顯然有著「截句」的

22　陳克華：《欠砍頭詩》，臺北：九歌出版社，1995。
23　顏艾琳：《骨皮肉》，臺北：聯經出版社，1997。《骨皮肉》〔21年經典修訂復刻版〕，臺北：時報出版公司，2018。

「精緻」美好成果，勝過組詩中其他各詩。〈臂〉有唯美的抒情傾向，以穿晚禮服的貴夫人形象，寫身材的玲瓏，寫手臂的光滑，應用《聖經》夏娃與蛇的典故，讓性、禁果、樂園優美遊出。

〈人體素描・臂〉　　鍾鼎文

夫人，在你玲瓏的身上，
寄生著光滑的、狡猾的蛇。

你的晚禮服不僅讓你身上的蛇遊出來，
而且暗示著樂園的禁果已經熟透……[24]

　　第一段「光滑的、狡猾的蛇」是手臂如玉的暗喻寫法，第二段「你身上的蛇遊出來」則是美的誘惑、性的誘惑，由手臂的實指滑入「樂園的禁果」的另一層次暗喻，「樂園的禁果」引發的美麗騷動，從最後的「……」遊移而出，但也僅止於情慾的挑動而已，止於情色發展的暗示而不及於情色絢麗的揮灑。
　　鍾鼎文與覃子豪（覃基，1912-1963）、紀弦（路逾，1913-2013），在上世紀五〇年代、六〇年代，被稱為詩壇三老，他引領的是詩壇另一股語言整飭、抒情為尚的清流，《秋水》、《葡萄園》諸刊的詩風，中國新詩學會的活動設計，均受其影響。在1949來臺的詩人群中，鍾鼎文是養之以尊、處之於優的國民大會代表，生活優渥，舉止優雅，詩中流露出華貴氣息，與「藍星」詩社的君子涵養相近，與「創世紀」詩社的草莽風味不類，〈臂〉是這種風格的代表。整體而言，或許更像他在〈乳〉詩中所言：「圓潤、勻稱」，才是「美學上永恆的焦點」；在代表維娜絲時代的古典派

---

[24]　鍾鼎文：〈人體素描・臂〉，張默・蕭蕭編：《新詩三百首百年新編・臺灣篇 I 》，頁106。

傑作，與馬蒂斯時代的野獸派傑作中，他明智的抉擇了「乳」的圓潤、勻稱。[25]

〈臂〉以2+2行完成了「美的歌詠」，〈腳〉也以2+2行完成了另一種接地氣的「智」的追尋。

　　〈人體素描‧腳〉　　鍾鼎文

　　是誰，最先舉起前面的兩隻腳，
　　在黑暗中，向繁星祈禱？

　　從此我們只剩下後面的兩隻腳，
　　再不能同狗和兔子賽跑。[26]

這首〈腳〉在語言上採取「類疊」修辭（兩隻腳重複）、協韻設計（腳、禱；腳、跑），讀起來詞暢意順，人，脫離動物的習性，向神性邁進，向繁星祈禱。特別可以截取「在黑暗中，向繁星祈禱」這樣的句子，作為此詩的主題意象。人的前腳因祈禱而成為手，這是多高貴的情操，多高貴的禮敬，多高貴的詩篇！這雙臂、雙腳，為早期身體詩學高懸著「美力」與「悟力」相乘作用的理想高度。

（三）折而有哲的哲理思考

鍾鼎文是前行代詩人群口中的三老、三老中的尊貴階層，商禽（1930-2010）在前行代詩人群中的風格屬性則近乎「現代派」與「創世紀」，因此在鍾鼎文宏觀的〈人體素描〉之後，他寫了近乎

---

[25] 鍾鼎文：〈人體素描‧乳〉，張默‧蕭蕭編：《新詩三百首百年新編‧臺灣篇 I》，頁105。
[26] 鍾鼎文：〈人體素描‧腳〉，張默‧蕭蕭編：《新詩三百首百年新編‧臺灣篇 I》，頁107。

微觀的〈五官素描〉，語言不文，異於鍾鼎文，完全是生活化、口語的語言，接近白描，如〈嘴〉：「歌／偶爾也唱／也曾吻過／不少的／啊——酒瓶」，如〈耳〉：「如果沒有雙手來幫忙／這實在是一種無可奈何的存在」（節錄）。整首只有四行的〈眉〉是五首組詩中最短的一首，可以作為這個階段「截句」內涵的自我要求的代表：一種語言完全解放的率性而為，一種單字詞（鳥、哭、笑）孤獨而刷新的存在感實驗，一種存在的荒謬之嘲諷或暗喻，一種低階生活者的無語、無奈、無可如何，一種人道關懷的黑暗微光。

〈五官素描‧眉〉　　　商禽

只有翅翼
而無身軀的鳥

在哭和笑之間
不斷飛翔[27]

這首〈眉〉，第一段摩其形，第二段寫其神，摩其形，用的是譬喻中的「借喻」，省略了喻體、喻詞，如：（眉）（是）「只有翅翼／而無身軀的鳥」，（鼻）（是）「沒有碑碣／雙穴的／墓」，（眼）（是）「一對相戀的魚」，這是語言上詩人善用的「水」與「刀」：洗盡鉛華，滌除汙垢，裁去贅字，截掉冗詞。

第二段寫其神。眉在生活功能上未見有實際作用，如眼有能視的作用，耳能聽、嘴能飲能食能說能笑、鼻能呼吸之類，眉無實際作用卻是身體裡最容易傳達情緒的器官，喜樂時：昂首伸眉、揚

---

[27] 商禽：〈五官素描‧眉〉，張默‧蕭蕭主編：《新詩三百首百年新編‧臺灣篇Ｉ》，頁255-258。

眉吐氣、眉開眼笑、眉飛色舞、喜上眉梢；悲傷時：愁眉不展、愁眉苦臉、愁眉鎖眼、愁眉蹙額、攢眉苦臉、疾首蹙眉、摧眉折腰、雙眉緊鎖。同時具有哭和笑的表情功能，正是人生悲與喜的最佳徵象。詩人為了呼應前一段的「翅翼」，寫成在「哭」和「笑」之間「不斷飛翔」，也足以體現詩意的不沾不黏。

若是，「哭」和「笑」就不單純是臉上的情緒符號，而是人生悲與喜的寫照。「眉」從生活功能上的「無用」，「折」轉為人生意義上的「大用」，這種折而有哲的理性思考，正是臺灣新詩的哲理高度、深度、厚度的努力方向，商禽以精實的四行詩，簡單的鳥的「飛翔」意象，沒有身軀的「不落實」感，寫出了情緒、存在、生命的「無常」。

（四）起承轉合的基本架式

朵思（周翠卿，1939-），創世紀詩人，國立東華大學數位文化中心所設置的〔詩路・臺灣現代詩網路聯盟〕對朵思的評述：「早年時隱喻多於敘述，隱密多於直抒，擅長從綿密的意象裡，粹取出一種情感飽滿的魅力，極具個人風格。」[28]她自己在《心痕索驥・後記》則提出自我警惕：「詩若只服務於作為詩人發洩情緒那麼偏窄的場域，是一種褻瀆。……引起讀者（即使只是小眾）的情緒淨化、神馳、昇華，乃是詩人所必須去追求的。」[29]以這樣的角度來觀賞她的四行小詩〈暗房〉，就可以掌握住詩人雖從現實取材，卻能從實物中取得淨化後的馳想。

　　　　〈暗房〉　　　　朵思

---

[28] 國立東華大學數位文化中心：〔詩路・臺灣現代詩網路聯盟/典藏詩人/朵思〕（http://faculty.ndhu.edu.tw/~e-poem/poemroad/duo-sz/category/introduction），2018/9/30擷取。

[29] 朵思：《心痕索驥》，臺北：創世紀詩雜誌社，1994。

不要讓光漏進來

不要讓光擾亂暗房秩序

這裡要洗出不管你接不接受的鏡頭

這裡要說山路彎曲或筆直的甜言蜜語[30]

　　〈暗房〉這首詩最符合現代「截句」的教材需求，一是形式上不多不少的四行成就、方法上起承轉合的結構規模，二是「截句」內涵大多以詠物為主，採取因物起興的詩作技巧，三是「截句」的寫作容易偏倚格言式的勵志路向。藉〈暗房〉這首詩，論說「截句」三趨勢：

趨勢一：起承轉合的結構規模

　　「截句」既以四行為限，寫作時很容易在結構上呼應「起承轉合」的內在需求，朵思的〈暗房〉以「不要讓光漏進來」「起」，應和題目的「暗房」，所謂「暗房」（darkroom），是指完全不可有光的房間，因為要處理感光材料，譬如以傳統相機攝製的底片（膠片）、印相紙，唯一的光源是暗房安全燈，可以讓人眼順利辨識，卻不會讓膠卷曝光。第二行則承襲第一行的語意，發展為「不要讓光擾亂暗房秩序」，是為「承」，攝影時需要透過攝影機的光圈、快門速度和感光度，讓適度的光量穿過鏡頭到達感光媒體（底片或感光元件），這就是適度的曝光，暗房中如果光量太大，就是我們一般習稱的（過度）「曝光」，直接毀壞了底片的攝影效果。這兩行，一「起」一「承」，說的是相承相接、相連相繫的話題。但詩不能一洩到底，不能一口氣說完故事，必須迂迴曲折、含蓄不露，所以，四行的截句就要在第三行「跳」、「轉」，才能讓第四行收束，有著「合」的作用。朵思的〈暗房〉第三行「跳」、

---

[30] 朵思：〈暗房〉，張默・蕭蕭編：《新詩三百首百年新編・臺灣篇Ⅰ》，頁380。

「轉」為「這裡要洗出不管你接不接受的鏡頭」，不再繞著外在環境的光與暗，「轉」向主體目標──正在沖洗的照片。也因此才有第四句的「合」──照片的內容：「這裡要說山路彎曲或筆直的甜言蜜語」。

當然，也不一定一成不變，一句要扣合一字。所以，朵思的〈暗房〉也可以將一、二行當作「起」，「不要讓光漏進來／擾亂暗房秩序」，緊接著第三行「承」其意，表明暗房的作用在沖洗出鏡頭所攝物象，如真呈現，不管你喜不喜歡、接不接受。第四行就有「轉」「合」的雙效作用，跳到照片所呈現的內容及其情意「甜言蜜語」，而「彎曲或筆直」又讓詩意起了另一層漣漪。

很多四行的截句，會寫成2+2式，就詩意而言，朵思的〈暗房〉也適合切割成二段，分隔二段的地方，就是詩意「截斷」而復「鍛接」之處，「跳」、「轉」的優點就在這裡呈現。

趨勢二：因物起興的點化功夫

初寫截句，會從詠物詩開始，物可以是極單純的一物，如臺灣欒樹、野薑花、茶碗、暗房，實物在前，情思就有了依憑，因此衍展出景的鋪排、情的繫連、事的演繹、時的點明，小小的截句因而有了微小說的規模，操作熟練以後，或許可以突破行數的規定，成就為不同類型的詩篇。

朵思的〈暗房〉就是因物起興最佳的例子，詩人寫詩要見人之所未見，發人之所未發，在最平凡的地方發現不平凡。暗房原是攝影工作者避光作業的地方，明顯與生物的趨光性有所衝突，這衝突就是詩意萌生的地方。

自《詩經》以降，寫作技巧不外乎「賦、比、興」三者，賦是直陳其事（物），踏實的寫實功夫；比是以此物喻彼物，找到事物的共通點；興是因物觸發情意、聯想，發展出另一個境界。「賦、比、興」三者其實都靠著「物」作為抒情達意的媒介，特別是詩語

言、詩想跨出的第一步，四行的截句、小詩，更是如此。〈暗房〉如是，〈五官素描〉如是，〈人體素描〉如是，楊華的蝴蝶和秋千亦如是。

趨勢三：勵志警世的內在意涵

唐宋僧家寫作的「偈語」、「示法詩」、「開悟詩」、「頌古詩」、「禪機詩」，希望以詩說明禪道、禪理，詩家則以禪入詩，詩中往往寓含著禪事、禪跡、禪典、禪理、禪趣、禪機，企圖擴大詩的意境。這些被泛稱為「禪詩」的作品，往往以四行呈現。觀察四行的截句寫作，沿襲這種傳統，很容易就落入這種格言式的勵志模式，朵思的〈暗房〉就有這種趨向，前兩句是禁制式的語彙「不要……不要……」，後兩句則是祈望型的訴求「這裡要……這裡要……」，一種典型的名言佳句寫法。

東方詩學往往有著這種勵志警世的內在傾向。如印度文化一向以宗教為其核心價值，宗教色彩自自然然內化在生活之中，因此，跟中國文學一樣以詩為文學主流的印度文學，其第一特點顯現出來的就是濃重的宗教感，因而延伸出對神的崇敬與嚮往，延伸為文學作品中的豐富想像力的激揚──印度文學的第二特點，進而形成第三特點：教訓和道德，第四特點：仁愛而和平，繼續延伸為第五特點：人與自然的融洽對待。[31]泰戈爾（Rabindranath Tagore，1861-1941），印度文學的最佳代言人，引其詩句，咀嚼這種勵志傾向：「你的微笑是你田野的花，你的談吐是你山松的蕭蕭聲，可是你的心卻是我們人人皆知的婦人。」（泰戈爾《漂鳥集》第177首）[32]

日本詩壇「俳諧」最重要的詩人江戶時代的松尾芭蕉（1644-1694），以親身經歷的生活經驗，包括訪遊北方所觸引的小事物，

---

[31] 糜文開：《印度文學欣賞》，臺北：三民書局，2008二版，頁9-16。
[32] 泰戈爾著、糜文開主譯：《泰戈爾詩集》，臺北：三民書局，2008重印二版四刷，頁52。

寫成感懷的「俳句」，期望能振興「俳句」地位，讓「俳句」成為可以跟「和歌」或「連歌」並列的第一藝術。文學史上，一般都以「不易‧流行」之說來論述芭蕉對俳諧的態度，所謂「流行」是因為「欲求『誠』於俳諧者，總不能永遠腳踏原地，肯定且勢必向前踏出一步，於此所產生的新趣就是流行。」所謂「不易」是「指永遠感動人心的作品本質，也生於求誠起步之處，故與流行同其源頭。」[33]芭蕉弟子服部土芳（1657-1730）所撰《三冊子》說的更清明：「師之風雅有萬代不易者，有一時變化者。究此二者，其本一也。所謂一者風雅之誠也。不知不易，則不知誠。所謂不易者，不依新古，無關變化流行，是立足於誠之姿也。觀代代歌人之歌，代代有其變化。又無論新古，今所見與昔所見者無不同，多屬悲歌。須知此即不易。又千變萬化者，自然之理也。不以變化移之，則風不改。」[34]這其中所討論的，「萬古不易」，「風雅之誠」，那也是最能代表中世性格的「『道』的概念」，深深影響著芭蕉的意識。[35]芭蕉的「俳諧」因為這種藏身其中的道的蘊含，被認為深具禪機，「寂寂古池旁，青蛙跳入水中央，撲通一聲響。」就是這種禪機的象與境。

據此，回頭審思〈暗房〉之作。

同樣以〈暗房〉為題，李敏勇（1947-）為自己同名詩集所寫的序詩，卻以兩行一段的八行詩型態呈現，外在的形式上彷彿一絕一律可相對照，內容卻也同樣走向勵志、警世之路：「這世界／害怕明亮的思想／／所有的叫喊／都被堵塞出口／／真理／以相反的形式存在著／／只要一點光滲透進來／一切都會破壞」。[36]朵思的

---

33 〔日〕小西甚一著、鄭清茂譯：《日本文學史》，臺北：聯經出版事業股份有限公司，2015，頁138。

34 〔日〕服部土芳：《三冊子》，轉引〔日〕小西甚一著、鄭清茂譯：《日本文學史》，頁139，注13。

35 〔日〕小西甚一著、鄭清茂譯：《日本文學史》，頁138。

36 李敏勇：〈暗房〉，《暗房》，臺北：笠詩社，1986，序詩。原載《笠》詩刊114期（1983年4月）。

〈暗房〉在攝影對象／底片／照片之間，是否能「存真」中「存疑」，李敏勇則更進一步將這種暗房裝置，拿來質疑還在戒嚴中的臺灣社會（1949-1987），此詩甚至於在色光（害怕明亮的思想）之外，還加入了聲音、語言的禁制（所有的叫喊都被堵塞），相對於「鐵幕」（Iron Curtain）的禁錮，詩人以「暗房」暗喻整個戒嚴中的臺灣，無光無聲。

雖然僅僅是四行詩，詩人依然保有「文以載道」的企圖心，詩，不可無思，小小的暗房，短短的截句，依然有著飽滿的負載量。

朵思的〈暗房〉為截句提供了以上三種幾乎成為典範的書寫趨勢，但現代詩的可貴在於典範隨時可能被翻轉，以下這三位新世代詩人，他們就為四行截句開啟了不一樣的視野。

（五）以虛入虛的空無設境

二十世紀五〇年代出生的羅智成（1955-），在截句寫作上跳脫前人「隨物賦形」、「體物瀏亮」，唯實物為依歸的創作方式，改為以虛入虛，敢於空無設境。

六〇年代出生的陳斐雯（1963-），她的〈貓蚤箚〉雖說是感覺的存留，不需要結構、震撼或感動，或許只要博得一絲會心、微笑就可以，但她卻在四行截句的小詩中，嘗試置入另一種文類「散文詩」，讓人驚艷。

七〇年代出生的鯨向海（1976-），更是空中取藥，翻空出奇。

分敘如下：

大部分的現代詩人與杜甫、李白、李賀、王維之精神相往來，羅智成獨與孔、荀、老、莊談玄說道，刻劃他們黑色的袍影，在現代詩中形成一個黑色而神祕的底流，林燿德（林耀德，1962-1996）說他所開展的是「玄學憧憬與幽人意識」，[37]詩集系列設計均以黑

---

[37] 張默‧蕭蕭編：《新詩三百首百年新編‧臺灣篇 II》，頁627-629。

色為主調，成為羅智成獨樹一幟的風格，詩的內在，氣行雲施，也以大塊的黑去襯托銳亮的、遠方的白。

〈觀音〉　　羅智成

柔美的觀音已沉睡稀落的燭群裡，
她的睡姿是夢的黑屏風；
我偷偷到她髮下垂釣，
每顆遠方的星上都大雪紛飛。[38]

　　〈觀音〉這首詩就是這樣成形，〈觀音〉的寫作背景應是觀音山下夜釣的玄奇想像，夜裡大地沉睡，觀音（山）的臥姿特別柔美，稀稀落落的山上、山下燈光，配合觀音的本質而成為安詳的燭群，「黑屏風」的想像讓觀音（山）有了深靜之美，特殊的是，這樣的「黑屏風」想像，卻是為了守護美好的「夢」。前兩句的視野是從淡水方向看關渡，第三句到「她髮下垂釣」，又從關渡回望遠方的黑天，想像星的亮光有如大雪紛飛。

　　觀音山，直接寫成「觀音」，虛化了現實的、有形的觀音山。「稀落的燭群」，讓「觀音」有了虛幻之美的真實感。「夢的黑屏風」，完全的「空無設境」，彷彿有著「孵夢」的可能。既是「夢」的黑甜鄉，遠方的星可以任意想像、虛擬，亞熱帶的人也可以幻入大雪紛飛之境。

　　羅智成的〈觀音〉，讓四行詩也可以直接飛入虛擬幻境。

（六）偷天換日的形式滑轉

　　陳斐雯的《貓蚤箚》出版於1988年（自立晚報社，1988年10

---

[38] 羅智成：〈觀音〉，張默・蕭蕭編：《新詩三百首百年新編・臺灣篇Ⅱ》，頁625。

月），那年她才二十五歲，以箚記的自由式，隨筆的方便語，寫下生活裡的直覺、初衷、本意、原始的悸動。就行數來看，完全符合今日所論的截句行數：「四行以下」，字數最多的一則、且未分段的〈貓蚤箚・蚤7〉（如下），外在形式更像商禽、蘇紹連（1949-）所專擅的「散文詩」，顯現出來的模式是截句（小詩）裡的「散文詩」實驗，一兼二顧，既有「截句」四行的精實要求，復具「散文詩」語言的寬和舒緩，再加上內容屬於存在主義的詭譎離奇，仿如詩中所言，這首詩是「一面閃爍妖光的古銅鏡」。這樣的疊加效應，十分有趣、有味，更富折射之美，特別是年輕尼姑尚無戒疤的光頭，與正在迅速發育又復正在潰爛的我的七情六慾，兩相對比，存在的可笑、可嘆，竟如閃爍妖光的古銅鏡，照現得纖毫無遺。

〈貓蚤箚・蚤7〉　　　陳斐雯

在擁擠的公車上，我的下顎幾乎泊在一名年輕尼姑的光頭上；我注視著，一束艷麗的霞光自窗外折射進來，落抵那尚無戒疤的頭頂，宛若一面閃爍妖光的古銅鏡，照現我正在迅速發育、潰爛的七情六慾。[39]

　　整首〈貓蚤箚〉，外觀看來是小詩形式（四行以下的截句），分行清明，但一行之中會有兩個以上的標點，如「一隻鳥飛過去了，天空還在。就是這樣。」「墮落的天使折損了一隻翅膀，自天上摔下來，從此就下落不明。／我撿到那隻翅膀，飛了起來，一直飛，也不知會飛上哪座天堂……」亦即是，詩行為一，但斷句處有三，陳斐雯的〈貓蚤箚〉詩行要比一般分行詩來得長，如果依一般

---

[39] 陳斐雯：〈貓蚤札〉，張默・蕭蕭編：《新詩三百首百年新編・臺灣篇II》，頁729-733。

分行習慣，〈貓蚤箚‧蚤7〉可能裝置為這種散文詩的雙倍——八行形式：

> 在擁擠的公車上，我的下顎
> 幾乎泊在一名年輕尼姑的光頭上；
> 我注視著，
> 一束艷麗的霞光自窗外折射進來，
> 落抵那尚無戒疤的頭頂，
> 宛若一面閃爍妖光的古銅鏡，
> 照現我正在迅速發育、
> 潰爛的七情六慾。

陳斐雯以舒緩的長句形式顯現，以悠閒的箚記語境表達，〈貓蚤箚‧蚤7〉一則可以裝置為四行，以截句模樣呈現，二則又能以散文詩的外型，寬解內容的緊張，三則還可以回復為大眾習以為常的現代詩句型、句式，運用載體，靈活滑轉，端看詩人巧心安排。

「截句」既是以四行形式為制約的新詩詩體，何妨在既定的格局中取得最大的自由，即使戴著鐐銬，依然舞姿曼妙。

（七）翻空出奇的異想世界

鯨向海（林志光，1976-），其實很適合做為「截句」的先導發言人，他曾經提出「刪除術」的方法論，比嘲笑「截句」是「截肢」的說法更早一步，認為截去不必要的枝節、冗言，就像「砍掉一臂」，更能讓人練成「黯然銷魂掌」，他這樣說：「畢竟似乎得砍掉一臂，才比較可能練成黯然銷魂掌——當然也要砍對地方，不是每個人都非練葵花寶典不可。」鯨向海也跟白靈一樣主張「斷捨離」的生活態度：「很多時候，貪念使人不肯放棄（自以為）美好的句子，但絕不是所有的好料全擠在同一鍋，就是天菜。」更直截

了當的一句話，轉換自廣告用語「沒事多喝水，多喝水沒事」，那就是「沒事請變短，變短了也沒事。」[40]

〈尊敬夜晚〉是一首組詩，可以看出「刪除術」的「截而有節」的成效。今截二則，以顯花果。

〈尊敬夜晚・在鏡前〉　　鯨向海

過去怎樣與那頭小鹿對望的下午
明日就長出怎樣的清晨之犄角

〈尊敬夜晚・致酷暑〉　　鯨向海

偶然共用的同一根吸管是最神祕的航道[41]

〈尊敬夜晚〉組詩，〈在鏡前〉，兩行成對，〈致酷暑〉一句成詩，都是截句寫作最短截的篇幅。〈在鏡前〉的「小鹿」可以是清純的「理想與實現」的歷程，也可以是關於「晨勃」的雄性寫照。〈致酷暑〉的「吸管」，或許是小兒女親密舉止、分享甜蜜的媒介物，或許是同志書寫的神祕航道。簡單的一、兩行詩，可以有預料之外的犄角在未預知的時間出現，也可以形成情意輸送的神祕管道，這就是簡短的截句可以翻空出奇，成就異想世界，不遜於其他分行詩篇之所在。

40　蕭蕭：〈鯨向海鑑評〉，張默・蕭蕭編：《新詩三百首百年新編・臺灣篇 II》，頁859。
41　鯨向海：〈尊敬夜晚〉，張默・蕭蕭編：《新詩三百首百年新編・臺灣篇 II》，頁849-856。

五、臺灣截句的遠方星光

　　臺灣截句，專指四行以內的有題小詩，其名，雖然崛起於2015年，發展至今才只三年，但寫作之實，則從日據時期即已見成品。本文梳理百年新編本的《新詩三百首》，找出符合此一條件的詩七首，加以論說，歸納出截句寫作的七種伏流：

（一）物理人理的極致發揮
（二）身體美學的情慾挑逗
（三）折而有哲的哲理思考
（四）起承轉合的基本架式
（五）以虛入虛的空無設境
（六）偷天換日的形式滑轉
（七）翻空出奇的異想世界

　　《新詩三百首》是縱貫新詩發展一百年，橫跨海峽兩岸、世界各地的華文漢詩選集，是眾多周全完善選集中的一部，初編於二十世紀末，一九九五年九月出版，一九九六年五月再版，一九九七年九月新詩發展八十年，增編為第三版，至二〇一七年完編為「百年新編本」。初編之時，並無截句之名，編者心中亦無截句優於眾詩的偏見，今日竟能在三百多首詩中篩選出七首各具風華的作品，掘發出截句創作的可能伏流，可以將這七首「截句尚未定名前」的截句，視為臺灣截句寫作的遠方星光，與唐宋以降的絕句、詞曲小令、禪家偈語、日本俳諧、泰戈爾詩篇，同樣在遠方的星空發光。

2018年10月・霜降之前

截句一種生活方式
——關於截句的思考與回顧

蔣一談

摘　要

　　截句文體是筆者在2015年首次提出，其後大陸和臺灣詩人的截句集陸續出版，新加坡、馬來西亞、印尼、菲律賓等地的詩人也在創作截句作品。本文從截句的緣起開始，講述了截句的美學特徵、存在和發展的意義，以及和短詩的關聯，是筆者對於多年來截句書寫的總結性文本。

關鍵詞：截句、截拳道、俳句、短詩

一、

　　2007年春天，我第一次去日本，在超市瓶裝水的包裝紙上，在色彩繽紛的雜誌裡，時常看見俳句寫作和比賽的宣傳頁，再去詢問日本朋友，感覺到俳句已經是日本人日常生活的一部分，他們以自己隨性創作的俳句，表達對季節和生活的感覺，記錄個人的生活心情。而且，最讓我難忘的是，他們寫出俳句的時候，並不過多在意別人的品評，自己寫出了也就是寫出了，完全是個人的、即時的感受。當時，我有一個感想，中國是一個詩歌古國，創造出了絕句、律詩、詞曲等等寫作文體，到了現代社會，當下的華人能否擁有自己的日常寫作方式，來表達自身隨時隨地的感受呢？

　　1980年，日本訪問團訪問中國大陸的時候，著名學者趙樸初先生在歡迎宴會上，首次提出「漢俳」概念，同時和他的同仁一起創作了很多漢俳作品，當時大陸新詩也在發展，而且贏得了年輕人的喜歡，所以「漢俳」並沒有真正流傳開來。相應地，我於是開始思考這個問題：當初趙樸初先生改用「漢俳」而不是繼續沿用「俳句」，或許源自文化心理。或許也有另一種可能：如果趙樸初先生繼續沿用「俳句」而非「漢俳」，俳句的寫作之風說不定會已經被越來越多的華人所接受。

　　不過，當我進一步思考的時候，我依然發現俳句之美更多的屬於日本之美，更多體現的是日本民眾超穩定的文化心理結構。有一個例子或許能給我們啟發：在歐美留學的日本年輕人，絕大部分畢業後回到了日本本土。

　　閱讀日本現代小說，我們可以發現，以芥川龍之介、太宰治、三島由紀夫等作家為代表的現代文學精神，和俳句的美學差異非常大，現代文學裡的另類的、極端的美學，對俳句的發展影響是有限的。雖然日本俳句經由石川啄木等俳人由古典俳句寫作過渡到近代

俳句寫作，但俳句精神和川端康成、穀崎潤一郎等古典文學的脈絡是一致的。俳句是日常生活，俳句是日常生活的延伸，俳句已經超出了詩歌評判的範疇。或許在日本人心裡，俳句就應該是這個模樣和氣質。反過來說，如果這麼多年，日本俳句有了更多的現代和後現代精神和表達方式，截句也就沒有提出和存在的迫切必要了。

二、

我在思考這個問題，並在2007年至2014年間，寫了一千多首這樣的作品。

2014年秋天，我在三藩市的路邊發現一家中國功夫館，透過窗玻璃，看見了李小龍的照片，但因聚會時間臨近，我很快離開了並沒有多做停留，也沒有多想。

2015年的春天，我回到北京，在家裡午休的時候，在半夢半醒間恍惚看見了李小龍的影子，我猛然清醒，好像被一束光拽起來——李小龍創辦了截拳道，且截拳道的功夫美學追求簡潔、直接和非傳統性。我想到「截」這個詞，我同時在想，這些年寫下的那些隨感，或許可以稱之為「截句」。

截句，一行兩行三四行，沒有詩歌名字，詩意在瞬間誕生，然後寫下來完成。我自問，這些截句是詩歌嗎？是詩歌，但又不是傳統意義上的詩歌形式，截句是一種詩非詩的文體，我同時認為，截句比俳句更精簡，更具有現代精神和開放姿態，與中國人，尤其與中國年輕人的生活和內心距離更近，或者說，截句屬於每一個人，截句是一個人的日常生活方式。寫得好的截句，是詩中之詩，寫的不好的截句，依然是截句。截句因此有了更多的包容精神。

2015年冬天，我在大陸出版了《截句》，到今天，這本書已經印刷了四次。2016年夏天，收錄了十九位大陸詩人個人截句集的《截句詩叢》出版。2016年8月，在上海上下空間舉辦了截句朗誦

活動。2017年初夏，青島舉辦首屆以大海截句為主題的詩歌活動。2018年6月，收錄了五十位詩人截句作品的《大海截句集》由廣西師範大學出版社出版。2019年1月，著名詩人多多的最新作品《多多截句集》將由廣西師範大學出版社出版。2017年年底，在臺灣詩學創立25周年之際，由著名詩人白靈先生編選的《臺灣詩學截句選300首》正式出版，臺灣幾十位詩人陸續出版了個人截句集。新加坡、馬來西亞、印尼、菲律賓、泰國、香港、澳門等地的詩友，也在很多詩刊和文化媒體發表各自的截句作品。

我同時有一些感受，願與諸位詩友分享交流。

三、

（一）絕句與古典截句

絕句是中國古典最重要、發展最成熟的詩歌文體，按照每句字數，分為五言絕句、六言絕句、七言絕句，其中五言和七言絕句居多。絕句的最近源頭為四言詩，律詩（排律和長律）在絕句之後，發展和成熟的時間晚一些。

中華文明千古文章，有「斷章截句」一說，有學者認為，絕句是截取律詩而來，因此又名截句。雖然這種說法沒有被學術界廣泛認可，但這不妨礙我們暫且理解截句是絕句的另一個補充命名。換句話說，古典的「截句」稱謂，無法取代古典「絕句」的本源命名。

（二）截句與絕句

我所理解的截句，與古典絕句或截句，不在一個時空。截句之截，源自截拳道之截；截句之句，與古典絕句、日本俳句、世界現代詩歌之句，有很多聯繫。面對傳統經典文化，尤其是面對古典書

法、繪畫和詩詞，我從內心裡認為，在藝術形式和技法追求方面，古不可攀，無論我們怎麼努力，都無法超越古人，因為時空變了，生活方式和思考方式變了。

（三）截句與俳句

中國古典文化對日本影響巨大，日本由此創造出和歌和連歌，並在此基礎上發展出更簡潔的俳句。石川啄木是日本古典俳句向自由俳句過渡階段的大詩人（俳人），但近一百年的日本自由俳句的發展，缺失芥川龍之介、太宰治、三島由紀夫等開創發展的更澈底、更尖銳、更現代的文學精神。

中國當代詩人完全可以更前進一步，而且中國截句比日本俳句更有現代精神和開放姿態，與當今時代華人的精神困惑和內心糾結更近。日語有俳句，中文有截句，為什麼不可以試一試呢？這就是提出截句的最初心理緣起。

（四）截句與短詩

截句是沒有詩歌題目的在四行之內完成的短詩。截句，也可以說是最短的現代詩歌。那麼何謂通常意義上的有題目的短詩？十行之內？十四行之內？三十行之內？六十行之內？我想，可能沒有人可以有一個標準行數論斷。

截句因為短詩而存在，卻又是短詩的一個變體。短詩有題目，截句因為沒有題目而有了飄忽不定的狀態，截句須依靠詞語的力量維持自身的平衡、完整和想像空間。現在，詩人們也在寫有標題的截句。很顯然，標題的存在，讓截句本身有了穩定性和自足性。

無論截句是否有標題，都是詩人的個人選擇。截句是一面鏡子，在未來的發展過程中，這面鏡子會變成多面鏡，映照出詩人千千萬萬張面孔。或者說，截句永遠不會自我標榜，截句永遠會拋磚引玉。

事實就是這樣：寫作者可以在長的詩句裡充分展現或者隱藏自己，但在截句裡，寫作者無多餘空間施展，更無處藏身，寫作感受和詞語能力呈現是赤裸裸的。

（五）截句和微型詩

微型詩，或者微詩，是隨著大陸微博和微信的發展出現的，這個稱謂有很強的實用主義色彩，是詩歌觀察者和寫作者，以網路和社會學身分給詩歌添加的一個網路傳播的輕鬆標籤。截句有其詩學淵源，並提醒寫作者隨時記住感受和詞語的遭遇，截句是詞語的行動。

漢語有心理暗示的能力。微詩，微型詩、網路的、及時傳播的、消遣性的、娛樂的……截，截擊、截取、力道、瞬間、抓取、頓悟……雖然微詩和截句，在篇幅上都是詞語短製，而且截句並不排斥消遣和娛樂，但這兩個漢字帶給寫作者的心理暗示和詞語沉澱是不一樣的。

（六）截句與閃詩、小詩

閃詩是一個很好的詞語。在上世紀九十年代末，有一個英語詞語「flash」在動畫領域很流行，那些能在電腦上迅速做出動畫內容的專業人士被稱為「閃客」。

其後，隨著互聯網和新型廣告創意學的發展，「閃」演變成了一種隨時發生隨時消失的行動，因此有了表演性。「閃詩」可看成是寫作靈感的閃回和呈現，也可看成是一次詞語的快速行動。

「小詩」的概念已有百年歷史，形容形式短的詩歌作品。臺灣小詩的寫作和發展一直在持續。這些年，大陸詩歌領域不常用「小詩」稱謂，習慣用「短詩」和「長詩」的概念理解評述詩歌寫作。

一個漢字是一個墨點，無數個墨點延續下去就會變成線。寫

作，或許是點和線的關係。點和線，或許是短和長之間既疏離又親密的關係。

　　以上，就是我對於「截句」文體的命名與創製，內在特性與外在表徵的一些思路與感悟，不揣冒昧與諸位分享，敬請指教。

論詩歌傳統中的微型與微情
——截句詩學的初步建構

沈惠如

東吳大學中文系副教授

摘　要

　　所謂「截句詩」，根據白靈先生的定義，指的是一至四行的詩作，可以是新創，也可以是從舊作截取，深入淺出最好，深入深出亦無妨。截句的提倡是為讓詩更多元化，小詩更簡潔、更新鮮，期盼透過這樣的提倡讓庶民更有機會讀寫新詩。

　　事實上回顧我國傳統韻文學的發展，在每一個階段中都有微型化的詩體出現，例如詩中的絕句、詞曲中的小令、摘調，甚至連日本受到漢詩影響的和歌，也由原本長歌、短歌、旋頭歌等不同種類，漸漸專指短歌，甚至從短歌的上句獨立成俳句。傳統詩歌的微型化，固然有其形式上突破、求變的因素，但朝向輕薄短小的方向發展，則又與其所呈現的內容、意象、美感等極度迷人有關。本論文即思探討詩歌傳統中的微型與微情，從絕句、小令、摘調以降，討論詩歌傳統中微型化的現象，分析微型化之後的美感特質，試圖為現代詩中的截句詩找尋詩學系統中的定位。

關鍵詞：絕句、小令、摘調、俳句、截句詩

臺灣「截句」創作的風潮，由「臺灣詩學季刊社」所屬「吹鼓吹詩論壇」的臉書創作版網頁（facebook詩論壇）首倡，從2017年1月開始徵稿。根據主事者白靈（莊祖煌，1951-）所寫的置頂文字，說明所謂「截句」，指的是一至四行的詩作，可以是新創，也可以是從舊作截取，深入淺出最好，深入深出亦無妨。截句的提倡是為讓詩更多元化，小詩更簡潔、更新鮮，期盼透過這樣的提倡讓庶民更有機會讀寫新詩。[1]

　　在現代詩的發展過程中，即曾流行「小詩」，所謂小詩，是一種變異的形式，也是一種即興式的短詩，大多以三、五行為一首，表現剎那間的情緒和感觸，寄託人生的哲理和思想，並執著於意境的追求，引起讀者的聯想，具有言簡意賅的效果，1921~1925年間曾盛行一時。當時被稱作「小詩流行的時代」，小詩因而成為風靡一時的詩歌體裁。其實小詩的形式是從外國輸入，在1921年周作人的〈日本的短歌〉、〈論小詩〉等的介紹、引導，以及鄭振鐸於1922年翻譯的泰戈爾《飛鳥集》影響下產生，後來形成了以冰心、宗白華為主要代表的小詩派。小詩的出現和興盛，說明瞭詩人對於詩歌形式多方面探索的努力，並且尋找和創造新的主體內涵展現，在新詩的發展史上具有過渡性的意義。

　　但由於小詩文體特徵的局限性，只能以簡潔含蓄的白話表現「剎那的感興」，難以承載更廣泛的題材，因此大約到1925年以後，便逐漸衰落。半個世紀後的七〇年代後期，羅青標舉「小詩」一詞，以十六行為上限（與冰心提倡的三、五行有一段距離），到了二十一世紀，才在東南亞華文詩壇及兩岸相互影響下而日益受到重視。如今，在臺灣、大陸、菲律賓乃至東南亞華文世界，從小詩變形出的微型詩（三行）、閃小詩（六行）、截句（四行以下），正被不少詩人慢慢地納入創作的視野。再加上大陸網路的「微型

---

[1]　蕭蕭〈臺灣「截句」創作風潮與實踐〉，《蕭蕭截句》代序，臺北：秀威資訊，
　　2017年。

詩」（三行以下）、臺灣詩學季刊聯合六刊物推動的「2014鼓動小詩風潮」，最後由北京小說家蔣一談於2015年底提出四行以下的「截句」一詞，及2016年6月一口氣主編出版的十九本《截句詩叢》，以及2017年年初臺灣詩學季刊在臉書上開設《facebook詩論壇》，長期徵求截句詩作，並已與聯合報副刊在網路及平媒合作舉辦了兩次「截句限時徵稿」，臺灣大規模地提倡有詩題的截句創作已略見成效。[2]

羅青編《小詩三百首》（1979，爾雅）時雖曾說：

> 我們看七律五律、七絕五絕在古典詩中的地位，便可明白「小詩」的創作是如何的重要。把白話「小詩」的層次，提升到律詩或絕句的地位，對有經驗的詩人說來，也是一種巨大的挑戰。所以我認為，無論初學也好，老手也罷，都不應忽略小詩的創作。[3]

文中把小詩類比為古典詩中的絕句，確實展現了推廣小詩極大的企圖心。事實上回顧我國傳統韻文學的發展，在每一個階段中都有微型化的詩體出現，例如詩中的絕句、詞曲中的小令、摘調，甚至連日本受到漢詩影響的和歌，也由原本長歌、短歌、旋頭歌等不同種類，漸漸專指短歌，甚至從短歌的上句獨立成俳句。傳統詩歌的微型化，固然有其形式上突破、求變的因素，但朝向輕薄短小的方向發展，則又與其所呈現的內容、意象、美感等極度迷人有關。本論文即思探討詩歌傳統中的微型與微情，從絕句、小令、摘調以降，討論詩歌傳統中微型化的現象，分析微型化之後的美感特質，試圖為現代詩中的截句詩找尋詩學系統中的定位。

---

[2] 白靈〈從斷捨離看小詩與截句－由臺灣到東南亞到兩岸詩的跨域與互動〉，《臺灣詩學學刊》30期，2017年11月，頁83-103。
[3] 羅青編，《小詩三百首（一）》，臺北：爾雅出版社，1979年，頁13。

一、句絕意不絕：篇幅短小而意味深長的絕句

絕句，又稱截句、斷句，每首絕句長度為四句，短小精萃，是唐朝開始流行的詩歌體裁，屬於近體詩的形式。絕句一詞最早在南朝的齊、梁時代就已出現，陳代徐陵的《玉臺新詠》收有四首五言四句的詩，不知作者名字，題為「古絕句」。此時的絕句是指五言四句二韻的小詩，並不要求平仄和諧；律詩興起之後，出現了要求平仄的「律絕」，所以絕句就分為古絕和律絕。絕的意思是「斷絕」，四句一絕就是以四句詩來完成一個思想概念。

絕句發展到盛唐，雖然已形成五、七絕的基本體制，但在聲律或作法上都沒有定型。絕句的定型是在中晚唐到宋代完成的，然而它的創作巔峰期卻是在盛唐。由於六朝、初唐文人對聲律的講究、句式的探索，使得絕句自然走上律化的過程，但在定型前，詩人們則著意追求絕句篇意的完整，以及「句絕而意不絕」的藝術效果。但在沒有規範可供依循的情況下，遂從絕句的源頭去尋找，於是自然率真的樂府、民歌便被昇華到自由抒寫、渾然無跡的層次。例如高適的〈營州歌〉：

> 營州少年厭原野，狐裘蒙茸獵城下。虜酒千鍾不醉人，胡兒十歲能騎馬。

以四句分寫營州少年衣食住行四方面的特點，幾筆就勾出一幅少數民族生活風情畫，使這首七絕從內容到情調都沾染了北方民歌真率自然的魅力。又如崔顥的〈長干曲〉：

> 君家何處住，妾住在橫塘。停船暫借問，或恐是同鄉。
> 家臨九江水，來去九江側。同是長干人，自小不相識。

下渚多風浪，蓮舟漸覺稀。那能不相待，獨自逆潮歸。

三江潮水急，五湖風浪湧。由來花性輕，莫畏蓮舟重。

　　清商樂府的重要特點是不假思索、脫口而出，且多用對話問答的方式，一般是一首問一首答。崔顥的〈長干曲〉則將樂府古辭擴充成四首相連的五絕，構想出一個采菱少女和一個船家青年水上交談的一幕富有戲劇性的小場景，以輕快活潑的對白表現了人生中偶而相逢的片刻意趣。王夫之《薑齋詩話》稱其「無字處皆其意」[4]。

　　又如李白的〈山中與幽人對酌〉：

兩人對酌山花開，一杯一杯復一杯。我醉欲眠卿且去，明朝有意抱琴來。

　　運用民歌中重複數字的手法，以及醉中與「卿」分手又相約的隨意語氣，表現出詩人任情適意的雅趣。而〈山中問答〉：

問余何意棲碧山，笑而不答心自閒。桃花流水窅然去，別有天地非人間。

　　則以答者口氣，展示出桃花流水盡頭之外的未知天地，神情超脫而富有機趣。孟浩然〈問舟子〉：

向夕問舟子，前程復幾多？灣頭正堪泊，淮裡足風波。

　　把問句提到開頭，使全篇都成一首問答體民歌。〈渡浙江問舟

---

[4]　王夫之《薑摘詩話》四二條，中華書局上海編輯所《歷代詩話續編》本，1959年版；中華書局1983年版。

中人〉：

> 潮落江平未有風，扁舟共濟與君同。時時引領望天末，何處
> 青山是越中。

連行人遙望前程的急切神情，以及放眼天邊、青山一抹的遠景
一併融入問話之中，使問句轉化為景句。李白的〈憶東山〉其一：

> 不向東山久，薔薇幾度花。白雲還自散，明月落誰家。

則分兩層連設二問，道出一向以花月為友的詩人對於東山風景
的留戀，新奇而風雅。

漢魏樂府多將自然擬人化，清商樂府則往往出於對自然的誇
張。李白的絕句最能兼取二者之長並得其神髓。如〈勞勞亭〉：

> 天下傷心處，勞勞送客亭。春風知別苦，不遣柳條青。

將解脫離別之苦的願望寄託在請春風不讓柳條發青的天真想
像，便將春風擬人化了。李白還善於將大自然的擬人化與比興相結
合，如〈獨坐敬亭山〉：

> 眾鳥高飛盡，孤雲獨去閒。相看兩不厭，只有敬亭山。

眾鳥飛盡、孤雲獨閑的景象，是借眼前景為詩人處境寫照。敬
亭山的人格化，及其與詩人相看不厭的奇想，深深蘊含著唯有大自
然知己的寂寞和孤獨，而表情和口氣又像民歌般天真可愛。由漢魏
古絕句確立的比興傳統，在盛唐絕句中與眼前景口頭語渾然一體，
隨處生發。在送別詩中，詩人們總能找到最切合當時情景的興寄：

「桃花潭水深千尺，不及汪倫送我情」（李白〈贈汪倫〉）、「唯有相思似春色，江南江北送君歸」（王維〈送沈子福歸江東〉）。

李白山水絕句中的比興用法更是出神入化，如〈遊洞庭湖五首〉其五，由傳說中的帝子生出美麗的聯想，比喻洞庭的美景：

> 帝子瀟湘去不還，空餘秋草洞庭間。淡掃明湖開玉鏡，丹青畫出是君山。

本義是形容湖似明鏡，山似圖畫，然而讀來又似見明湖君山之間隱現著帝子打開鏡臺晨妝的影像。像這樣以實境與虛擬疊合的比喻手法，無論從構思到句法都超越了傳統的規範。

同是寫景，王維善於調動多種手法處理虛實關係，在五絕這種最短小的形式中容納最大的精神意蘊，使每一處小景都能以有限的畫面引起窮幽入微的聯想。李白的七絕山水詩則擅長於在短篇中以最明快粗放的線條勾勒宏偉壯闊的景觀。

又如同是以宮怨為題，王昌齡善於運用不同的對比手法表現同一主旨。〈西宮秋怨〉：

> 芙蓉不及美人妝，水殿風來珠翠香。誰分含啼掩秋扇，空懸明月待君王。

將隱蔽在樹色中的昭陽殿化為望月宮人身後的背景，遠景的熱鬧正反襯出近景的淒清。〈長信秋詞〉其四：

> 真成薄命久尋思，夢見君王覺後疑。火照西宮知夜飲，分明覆道奉恩時。

借西宮夜飲的火光照醒冷宮中人夢見君王的癡迷，暗示了今日

他人承寵的現實，正是自己昔日奉恩的舊夢。

　　樂府民歌大多是人民的集體創作，代表一種不自覺的民族情感。盛唐詩人深切理解這一點，所以他們創作絕句沒有簡單地停留在模仿樂府的口語、風格和表現方式上，而是深入一層，比民歌更自覺地在日常生活中提煉出共同的民族情感。像「獨在異鄉為異客，每逢佳節倍思親」，既是詩人王維的心情，又為人類所共有。將個人的感受、具體的情境結合於民族的普遍情感，固然是盛唐各體詩的共同特徵，但在絕句中最為突出。這與盛唐絕句對樂府民歌的高度提煉是分不開的。可見「絕句貴有風人之致」的藝術標準，並不是某些詩論家的偏好，而是由於樂府風味的絕句**篇幅短小，意味深長，語言純淨，情韻天然**，體現了最高的詩境應是最單純、最天真、最具概括性、最富於啟示的藝術本質[5]。絕句被視為盛唐詩達到高潮的重要標誌之一，正是如此。

二、摘錦共聆賞：精巧如葉兒的摘調小令

　　元代芝庵的《唱論》，最早論及小令、套數：「成文章曰樂府，有尾聲名套數，時行小令喚葉兒；套數當有樂府氣味，樂府不可似套數；街市小令唱尖歌倩意。」[6]其後周德清在《中原音韻》中謂「樂府小令兩途，樂府語可入小令，小令語不可入樂府」，顯然受芝庵影響，其所謂小令，也就是芝庵所謂「街市小令」。元人雖已論及小令、套數，但重在表現對曲體的雅化要求。

　　最早明確地分別論述小令與套數的是王驥德，他在《曲律》中明標有「論套數」、「論小令」等章節，但觀其所論，主要是關於寫作的詞章技巧。真正從體制特徵上對小令、套數等進行全面論述

---

[5]　葛曉音〈論初盛唐絕句的發展——兼論絕句的起源和形成〉，《文學評論》1999年第1期，頁76~90。

[6]　元・芝庵《唱論》，中國戲曲研究院《中國古典戲曲論著輯成（第一冊）》，北京：中國戲劇出版社，1982年，頁160。

的，是20世紀初的任中敏（任訥）。任氏在《散曲概論》[7]中專列「體段」一章，對於小令一體分為「不演故事者」與「演故事者」兩類。在「不演故事者」一類下，又分列有尋常小令、摘調、帶過曲、集曲、重頭等五種體式；在「演故事者」一類下，則分列有「同調重頭、異調間列」兩種體式。對元散曲的體制形式作較為全面而科學的分類研究，應是任氏開其先河，他對各種體式的特徵大都有較為精闢的論述。

對於小令形制的基本構成，李昌集《中國古代散曲史》第一卷第四章「散曲之篇制」認為「每一首小令，均有其相對穩定的『句組結構』」，小令曲牌雖然「在字數、句數上，都有一定的『伸縮性』」，但這種變化，僅限於句組之內，而一首小令的「句組數不變」[8]。李著揭示小令曲牌字數、句數「變」與「不變」的基本規律，這是很有意義的發現。**這「變」與「不變」之間，正可作為新詩「截句」的參考思維。**

趙義山在《元散曲通論》第三章「元散曲的體式」中對曲之小令與詞之小令的區別、小令的曲式特徵、小令的類型、小令的文體風格等有系統論述。他認為「詞中小令之稱，並非作為有別於它詞的某種特殊體制的名稱」，「元散曲中『小令』之稱名，雖然也沿用了詞之小令這一稱名，但它卻已演變成了與『套數』相區別的單片隻曲的總稱，成為一種體式名稱了。在詞中提及小令，我們想到的是『調短字少』；在曲中提及小令，我們想到的是『單片隻曲』；一著眼於同一體式的長短，一著眼於不同體式的類型。」[9]散曲中小令一名，在元初是「作為市井小唱俗曲的代稱」，直到楊朝英的兩個散曲選本「才明確地用小令和套數兩個名稱來辨體別類，小令作為與套數相區別的獨立隻曲概念的確立，楊氏二選的流

---

7 任訥《散曲概論》，北京：中華書局，1931年。
8 李昌集《中國古代散曲史》，上海：華東師範大學出版社，1991年。
9 趙義山《元散曲通論》，成都：巴蜀書社，1993年。

行，是起了重要作用的」。楊朝英的兩個散曲選本分別為《陽春白雪》、《太平樂府》，**將小令與套數區別，基本上也屬於大小體制的區隔，那麼小令無論在詞、在曲都是相對短小的詩歌體式。**

趙義山在《元散曲通論》中還認為：元散曲中常用的30多個小令曲調「基本沒有增句減句現象，僅略有增字減字的情形」，這與伸縮變化較大的套數中曲牌大不一樣，其根本原因在於其曲式結構較套數穩定，因為作為「單片隻曲」的小令，其樂句甚少，「**小令所使用的曲調也正是靠這種音樂曲式結構的穩定性來保證它的曲式特徵的顯現的**」。至於小令的文體風格，舉例如下，以見其短小卻多元的風貌展現。

（一）就文字方面而言

1.質樸自然

> 自送別，心難捨。一點相思幾時絕，憑闌袖拂楊花雪。溪又斜、山又遮、人去也。（關漢卿的【四塊玉】〈別情〉）

2.俚俗諧趣

> 挨著靠著雲窗同坐，偎著抱著月枕雙歌，聽著數著愁著怕著早四更過，四更過情未足，情未足夜如梭。天哪，更閏一更兒妨什麼。（貫雲石的【紅繡鞋】）

（二）就內容方面而言

1.赤裸的愛情

　　碧紗窗外靜無人，跪在床前忙要親，罵了個負心轉回身，雖是我話兒嗔，一半兒推辭一半兒肯。（關漢卿的【一半兒】）

2.動人的景致

　　天機織罷月梭閒，石壁高垂雪練寒。冰絲帶雨懸霄漢，幾千年曬未乾。露華涼人怯衣單。似白虹飲澗，玉龍下山，晴雪飛灘。（喬吉的【水仙子】〈重觀瀑布〉）

3.趣味的詠物

　　絲綸長線寄天涯，縱放由咱手內把，紙糊披就裡沒牽掛。被狂風一任刮，線斷在海角天涯。收又收不下，見又不見他，知他流落在誰家？（無名氏【水仙子】〈喻紙鳶〉）

4.滑稽的嘲謔

　　一個胖雙郎，就了個胖蘇娘。兩口兒便似熊模樣，成就了風流喘豫章。幃中一對兒鴛鴦象，交肚皮廝撞。（王和卿

的【撥不斷】〈胖夫妻〉）

5.世事的感慨

> 憎蒼蠅競血，惡黑蟻爭穴。急流中勇退是豪傑，不因循
> 苟且。歎烏衣一旦非王謝，怕青山兩岸分吳越，厭紅塵萬丈
> 混龍蛇。老先生去也。（汪元亨的【醉太平】〈警世〉）

然而，在任中敏的《散曲概論》中有一段關於「摘調」的論
述。「摘調」指「套曲中之一二調精粹者，從全套內摘出，作為小
令，本來非小令也。」套曲中的文字，多浮泛之詞，其精粹部分，
往往僅在尾聲。但尾聲的板式比較無法單獨摘出，以供傳唱，即便
想要摘出，也不太適合。「然精粹部分倘並不在尾聲，且所在之調
又可單獨傳唱，作為小令者，則讀者為愛惜文字計，乃不妨刊落其
餘，獨存其調矣。」這種情況，在前人選本中必然很多，可惜因未
曾注明某首小令摘自某套，難以考察。但如果在尋常小令中，發現
有曲牌奇特，非一般小令所慣用，而在普通套曲內反而極常見者，
應該就是摘調小令。《中原音韻》之「作詞十法」後，附有定格四
十首，其中有【雁兒落帶得勝令】〈詠指甲〉者：

> 宜將鬭草尋，宜把花枝浸。宜將繡線勻，宜把金針絍。
> 宜操七絃琴，宜結兩同心。宜托腮邊玉，宜圈鞋上金。難
> 禁。得一掐通身沁。知音。治相思十個針。

周氏於題下注一「摘」字，即謂此首非小令，是從一套曲內
摘出者。又「作詞十法」中第四法「用字」條有云：「套數中可摘
為樂府者能幾？」由此可知，所謂摘調這種方法，元人的確有在使

用。因此聯套之曲牌，或以聲律優美，或是曲辭清麗，而為曲家采擷，從套曲中最精粹之一、二調，摘出來單獨傳唱的，就叫做摘調小令。在清人的筆記中，我們就發現了摘調小令的運用，清‧梁紹壬《兩般秋雨庵隨筆》卷四引用了趙慶熹的一首【江兒水】：

> 自古歡須盡，從來美必收，我初三瞧你眉兒鬥，十三窺你妝兒就，廿三覷你龐兒瘦，都在今宵前後。何況人生，怎不西風敗柳？

即是從趙慶熹的南曲【忒忒令】散套〈對月有感〉中摘取的。

其實詞牌中的「摘遍」也是這樣的概念，按詞中大麴，多者有二十餘遍，體段之長，超過曲中長套。宋時為便於歌唱起見，對於此種冗長之大麴，久有摘遍之辦法。即就大麴之若干遍中，摘取其聲音美聽，且可單獨傳唱，起結無礙之一遍，作為慢曲，如【泛清波摘遍】、【熙州摘遍】等是也。詞中摘大麴之遍而為慢曲，曲中則摘套曲之調而為小令，二者情勢相當而意趣相類。也就是說，**有一種小令，仿詞中的摘遍模式，從套數中摘出，是為「摘調」，這摘調的手法與概念，細究起來，實與「截句詩」中摘取舊作的一類異曲同工。**

三、幽玄空靈意：懸擱語言返回自我的俳句

2016年暑假期間，動畫片《你的名字》（君の名は）在日本首映，上映後連霸日本數週冠軍，票房超越百億日圓。導演新海誠在官方網站特別提到《你的名字》其創作靈感源自一首平安時代早期的和歌，也是詩人小野小町家喻戶曉的作品[10]：

---

[10] https://www.youtube.com/watch?v=3asMEf4OUnQ

思ひつつ寝ればや人の見えつらむ夢と知りせば覚めざらましを

　　和歌的內容是：「夢裡相逢人不見，若知是夢何須醒」。（或許是因為想著那個人入睡才會夢到。如果知道那是夢，本該不要醒來。）[11]新海誠將古典文學納入現代創作的理念，讓日本的年輕人也開始注意到和歌這種日本獨特的藝術。

　　和歌是受到漢詩影響而發展出的詩歌形式，在西元八世紀初開始出現，本來分為長歌、短歌、旋頭歌等不同種類，但十世紀後短歌漸漸一枝獨秀，明治後和歌就專指短歌了。

　　不同形式的和歌主要差別在句數與每句的音節數。以短歌來說，一首短歌有五句，每句音節數分別為5、7、5、7、7音節，共31音。前三句為上句，後兩句是下句。如果上下句分別由不同的詩人創作，就稱為連歌。連歌的上句後來慢慢獨立出來，就成為俳句，僅5、7、5三句，是世界上最短的詩歌。

　　日本人對於四季的變化極為敏感，這種民族性也反應在詩歌藝術上，《萬葉集》[12]已經出現按照春夏秋冬四季的分類吟詠事物，然當時季題的意義並不明顯。爰至中世《百人一首》[13]才出現朦朧的季題意識，四季中歌詠秋季的作品最多。秋季在四季中最短，變化最為微妙，極適合日本人情緒性、感傷性的抒發。

　　日本詩歌發展到俳句，就必須完全賦予「季題」了，甚至有「無季不成句」的說法。短小的詩歌配合敏感的季節變化，讓俳句成為一種奇特的文學形式，如同葉渭渠的論述：

---

[11] 譯文引自「日經中文網」http://zh.cn.nikkei.com/trend/cool-japan/21370-20160912.html

[12] 是現存最早的日語詩歌總集，收錄由四世紀至八世紀4,500多首長歌、短歌，共計二十卷。

[13] 日本鎌倉時代歌人藤原定家私撰的和歌集。藤原定家挑選了直至《新古今和歌集》時期100位歌人的各一首作品，彙編成集，因而得名。這份詩集今稱為《小倉百人一首》。

日本文學尤其是俳句，對小小的季物也可以喚起深刻的季節感和自然的感情，並產生強烈的創作動機，這是世界文學史上罕見的現象。[14]

在日本文學中人心與自然的心一脈相通，不論是花開花謝，月圓月缺，日本人總是能從自然現象中的微妙變化，連結到生命的律動。在這些大自然的萬象中，尤以「雪、月、花」的意象成為整個審美意識的核心。然而比較起來，日本人更愛殘月、初綻放的蓓蕾以及凋零的花瓣，因為這些意象潛藏了一股哀愁的情緒，更增添了一分特殊的美感。葉渭渠也由此連結到日本文學中「空寂」與「閒寂」的文學思想：

企圖通過殘月敗花來聯想滿月和花盛時的自然景象，使之留有詩韻和餘情，其後發展為無常的哀感和無常的美感，這就是日本文學對自然的獨特審美意識，也正是「物哀」乃至其後的「空寂」與「閒寂」等文學思潮生成之源。[15]

浪漫的物哀，幽玄的空寂和風雅的閒寂，這三種精神相通的文學思想增加了日本文學的豐富性與深度。

在萬葉時代，空寂與閒寂的涵義幾乎是相通的，常常視為相同的文學概念。平安時代以後，兩者含義日漸分離，空寂多表現苦惱之情；閒寂多表現風雅的寂寥之情。慈圓（1155-1225）以及西行（1118-1190）的和歌將自然景物融入自己的心境，從此閒寂與空寂的分離更加明顯，然而要到松尾芭蕉（1644-1694）的出現，閒寂才與空寂處在不同的精神層面，閒寂所包含的內容更為豐富而多元，

---

[14] 葉渭渠〈日本文學思潮史〉，北京大學出版社，2009年，頁34。
[15] 同註14，頁36。

開創了文學思潮的新頁。

　　一生以旅為伴，四處漂泊的松尾芭蕉透過旅行，把寫作技巧融入在日常生活中，他最有名的〈古池〉即透過「閒寂」的表現方式，產生藝術性的風雅之美。〈古池〉句云：

　　　古池や蛙飛びこむ水の音
　　　（譯文為：閒寂古池旁，青蛙躍進池中央，水聲撲通響。）

　　這首俳句並列了三樣事物：即古池、青蛙入水以及水聲。斑駁的古池點出了時間意象，水面平靜無波，宛如亙古以來即如此的自在幽寂。然而一隻青蛙霎時跳進水中，撲通一聲，打破了綿長時間中保持的靜止狀態，動能加上音響，與原有的無聲停滯，形成了兩個截然不同的空間，原來看似空寂的世界，實際上隱藏了生命的律動。就在這一聲撲通之後，一切又回到原有的靜謐，然而這看似無窮無盡的靜止之中，隱含了隨時可能發生的動能，存在卻難以猜測的動靜交替，見證了大自然的奧妙與生命的神祕。

　　芭蕉的俳句正是這樣以閒寂為基礎，創造了新的風貌，葉渭渠云：

　　　　芭蕉以閒寂為基礎，將自然與人生、藝術與生活融合為一，達到「風雅之誠」（真實），較之物質的真實，更是重視精神的真實，是作為精神淨化的藝術的真實，從而創造了排諧的新風。[16]

　　葉渭渠在《日本文學思潮史》中對俳句思潮的演變有極為詳盡的論述，但對於俳句這極為特殊的文學形式的美感獨特性並無觸

---

[16]　同註14，頁163。

及，倒是羅蘭・巴特（Roland Barthes）在《符號帝國》這本書中，以符號學理論，提出了一些頗具哲思的想法，其中有關「空」的概念，對於建構俳句的美感經驗相當具有參考價值，詹偉雄在書前的導讀〈使用羅蘭・巴特〉中引用了巴特的文句云：

> （對於俳句）一種由衷的讚賞，亦即，對他的形式，有一種由衷的欲望。如果我想要寫作一些別的東西，其中一些肯定會依賴著俳句的律則。俳句……的特徵是它的褪光性（matteness），它不會產生感覺（no sense），但同時它絕不是胡扯（not nonsense）。[17]

　　作者同時指出，巴特在文學評論中常引用一則希臘神話，亦即奧菲斯為了讓愛妻死而復生，親赴冥府，然而功虧一簣，在陰陽交界回頭一望，妻子瞬間墜落，永遠消失。巴特指出這故事像一則隱喻：符徵（orpheus）總是回頭找尋符旨（Eurydice），而符旨卻空無一物，但與神話不同的是，**這種空與失落，非但不會令人絕望，反而成為慾望與書寫的起點。**
　　羅蘭・巴特在《符號帝國》的〈打破章節〉中云：

> 俳句雖然簡單易讀，卻什麼都沒說，且由於這種雙重特性，它似乎透過一種特別隨手可得、熱心效勞的方式，向意義敞開雙臂，如一位熱情有禮的主人，帶給你賓至如歸之感，你可以完全保有自身的癖好、價值觀、象徵意義。俳句的「不在」（就像我們談論一個不真實的心靈，或一個房東出門旅行時所用的詞語）引誘著我們、破壞了意義，一言蔽之，它對意義大大興起了一股貪念這個意義很珍貴、重要，

---

[17] 羅蘭・巴特（Roland Barthes）著，江灝譯《符號帝國》，臺北：麥田出版社，2014年，頁39。

像財富（機會和金錢）那樣令人垂涎。[18]

　　現代文學評論中強調透過「細讀」（close reading）來掌握文本的意義，意義似乎無所不在，巴特認為這種符號中意義被賦予的過程充滿武斷於蠻橫，因此，必須撼動符號，如同他在《作者已死》中說的：「拒絕賦予文本一個固定的意義，也就代表拒斥上帝，以及所有祂的基礎建構---理性、科學、律法。」因此，**俳句的「不在」顯示了意義的空無，因為空無，書寫者擁有更廣袤的空間，可以毫無罣礙的展現自我。**

　　巴特認為西方將一切事務沉浸在意義之中，就像一門獨霸的宗教，強迫全體人民受洗。然而俳句簡單的主題以及短小的句子卻讓西方的文學評論難以切入，巴特說：

　　　　俳句認為，你有權寫一些瑣碎、短小、平凡無奇的東西，把你的見聞、感觸封存在語詞的纖細世界中吧！你會因此感到興味盎然。你有權建立（由你自身出發）自己的名聲；不論寫的句子如何，都將闡發一種寓義、釋放一個象徵，你會因此變得有深度，只要付出一點小小代價，就可以讓作品變得充實豐富。[19]

　　正是因為俳句這種瑣碎、短小與平凡無奇，讓西方文學評論中什麼大框架、小框架、隱喻及三段論法等專業用語都英雄無用武之地了。

　　巴特在〈偶發事件〉事件中認為：西方藝術把「印象」轉變為描述，俳句從不描述什麼，它的藝術精神是反對描寫的，它展現出一種無主體的狀態，俳句的簡潔與封閉，似乎把世界無限地分離、

---

[18] 同註17，頁153。
[19] 同註17，頁155。

分類，建構出純粹由片段組成的空間，對於俳句這種自我折射的現象，巴特用「珠寶」意象的敘述極為精彩：

> 俳句集結起來的整體是一張鑲滿珠寶的網，在這張網上面，每一顆珠寶都反射出其他珠寶的光芒，珠珠相映無窮盡，永遠沒有一個中心可以抓得住，沒有放射出首道光芒的一顆核心……這樣無限的反射效應本來即是空……如此，俳句隱約讓我們想到從來沒遇到過的事，我們從中辨認出一種無來由的反覆、一個無起因的事件、一段無主角的回憶、一種無纜以繫的語言。[20]

巴特認為在俳句中消失的是古典寫作的兩個基本功能：即描述與定義。不描述也不下定義，俳句自行削減意義，只是再現了一個指示動作，像小孩子指著外在事物，然後說：「這個！」意義不起波紋，也不曾流動。在這種情況下，「評論」變為不可能，巴特舉出了許多類似的例子，例如：

春日微風
船夫嚼煙鬥　　（松尾芭蕉）

滿月明
草蓆上
松樹影　　（榎本其角）

在漁夫家裡
魚乾的氣味

---

[20]　同註17，頁167。

還有熱　　　（正岡子規）

　　這一類的俳句，就像時間之流中的一個痕跡，建構了「不含評論的視野」，消解的不僅是意義，而是一切的終極觀念。

　　俳句的空無，消解了一切的意義，那麼**究竟要如何面對這樣短小空靈的文學形式呢？巴特給了我們一個極為簡單的答案：直接重複它一遍就行了。宛如禪宗的問答，細細思量，反覆咀嚼，懸擱語言，切斷不斷向我們內心傳遞的無線電波，也是為了掏空、抹除內在不可抑制的喃喃不休。**

　　當青蛙的跳水聲讓芭蕉頓悟真意的時候，這個聲響不是一個「靈光乍現」的動機，而是一種語言的終止，就是在這種毫無回聲的終止狀態，否定思維的發展空間，建立了俳句空無的形式。

四、結語

　　1922年俞平伯在《詩》創刊號上曾撰文說：「日本亦有俳句，都是一句成詩。可見詩本不見長短，純任氣聲底自然，以為節奏。我認為這種體裁極有創作的必要」，呼籲以中文仿照日本俳句創作新體裁的詩，但迴響不大。1920年代中國詩壇興起「短詩熱」，一些作家寫了一些具有俳句特徵的短詩，表現瞬間感覺，形式凝練簡潔，例如汪靜之的《蕙的風》，何植三的《農家的草紫》，潘漠華、馮雪峰等人的《春的歌》等，但這些短詩只能說是受了日本俳句篇幅短小和某些創作特點的影響，不算是漢語的「俳句」。

　　1980年5月30日，中日友好協會首次接待大野林火為團長的「日本俳人協會訪華團」。日方送來了松尾芭蕉、與謝蕪村、正岡子規等古代俳人的詩集。在場的趙樸初詩興勃發，參照日本俳句十七音，依照中國傳統詩歌創作的聲法、韻法、律法等特點寫了三首短詩，就是中國詩歌史上的第一組漢俳。當天在北海仿膳宴席上，

林林也即興創作了兩首漢俳〈迎俳人〉。

　　1981年4月，林林和袁鷹應日本俳人協會之邀訪問日本，在日本《俳句》雜誌上發表〈架起俳句與漢俳的橋梁〉一文，「漢俳」亦隨之定名，正式成為一種韻文體裁。當年中國《詩刊》第六期亦公開發表以上三人的漢俳。1982年5月9日《人民日報》也發表了趙樸初、鐘敬文等人的漢俳，引起當時的中國詩壇注目。

　　這個訊息十分有趣，一個源自漢詩而輾轉生成的俳句，成為日本詩歌美學的代表，之後又傳到華語世界形成漢俳，這個現象告訴我們一件事：**詩歌在微型化的過程中所產生的空靈小巧的微情逸趣，令人著迷與讚嘆。**

　　綜觀前文的論述，我們可以歸納出以下幾點：

1、盛唐絕句篇幅短小，意味深長，語言純淨，情韻天然，體現了最高的詩境，而這種句絕意不絕型態，應是最單純、最天真、最具概括性、最富於啟示的藝術本質。

2、元曲小令較詞更又彈性，但仍有一定法度，其字數、句數「變」與「不變」的基本規律，正可作為新詩「截句」的參考思維。小令的曲牌也正是靠這種音樂曲式結構的穩定性來保證它的特徵的顯現。

3、摘調小令仿詞中的摘遍模式，從套數中摘出，這摘調的手法與概念，細究起來，實與「截句詩」中摘取舊作這一類異曲同工。

4、俳句不依賴文字的鋪陳抒發心境，反而接近空無的禪語，這種空與失落，非但不會令人絕望，反而成為慾望與書寫的起點。因為空無，書寫者擁有更廣袤的空間，可以毫無罣礙的展現自我。

　　誠如羅蘭巴特所言，如何面對這樣短小空靈的文學形式呢？細細思量，反覆咀嚼，懸擱語言，抹除內在不可抑制的喃喃不休，如此將能成就「截句詩」尋求靈光乍現的美感境界。

截句的詩體學意義

王珂

東南大學現代漢詩研究所教授

摘　要

截句是後現代寫作的產物，也是中國傳統詩歌技巧的繼承，是詩人們在「爭價一句之奇」。臺灣截句與百年新詩史上的小詩一脈相承又有差異，用的是現代詩體和現代漢語，抒發的是臺灣現代人的情緒，記錄的是現代生活，具有現代詩的生產傳播方式，既是「綱路詩寫作」的產品，也是臺灣「小詩運動」的結晶。臺灣強調這種詩體需要詩題和整體性，呈現出臺灣詩人的主體意識及詩人的身分意識比大陸詩人更強烈，具有一定的政治意義。詩題可以呈現文本的獨立性和文體的完整性與作者的主體性和文體自覺性。製作截句的兩種方式也有詩體學意義，一是斷章（截句）取「義」，截取最有意義的句子，突出了詩的思想性。二是斷章（截句）取「美」，截取最有美感的句子，還造就了「空白美」，突出了詩的藝術性。兩種方式都提高了新詩的品質。

關鍵字：截句、小詩、爭價一句之奇、後現代寫作

論及截句，首先應該給截句下一個定義，讓其「名正言順」，更是為了論述方便。在臺灣，白靈是截句的主要「推手」，他的定義比較權威。他在《臺灣詩學截句選300首》的序言〈從小詩風到截句潮〉中說：「『截句』，可說是沿著2014年的『鼓動小詩風潮』摸桿而上，『截句潮』與三四十年來的『小詩風』其彼此關係是顯而易見的。但在彼岸大陸並不太使用『小詩』而只用『短詩』一詞，頂多有『微型詩』提倡三行，其小詩風並無真正傳承可言。一直到2015年底大陸小說家蔣一談橫空標出『截句』一詞，將一行至四行小詩全涵蓋其中，2016年邀得十餘位檯面上叫得出名號的中堅詩人的認同，截取舊作之佳句，出版多本截句詩叢，但既未標注出處或附上原作，更未標識詩題，平白喪失了詩題的提綱或擴延作用。如此所出截句詩集乃成了片語斷章，較為隨興。臺灣的『截句』既延著小詩多年創作傳統而來，詩題豈可踢開，且截句一詞自古有之，與絕句一詞相當，今既納入一至四行的彈性，及可截舊作的模式，又欲繼古來詩的傳承，則當有一首詩的模樣，因此詩題及完整度即成了臺灣提倡截句時的基本要求，那是嚴肅當作一首小詩來完成的態度。」[1]這段話既描述出中國大陸「截句」的歷史，也概述出臺灣「截句」的歷史，兩者明顯是有差異的，「臺灣截句」是「延著小詩多年傳統而來，詩題豈可踢開」，說明它仍然是詩，甚至可以說它只是「小詩」中的一種詩體，可以稱為臺灣小詩中的「截句體」。

　　白靈在《白靈截句》的序言〈臉書與截句〉還強調了「臺灣截句」的文體特色，特別指出它是「網路詩」中的一種詩體。「這樣的創作動力其實與臉書詩友間的互動有相當大的關係，加上不少詩齡資歷不一樣的詩友善意乃至深入的點評和建議，大致可以測度出詩語言的深淺與讀友回應間有著不可盡測的互動關係，使得網路

---

[1]　白靈：〈〈編選序〉從小詩風到截句潮〉：白靈：《臺灣詩學截句選300首》，秀威資訊科技股份有限公司2017年版，第11-12頁。

詩寫作成了人生中不曾有過的快樂創作過程。而截句此一形式在臺灣的出現和發揚，其實與近幾年個人對東南亞地區華文小詩的發展賦予極大的關注有關。2014年的『鼓動小詩風潮』只是個契機，那一年臺灣有八個刊物出版了小詩專輯，大致承認十行以內的詩作為小詩的公約數。但『小詩』一詞似乎在大陸施不上力，甚至不太用『小詩』一詞。一直到2015年底大陸小說家蔣一談橫空標出『截句』一詞，將一行至四行小詩全涵蓋其中，並在2016年邀得十餘位檯面上叫得出名號的中堅詩人的認同，多數截取舊作之佳句，出版一系列截句詩叢，唯其一方面並未標註出處或附上原作，一方面更未標識詩題，如此所出截句詩集乃成了片語斷章，較為隨興，或有供讀者隨意翻閱之便，卻難知創作之原委。」[2]

2017年由臺北秀威資訊科技股份有限公司推出了「臺灣詩學25周年截句詩系」，共15本詩集，出版了《向明截句》《蕭蕭截句》《白靈截句》《靈歌截句》《葉莎截句》《尹玲截句》《黃裡截句》《方群截句》《王羅蜜截句》《雲朵截句》《阿海截句》《忍星截句》《卡夫截句》《卡夫截句選讀》，一共是13位詩人。還出版了《臺灣詩學截句選300首》一本合集。白靈介紹這本詩選的來歷：「2017年是臺灣興起「截句風潮」的第一年。此選集所有作品全選自蘇紹連創建多年的「facebook詩論壇」，其中絕大多數來自2017年1月10日至6月30日詩人發表的截句作品。收集估計後，一月刊410首，二月751首，三月697首，四月678首，五月876首，六月682首，共4094首。經筆者每月挑三十餘至五六十首不等，得280首。另二十首則是與《聯合報》合作，投稿於「facebook詩論壇」的「詩人節截句競賽」（主題：詩是什麼。徵稿時限5月5至20日，稿件916首）、和「讀報截句競賽」（徵稿時限6月23日至7月14日，稿件277首）後的兩次得獎作品……即此本截句選由總數五千首挑

---

[2]　白靈：〈〈自序〉臉書與截句〉，白靈：《白靈截句》，秀威資訊科技股份有限公司2017年版，第10-11頁。

出300首成書的梗概。」[3]

　　從白靈的以上言論不難看出截句，尤其是臺灣截句的詩體學意義：臺灣截句與百年新詩史上的小詩一脈相承又有差異，它是臺灣現代社會的產物，用的是現代詩體和現代漢語，抒發的是臺灣現代人的情緒，記錄的是現代生活，最重要的是，它是現代科技的產物，具有現代詩的生產傳播方式，如白靈所言它是「網路詩寫作」的產品，也是臺灣「小詩運動」的結晶。「這樣的創作動力其實與臉書詩友間的互動有相當大的關係，加上不少詩齡資歷不一樣的詩友善意乃至深入的點評和建言，大致可以測度出詩語言的深淺與讀友回應間有著不可盡測的互動關係，使得網路詩寫作成了人生中不曾有過的快樂創作過程。」[4]這種寫作不僅改變了詩的傳播方式，由紙質的延時傳播變成了網路的即時傳播，還改變了詩的寫作方式，由詩人閉門造車式的個體性的「離線寫作」變成了群體性的「線上寫作」。這是現代社會的工業化大生產甚至流水線生產獨有的生產方式。

　　但是「臺灣詩學25周年截句詩系」中的一些截句與過去的小詩並無多少差異，甚至與白靈所言的「臺灣截句」毫無關係。如方群在自序〈在我們並肩的路上〉說出他的《方群截句》中的詩就是過去寫的小詩，這些詩作並不產生於2017年的臺灣「截句風潮」，更不是「網路寫作」產生的「網路詩」。「若非白靈老師的再三催促，這本詩集的面世恐怕遙遙無期，配合《臺灣詩學》二十五周年社慶，以及『截句』運動的推廣，這次整理2007～2016年間，行數在四行以內的創作，從中選取七十五首，總為一書。短詩和組詩一直是我寫作的主力，這一方面來自個人對形式設定的偏好，另一方面也導源于創作時的思想核心。詩本就是簡潔精煉的文字藝術，在

---

[3]　白靈：〈〈編選序〉從小詩風到截句潮〉：白靈：《臺灣詩學截句選300首》，秀威資訊科技股份有限公司2017年版，第11-12頁。

[4]　白靈：〈〈自序〉臉書與截句〉，白靈：《白靈截句》，秀威資訊科技股份有限公司2017年版，第10-11頁。

內容安排如此，在組織結構亦然，取材角度或許各有所愛，但聚焦目光不容毫釐偏差。掌握文字是寫詩的基本功，以小詩和組詩檢視，更是無所遁形，詩人若不能於此略展所長，則侈言高遠不啻是海市蜃樓。⋯⋯除少部分修改與勘誤之外，大致保留發表時的原貌。這本詩集雖是預期的意外收穫，但也是十年心血的淬煉結晶⋯⋯」[5]

比較《白靈截句》與《方群截句》兩本詩集，發現兩者的文體差異也很大，《方群截句》收錄的詩沒有一首寫於2017年，《白靈截句》收錄的詩均寫於2017年，如第一首是《詩是最好的情人》，寫於2017年3月15日，全詩如下：「捻響星光，送十里海濤／煮三雨風聲，鑄造最靜的吵／／你在它身上用盡全力／而不虞受傷」。《白靈截句》中的詩均是四行，沒有組詩，方群的詩有組詩，如第一組詩詩〈咖啡四帖〉，一共四首，每首三行，如之一：「在唇吻間，告解／氤氳的人事假像，品嘗／彌漫的酸苦情仇。」

由此可見臺灣兩位重要的小詩詩人對截句應該有的詩體的理解迥有差異。不僅在詩體形式上有差異，在詩體的創新意識上也大相徑庭，白靈相對激進，方群相對保守。兩人代表了今日臺灣截句的兩種風格，可以說一個偏向「現代」，一個偏向「傳統」。在臺灣詩壇，白靈是重要的詩體實驗者，他做過很多跨界寫作實驗，尤其在小詩詩體實驗上，花樣翻新，成就頗豐。他早年寫的是「四行詩」，這種經歷使他見到強調一到四行，主要是四行的截句有「一見如故」的親切感；也是因為他人老了，出現了強烈的懷舊而放棄「五行詩」回到年輕時的「四行詩」。方群雖然也過了知天命之年，但是比白靈小十歲，所以他的截句詩體觀沒有太大的改變，與他過去的小詩觀幾乎完全相同。

因此有必要思考涉及截句是否具有詩體學意義的關鍵性問題：這種抒情性文體的發展從「小詩」到「截句」在詩體上是進步了還

---

[5]　方群：〈〈自序〉在我們並肩的路上〉，方群：《方群截句》，秀威資訊科技股份有限公司2017年版，第9-10頁。

是倒退了？也可以反向思維白靈所言的蔣一談宣導的「大陸截句」與他所宣導的「臺灣截句」在詩體上的優劣，如果說他所說的強調詩的「整體性」的「臺灣截句」，是受蔣一談所說的強調詩的「局部性」的「大陸截句」影響而成的新的小詩體，那麼這種詩體「改進」是進步了還是倒退了？尤其需要思考的是為何會產生這樣的詩體改變，如臺灣為何強調這種詩體的詩題的重要性。從詩體學視野看，詩題的存在不僅是為了引領寫作或者閱讀，形成主題先行式寫作或期待視野性閱讀，更是為了強調文本的獨立性和文體的完整性，以致呈現出作者的主體性和詩人的文體自覺性。由此可以看出臺灣詩人的文本意識和文體意識、主體意識及詩人的身分意識比大陸詩人更強烈，甚至可以看出詩人的社會角色在大陸和臺灣兩地的差異。大陸詩壇二十多年來一直存在詩的主題的「輕化」現象和詩的寫作的「個人化傾向」，在社會生活也流行「沒有英雄的時代，我只想做一個凡人」的說法。詩題的缺失在某種意義上正是這種凡人寫作及反英雄甚至反崇高社會思潮的反映。生態決定功能，功能決定文體，這是臺灣可以掀起小詩運動，大陸卻無法開展小詩運動的重要原因。2016年5月，我在東南大學舉辦了華文世界首屆小詩國際研討會，會前會後都沒有出現我預想的「登高一呼群體回應」的盛況。大陸小詩界的情形確實有些像白靈所言的「施不上力」。「而截句此一形式在臺灣的出現和發揚，其實與近幾年個人對東南亞地區華文小詩的發展賦予極大的關注有關。2014年的『鼓動小詩風潮』只是個契機，那一年臺灣有八個刊物出版了小詩專輯，大致承認十行以內的詩作為小詩的公約數。但『小詩』一詞似乎在大陸施不上力，甚至不太用『小詩』一詞。」[6]

　　大陸數十位詩論家中沒有一位專業研究小詩，大陸詩人中也沒有一人像臺灣詩人中的白靈、林煥彰那樣熱心於小詩創作、小詩研

---

[6]　白靈：〈〈自序〉臉書與截句〉，白靈：《白靈截句》，秀威資訊科技股份有限公司2017年版，第10-11頁。

究甚至組織小詩運動，所以大陸提出截句概念的竟然是小說家蔣一談，儘管他為此做了大量鼓動宣傳工作，當時及現在的影響力都非常有限，今天截句這個概念在大陸幾乎被詩壇，尤其是研究界「淡忘」。臺灣詩人對截句詩題的重視反映出臺灣詩人，尤其是白靈等宣導甚至鼓吹截句及小詩的詩人仍然有較強烈的英雄夢，也證明臺灣詩人在公眾中仍然具有一定的影響力，除了單純的詩人身分外，還兼有如同近年大陸的「公共知識份子」的身分。強調截句需要詩題及詩的整體性的文體主張具有明顯的政治學甚至寫作倫理的意義，這正是現代文（詩）體學中的功能文（詩）體學關注的重點，也是截句的一大詩體學意義。

　　以上反思還引出一個頗有意思的話題：為何白靈現在熱衷於「引進」並「改進」「大陸截句」？白靈身為臺灣重要的小詩詩人和小詩理論家，尤其是「五行詩」的主要宣導者，為何今天向「四行詩」截句「投降」了？白靈是近年臺灣小詩運動的領袖，主辦了各種繁榮小詩的的活動，聯合多家刊物同時發表小詩作品和論文。《臺灣詩學學刊》2014年6期出了「小詩專輯」，發表了白靈、蕭蕭和李翠瑛研究小詩的論文。白靈數十來年一直致力於小詩的詩體實驗。早在《臺灣詩學季刊》1995年3月號，就以總題為「五行詩」發表了多首小詩。如《掌紋》：「陽光、風雪、哭和笑／興高采烈地坐進小船，一艘艘／航入運著命的浪濤裡／不論划多遠，總有幾座山遠遠地／伸出雲端，隱約似如來佛的手指頭。」。2014年12月8日，白靈在臺北市臺北科技大學接受大陸青年新詩學者王覓的採訪，專門談到他的小詩寫作。「我寫詩一開始是寫四行的小詩，慢慢地寫，受到那個時代的影響。在七八〇年代的時候，流行過一陣子的敘事詩，或者長詩，就去寫四五百行的詩。寫了好一陣子的比較長的詩。慢慢地又把詩縮減，到最近這些年來又開始寫起小詩來。我發現，在整個時空的流變裡，長的詩很容易就不見了，因為沒有人有耐心讀。你寫四五百行的詩，從來沒有人會提起，可

是你寫一個幾行的詩，常常會有人提起來。比如現在初中或者高中的課本裡的詩，都是不長的詩，甚至很短的詩。這些詩在這個時代，在網路時代的傳播裡，稍微長一點的詩就很難在網路的同一個空間裡出現，都要變成好幾頁，一般人都沒有耐心去閱讀。我們寫詩時，就發現了你寫幾十行的詩，別人讀起來都沒有讀您寫很小的幾行的詩的感覺那麼強烈。這是個很大的問題。我這些年就在小詩方面下了些功夫。提倡小詩，是希望讓詩的傳統，還有它的成果能夠代代相傳，讓新詩形體更輕盈，在群眾中更普及。近年我集合了多家詩刊一起辦『小詩專輯』，又辦現代小詩書法展，到中南部去展覽，還蠻成功的。今天在詩的形式上面恐怕要做一些檢討，尤其是很多人寫不了小詩，很多的成名的詩人從來不寫小詩，也寫不了小詩，這種現象不正常。我是1987年才意識到寫五行詩，可是剛開始不曉得它是五行詩，寫下就是五行，後來慢慢覺得五行詩蠻有意思，就形成一種寫作習慣，就這樣斷斷續續寫，到現在還在寫五行詩。我這樣解釋五行詩：我們不是有五個指頭嗎？五與十的關係是五行可以變成十行，十行也可以變成五行，就看你怎麼排列。我希望能夠把很濃的情感，經過慢慢地刪減，最後濃縮到能夠在五行的掌控下。五行又跟金木水火土，跟五臟有關係，五色、五音，全部都是五，不知道為什麼啊！只是知道在這麼短的語言中能把一首詩寫得還算完整，讓人家有所感，讓人覺得像這樣的東西能夠把很多的東西放進來，讓人無可挑剔。我覺得這也是對自我的挑戰，也是一種本領。但是寫成十行就很簡單，寫成十行它已經夠長了，對我來講，能夠把它縮到五行，就變得很有意思。如來佛不就是用五根指頭把孫悟空擋在前面嗎？我們心靈就像孫悟空，應該用更簡短的詩的形式把自己擋住。」[7]

「想像一種語言就意味著想像一種生活形式。」[8]新詩的自由

---

[7]　王見白靈採訪錄音，未刊稿。

[8]　[奧]維特根斯坦：《維特根斯坦全集8／哲學研究》，塗紀亮主編，塗紀亮等譯，河

詩追求的詩體自由是人的自由精神的詩的呈現，小詩通常採用比格律詩更鬆散的準定型詩體，呈現出現代人的循序感和自由欲的既對抗又和解的關係，甚至還可以呈現出現代政治追求的理想形式——寬鬆而有節制的上層建築。近年大陸進入了「不折騰」的「和諧社會」的「建設」階段，政治相對穩定，詩壇也相對平靜，人的秩序感大於人的自由欲，所以以「截句運動」為代表的小詩運動沒有合適的土壤。臺灣近年政治相對動亂，詩人的自由欲強烈，自然出現渴望變革的「運動心態」，所以蔣一談在大陸宣導的截句出現了「牆內開花牆外香」現象，被臺灣詩人進行「橫的移植」，並與臺灣小詩進行「縱的繼承」，「嫁接改良」成與大陸截句頗迥的臺灣截句。在這個詩體移植過程中，特別是運動性的詩體改良及詩體重建過程中，不難發現這種詩體一旦被「運動」起來，人的自由欲又與秩序感和解，優秀詩人特有的文體自覺性極大地消解了文體獨創性。這保證了近年臺灣的截句運動能夠健康進行並碩果累累。

　　與詩題相比，行數才是小詩最基本的元素。如果從功能文體學來探討小詩的詩體實驗，尤其是在「行數」上的實驗，更可以發現小詩文體學意義中的政治學意義。早在1922年，適值新詩史上的第一次小詩運動，周作人就主張用現代詩體「數行的小詩」記錄現代生活「感覺之心」。「如果我們『懷著愛惜這在忙碌的生活之中浮到心頭又複隨即消失的剎那的感覺之心』，想將它表現出來，那麼數行的小詩便是最好的工具了。」[9]這個小詩定義與濱田正秀的抒情詩定義有「英雄所見約同」之處。「所謂抒情詩，就是現在（包括過去和未來的現在化）的自己（個人獨特的主觀）的內在體驗（感情、感覺、情緒、願望、冥想）的直接的（或象徵的）語言表現。」[10]濱田正秀強調五大「內在體驗」，小詩最適應用來抒寫

　　北教育出版社2003年版，第14頁。
[9]　仲密：〈論小詩〉，楊匡漢、劉福春：《中國現代詩論》，上編，廣州花城出版社1985年版，第62頁，原載1922年6月29日《覺悟》。
[10]　[日]濱田正秀：《文藝學概論》，陳秋峰、楊國華譯，中國戲劇出版社，1985年，第

「感覺」和「情緒」，濱田正秀的「感覺」與周作人的「感覺之心」如同一轍。小詩的「感覺」與「長詩」的「感情」的最大差別不完全在於情緒的強弱，而在於情緒的倫理性。不穩定的感覺更多是身體的本能反應，是「自然人」的「條件反射」，無法做道德判斷，如傷心、憤怒。相對穩定的感情既是個體的更是社會的，可以做價值判斷，是「社會人」的「環境適應」，甚至可以說是可以獲得「道德愉快」的「道德情感」，如集體主義情感、愛國主義情感。因此重視感情而非感覺的古代漢詩才可以用來完成「詩言志」總綱下的「詩教」。

小詩在詩的內容上重視情緒輕視情感，導致寫作目的從「詩教」轉變到「詩療」，重視寫作過程輕視寫作結果。因此詩人更重視詩的形式及詩體。「小詩的基本特徵是它的暫態性：瞬間的體驗，剎那的感悟，一時的景觀。給讀者一朵鮮花，讓讀者去領悟春天的喧鬧；給讀者一片落葉，讓讀者去悲歎秋天的寂寞。暫態性不是對小詩的生命的描述。暫態性來自長期的情感儲備和審美經驗的積澱。『蚌病成珠』。優秀的小詩正是這樣的情緒的珍珠。」[11]新詩百年，很多詩人都在周作人所講的「數行」上下功夫，進行小詩的詩體實驗，如林庚、沙鷗、傅天虹、曾心、林煥彰、黃淮等，詩體實驗的主要目的是為了找出小詩到底應該是多少行。如傅天虹出版了《傅天虹小詩八百首》，收入有一行詩、兩行詩、三行詩、四行詩、五行詩、六行詩、八行詩和九行詩。他說：「自己特別喜歡小詩，二十多年前創辦當代詩壇雜誌，我就闢有『小詩大觀的欄目』。」[12]

二十世紀上半葉最成功的詩體實驗者是林庚，他實驗了「九

47頁。

[11] 呂進：〈寓萬於一，以一馭萬——漫說曾心〉，曾心、呂進：《玩詩，玩小詩——曾心小詩點評》，秀威資訊科技股份有限公司2009年版，第4-5頁。

[12] 傅天虹：〈編後小記〉，傅天虹：《傅天虹小詩八百首》，中國文史出版社2009年版，第283頁。

行詩」「十行詩」；二十世紀下半葉最成功的實驗者是沙鷗，他實驗過多種詩體，如九行詩、十行詩、十一行詩詩體。他最成功的是「八行體」。1980年8月他總結說：「近年來，我對小詩有意在探索。探索詩的表現、詩的形式。探索的目的是為了找一件合身的衣服。……我探索中的這類小詩的形式是：兩行為一節的八行體是基礎。由於題材不同，要表現的感情不同，這四節八行的形式，又必須有變化。我已採用的，有一、三、一、三，有四、四，有二、四、二，有三、三、三（這已經是九行了）等不同的排列。」[13]1994年他的〈從八行體到「新體」〉總結說：「1955年我在文學講習所工作，……我花了將近兩年的時間，埋頭於唐人絕句的研究。……經過反復的探索，我認為古典絕句的容量，用八行最適合於表達；古典絕句的表現技巧，很適合用八行來表現；古典絕句的藝術特色，也能在八行中再現。由此我確定了用八行，就可以把古典絕句中的寶藏，在今天的新詩創作中繼承下來，發展開來。這樣，我建立了八行體詩。將近三十年後公木在〈關於八行體詩的通信〉（《人民文學》1985年第三期）中說：「那種八行四節體小詩，實際上可稱為沙鷗的八行體。」我用這種八行體詩的第一次嘗試，是發表在《詩刊》1957年第二期上的十首〈故鄉〉，當時得到許多同行的稱讚。我的八行體詩是把絕句的過於嚴謹的四行放寬了，使全詩有了較大的空間，增加了容量，這給了我自由。絕句在格律上是十分嚴格的，八行體詩雖押腳韻，並以第一行的最後一字定韻，兩行一節，節奏上大體整齊，因而具有新格律詩的一些特色，但每行的字數從來不固定，這又給了我自由。這種藝術形式顯然大有用武之地。」[14]「『文革』的中期和後期，我借病逃離了五七幹校，有了很充分的屬於自己的時間來研究八行體詩。由於情緒

---

[13] 沙鷗：〈關於我寫詩〉，止庵：《沙鷗談詩》，北京首都師範大學出版社1996年版，第97頁。

[14] 沙鷗：〈從八行體到"新體"〉，止庵：《沙鷗談詩》，北京首都師範大學出版社1996年版，第527-528頁。

及素材組合的不同，在八行的排列上也應該變化。於是，我耐心地做各種試驗：先寫了二行一節的一百首，然後是：四、四排列的一百首，二、四、二排列的一百首，一、三、一、三排列的一百首，八行不分節的一百首，以及三、三、三排列的九行詩一百首……這樣在八行體詩的各種排列組合的實驗中，我進一步把握了這種詩體在創作中有許多訣竅，這些訣竅關係著詩美、詩的意境等，八行體詩的表現力被大大增加了。」[15]「從一九八二年起，……我從八行體詩中走出來，……八行詩的形式不存在了，卻衍變成為一種對我很適合的新的形式：從八行變為十來行，依然保持了短的特點；從四小節變為三到五小節；不再是完整的一句成為一行，而是根據情緒與節奏的需要來安排詩行的分割以及錯落的排列；仍然保留了短句和視覺上形式大體整齊的特點；取消了押韻。這樣的形式不失之於過分嚴謹，又很自由。」[16]

　　從林庚與沙鷗的小詩詩體實驗不難發現一個現象：在「革命」「戰爭」「運動」此起彼伏的二十世紀，「動」遠遠大於「靜」，詩體自由遠遠多於詩體規範，甚至不難發現有一種詩體解放的現象。如林庚強調「九行詩」，實際上他創作了大量的「十行詩」；沙鷗推崇「八行詩」，最後卻「從八行變為十來行」。本來應該是「老去漸於詩律細」，卻剛好相反，小詩的行數越寫越多。但是在二十一世紀的小詩詩體實驗中卻出現了「老去漸於詩律細」現象，如長期主張「五行詩」的白靈把詩行減少，成了「四行詩」，準確點說是「一至四行詩」。如果比較兩個世紀的「詩行增加」與「詩行減少」現象，探討這種詩行變化背後的詩體學意義，不難發現與時代思潮休戚相關。二十世紀是破壞的時代，是自由精神被高度推崇甚至被迷信的時代，二十一世紀是建設的時代，是人的秩序感多

---

[15] 沙鷗：〈從八行詩到"新體"〉，止庵：《沙鷗談詩》，北京首都師範大學出版社1996年版，第528-529頁。

[16] 沙鷗：〈從八行詩到"新體"〉，止庵：《沙鷗談詩》，北京首都師範大學出版社1996年版，第530-531頁。

於人的自由欲的年代。當然，除去時代精神以外，還有詩人的個人因素，尤其是年齡和經歷帶來的創作心態及詩體實驗心態的變化。

　　穆木天1926年1月4日給郭沫若的那封談新詩的信有助於理解白靈為何把大陸的截句改革為臺灣的截句，他發現了大陸截句的弱點是缺乏統一性和持續性。穆木天是新詩草創期為新詩詩體建設作出了巨大貢獻的詩人，最早發現標點破壞了詩的整體性，主張用空白來取代標點。他格外強調詩的統一性和持續性。「我的主張，一首詩是表一個思想。一首詩的內容，是表現一個思想的內容。中國現在的新詩，真是東鱗西爪：好像中國人不知道詩文有統一性之必要，而無unite為詩之大忌。第一詩段的思想是第一詩段的思想，第二詩段是第二詩段的思想。甚至一句一個思想，一字一個思想，思想真可稱未嘗不多。（這真如中國的政治一樣！）在我想，作詩應如證幾何一樣。如幾何有一個有統一性的題，有一個統一性的證法，詩亦應有一個有統一性的題，而有一個有統一性的做法。……與詩的統一性相關聯的是詩的持續性。一個有統一性的詩，是一個統一性的心情的反映，是內生活的真實的象徵。心情的流動的內生活是動轉的，而它們的流動動轉是有秩序的，是有持續的，所以它們的象徵也應有持續的。一首詩是一個先驗狀態的持續的律動。讀一首好的詩，自己的生命隨著它持續的流流動，讀一首壞的詩，無統一的詩，覺著不知道怎辦好，好如看見自動車跑來一樣──這是一般都能覺出來的罷。……勿論律動是如何的松，如何的弛緩，如何的輕軟，好的詩永是持續的。詩裡可以有沉默，不可是截斷：因為沉默是律的持續的一形式。你如漫步順小小的川流，細聽水聲，水聲縱使有時沉默，但水聲不是沒了，如果水聲是沒了，是斷了，你得更新聽新的水聲了。中國現在的詩是平面的，是不動的，不是持續的。我要求立體的，運動的，有空間的音樂的曲線。我們要表現我們心的反映的月光的針波的流動，水面上的煙網的浮飄，萬有的聲，萬有的動！一切動的持續的波的交響樂。持續性是詩的不可

不有的最重要的要素呀！……總起來可以說我們要求的詩是——在形式方面上說——一個有統一性有持續性的時空間的律動。」[17]
「關於詩的韻（Rime），我主張越複雜越好。我試過在句之中押韻，自以為很有趣。總之韻在句尾以外得找多少地方去押，不押韻的詩也有好處。韻以外，我對『句讀』有一點意見。我主張句讀在詩上廢止。句讀究竟是人工的東西。對於旋律上句讀卻有害，句讀把詩的律，詩的思想限狹小了。詩是流動的律的先驗的東西，決不容別個東西打擾。把句讀廢了，詩的朦朧性愈大，而暗示性因越大。……我希望中國作詩的青年，得先找一種詩的思維術，一個詩的邏輯學。作詩的人，找詩的人，找詩的思想時，得用詩的思想方法。直接用詩的思考法去思想，直接用詩的旋律的文字寫出來；這是直接作詩的方法。因為是用詩的邏輯想出來的文句，所以他的Syntaxe得是很自由的超越形式文法的組織法。換一句說，詩有詩的Grammaire，決不能用散文的文法規則去拘泥它。詩句的組織法得就思想的形式無限的變化。詩的章句構成法得流動，活軟，超於散文的組織法，用詩的思考法去想，用詩的文章構成法去表現，這是我的結論。」[18]

　　截句寫作正需要這樣的「詩的思維術」和「詩的「邏輯學」，小詩寫作也是詩的寫作，「得用詩的思想方法。直接用詩的思考法去思想，直接用詩的旋律的文字寫出來；這是直接作詩的方法。」如果回到截句的最初形態，它是從一首完整的詩中抽出的「一至四個詩行」，並沒有採用「詩的思維術」和「詩的邏輯學」。採用這樣的製作方法，準確點說是「改詩法」而不是「寫詩法」，詩人是

---

[17] 穆木天：〈譚詩——寄沫若的一封信〉，陳惇、劉象愚：《穆木天文學評論選集》，北京師範大學出版社2006年版，第137-139頁。原載《創造月刊》第1卷第1期，1926年3月16日。
[18] 穆木天：〈譚詩——寄沫若的一封信〉，陳惇、劉象愚：《穆木天文學評論選集》，北京師範大學出版社2006年版，第142-143頁。原載《創造月刊》第1卷第1期，1926年3月16日。

在「改」詩而不在「寫」詩。因此可以結論說採用這種方法生成的「截句」並不一定是「小詩」。「截句」這個概念的提出者不是詩人，更不是詩論家或詩評家，而是小說家，正如當年小說評論家謝有順以〈詩壇的真相〉為題寫文章參與「知識份子寫作與民間立場寫作」論爭時，「知識份子寫作」的代表詩人王家新對我說：「謝有順談小說是內行，談詩是外行，卻自以為是在強調自己知道『詩壇的真相』。」王家新的結論是對的，至少在學理上是有道理的。這種「蛇有蛇道，鳥有鳥道」、「隔行職隔山」的「森嚴行規」也是截句在中國大陸如「過眼雲煙」的原因，甚至在當時也沒有引起詩歌界，尤其是「新詩研究界」重視的原因。當截句出現時，甚至在一些大中學生中產生了較大影響時，如一些大學舉辦了截句寫作比賽，我供職的東南大學所在城市南京有一家《揚子晚報》，剛創刊了詩歌專欄「詩風」，主編龔學明邀請我寫文章談截句，被我拒絕了。原因之一就是我當時認為這樣的詩體實驗帶有「瞎折騰」的性質，尤其是聽說是小說家提出來的「概念」，有強烈的抵觸情緒，就「不明真相」卻「自以為是」地做出了價值判斷，認為它在「詩體學」上沒有意義，所以當時得出的結論是：「截句不是詩！」

但是近期經過仔細研究，我認為截句不僅是詩，而且具有較大的詩體學意義，甚至還想做出以下結論：截句是後現代寫作的產物，也是中國傳統詩歌技巧的繼承，是詩人們在「爭價一句之奇」（劉勰語），截出的句子如同古代漢詩中的「詩眼」，如「春風又綠江南岸」「僧推月下門」「池塘生春草」等古詩「名句」。製作截句的兩種主要方式也頗有詩體學意義，都提高了新詩的品質。一是斷章（截句）取「義」，截取最有意義的句子，突出了詩的思想性及嚴肅性，呈現出東方人追求哲理，重道輕味的藝術特色。二是斷章（截句）取「美」，截取最有美感的句子，突出了詩的藝術性，還可以獲得中國藝術，尤其是書畫藝術追求的「空白美」。

「截」的行為是「無理」行為，正好達到了中國古代詩人追求的「詩出側面，無理而妙」的寫作理想。「大河截流」可以發電，把水能轉化為電能，且有巨大的能量增殖、甚至「核變」效果，把一首詩「截」斷，可以產生同樣的詩意增殖核變（裂變）效果，有「抽刀斷水水更流」的奇特效果。因此還可以結論說截句有助於提高新詩的藝術品質和強化詩人的技巧意識。它是中國新詩發展到特定階段的產物，百年新詩長期寫得太粗糙，在詩壇長期流行這樣的錯誤觀念：詩學不可以學，詩學不可以教，詩不可以改。截句打破了這種流行規則，糾正了這種謬論。截句與其說是「寫」出來的，不如說是「做」出來的，甚至可以說是「改」出來的。「截」幾乎可以與「改」相提並論，也與古代漢詩的「推敲」異曲同工。截句不是「寫」詩，而是「做詩」和「改詩」，是在「推敲」詩句。它讓新詩詩人繼承了舊詩詩人的寫詩基本功──推敲之功，這應該是新詩詩人的基本功，「截」的基本方法正上「推敲」，「截」的意識就是「改」的意識。「『詩體』特指詩的『體裁』、『體式』的規範，即從『怎麼寫』上來考察詩的形式特徵，指的是『詩人所運用的言語結構』，即通常所說的詩的『形式』（form）……詩體更多的是指約定俗成的詩的常規形體，如定型詩體和准定型詩體。即詩體是詩的形體範式，是詩的體裁屬性的具體的顯性表現，是對詩的形式屬性制度化後的結果，即規範化、模式化的詩的語言秩序和語言體式，具有制定作詩法則的意義。」[19]「詩體，即是對詩的形式屬性及文體屬性的制度化的具體呈現。」[20]「截句」是一種特殊的詩體，特別具有「制定作詩法則的意義」。如果從如何寫好（技巧）、怎麼寫（形式）和寫什麼（內容）三個方面來定義新詩，堅持技巧大於形式，形式大於內容的原則。那麼「截」的「做」或「改」的「作詩法」完全可以提高這三方面的品質。

---

[19]　王珂：《新詩詩體生成史論》，九州出版社2007年版，第424-426頁。
[20]　王珂：《詩體學散論》，上海三聯書店2008年版，第12頁。

這種作詩法與早年小詩的隨興而作，一揮而就的「自然寫作法」頗異。朱自清在《中國新文學大系・詩集導言》中稱：「民十二宗白華氏的《流雲小詩》，也是如此。這是所謂哲理詩，小詩的又一派。……《流雲》出後，小詩漸漸完事，新詩跟著也中衰。」[21]宗白華在〈我和詩〉中回憶了他小詩創作的具體過程：「1921年的冬天，在一位景慕東方文明的教授夫婦的家裡，過了一個羅曼蒂克的夜晚；舞闌人散，踏著雪裡的藍光走回的時候，因著某一種柔情的縈繞，我開始了寫詩的衝動，從那時以後，橫亙約摸一年的時光，我常常被一種創造的情調佔有著。……似乎這微渺的心和那遙遠的自然，和那茫茫的廣大的人類，打通了一道地下的深沉的神祕的暗道，在絕對的靜寂裡獲得自然人生最親密的接觸。我的《流雲小詩》，多半是在這樣的心情中寫出的。往往在半夜的黑影裡爬起來，扶著床欄尋找火柴，在燭光搖晃中寫下那些現在人不感興趣而我自己卻藉以慰藉寂寞的詩句。〈夜〉與〈晨〉兩詩曾記下這黑夜不眠而詩興勃勃的情景。」[22]以下兩首小詩正是這樣的寫出來的。1922年6月5日《時事新報・學燈》發表的宗白華的8首小詩的第一首全詩如下：「理性的光／情緒的海，／白雲流空，便似思想片片，／是自然偉大麼？／是人生偉大麼？」「1923年1月18日《時事新報・學燈》發表的1922年11月10日寫的小詩〈流雲〉全詩如下：「宇宙的核心是寂寞，／是黑暗，／是悲哀。／但是／他射出了／太陽的熱，／月亮的光，／人間的情愛。／／我愛朦朧／我尤愛朦朧的落日。／落日的朦朧中，／我與宇宙為一。」

　　百年新詩史最著名的小詩定義是周作人在新詩問世時下的，很多人正是依據這一定義創作小詩。他的定義強調主張用「數行的小詩」記錄「忙碌的生活」中的「感覺之心」。宗白華的〈流雲序〉

---

[21] 朱自清：〈中國新文學大系・詩集導言〉，朱自清：《中國新文學大系・詩集》，上海文藝出版社2003年影印版，第4頁。

[22] 宗白華：〈我和詩〉，《宗白華全集》　第2集，安徽教育出版社1994年版，第154-155頁。

也說出了相似的小詩觀：「當月下的水蓮還在輕睡的時候，東方的晨星已漸漸的醒了。我夢魂裡的心靈，披了件詞藻的衣裳，踏著音樂的腳步，向我告辭去了。我低聲說道：『不嫌早麼？人們還在睡著呢！』他說：『黑夜的影將去了，人心的黑影也將去了！我願乘著晨光，呼集清醒的靈魂，起來頌揚初生的太陽。』」[23]宗白華的小詩寫作是周作人的小詩定義的創作實踐。周作人在《平民的文學》提出的平民的文學需要貴族的洗禮的理論，也對小詩的較大貢獻，使很多詩人盡可能把小詩寫得很美很精緻，提高了小詩這種周作人推崇的「平民文學」的藝術性。「所以平民文學應該著重與貴族文學相反的地方，是內容充實，就是普遍與真摯兩件事。第一，平民文學應以普通的文體，寫普遍的思想與事實。……平民文學應以真摯的文體，記真摯的思想與事實。」[24]「平民文學決不是通俗文學。白話的平民文學比古文原是更為通俗，但並非單以通俗為唯一之目的。因為平民文學不是專做給平民看的，乃是研究平民生活——人的生活——的文學。他的目的，並非要想將人類的思想趣味，竭力按下，同平民一樣，乃是想將平民的生活提高，得到適當的一個地位。凡是先知或引路的人的話，本非全數的人盡能懂得，所以平民的文學，現在也不必個個『田夫野老』都可領會……第二，平民文學決不是慈善主義的文學。在現在平民時代，所有的人都只應守著自立與互助兩種道德，沒有什麼叫慈善。」[25]「我想文藝當以平民的精神為基調，再加經貴族的洗禮，這才能夠造成真正的人的文學。」[26]小詩正是這樣的「以平民的精神為基調，再加經

[23] 宗白華：〈《流雲》序〉，《宗白華全集》 第1集，安徽教育出版社1994年版，第410頁。

[24] 仲密：〈平民文學〉，北京大學、北京師範大學、北京師範學院中文系中國現代文學教研室編：《文學運動史料選》，第一冊，上海上海教育出版社1979年版，第114-115頁。

[25] 仲密：《平民文學》，北京大學、北京師範大學、北京師範學院中文系中國現代文學教研室編：《文學運動史料選》，第一冊，上海教育出版社1979年版，第116頁。

[26] 周作人：《貴族的與平民的》，楊揚：《周作人批評文集》，珠海出版社1998年版，第49頁。

貴族的洗禮」的「真正的人的文學」，具有了這樣的特點，就具備了現代文體的特質，因此如果把新詩稱為「現代漢詩」，那麼小詩就是現代漢詩中最具有現代意識和現代精神的詩體，它彰顯了現代人的自由精神，又保留了現代人的法則意識。

如果更深入地研究「臺灣截句」與「大陸截句」，不難發現兩者的差異幾乎是在小詩的「傳統」與「現代」上。「傳統」小詩（以百年小詩為基準，兼顧臺灣截句）與「現代」截句（以大陸截句為基準）的文體差異，大致如下：

	結構方式	情感方式	思維方式	意象方式	寫作目的	寫作方式	寫作狀態	寫作功能	現代意義
小詩	盡精微致廣大（整體美）	情感（穩定情感導致哲理性）	有序思維（現代思維、語言思維）	意象疊加	快感寫作 思想啓迪、情感共鳴	智性寫作	完成式	詩教倫理性寫作	現代主義寫作
截句	爭價一句之奇怪（局部美）	情緒（瞬間情緒）	無序思維（後現代思維、圖像思維）	意象分散	美感寫作 美的審美	感性寫作	未完成式	詩療非倫理性寫作	後現代寫作

如白靈所言「蔣一談橫空標出『截句』一詞，將一行至四行小詩全涵蓋其中」，截句的「一行至四行」的行數規則並非蔣一談的獨創，它在百年小詩史上是「通行標準」。「對於小詩的外在形式，說法不一，周作人認為應是一至四行，羅青主張16行之內，張默主張10行之內，洛夫主張12行之內，林煥彰主張6行之內，也有主張3行之內的，如四川重慶詩人提倡的微型詩。泰華小詩由於林煥彰的宣導其基本形式控制在6行之內。」[27]「1921年到1924年前

---

27 計紅芳：〈六行之內的奇跡──湄南河畔的"小詩磨坊"〉，林煥彰主編：《小詩磨坊

後，在日本小詩和印度泰戈爾小詩影響下，中國新詩壇掀起了一陣小詩熱。這種小詩，少至一兩行，多至四五行，也稱為『短詩』、『繁星體』、『春水體』。除冰心出版過小詩集《繁星》、《春水》，宗白華出版過《流雲》外，劉大白、王統照、朱自清、徐玉諾等也都創作過不少小詩，《時事新報·學燈》、《文學旬刊》、《晨報副刊》、《小說月報》、《詩》等報刊都為小詩的繁盛創造了條件。」[28]當時四行詩是主要詩體，劉半農1921年9月在巴黎以「小詩」為題作一組4句的短歌。上個世紀三直年代中期詩壇流行過四行詩創作，林庚很多詩都是四行，他還致力於「九行詩」的寫作，他的另一些詩作也常在十行左右，如他1934年前後寫〈爐旁夢話〉[29]是八行，〈都市的樓〉是十一行。羅大岡也致力過四行詩的創作。方敬說：「大岡同志是老詩人，早在三〇年代我就從《新詩》上讀過他署名羅莫辰的詩。後來四〇年代後期他多年旅法歸國又在《文學雜誌》上發表過他的一些四行詩，他愛用四行形式寫詩，小巧玲瓏。」[30]卞之琳的四行詩作品雖然不多，卻留下了那首膾炙人口的〈斷章〉，讓很多人認為小詩就應該是四行，為四行詩體做出了巨大貢獻。港澳詩人葦鳴也寫了大量小詩，如〈1999──澳門的某一種憂愁〉：是／一個／999?!。收入他的詩集《黑色的沙與等待》（香港華南圖書出版中心1988年版）的〈小詩十三首〉中，有的詩只有三句，有的甚至只有一句，如〈等〉：黑夜像黑色的蠻女。他的詩集《傳說》中也收錄了大量小詩，一些詩還採用了傳統的小詩體式，一首詩共四行，分成兩個詩節，如〈也是一種愛情〉：午後的陽光，／曬瞎了某一扇窗子。／／後者卻依舊，／反

泰華卷2》，香港世界文藝出版社2008年版，第8頁。

28 潘頌德：《中國現代新詩理論批評史》，學林出版社2002年版，第105-106頁。

29 《水星》第1卷第6期，1935年3月，《水星》合訂本，1985年上海書店影印版，第664頁。

30 方敬：〈無弦的琴聲──羅大岡詩集無弦琴讀後〉，方敬：《方敬選集》，四川文藝出版社1991年版，第994頁。

射著前者的燦爛。兩行一詩節的分節方式是二十世紀初英語詩歌重要的分節方式，被新詩廣泛採用，還成為以後新詩主要的分節方式，小詩常常採用這種方式，如卞之琳的〈斷章〉：你站在橋上看風景／看風景的人在樓上看你／／明月裝飾了你的窗子／你裝飾了別人的夢。正是因為受到了〈斷章〉的影響，今天很多人寫小詩都喜歡採用這樣的兩行分節體式。菲律賓詩人雲鶴也寫了〈四行〉、〈告別〉、〈冷漠〉、〈短曲〉、〈暮色〉、〈感覺〉等多首小詩，收入2003年菲律賓華裔青年聯合會出版的《雲鶴的詩100首》中，這些詩4到5行，但是通常將一行分為兩個詩句，使小詩體的容量增加，以〈四行〉為例：愛看寒風裡飄雪的熱帶女郎，已回來／說她的遭遇，像一場暗藍色的噩夢／／然而我卻把靈魂之鎖的鑰匙，遺忘在另一個夢境／僅以苦澀的喉，唱一曲失去了旋律的歌。

截句宣導的三行詩也頗有歷史，1918年9月15日《新青年》第五卷第三號「通信」欄目發表了Y.Z.的〈小河呀〉堪稱最早的「小詩」，也是三行，全詩如下：「小河呀！小河呀！／你為什麼流得這樣急？／好好的去想想罷，小河呀。」1921年8月1日《新青年》第九卷第四號發表了周作人譯的〈雜譯日本詩三十首〉，其中有十多首「翻譯詩」具有小詩的文體特點，其中的第二首是五行：「黃鶯啼著／靜靜的遠遠的聽到。／我想這靜，／甜的靜呵！／靜即是美。」野口米次郎的〈小曲〉是三行：「生命是什麼：一個聲音，／一個思想，黑暗上的光明，──／看呵！空中的鳥一隻。」百年來有人專門致力於三行詩寫作，李雲鵬在上個世紀九十年代出版過小詩集《三行──潛入你的心園》，收錄他創作的三行詩三百多首。

沙鷗1990年9月17日在〈小詩的創作〉一文中說：「小詩是一種詩體。一首小詩一般都只有一行、二行，多則四五行。因其小，歷來以小詩名之。我國二〇年代初，以冰心為代表，出現過領風騷好幾年的小詩派，如宗白華、劉大白、朱自清、劉半農、俞平伯、康白情、馮雪峰、應修人、汪靜之等都很愛寫。小詩這一種

詩體，影響了數代詩人，近十多年來寫小詩的又多起來了，遍及全國。」[31]由於各個時期都有詩人寫小詩，這種詩體的變化不大，大多在十行以內，特別是三行詩、四行詩和五行詩流行。1996年1月，中國第一個《微型詩》專刊創刊。1997年左右，穆仁、林彥、餘薇野等重慶老詩人掀起了寫微型詩的熱潮，僅出版的「微型詩叢」就有三輯16集，詩人多達16人。1997年12月，林彥在《微型詩報》第22號上發表了〈為微型詩潮一辯〉，說出了這群老詩人為何致力於微型詩創作的原因：「想一想我們詩壇的現狀，當一些內容空洞、浮泛、詩句冗長、令人不知所云的詩歌，不為廣大群眾所接受而喪失了讀者，微型詩以三言兩語的簡潔形式應運而興，它小中見大，型微而意不微，開始受到讀者的注意，不少詩人也先先後後寫起微型詩來，這時候，一些人起而推動它的發展，興起了微型詩潮，這又有什麼不好呢？」[32]2006年7月，蔣人初出版了《新時期為何出現微型詩──蔣人初詩文選》，蔣人初給微型詩下的定義是：「微型詩是一種新的詩體。在形式上，最多三行，最少一行。」[33]

1918年6月5日朱經農於美國給胡適寫信說：「……『白話詩』應該立幾條規則。我們學過Rhetorio，都知道『詩』與『文』之別，用不著我詳加說明。總之，足下的『白話詩』是很好的，念起來有音、有韻，也有神味，也有新意思，我決不敢妄加反對。不過《新青年》中所登他人的『白話詩』，就有些看不下去了。……想想『白話詩』發達，規律是不可不有的。此不特漢文為然，西文何嘗不是一樣？如果詩無規律，不如把詩廢了，專做『白話文』的為是。」[34]朱經農強調的正是詩體建設。杜威在〈藝術即經驗〉中所

---

[31] 沙鷗：〈小詩的創作〉，止庵：《沙鷗談詩》，首都師範大學出版社1996年版，第403頁。

[32] 林彥：〈歷史沒有空白〉，香港新天出版社2003年版，第199頁。

[33] 蔣人初：《新時期為何出現微型詩──蔣人初詩文選》，中國國際文學藝術家協會2006年版，第63頁。

[34] 朱經農：〈致胡適的信〉，《新青年》第五卷第二號，1918年8月15日。

說：「⋯⋯外行的批評家有這麼一種傾向：他們認為只有實驗室裡的科學家才做試驗。然而藝術家的本質特徵之一就是：他生來就是一個試驗者。沒有這一特徵，他就只是一個拙劣的或高明的學究而已。一位藝術家必須是一位試驗者，因為他不得不用眾所周知的手段和材料來表現高度個性化的經驗。這一問題不可能一勞永逸地得到解決，藝術家在每一項新的創作中都會遇到它。若非如此，藝術家便是重彈老調，失去了藝術生命，正是因為藝術家從事試驗性的工作，所以他才能開拓新的經驗，在常見的情景和事物中揭示新的方面和性質。」[35]小詩的繁榮，正是需要朱經農所言的「應該立幾條規則」，如行數的規則；還有杜威所言的詩人「生來就是一個試驗者」。截句列出了「一至四行」的規則，「截句運動」產生了白靈等眾多「詩體試驗者」，可喜可賀，極大地豐富了小詩的詩體建設，為華文世界的小詩創作帶到了生機和希望。

　　龐德的名作〈地鐵站上〉堪稱截句，顯示出他有中國古代詩人的「推敲」之功，這首詩正是詩人精心「煉」字「煉」句的結果。龐德尋求「意象」和「準確的字眼」，如同中國古詩人採用「推敲」、「苦吟」等方式尋求「詩眼」。這首詩不僅違背了意象派的激進派的「自由詩」詩觀：「詩是一種說的藝術，而不是一種寫的藝術。」[36]還與中國新詩詩人的詩是「寫」出來的而不是「做」出來的詩觀大相徑庭。這首詩正是龐德精雕細琢的結果，帶有明顯的「做」詩的痕跡。〈地鐵站上〉最早出現在龐德1915年出版的《獻祭》一書中。全詩只有兩行：「人群中出現的這些臉龐／潮濕黝黑樹枝上的花瓣。」（王珂譯）。龐德在〈我是怎樣開始的〉記錄了這首詩的產生過程。「足有一年多的時間了，我一直在試圖為一個非常美麗的事物寫一首詩，我在巴黎地鐵目睹了這個場景。我在協和廣場車站下車，在擁擠的人群中我看到一張漂亮的面孔。接著，

---

[35] ［美］M・李普曼：《當代美學》，鄧鵬譯，光明日報出版社，1986年版，第438-439頁。
[36] ［英］彼德・鐘斯：《意象派詩選》，裘小龍譯，瀾江出版社1986年版，第163頁。

突然一轉，又出現了一張張漂亮的面孔。然後出現了一張兒童的漂亮面龐，接著又是一張漂亮的面孔。那一整天，我都試圖找到言詞來描述這種情景給我的感受。晚上，我沿著雷努阿爾街回家的時候仍在冥思苦想。大腦裡除了浮現出斑斑點點的顏色，我什麼也想不出來。記得我曾這樣想過，如果我是個畫家，我也許會開創一個全新的繪畫藝術學派。幾個星期以後，我在義大利試著寫這首詩，但發現毫無效果。只是後來的一天晚上，在揣摸該怎樣講述這次奇遇時，我突然想到，在日本，一件藝術品的優劣不是以量來評價的：如果你適當安排音節、運用標點，16個音節就夠寫一首詩的了。人們可以寫一首很短的詩，大致可譯為：The apparition of these faces in the crowd：Petals on a wet，black bough.在那裡，或者在另外某個很古老、悠然自在的文明中，其他人可能理解這首詩的意義。」[37]

　　這首「很短的詩」問世後被視為小詩的經典。「這首詩新穎正確。人的蒼白的臉龐在地鐵站閃現恰象樹上眾多的花瓣。儘管我們想到這兩個意象時，會發現兩者有很大的差異。Apparition（幽靈）一詞是暗示出死亡與超自然的意味。但是petals（花瓣）是自然的，是新生的生命的象徵。這兩個意象如何能夠分擔同一首詩？這種神祕正是詩的一部分。……〈地鐵站上〉是以龐德、艾米·洛威爾、H·D和威廉·卡洛斯·威廉斯為代表的美國意象派詩歌中最著名的例子。他們都相信直接面對和處理事物和感覺，主張絕不用『無益於表現現在狀態的詞（no word that doesn't contribute to the presentation）』。〈地鐵站上〉最開始有60行，龐德花了多月才將它削減為兩行。」[38]「大約從20世紀初以來，詩歌的一個特徵似乎就是隱喻越來越複雜了，其表現是兩個世界之間的聯繫或比較點已經變得更不明顯、更為個人化、更精煉也更深奧了。龐德的〈地鐵

---

[37] ［美］J.蘭德：《龐德》，潘炳信譯，中國社會科學出版社1992年版，第59-60頁。

[38] David Bergman, Daniel Mark Epstein: The Heath Guide to Literature, Lexington, Massachusetts Toronto: D. C. Heath and Company,1987,p.501. David Bergman, Daniel Mark Epstein. The Heath Guide to Literature[M]. Lexington, Massachusetts Toronto: D. C. Heath and Company, 1987.501.

站上〉中的詩行是一個有用的例子，『這些面龐的魅影從人群中湧現：／濕漉漉的黑樹幹上花瓣朵朵。』（鄭敏譯）（這裡黑暗襯托下濕花瓣的出現使人聯想到在地下隱約出現的面龐，聯想到也許是無望的和脆弱的兩個世界的狀況。艾略特的詩句『黃色的霧在窗玻璃上來回摩擦（見〈普魯弗洛克〉）是一幅效果十分強烈的畫面：骯髒的霧帶上了一隻雄貓偷偷摸摸和鬼鬼祟祟的性質。但是顯而易見的是，兩個領域（情境和所指）的逐漸分離是不可否認的，就龐德的例子來說，『花瓣／臉龐』還是可以接受的，而就艾略特的例子來說，『霧／貓』則更微妙。隱喻變得愈來愈獨立，其『絕對』性也逐漸增強，這種趨向是現代詩歌的顯著標誌之一。絕對的隱喻是這樣的，在其中，最初的情境、令人回想起來進行比較的經驗不再出現。具體的情境消失在隱喻聯繫的重要性後面，這就好比一個名詞逸失在它的定語形容詞之後（奧地利詩人特拉克的詩中常見的情形）。一種極度的主觀性將由此產生，這裡，詩人的隱喻（或表示性質、特徵的形容詞）取代了實際上存在的情境或物件，隱喻『作為一種意象』將以它自身的權力獨立存在，常常與其它意象並置並構成一個遠離真實的世界。『隱喻』（或者說意象）成為『表現』的而不是模仿的，它作為一個強有力的、自主的修辭格存在，從中發散出許多回味無窮的意義。」[39]「在這首小詩裡可以看到龐德所說的意象，節奏和意義的完美一致指的是什麼。第1行中重複出現了長母音『a』和『o』以及詞尾軟音。這些詞尾軟音使單詞可以從一個滑到另一個，這種方式令人聯想到地鐵站裡移動著的人群。『花瓣』（petals）這個詞通過詞首雙唇輔音和短促有力的音節之特性，突然展現出音調畫面；其效果由需要停頓一下的同韻單詞『濕漉漉的』（wet）得以加強。這兩個詞有力地打斷了第2行的長母音序列，這個序列與第1行的長母音序列保持押韻。本詩以兩

---

[39] ［美］R.S.弗內斯：《表現主義》，艾曉明譯，昆侖出版社1989年版，第24-25頁。

個押頭韻的重音結尾，這使我們想起盎格魯撒克遜詩歌擊鼓式的收尾。但是『ough』這個音逐漸由強變弱，宛如那無休止地運行著的地鐵火車離開車站時所發出的聲音。就詞的音調特性、它在詩中的位置及其節奏重音而言，最突出、最重要的詞莫過於『花瓣』。這個詞是這首意象詩裡的『意象』。它象徵著那些面孔的外貌並且同時體現觀察者的感覺。龐德有意避免使用明喻『花瓣似的面孔』或暗喻『面孔是花瓣』，只給我們留下並列著的『湧現』和『花瓣』兩個詞。這樣，在讀這首詩的時候，我們直接體驗詩人要我們體驗的那一瞬間的感覺。」[40]

在此舉百年前龐德的〈地鐵站上〉作為截句的「典範」，是想為今天熱衷於寫截句的詩人們提供一種優秀的「截句創作模式」——大膽寫小心改，寫大改小，〈地鐵站上〉開始寫了60行，不可謂不「大」，最後改後兩行，不可謂不「小」，「精品」甚至「極品」就是這樣「製作」出來的。

---

[40] ［美］J.蘭德：《龐德》，潘炳信譯，中國社會科學出版社1992年版，第61頁。

┃試論截句詩的意象構成

陳鴻逸

經國管理暨健康學院通識中心助理教授

摘　要

　　截句詩著作出版不斷，在白靈、蕭蕭等詩人的創作與論述倡議下，可謂蔚為風潮。其形構方式殊異於傳統詩內外結構的敘事質素之外，觸發人們思索「意象」備具的挑戰。完整的詩作，不論是敘事長詩、小詩，多講究詩內部結構的敘事形態、發聲位置、意象營造，透過敘述者並有預設讀者聆聽所完成，故詩人書寫往往會考量詩衍發的意象是否得到良好效果，並節制適當的停頓不致無邊地指涉；相反地，截句詩在「截」的「邊界」上能否控制意象的觸發，或意象能否完成構成順利傳遞於預設讀者，顯是該類型詩應審思要點。故本文，將試圖以意象構成的傳遞完整性為切入視角，探討截句詩在書寫上有的發展或挑戰，試以增擴截句詩的相關論述。

關鍵字：截句詩、意象、讀者、敘事、結構、小詩

一、前言

　　中國自從2015年的蔣一談興起「截句」[1]，再到臺灣詩人白靈、蕭蕭的推展下，相關著作出版不斷，在詩人們的出版創作下蔚為風潮。

　　然而截句詩創作之興論述卻相對匱缺，原因除此類型尚在發展，形式結構、審美維度的界義也還在探索建構。審視白靈〈從斷捨離看小詩與截句－由臺灣到東南亞到兩岸詩的跨域與互動〉，是從兩岸（甚至是華文圈）詩學的遷聯互動定位截句詩，並認為截句詩和小詩創作相同點在於必須「斷捨離」，推導出兩種類型間的「異曲同工」。白靈以為截句在臺灣的現出與推動，與其對華文小詩發展的關注緊密相關。截句由於行數及用字更省，更與小詩強調的斷捨離呼應，而此一形式在臺灣的出現和發揚，其實與他對東南亞地區華文小詩的發展賦予極大的關注有關，例如2014年的「鼓動小詩風潮」，臺灣有八個刊物出版了小詩專輯，舉辦了大致承認十行以內的詩作為小詩的公約數。但白靈也觀察到「小詩」一詞似乎在中國施不上力（甚至不太使用「小詩」一詞）。一直到2015年底大陸小說家蔣一談標出「截句」一詞，將一行至四行小詩全涵蓋其中，並在2016年邀得十餘位檯面上叫得出名號的中堅詩人的認同，透過截取舊作之佳句，出版一系列截句詩叢，[2]構為風潮。[3]

　　白靈關注小詩類型的發展，以為小詩在二十世紀中後期沒有大

---

[1] 發展上，應是「截句」一詞先出，後再冠以詩之名而成截句詩。為行文聚焦和突出本文論點所在，「截句詩」包含了最初「截句」概念，並以截句詩作為現代詩類型之一作為討論基點。

[2] 白靈也指出，唯其一方面並未標注出處或附上原作，一方面也未標識詩題，如此所出截句詩集乃成了片語斷章。白靈：〈從斷捨離看小詩與截句－由臺灣到東南亞到兩岸詩的跨域與互動〉，《臺灣詩學學刊》第30期（2017.11），頁99。

[3] 白靈：〈從斷捨離看小詩與截句－由臺灣到東南亞到兩岸詩的跨域與互動〉，《臺灣詩學學刊》第30期（2017.11），頁99。

規模發展過，而小詩和近兩年截句的跨地域發展，使得其形式正朝「寫情而不急於抒情，寫一生卻以小事小物出手，寫自己而不及於自身」的方向前進之中，可提供未來新詩創作者努力的方向作一參照。[4]

至於詩人蕭蕭，則在《新詩創作學》的〈截句作為一種詩體的理論與實際〉爬梳了小詩與截句的（可能）源流。蕭蕭對臺灣詩學理論有相當建樹，創作量多質精外，不時獨發創見，可見用功之學問。在截句詩的發展上，他從截句一行試寫、兩行詩推廣、三行詩的實驗、四行詩的成熟，談到截句詩與俳句間的相似／相異性，在在見證「截句」並非今創而是源由已久的創作技法。同時，蕭蕭雖不以「斷捨離」為要，可也再三強調「截、節、捷的效能」。[5]

審視兩位詩人截句詩的概念，肯認「截句」作為詩的類型已為事實，可如何界義則似有差異，未有一致共識。從中有幾個課題也值得再思考剖析：一截句詩能否等同於小詩，其實質類型定位為何？二、截句詩是否存在著創作概念？三、截句詩的句形行數能否有一定的意象構成？

截句詩其形構方式殊異於傳統詩內外結構的敘事質素之外，觸發人們思索「意象」備具的挑戰。完整的詩作，不論是敘事長詩、小詩，多講究詩內部結構的敘事形態、發聲位置、意象營造，透過敘述者並有預設讀者聆聽所完成，故詩人書寫往往會考量詩衍發的意象是否得到良好效果，並節制適當的停頓不致無邊地指涉；相反地，截句詩在「截」的「邊界」上能否控制意象的觸發，或意象能否完成構成順利傳遞於預設讀者，顯是該類型詩應審思要點。故本文，將試圖以意象構成的傳遞完整性為切入視角，探討截句詩在書寫上有的發展或挑戰，試以增擴截句詩的相關論述。

---

[4]　白靈：〈從斷捨離看小詩與截句－由臺灣到東南亞到兩岸詩的跨域與互動〉，《臺灣詩學學刊》第30期（2017.11），頁83。

[5]　蕭蕭：《新詩創作學》（臺北市：秀威資訊，2017），頁85-114。

二、截句何以曖昧？

「截句」詞彙應屬當代中國的蔣一談（1969-）鼓吹，他在2015年11月出版題名《截句》的詩集，書名另有小標題：「塵世落在身上」，後記〈截句，一個偶然〉憶及2014年秋天舊金山中國功夫館，看見李小龍照片，想起「截拳道」的功夫美學：「追求簡潔、直接和非傳統性」，於是乎便將自己所感所寫稱為「截句」出版。[6]

中國的截句創作風潮很快地被白靈引入到臺灣，且由「臺灣詩學季刊社」所屬「facebook詩論壇」提倡，從2017年1月開始徵稿至6月30日止，預計從中選取佳作，編輯《臺灣詩學截句300首》出版，其中還與《聯合報‧副刊》合作舉辦截句競寫「詩是什麼」、「讀報截句」、「小說截句」等。[7]依白靈的看法，截句一至四行均可，新作或舊作截取皆可。截為讓詩更多元化、更簡潔、更新鮮，期盼透過這樣的提倡讓一般讀者更有機會讀寫新詩。[8]可以顯見，白靈鼓吹「截句」用意在於活絡寫詩、讀詩，擴大新詩場域的多元發展。[9]

就臺灣文學傳播來看，截句該如何定位？某種程度似乎繫聯著「小詩類型」，白靈在〈從斷捨離看小詩與截句－由臺灣到東南亞到兩岸詩的跨域與互動〉點出，截句與小詩呼應於「斷捨離」。[10]

6　每頁詩有行無題，所以自稱是一冊沒有目錄的文本，詩冊佔136頁，「截句」135首中（其中25頁紙放一張狗照片），詩篇從一行至四行皆有，引發了一波風潮。蕭蕭：《新詩創作學》（臺北市：秀威資訊，2017），頁86。

7　蕭蕭：《新詩創作學》（臺北市：秀威資訊，2017），頁95。

8　蕭蕭：《新詩創作學》（臺北市：秀威資訊，2017），頁95-96。

9　詩人蕭蕭以為，白靈推廣截句之用意在於喚醒愛詩的心靈，所以發揮「截句」之「截」，可以回頭檢討自己的舊作，精簡詩句，抽繹詩想，也因為詩篇限定在四行之內，所以能有效誘發新手試作，容易在快速簡潔的語言駕馭中攫取詩意，獲得創作的喜悅與信心。蕭蕭：《新詩創作學》（臺北市：秀威資訊，2017），頁95-96。

10　白靈：〈從斷捨離看小詩與截句－由臺灣到東南亞到兩岸詩的跨域與互動〉，《臺

只是相較於臺灣小詩之類型發展，源來已久，加上活動不時鼓吹，獲得不少注目的發展性。相較下，中國的「小詩」就顯得寂靜許多，[11]而蔣一談「截句」的推展，「將一行至四行小詩全涵蓋其中，並在2016年邀得十餘位檯面上叫得出名號的中堅詩人的認同，多數截取舊作之佳句，出版一系列截句詩叢」。[12]

前面談到，蔣一談將「截拳道」套之現代詩之，並未特別標誌需從舊作截取。蕭蕭以為，蔣的「截句」近於臺灣小詩（十行以內，百字以下）概念，[13]在外在形式上似為相似，例如以一至四句為限，和過去臺灣不少詩人倡議的小詩句數有重疊概念。[14]截句詩能否（或應該）包含新作？筆者以為，在殊分類型上應將其視為新（或另一種）的類型，而不應簡括著小詩類型。或如白靈、蕭蕭所述，截句詩可以是新作也可是舊作截取。

小詩句數為何如此重要，或者說小詩以句數（行數）異於其他詩類型的特點何在？此點的討論不少，如莫渝〈詩的形式表現〉[15]將小詩與圖象詩、散文詩、分行詩並置，視為多元形式的一種；

灣詩學學刊》第30期（2017.11），頁99。

[11] 白靈的說法應是指著「小詩」受到的關注，包含創作者、讀者以及相關評論推構而成的氛圍（或風潮的）。可參閱白靈：〈從斷捨離看小詩與截句－由臺灣到東南亞到兩岸詩的跨域與互動〉，《臺灣詩學學刊》第30期（2017.11），頁99。

[12] 白靈：〈從斷捨離看小詩與截句－由臺灣到東南亞到兩岸詩的跨域與互動〉，《臺灣詩學學刊》第30期（2017.11），頁99。

[13] 蕭蕭指出，在臺灣許多詩人都曾階段性選擇固定詩行作為表達的形式，如洛夫的《石室之死亡》（臺北：創世紀詩社，1965）、向陽《十行集》（臺北：九歌，1984），其後有周慶華《七行詩》（臺北：文史哲出版社，2001），陳黎《小宇宙：現代俳句200首》（臺北：二魚，2006），蕭蕭三行詩《後更年期的白色憂傷》（臺北：唐山，2007），林煥彰與泰國曾心所帶領、主編的六行詩《小詩磨坊·馬華卷1》（臺北：秀威資訊資訊科技，2009）及其續編，白靈的《五行詩及其手稿》（臺北：秀威資訊資訊科技，2010），瓦歷斯·諾幹的《當世界留下二行詩》（臺北：布拉格文化，2011），岩上的《岩上八行詩》（臺北：秀威資訊資訊科技，2012）。請參閱蕭蕭：《新詩創作學》（臺北市：秀威資訊，2017），頁86-87。

[14] 關於小詩編著、評論不少，從《小詩選讀》（張默編）、《小詩三百首》（羅青編）、《小詩瑰寶》（張朗編）、《可愛小詩選》（向明／白靈編）、《曖·情詩：情趣小詩選》（向明編）、《小詩森林》／《小詩星河》（陳幸蕙編）再到《臺灣詩學季刊》（十八期）等。

[15] 莫渝：〈詩的形式表現〉，《臺灣現代詩》19期（2009.09），頁102-109。

另有以行數（或字數）[16]作為小詩範疇之標準。行數確實是判斷小詩要點之一，卻也莫衷一是，如蕭蕭言：「小詩行數，各自表述，林煥彰（6行）與孟樊（12行），相差兩倍，白靈（5行）與向陽（10行）、向明（8行）與羅青（16行），也相差兩倍，更不要說瓦歷斯・諾幹（Walis Nokan，1961-）的2行詩與李瑞騰的20行規格。」[17]「行」是詩結構的外顯表徵，「行數」成為敘事鋪陳、情節設定的考量，如散文詩、敘事詩、圖象詩便是在「行數」的編排上極盡巧思，達到張力效果，或如向陽十行詩，融合古典格模與現代意義，在現代詩分列不追求方整的形式下，另樹一格，是一種對於結構的再翻動。對比下，小詩依然追求相似目的，卻必須更為精簡，方使「行數」成為屏障，讓情節、動作、場景作更有效的發揮及聯想。

　　這並不表示小詩和截句詩應被劃入同種類型，區隔出截句詩與小詩應為作者意圖、美學思維、截取技法三者，後續章節會論及後二者。先論作者意圖的重要性，作者意圖往往對應於讀者意圖（讀者意圖）應再描述），作者意圖決定了截句詩應有形態規範以及區隔。小詩之小或有容縮空間，一至十句不等，但小詩應被視為現代詩類型，截句亦然。截句在截取之後或成「小詩形態」，可是在作者意圖的驅導下，屬於再創作（二次創作）的類型詩，例如蕭蕭就有意識地將小詩與截句詩作初步離分，他曾針對自己的《蕭蕭截句》：「我只創作新的歌詩，不做擷取舊作的實驗」[18]原因是歷年來他的作品小詩佔最大宗，截的必要性似乎不存在。[19]顯然蕭蕭初

---

[16] 莫渝以為十行以內的詩可歸入小詩行列，如向陽《十行集》、岩上《岩上八行詩》等；另外白靈以為「一百字」或可為小詩極限。相關文章可參閱莫渝，〈詩的形式表現〉，《臺灣現代詩》19期（2009.09），頁108；白靈：〈閃電和螢火蟲——淺論小詩〉，《臺灣詩學季刊》18期（1997.03），頁29-30。

[17] 蕭蕭：〈小詩含藏蓄存的敘事能量：以焦桐詩的木質特性為研究中心〉，《臺灣詩學學刊》第23期（2014.06），頁9。

[18] 蕭蕭：《新詩創作學》（臺北市：秀威資訊，2017），頁112。

[19] 蕭蕭：《新詩創作學》（臺北市：秀威資訊，2017），頁112。

步區隔小詩與截句詩兩種創作意圖。

再看吳昌崙〈下班〉：

> 號角一響
> 訓練有素的螞蟻
> 從各山頭傾巢而出
> 把一天的疲憊搬回家[20]

原詩為：

> 號角一響
> 訓練有素的螞蟻
> 從各山頭傾巢而出
> 把一天的疲憊
> 搬回家[21]

〈下班〉之截與原詩幾無差別，雖然符合本文所謂的「作者意圖」，但詩原意與形式上不完全符合「再書寫」與「截取」的「二次創作」。五句挪移至四句也未改變詩的內容意涵，等於還是在小詩的範疇裡，未達「二次創作」要件。即便如此，無論算是截句詩的〈下班〉，就在短短四句（或五句）內傳達了忙碌意象，螞蟻等待號角一響，就傾巢而出準備「回家」，而且還是繼續維持著「勞動」模樣，「搬」著疲憊回家。吳昌崙〈下班〉精采處還在於將其隱喻為現代人被「異化」的可悲，每個人都是訓練有素的，付出自己的時間、精力後，等待著休息、等待著薪水，可是日復一日的工

---

[20] 吳昌崙：〈下班〉，白靈編，《臺灣詩學截句選300首》（臺北市：秀威資訊，2018），頁303。
[21] 吳昌崙：〈下班〉，香港《工人文藝》第4期（2015年1月），頁22。

作底下，早忘了生活與工作之間的界線，被高度異化的人們，工作成為了唯一，揹上了身揹回了家，渾然不知。

從吳昌崙、蕭蕭的例子，即能區隔出截句詩應盡符合「截取」之舉，截句詩屬「二次創作」，須是截取「原詩」後的「再成品」，並從服於「作者意圖」，也就是作者若認為他的「再成品」不屬於截句詩就必須排除，方能與小詩作出有效區隔，並通過「二次創作」的書寫，重新擬製出一首「新詩」，相信更有助於釐清截句詩與小詩間的曖昧不明。

三、截句意象構成之可能？

作者意圖作為小詩與截句詩的區隔點，那麼形構出來的美學思維、藝術技法也會有所不同，顯見的是外部與內部結構的書寫擬造。外部的即是前面所談，「作者意圖」（的截取）加上一至四行的限制，成了外部結構顯徵；內部結構則應思考「意象」構成之可能。

何謂意象，「意象」是現代詩創作與批評的核心焦點，此外，中西方歷來有不同解讀詮釋，中國思想哲學、文學批評都可爬梳不少關於意象的概念，例如老子「形」、「象」說、易傳「立象」論、莊子「得意」說，為我國言、意、象之最早期之辯證說。[22]《易經·繫辭》說，「易者，象也，象也者，像也」「像也者，像此者也」、「八卦以象告」，都在強調「象」的重要，雖然這裡所說的「象」是指卦象而言，但「卦象」原本就來自「物象」，當然也可以視之為物象。[23]

再到劉勰《文心雕龍》，「意象」就變成了美學層次論述，而王弼通過《莊子·外物》「筌者所以在魚，得魚而忘筌；蹄者所以

---

[22]　吳福相：〈劉勰審美意象論探究〉，《實踐博雅學報》13期（2010.01），頁79。
[23]　蕭蕭：《現代新詩美學》（臺北市：爾雅，2007），頁256。

在兔，得兔而忘蹄」的共同生活經驗，推論出「言者所以在意，得意而忘言」的哲學理念，轉而詮解《易經》，將「意」和「象」結合在一起。[24]

至於西方文論，蕭蕭曾作了一系列的整理爬梳，例如他舉出英國的托馬斯・休姆（ThomasErnest Hum，1883-1917），他學習柏格森哲學，研究法國唯美主義和象徵主義詩人，反對後期浪漫主義的鬆軟詩風，倡尊簡潔硬朗的新古典主義，加上其創作短詩〈秋〉〈城市落日〉，被視為是最早的意象派詩作。[25]而1915年4月，美國女詩人艾米・羅威爾（Amy Lawrence LoweIL，1874-1925）編選三冊意象主義詩人年度詩選，申述六綱領：

（一）運用日常會話的語言，使用精確的詞，而不僅僅是裝飾語詞；

（二）創造新的節奏，把自由詩作為一種原則來奮鬥；

（三）題材選擇上允許絕對的自由；

（四）要呈現「意象」，精確地處理殊相，而不是含糊處理共；

（五）寫出硬朗、清晰的詩，絕不要模糊的、或無邊無際的詩

（六）凝練是詩歌的靈魂。[26]

蕭蕭以為，意象派詩作的共同特徵，在於鮮明的意象與短小精悍的小詩體制，講究含蓄而不直陳，清晰而不含糊的詩想。[27]

雖是如此，前述意象主義依然還是沒有清楚地說明「意象」何以呈顯，就讓我們看看華倫・韋勒克的《文學論》，裡頭便清楚地說明：意象是兼屬於心理學與文學的研究題目。在心理學方面，「意象」一詞是指過去的感覺或已被知解的經驗在心靈上再生或記憶。[28]一般認為作者透過文字組織，使讀者閱讀中引起如圖畫的思

---

[24] 蕭蕭：《現代新詩美學》（臺北市：爾雅，2007），頁260-262。
[25] 蕭蕭：《現代新詩美學》（臺北市：爾雅，2007），頁264。
[26] 蕭蕭：《現代新詩美學》（臺北市：爾雅，2007），頁266。
[27] 蕭蕭：《現代新詩美學》（臺北市：爾雅，2007），頁266。
[28] 華倫、韋勒克：《文學論——文學研究方法論》（Theory of Literature），王夢鷗、許

維，藉以回應作者的創作主題，如白靈〈茶館〉：

> 數十載歲月清茶幾盞
> 幾百樣年華淺碟數盤
> 一桌子好漢茶壺裡翻滾
> 唯黑臉瓜子是甘草人物
> 在流轉的話題間，竊竊私語[29]

　　茶館是個名詞，勾勒間觸發出一幅圖畫。茶館也是個物象，呈現出「空間」靜態，「一桌子好漢茶壺裡翻滾」和「在流轉的話題間，竊竊私語」乃是「時間」動態，是事發的歷程。[30]〈茶館〉富含了視覺、聽覺、味覺、嗅覺，讓我們心中構造出一幅圖畫（或一個印象）。茶館在此瞬間成了一想像空間，歡迎讀者進入探索，找尋詩人留下的訊息以及真實的意旨為何。[31]

29　國衡譯（臺北：志文出版社，1985），頁303。
　　白靈：〈茶館〉，《白靈世紀詩選》（臺北市：爾雅，2000），頁11。
30　黃永武認為意象「是作者的意識與外界的物象相交會，經過觀察、審思與美的釀造，成為有意境的景象。」這裡所說的「物象」，所謂「物猶事也」「物」（景）只是偏就「空間」（靜）而言，而「事」則是偏就「時間」（動）來說罷了。其次，意象是有廣義與狹義之別的：廣義者之全篇，屬於整體，可以析分為「意」與「象」；狹義者指個別，往往合「意」與「象」唯一來稱呼，卻大都用其偏意，譬如草木或桃花的意象，用的是偏於「意象」之「意」，因為草木或桃花都偏於「象」；如「桃花」的意象之一為愛情，而愛情是「意」；而團圓或流浪的意象，則用的是偏於「意象」之「象」，因為團圓或流浪，都偏於「意」；如「流浪」的意象之一為浮雲，而浮雲是「象」。因此前者往往是一「象」多「意」，後者則為一「意」多「象」。而它們無論是偏於「意」或偏於「象」，通常都通稱為「意象」。底下就著眼於整體（含個別）的「意象」（意與象），試著用相應於它的綜合思維來統合形象思維與邏輯思維，並貫穿辭章的各主要內涵，以見意象在辭章上之地位。」陳滿銘：《意象學廣論》（臺北市：萬卷樓，2006），頁24-25。
31　西方文論家認為，意象是指由我們的視覺、聽覺、觸覺、心理感覺所產生的印象，憑藉語言文字的表達媒介，透過比喻和象徵的技巧，將抽象不可見的概念，轉化為具體可感的意象。然而，當一首詩的意象無法完全為人瞭解時，它的意義和作用就會有某種程度的神祕感，因此讀者若欲探究意象箇中之奧妙，就得進入了詩意所寓的想像世界，把各種意象串連起來，再加以綜合判斷，最後找到對詩作的整體認識。我們要探討詩歌意象的意義與作用，最好可以兼顧到意象本身所欲傳達之意旨為何，以及詩人運用意象的想像能力和鍛字煉句的基本技巧。大致來說，意象有固

蕭蕭曾經點出，意象派詩人往往集中焦點處理一個物象，類似於古人的詠物詩特質，且透過情緒的對等物，篇幅短小恰是情緒的管制。[32]而〈茶館〉正是從一個物象豐富其意，從外在之物聯結到內在之心，達到互聯共鳴的效果。此外，〈茶館〉字句之精密，不在於簡短用語而已，而是留下了極大的想像。使得結構內部的意象得以被撐開、灌注許多力量。因為現代詩的意象經營往往涉及字的質量與密度，「因為意象是詩的字質密度、肌理張力之所繫」，[33]小詩之小、之巧是高度精簡文字的組織過程，「字質密度」、「肌理張力」指著詩內部結構衍生的「力量」，是預備也是伏埋好的「能量體」，期盼而發於（作者）「書寫」與（讀者）「閱讀」之間，「意象」是此一力量最顯著的狀態概念。簡單來說，意象再如何的美好，或富有想像空間，依然必須透過字詞的組裝排列顯現（或被召喚）。丁威仁曾說：

> 我們經常在詩歌的分析中，使用到「意象」一詞，關於「意象」一詞的解釋，許多詩學研究的學者都提出過。最簡單的說法可以是「人們在心中產生想像的圖象」，即是「意中之象」。如果，我們進一步分析意象產生的過程，或許可以將人的思維層次分成「意→象→言」的遞進程式：「意」指的是人的內在意念，也就是主觀情思，此時人會因為經驗的再生，形成內在想像的圖象，而所謂的內在圖象，其實是意識

定的和自由的兩種，前者由於經常套用之故，對所有的讀者來說，其意義和聯想價值也就大同小異；而後者並不受制於上下文，其意義或價值乃因人而異。再者，意象又可分為字面的和比喻的，字面的意象是用字喚起某字面物件或感情在感官上存留的記憶；而比喻意象則包含有字面意義的「轉換」，詩中意象是代表一字面景象。準此而言，意象通常具各別相、具體性，並能引發超感覺經驗的反映或回憶。王萬象：〈余寶琳的中西詩學意象論〉，《臺北大學中文學報》第4期（2008.03），頁60。

[32] 蕭蕭：《現代新詩美學》（臺北市：爾雅，2007），頁272-273。

[33] 王萬象：〈余寶琳的中西詩學意象論〉，《臺北大學中文學報》第4期（2008.03），頁60。

對於客觀世界的投射，人將過去曾經驗過的客體透過想像重現，重現之時，「內心意象」便出現。然而，未經過「外在符號」的表述，「意象」畢竟存在於內心世界裡，「言」指涉的便是「符號」，無論是語言、文字、藝術都屬於「言」的層次，「意象」必須通過「言」的表述，方能被外在世界所認知。[34]

　　丁威仁指的「言」是外在與內在溝通、協調、對話與取得共識與否的觸媒，[35]也可以說意象能否傳達至讀者，「言」（文字）之使用格外重要，也是評判詩人美學品味的關鍵之一。只是丁威仁也說，「意象不應只是修辭的概念，有時並不需要贅累的文字操作，而應有清晰或具張力衝擊的意象，令人新鮮的印象。」[36]「衝擊」不見是傳遞壞的訊息，有時只是「陌生化」營造的新鮮感，也或者是擬造出讀者經驗以外的事物所致。

　　那麼截取前後的「意象」會有差別嗎？意象能否造成衝擊呢？來看蘇紹連[37]的截句詩〈炭的嘆息〉：

　　　　煙薰我的綠色前世
　　　　今生我竟如此漆黑

　　　　現在，我和已變灰、變白的囚服
　　　　一同躺在冷卻的爐子裡[38]

34　丁威仁：〈李魁賢詩學理論研究〉，《臺灣詩學學刊》第19號（2012.7），頁46-47。

35　嚴格上來說，丁威仁的「言」較接近「文字」表述。然而當代「語言學」思考，卻包含了語音中心的「聲音」，也啟動了新批評、符號學、結構主義的興發。此處限於篇幅無法談論此一議，待未來另設專章論之。

36　丁威仁：〈李魁賢詩學理論研究〉，《臺灣詩學學刊》第19號（2012.7），頁49。

37　蘇紹連是臺灣散文詩的先驅者之一，他對於書寫詩有其獨到的看法，並且通過吹鼓吹詩論壇，不斷地開創不少現代詩類型及可能性。

38　蘇紹連：〈炭的嘆息〉，白靈編，《臺灣詩學截句300首》（臺北市：秀威資訊，2018），頁72。

〈炭的嘆息〉雖為截取詩，但基本上符合於小詩的獨有韻味，字句雖短卻說明瞭炭一生故事，留下無限哀淒。炭之「嘆息」停留在炭對於身世曲折後的無奈，今生的漆黑最終還不是變灰、變白，窩屈在爐子裡再也無法脫離。

再看原詩：

〈炭的嘆息〉
旅館的古墓意象‧在遺書的文字裡找到
自助旅行失落的地圖裡也發現了我的存在
但是我向來不協助靈魂的探險
煙薰我的綠色前世
今生我竟如此漆黑

漆黑裡面，隱約看見悶燒的火光：
二女相約賓館燒炭自殺留言盼為她做七年法事2005／04／11
竹南中學音樂老師中車內燒炭自殺身亡2005／04／11
為情所困阿兵哥家中燒炭自殺2005／04／04
疑憂鬱症作祟知名導演吳念真胞妹燒炭自殺2005／04／02
得不到家人祝福姊弟戀人宜蘭民宿燒炭自殺亡2005／04／01
疑似酒駕付不出罰款金門一男子燒炭自殺2005／03／30
一對男女租尺處燒炭自殺死亡逾五天2005／03／28
消防署科長蕭資昇燒炭自殺原因調查中2005／03／28
投資失利鬱卒姊妹著白衣褲燒炭雙赴黃泉2005／03／28
又見燒炭自殺男子陳屍轎車內2005／03／28
又足相約尋短離婚女偕同窗好友燒炭一死一傷2005／03／27

我是不起煙的餘燼，氣血已乾

原諒我賣身之際　已被當作死亡的奴僕
原諒我除濕之前，除濕機未被修理
原諒我防腐之前，防腐劑失去了味道
原諒我求生的吸附力雖強，卻釋出了一絲絲的嘆息
現在，我和已變灰、變白的囚服
一同躺在冷卻的炭爐裡[39]

　　嚴格上來說，原詩並未著重於意象經營，但從首段「旅館的古墓意象，在遺書的文字裡找到／自助旅行失落的地圖裡也發現了我的存在／但是我向來不協助靈魂的探險／煙薰我的綠色前世／今生我竟如此漆黑」，即在鋪陳「炭的身世」，以及可能預發的連串事件，果然接著一則又一則的新聞標題，炭的身世過渡了許多人的身後事，燃燒的炭順帶地燃燼了人類的一生，不同社會角落不同人生轉折。

　　炭發揮了它的功能之一，不是防腐不是除濕，而是伴送許多人離開，唯留的是「一絲絲的嘆息」。「嘆息」在詩裡喻化出許多指涉，是炭燃燒的嘆息，是人求死的嘆息，是人看見炭的嘆息，也是炭對於人類可悲遭遇的嘆息。原詩意象雖不明顯，可是與截句詩〈炭的嘆息〉相較，卻是兩種不同的意象經營，原詩談的是一種人生求死的無奈，截句詩談的反而比較是擬人化的物件想像。

　　截句詩以極短詩句，表現出鮮明的意象，反而比原詩創造更多想像的空間外，也「二次創作」出一首佳作，實以證明截句詩的「截取」，應被視為一種書寫技法的展現，而非只是舊作的藉題發揮、無端呻吟，截取出新的風貌及意義，意象也更具聯想、想像。

---

[39] http://blog.sina.com.tw/3187/article.php?pbgid=3187&entryid=12376，後收入蘇紹連：《時間的背景》。

四、意（溢）在邊界之內／外？

截句截取之內容，能否提供讀者想像的空間，取決於作者字詞的使用，[40]而意象是否完整、讀者能否感知到作者「二次創作」的意象企圖，也考驗著詩人的「截取」能力。讀者即便有「誤讀」的空間，但若截句要能從文學傳播角度被讀者接受，作者創作意圖與讀者的接受思考必須能達到協調與平衡。截句若有其美學的情致特色，字詞的使用變得格外重要，對於「二次創作」的詩來說，作者決定如何截取、截取什麼便已決定了意象的初步構成，提供給讀者想像或聯想的空間，可能因截取而顯壓縮。「意在言外」是否依然適用於截句詩的命題似與小詩緊密相繫，小詩的美學除需考量「行數」的張力結構，窮而未盡的韻味亦顯特殊，

筆者曾在〈小詩句・大絕韻〉論及小詩限於篇章字行的限制，不得不將更多的故事、想像設計在可見的字句之外，達到延伸的效果，[41]以管管〈推窗〉為例：

推窗　鳥聲驟止
一樹當胸而立
要談談嗎？[42]

---

[40] 此處的「使用」指的是原詩的初步完成及呈現狀態，例如已公開發表等等，確認一首詩的完成。截句詩的「使用」則是對於原詩的修飾、割捨與留存的「二次創作」。也就是不再是無中生有，而是有中取捨的概念。

[41] 筆者也曾在〈詩／思之波瀾──談「防波堤」概念〉談，不論是何種「詩」體型，詩人在構思初期以至完成的同時，處理解到一首詩應有的敘述限度（如情感、意象及事件），適切地理解「防波堤」的立設處（或邊界）所在，唯有「防波堤」的界限劃出，才能提供讀者一個合理且能消化的餘地，以防「過多」所導致的氾濫，也才能書寫出一首「不溢情」的詩。

[42] 管管：〈推窗〉，陳幸蕙編，《小詩森林：現代小詩選1》（臺北市：幼獅，2003），頁76。

修辭上佈著聽覺、視覺、觸覺，又有角色、場景、動作，其情節依三行句分列三幕，似於小說電影佈局。有趣的是最末「要談談嗎」將動作停留在那一剎那，就是小說或電影慣留下「伏筆」手法。這便是小詩特點，它像是個欲言又止（或意在言外）的小說，像是「極短篇」。[43]限於篇幅無法勾勒出太多人物、場景與情節，主因在於「懸念」，一種無法被言盡卻能想像的各種「結果」。此「結果」一方面佈局所致，另者即為小詩結構妙絕之處。因為小詩字詞輕薄短小，時間／空間向度必有限制，「意在言外」就成為特殊佈局，或說小詩（本身篇幅、結構）若無法承載完整或想表述內容時，其「言外」框架則接續、敷衍了「意義的流向」。[44]詩呈顯的故事內容，往往傳遞了某個主要訊息，閱讀時若無法在詩的字詞排列中閱讀到全部的訊息，那麼讀者有時候必須要費心地去尋找到「意外」（意在言外）的訊息是什麼，「意象」之「意」何在。[45]「意在言外」有時是故意安置的效果，有的則端賴讀者的想像，也就是說作者在原有字詞安排的「意象」當中，藉由「象」鋪陳出「意」，但在有限的詩句中，無以窮盡之「象」時，「意外」變得格外重要，詩人得以延伸發揮。

　　若小詩的作者意圖便是在創造言外之意，創造出令讀者自行想像的畫面、結果，截句詩能否呢？或者說，截句詩真能夠承載完整的意象嗎？蕭蕭就曾明白地點出，「截句」不該只是一種詩的體式，而「截句」四句，能有多大的負載量，「截句」雖小，詩人能將她推到多大的極限。[46]小詩能夠鋪致意在言外的韻味，截句能否對比？「作者意圖」應是決定截句詩的意象設造完成與否之關鍵，

---

[43] 詩人蕭蕭曾以席慕蓉、鄭愁予的詩為例，指出他們的詩，似有一段欲說還隱的小說高潮，讓讀者很想一探究竟。蕭蕭：〈小詩裡的小說設計〉，《明道文藝》377期（2007.08），頁62。

[44] 相關論點可參考筆者〈小詩句·大絕韻〉一文。

[45] 陳滿銘：《意象論廣論》，（臺北市：萬卷樓，2006），頁32。

[46] 蕭蕭：《新詩創作學》（臺北市：秀威資訊，2017），頁108。

來看周忍星〈瓶中詩──愛的灰燼〉：

> 那男人粗暴地將我進入
> 青春失聲還岔音
> 野火燎原之後，男人的名字化為灰燼
> 我叫他「父親」的，男人[47]

此詩截自「聯副文學遊藝場」「瓶中詩」入選詩作〈愛的灰燼〉，原詩為：

> 那男人粗暴地將我
> 進入，半滴眼淚我也沒流
> 寒冷，爬遍全身
> 頭髮，青春失聲還岔音
> 腳趾，一顆顆歡笑里程碑
> 斷裂、皺皺、生苔
> 野火燎原之後，男人的名字
> 化為灰燼
> 我叫他「父親」的，男人[48]

詩的意象乃以父親的「愛」與「行動」為主軸，畫面令人感受到寒冷，但這個愛卻很「粗暴」，令人「寒冷，爬遍全身」，「青春失聲還岔音」。詩隱約投射出「家暴」與「性侵害」的幽暗喻示，父親的角色原是給予「愛」，卻在「進入」後，成為了「男人」，一個陌生的男人，不再配擁有父親之名的男人。

---

[47] 周忍星：〈瓶中詩──愛的灰燼〉，白靈編，《臺灣詩學截句選300首》（臺北市：秀威資訊，2018），頁190。
[48] 周忍星：〈愛的灰燼〉，《洞穴裡的小獸》（臺北市：秀威資訊，2017），頁155。

原詩的意象及畫面感在截取後的四句，其實依然頗為駭人，因男人將我進入是事件的起因，青青失聲是接踵而來的毀滅，青春故事的開端畫上了陰影。遺留在心理的恨意，只剩下不配叫做「父親」的男人。這顯見四行的截句詩在「二次創作」，依然可以承載原有的故事，意象依然鮮明不已。篩擇後字句簡潔明晰，完全使得截句後的〈愛的灰燼〉在原有敘事脈絡下，反而有了「空隙」，給了讀者蘊讀「我」的心理轉折，作者抹除了為讀者添加的詞句，擠出與讀者合作的「空隙」。

　　周忍星截取後的詩顯現作者意圖，雖然不見得要對應讀者的需求，畢竟讀者有「誤讀」的權利，讀者可以通過聯想、想像的基礎，使得閱讀成為聯結的管道，迫發讀者能夠創發新意、解讀不同的訊息，以便作出更多「誤讀」。[49]截句詩類型是否成立，也需回應於此，也就是依然提供讀者「誤讀」的可能性。以小詩為例，作者意圖成就出小詩之完整，剩餘者唯獨讀者詮釋的空間，並與此保留著誤讀的可能性，然而截句詩基本上的「完備」在於「二次創作」，「二度創作」能夠修辭、編選「原詩」，重新賦予詮釋的可能，即便未見原詩全貌，留存的是的究竟是原詩的精華還是「新的詩」？作者試圖引導讀者。「二次創作」也是「再書寫」的技法，「截取」（動作）應被視為「新的創作」、「新的書寫」，截取不是下意識的反射動作，而是賦予舊作新身體、新生命的書寫，故需

---

[49] 「意象」與「聯想、想像」的關係而言，是先有「意象」，然後才有「聯想、想像」的，盧明森說：「意象是聯想與想像的前提與基礎，沒有意象就不可能進行聯想與想像。」說得一點也沒錯。而且由於聯想「是從對一個事物的認識引起、想到關於其他事物的認識的思維活動，是一種廣泛存在的思維活動，既存在於形象思維活動中，也存在於抽象（邏輯）思維活動中，還存在於抽象（邏輯）思維與形象思維活動之間……不是憑空產生的，而是有客觀依據，又有主觀根據的。」而想像則「是在認識世界、改造世界過程中，根據實際需要與有關規律，對頭腦中儲存的各種信息進行改造、重組，形成新的意象的思維活動，其中，雖常有抽象（邏輯）思維活動參與，但主要是形象思維活動。……理想是想像的高級型態，因為它不僅有根有據、合情合理、很有可能變成事實，而且含有大量抽象（邏輯）思維活動參加，在實際思維活動具有重大的實用價值。」請參閱陳滿銘：《意象論廣論》，（臺北市：萬卷樓，2006），頁166。

仰賴著作者的美學品味、訊息概念。故意象經營的好壞，能否充分被理解，不僅是作者意圖之事，也是作者詩美學品味的再考驗。

五、代結語：更多的可能

　　就白靈推廣「截句」用意，是在導引新手試作且快速達陣，及時獲得創作的喜悅與信心這點來說，「截句」寫作不應是難事。在這難易之間，我們思考的是：如何走好「實踐」這條路，如何讓截句寫作在新詩史上也有豐碩的成績。[50]本文雖將截句詩與小詩作區隔，卻深信現代詩發展必須端賴於不同形式的鼓吹、不同取徑的推展，而截句詩或許可以與小詩成為共戰的夥伴，提供在寫詩、想寫詩的人更多選擇。

　　將「截句詩」界義為新的現代詩類型，乃期擴延現代詩多元發展的取徑，將其與不同的現代詩類型作公平的衡量，使其讓更多讀者理解「截句」。將截句詩與小詩視作兩種現代詩的類型，一是透過作者意圖區辨出形式上的類似性，唯有追溯回作者的創作原點，截句詩方能真正地獨立成類；其次，是從意象構成理解，不論是小詩還是截句詩，都應掌握意象的經營，然就行數來說，小詩在創作起始就是一個完整的時空體一個完整的結構，意象經營在詩完成同時亦完成。至於截句詩行數乃從「截取」而來，其意象的構成就產生了變異，截取而成的詩歧異於「原詩」，意象經營的歷程中有了改換，截取詩句後的新詩（截句詩）的意象可能相異於原詩的意象經營。而截句詩的意象經營是否成功關乎於「二次創作」的技法是否成功、是否得以被讀者接受（或認同）。「二次創作」是「再書寫」之技法，更覆含了作者的反思歷程，但截句雖截、小詩雖小該不能偏廢意象的經營。

---

[50] 蕭蕭：〈代序：臺灣「截句」創作風潮與實踐〉，《蕭蕭截句》（臺北市：秀威資訊，2017），頁9。

從文學傳播角度而言，截句詩在臺灣現代詩類型的形構是可能的且必要的，從論述、讀者接受、出版的推廣，皆提供截句詩發展的場域，例如吹鼓吹詩論壇、臺灣詩學學刊、詩人帶頭創作，育培出普泛基礎。對喜愛現代詩的讀者而言，對截句詩或有曖昧、摸索，卻突出了過往未曾見析的況味，誠如白靈、蕭蕭對截句詩的看重及實踐，是在臺灣現代詩的書寫思潮中，找到更多可能性。

參考書目

專書

白靈：《白靈世紀詩選》（臺北市：爾雅，2000）。

白靈編，《臺灣詩學截句選300首》（臺北市：秀威資訊，2018）。

周忍星：《洞穴裡的小獸》（臺北市：秀威資訊，2017）。

陳幸蕙編：《小詩森林：現代小詩選1》（臺北市：幼獅，2003）。

陳滿銘：《意象論廣論》，（臺北市：萬卷樓，2006）。

華倫、韋勒克：《文學論——文學研究方法論》（Theory of Literature），
　　　王夢鷗、許國衡譯（臺北：志文出版社，1985）。

蕭蕭：《新詩創作學》（臺北市：秀威資訊，2017）。

蕭蕭：《蕭蕭截句》（臺北市：秀威資訊，2017）。

蘇紹連：《時間的背景》（臺北市：秀威資訊，2015）。

期刊論文

丁威仁：〈李魁賢詩學理論研究〉，《臺灣詩學學刊》第19號（2012.7），
　　　頁39-66。

王萬象：〈餘寶琳的中西詩學意象論〉，《臺北大學中文學報》第4期
　　　（2008.03），頁53-102。

白靈：〈閃電和螢火蟲——淺論小詩〉，《臺灣詩學季刊》18期
　　　（1997.03），頁25-34。

白靈：〈從斷捨離看小詩與截句－由臺灣到東南亞到兩岸詩的跨域與互
　　　動〉，《臺灣詩學學刊》第30期（2017.11），頁83-103。

吳昌崙：〈下班〉，香港《工人文藝》第4期（2015年1月），頁22。

吳福相：〈劉勰審美意象論探究〉，《實踐博雅學報》13期（2010.01），頁77-97。

莫渝：〈詩的形式表現〉，《臺灣現代詩》19期（2009.09），頁102-109。

陳鴻逸：〈小詩句・大絕韻〉，《吹鼓吹詩論壇》19號（2014.09），頁88-94。

陳鴻逸：〈詩／思之波瀾－談「防波堤」概念〉，《吹鼓吹詩論壇》16號（2013.03），頁242-246。

蕭蕭：〈小詩含藏蓄存的敘事能量：以焦桐詩的木質特性為研究中心〉，《臺灣詩學學刊》第23期（2014.06），頁7-25。

蕭蕭：〈小詩裡的小說設計〉，《明道文藝》377期（2007.08），頁58-62。

網路

http://blog.sina.com.tw/3187/article.php?pbgid=3187&entryid=12376

頓悟禪「譯」
——截句的英文翻譯初探

陳徵蔚

健行科技大學應用外語系副教授

摘　要

　　中文詩的英譯，是臺灣文學創作走入國際的途徑之一。而截句簡練的結構，更適合做為國外讀者瞭解臺灣新詩文化的橋樑。在截句中，有一些使用佛家語彙與意象的作品。其中有許多語彙音譯於梵文，而梵文是印歐語系的一支。照理來說，將這些具有禪意的截句翻譯為英文，應該會因為梵文、英文語源背景的接近而相對容易；然而事實上這些語彙包含了深厚的宗教、哲學與文化背景，故而在中譯英的過程中，經常產生一些意想不到的困難。本論文旨在從語源的角度，歸納常見的佛家詞彙之梵文語源與本意，並且分析這些詞彙用於截句，以及被翻譯成英文時的問題與困難。

關鍵字：截句、梵文、禪、釋家、佛家、英文翻譯、中譯英

截句可能擷取自較長篇章，也可能新創。它至多不過數句，然而卻寓意深遠，猶似佛家之「偈」。偈，乃梵語gatha的音譯，此字有「快捷」的涵義。《廣雅・釋詁一》云：「偈，疾也」。輕薄短小、急智機鋒、意境深遠，這不但是「偈語」的力量，同時也是截句的優勢。

　　在眾家截句中，寓涵禪意者頗多；然本文僅針對幾首直接使用佛家語彙的截句進行分析。這些語彙大多源自梵文，由於意義深遠，當初鳩摩羅什、玄奘等採取音譯（transliteration），而非單純意譯，例如最高境界的覺醒者為「佛陀[1]」，「涅槃」（nirvana）為「解脫」，「菩薩」（bodhisattva[2]）是「慈悲的覺者」，「魔[3]」（mara）則為「障礙」、「干擾」、「摩訶」（maha）為「大」、「揭諦」（gadi）為「去」或「體驗」。上述詞彙源自梵文，這些詞彙本身因為文化與歷史底蘊，而有著許多的詮釋與想像，再加上其特殊的發音，在詩的創作上可能帶來獨特的音響質感。筆者進一步嘗試將截句翻譯為英文，觀察在翻譯過程中，梵文與中文間的互動，以及中文翻譯為英文後，意義的保留與改變。自漢唐以來，梵文佛經被譯為中文。而截句使用這些佛家語彙後，倘若再被翻譯為英文，會有甚麼樣的火花呢？本文將嘗試探討這個語言轉換的過程。

　　佛經以梵文（Sanskrit）書寫，而梵文屬於古印歐語系（Proto-Indo-European Language）的一支，與希臘文語來源近似，也因此與許多歐洲語言，例如拉丁文、德文、英文等的結構有許多相通之處。舉「波羅蜜多」（paramita）為例，這個詞彙是音譯，意義是

---

[1]　亦有音譯為「浮屠」者，然可能因「屠」容易產生負面含意，故而漸漸少用。

[2]　Bodhi即「菩提」，覺醒之義，「佛陀」（Buddha）也是源自此字根。Sattva則是「有情者」。故而「菩薩」（bodhisattva）意義為「有情（或慈悲的）的覺醒者」，但仍音譯為「菩薩」。

[3]　本來應為「磨」，即磨難的意思，日文中「邪魔」意為「煩擾」亦為此義。後梁武帝將「石」改為「鬼」，故產生如今的「魔」字。

「已達彼岸」。換句話說，就是「度」或「功行圓滿」的意思。在這個梵文詞彙中出現的para-也是個希臘文字首，於英文單字裡同樣經常見到，其中一個意思是「兩者之間」或「跨越」。例如「段落」（paragraph）就是「書寫之間[4]」或「跨越書寫」，「平行」（parallel）則是「彼此之間[5]」的意思。此外，paramita後半的mita則有「傳送」、「傳播」的概念，例如英文中的「傳導」（transmit）與「任務」（mission）也是用這個字根。古時歐洲傳教士（missionary）將天主教傳播到各地，這項「任務」便以「傳播」為字根。而「波羅蜜多」將para與mita組合，便形成了「已達彼岸」。梵文與歐洲文字系出同源，因此在分析單字結構時，較為容易讓外國讀者瞭解。然而，當梵文語彙被音譯為中文後，其諧音字未必具有意義，例如「波羅蜜」，僅取其音，與這三個字的中文字義並無關連。故而當詩人將這些詞彙寫入截句，並且以其中文字義進行隱喻、排比時，中翻英的過程便會出現一些問題。

在中國古代，將佛經從梵文翻譯為中文之際，有些採取意譯，有些則取音譯，而當年採取音譯的原因，都有非常明確的記載。根據《翻譯名集》，玄奘曾提出五個佛經語彙「音譯」而不「意譯」的原則，即玄奘有名的「五不翻」理論。第一，因為「祕密故不翻」，例如咒語、真言，具有神祕的語音力量，因此不能改變其原始發音。第二，「多含故不翻」，也就是說一個詞彙涵義眾多，意譯會顧此失彼，則採取音譯，例如佛陀亦稱「薄伽梵」（Bhagavat），此詞彙兼具自在、熾盛、端嚴、名稱、吉祥、尊貴六義，因此音譯。第三，「此無故不翻」，例如當時中土沒有「菩提樹」，故採取梵文音譯為「閻浮樹」（jambu）。第四，「順古故不翻」，也就是自古以來就有音譯，則從善如流，例如「阿耨多羅三藐三菩提」，原可以意譯為「無上正等正覺」，但是因為自從

---

[4]　希臘字根grapia即為「書寫」
[5]　希臘字根allelois是「彼此」的意思

東漢開始就有音譯，因此不再另譯。第五，「生善故不翻」，較為深奧的詞彙可以讓人產生崇敬之心，例如「般若[6]」（prajna）意思是「超越的智慧」，但因為智慧有不同層次，採音譯可以讓人感到「般若」的層次更高。另外，「釋迦牟尼」（Sakyamuni）原意是「釋迦族的聖者」，「釋迦」是古印度的一個部族，但是這樣翻譯聽來似乎只是個部族首領，無法傳達其境界之高深，故而直接音譯。有趣的是，佛陀的另一個名稱「如來」也源自於梵文Tathagata，但卻採取意譯，而非音譯為「達薩加塔」。tatha的意思是「於是」或「如是」（thus），而gata是「去」（go）的涵義，梵文與英文的字形拼法近似，看得出其語源接近。而加一個反義字首a後（英文中也有加a成為反義的單字），agata即代表「來」。因此，Tathagata翻譯為「如來」，意即「如是而來」或「如是而去」（one has thus come or gone），其概念其實是比喻世間表象的短促。

有些音譯的字原本只是將梵文發音轉入中文，但是有些則使用廣泛，逐漸與中文意義巧妙融合，進入了我們的日常語彙。即使如此，這些翻譯詞彙仍然會讓人感到不像中文，因此在讀佛經時，便會出現梁啟超所謂的「異感」，而這種因外來語翻譯而產生的差異感受，卻可能成為文學創作的一種工具，產生形構主義所謂「陌生化」（defamiliarization）效果。例如梵文ksana音譯為「剎那」，意思是非常短暫的時間。這個詞彙如今已經人盡皆知，但是它的特殊音韻卻仍讓人感到獨特，也因此形成了聲音的美感。英國詩人布萊克（William Blake）的名句「掌中握無限，剎那見永恆」（Hold Infinity in the palm of your hand，╱ And Eternity in an hour.）中譯使用「剎那」其實與原文不盡相符，僅以比喻的方式，將「永恆中的一小時」喻為「剎那」，但是這樣的翻譯比直譯好，不但意象優美，

---

[6] Prajñā是超越、洞察、直觀的智慧，字根源自於pra，即超越、向前之義，歐洲語系中多有此字根，例如英文中的pre或pro都有類似意義。jñā是意識或知識的涵義，因此Prajñā是超越知識與意識，直觀的智慧。

聲韻也頗為鏗鏘。

　　梵文進入中文語彙後，詩人開始將這些語彙融入作品。本文嘗試選取幾首直接使用佛家語彙的截句，進行英文翻譯。照理而言，梵文與英文的語言結構多有近似之處，應該更容易翻譯一些。然而實際上，卻發現在語言一進一出之間，其實還是充滿了很多值得商榷之處。例如某些來自梵文的中文詞彙已為大家熟知，因此詩人直接採用，寫入截句時的意義十分明確，不必再做說明。但是當這首中文截句被翻譯成英文後，原本看來意義明白的中文詞彙，頓時變得晦澀起來。這是因為雖然梵文單字與英文同源，但現今已經沒有這個英文字彙了。因此使用梵文發音字，反而會令人疑惑。此外，有時中文音譯詞彙裡的「字」只是表音，沒有意義，但詩人卻以之作為比喻、押韻的依託，故而在中文詩裡可以產生的效果，在英文詩中可能蕩然無存。最後，這些詞彙畢竟經過千百年流傳，語彙的意義在讀者之間已經產生了一定的文化共識。然而在翻譯成英文時，雖然單字之間存在著近似的語言結構，但是倘若沒有解釋，很難讓讀者明白其中多層次的韻味。故而一篇簡短的截句，似乎又需要冗長的注疏、解釋方能充分傳達意境，失去了截句「簡短」的優勢。這些問題，都將於本文的分析中討論。

　　詩人前輩向明有首截句，筆者翻譯如下：

　　原詩：
　　很多很多都突然非常熱鬧
　　寂靜的僧房不再穹邃
　　然而，小僧說要遠離三界
　　乾脆念三藐三菩提禱告

　　翻譯：
　　Many a place turns bustling suddenly;

The serene viharas are no more remotely spacious.

Yet a humble monk hopes to evade the secular,

Praying simply for perfect enlightenment.

　　這首詩並置了兩個迥異的境界：滾滾紅塵，以及修行之所。或許是民眾朝山進香，或許是星期假日遊客如織，原本應該寧靜、遠離塵囂的修行境界，在這首截句描寫裡，卻受到了塵世侵擾。於是，原本僧人所靜修居住的安靜屋舍不再遼闊悠遠，擠滿了人潮。於是，僧人試圖「心遠地自偏」，隔絕這個擾攘塵世的方法，按照描寫，便是念《心經》禱告。引申來看，不只是遊客的侵門踏戶讓塵世打擾僧人，現今網路媒體發達、資訊傳播快速，也從各種虛擬的角度，將擾嚷的凡俗瑣事送進原本穹遼的內心。「僧房」，或許不只意指實質可見的屋舍，同時也可以比喻修行者渴望澄淨的內心世界。

　　翻譯這首詩時，首先映入眼簾的是「僧」這個詞彙。如今，人皆盡知「僧」為佛教修者。這個字乃是音譯梵文「僧伽」（samgha）的省稱，原意是「出家的大眾」或「僧舍」。此字進入中國時間久遠，使用廣泛，因此已經完全融入中文語彙，例如「僧侶」、「僧眾」、「托缽僧」等。韓愈有「僧言古壁佛畫好，以火來照所見稀」，可見此字應用的源遠流長。雖然「僧」字源於梵文，而且在英文中的確有sangha這個字，但是卻屬於相對晦澀、少用的單字。倘若翻譯時直接使用，會將原文中淺白的意義變得難解。因此在英文翻譯時，筆者仍選擇使用一般人熟知的詞彙「僧侶」（monk）。

　　Monk這個字可能意指西方修道院中的「修士」，或是亞洲寺院中的「僧侶」，包含得比較廣。然而因為佛教在西方的傳佈廣泛，使用這個字，應不致於造成文化意象上的混淆。monk的來源是mono-（單獨），也代表達僧侶遠離群眾，獨自修行的概念。因

此，使用monk似乎也頗呼應向明截句中「遠離三界」的概念。小僧，是僧人自稱的謙辭。在翻譯時，筆者將「小」以humble（謙卑）詮釋。「a humble monk」意即「一位謙卑的僧人」，轉自稱為他稱，在後續翻譯上比較容易處理。

僧人所住之處，理所當然名為「僧房」，但是直譯為a monk's house或a monk's room似乎過於輕率。一般而言，歐洲男修道院通常都使用monastery這個字，而此字與monk的字根同源。然而，使用這個字卻似乎少了些禪味，多了點歐洲氣息，彷彿與原詩有點格格不入。因此筆者幾經考慮，選擇了中文語彙裡對「僧房」的另一種稱呼：「精舍」，而這個字的梵文、英文都寫作vihara，特別專指佛、道的修士居住、靜修之所。

「三界」與「三藐三菩提」在這首截句中是個對比，前者象徵世俗，後者代表智慧。而「三」之數，原本就具有許多宗教、哲學的象徵意義，例如西方的「三位一體」，中國的「一炁化三清」，連柳宗元也作「三戒」。這個在中文裡看來理所當然的詞彙，在英文翻譯中卻出現了問題。「三界」意指人世間的三個境界：欲界、色界、無色界。「三界」的梵文讀音是trailokya，其字根與英文裡的tri-（三）相同來源。然而，倘若使用trailokya這個詞彙，卻不是一般人所能明白的，因此一般國外佛典中，大多會將這個詞意譯為「Three Worlds」、「Three Spheres」或「Three Realms」。

其次，「阿耨多羅三藐三菩提」是梵文anuttara-samyak-sambodhi的音譯，意思是「無上正等正覺」。「an」或「a」這個字首在英文裡也有，意思是「無」，例如apathy就是「無感、冷漠」，amoral就是「無涉道德」。Uttara跟英文字ultra同源，即「超」或「上」。因此「阿耨多羅」（anuttara）意思是「無上」。「Samyak」的「sam」是「單一」（古德語中也有類似字根，構成英文中的「相同」same這個字），「yak」為「方向」。所以「三藐」意即「靈魂方向一致」，也就是說修者與佛有相同的用心。英文「宇宙」

（universe）由「uni」（單一）與「verse」（方向）構成，也是類似含意。眾星軌道各異卻不相撞，正因為方向相同。每個人都是一個「小宇宙」，但正道卻只有一個方向，不可背道而馳，故名「正等」。「Sambodhi」由「sam」（單一）與「bodhi」（覺醒）組成。「唯一的覺醒」，即「正覺」，而「佛陀」（Buddha）一詞，也源自於「覺醒」這個字根。

根據上述，「三界」與「三藐三菩提」在中文裡所形成的「數字對比」，在英文（或梵文）意義中並不存在，因為後者的「三」，其實是「一」的字根。因此，在這裡筆者面臨了的翻譯的抉擇。是要按照原文翻譯成「三界」（trailokya或Three Realms），與「三秒三菩提」（samyak-sambodhi）呢？還是採取意譯？幾經思索，由於「三」的對比意義在英文翻譯中已然不存在，不如捨棄，以保存截句原意為主。一方面來說，即使將「三界」意譯為「三個境界」，不懂這個詞彙文化背景的外國讀者，可能還是無法明白所謂的「三個境界」是哪三個。因此，筆者嘗試將「三界」以「俗世」（the secular）一詞代替，於是「遠離三界」取其意義，英譯為「遠離世俗」（evade the secular）。另一方面，「三藐三菩提」中的「三」也沒有實質意義，因此翻譯時取其意義為「澈悟」（perfect enlightment）。因此，最後兩句）翻譯為英文後，意思變成了「小僧希望遠離俗世，乾脆祈禱澈悟」。

林靈歌的〈回春〉，描寫四時的循環變化。一輪四季後，再度「回到以前」，萬物在春天重新出發。在這首截句中，枯葉、竹節象徵生命的餘燼，但是在彷彿死亡的外表下，卻是欣欣向榮的生命。這種「死亡」與「生命」彼此蘊含、交互循環的意象，構成了這首詩的核心。相對於枯葉、竹節的凋零意象，春意盎然的季節，玫瑰的茂盛開放，便是生命蓬勃發展的象徵。因此，前兩句象徵了肅殺之冬已過，孕育生命的春天悄悄到來。四時循環，正如雪萊在〈西風頌〉所謂「寒冬已至，春天又怎會遠？」死亡與生命的輪

替，在時光裡緩緩前進。

　　原詩：〈回春〉
　　當一切回到以前
　　枯葉蝶參禪，竹節蟲入定
　　我卻撩撥春天
　　讓爬牆玫瑰一路刺青

　　翻譯：〈Back to Springtime〉
　　As everything returns to the past,
　　Dead leaf butterflies meditate; stick bugs ponder still.
　　I, however, fondle the spring,
　　Having the roses tattoo all the way on the wall.

　　該如何參透生死、看破紅塵呢？這首詩以「枯葉蝶參禪、竹節蟲入定」來貫串。「參禪」與「入定」都是佛家語彙，前者意指「靜坐」（meditate），後者則指靜坐後所進入「冥定」或「禪定」的精神狀態。靜坐（meditate）的英文翻譯較無爭議，然而「入定」一詞，有時在中文裡也將梵文直接音譯為「三昧」或「三摩地」（samadhi），而這個詞彙中的「三」與前述「三藐三菩提」中一樣，並非真的是數字，而是一個字首，意思為「一」。專心致一，便能「入定」。在英文翻譯時，如果直接以samadhi這個字寫入，除非另加註解，否則讀者必定不懂。因此筆者在翻譯時，僅意譯為「寧定沉思」（ponder still），而捨「入定」或「三昧」中過於艱深的龐大概念，以免造成讀詩、理解上的困難。

　　此外，「枯葉」與「竹節」具有一定程度的禪意，使用在這首截句中，堪足與「玫瑰」與「春天」這個較為塵俗，甚至較為肉體、慾望的意象對比。然而在英文翻譯時，卻出現了個小問題。首

先，枯葉蝶的英文是「橡樹葉蝶」（oakleaf），這個「橡樹」的意象在原詩並不存在。而在歐洲，橡樹象徵榮耀、力量，其掌管者是天神宙斯，與這首詩禪味十足的形象似乎並不相符。枯葉蝶有另外一個名稱「死葉蝶」（dead leaf），雖然直言「死亡」似乎沒有中文原文中的「枯」來得含蓄；但是「枯」與「榮」經常與植物的「生」與「死」對比，相較於「橡樹蝶」，在詩中可以呈現更為貼切的涵義，因此筆者選擇dead leaf作為英譯。

其次，歐洲人稱竹節蟲為「木杖蟲」（stick insect），美語則較常用stick bug，然而無論哪一種，都沒有「竹節」的意象在其中。「竹」在中文世界具有特殊的象徵意義，而且「竹節」象徵君子操守的概念，是普遍為華人所熟知的。因此若翻譯為stick bug，無可避免地會犧牲「竹」與「竹節」的意象。然而如果不翻譯成stick bug，外國讀者可能不容易看懂，故而只好退而求其次，先以意譯盡量完整傳達為優先考量。故此，「竹」的意象變法兼顧了。

葉莎的〈悟〉同樣也是禪味十足。所謂的「悟」有「頓悟」、「漸悟」之分，前者是跳躍式、突然領悟（sudden realization），因為經歷某些事物而突然開悟，瞭解真理。而後者則需透過一系列明心見性的過程（例如靜坐、入定），按部就班，逐漸領悟（gradual realization）。一般而言，佛家的「頓悟」被意譯為「enlightenment」，en是「進入」，light是「光明」，進入光明，黑暗自然消失。這便代表了破除障蔽，開啟雙眼，終結盲目。「啟蒙時代」也是使用這個字，因為科學與理性思考帶領人類走向光明。而佛家的「頓悟」以這個字作為英譯，則是「千年暗室，一燈即明」的概念。英文有另外一個文學術語「epiphany」，意義也頗近於「頓悟」。Epi的字根是「去」（to）之意，而pha與梵文bha同源，意義也為「照耀」。因此這個字的意思，同樣是智慧光照，頓悟心開。事實上，所謂的「頓悟」，也是一種「菩提」（bodhi），意即「覺醒」。在翻譯葉莎的這首截句時，筆者採用

了較為淺顯明白的「enlightenment」來詮釋「悟」，而不使用意義類似的epiphany，因為這個詞彙文學性較濃厚，未必盡為人所知。其次，這裡也不把標題「悟」譯為「菩提」，因為雖然意義類似，但是卻恐有過度詮釋之嫌。而且bodhi這個詞彙也並不普遍，必須要另加註腳說明，故而最後採用一般讀者可以看了就懂的詞彙。

原詩：〈悟〉
我識夢幻也識泡影
自此忘卻六根，六識和六塵
身是身，是遠山
是溪流也是小路

翻譯：〈Enlightenment〉
I realize dreams, illusions, bubbles and shadows,
And forget the vanity of desires and secularity—
A body is a body, a mote mountain,
A stream, and a trail.

　　這首截句的第一行「我識夢幻也識泡影」來自《金剛經》文末的偈語：「一切有為法，如夢幻泡影，如露亦如電，應作如是觀」。由此可知，「夢幻」與「泡影」其實是兩個比喻「有為法」的意象。意思就是說，世間一切由於因緣而產生的現象，都是短暫的。「有為法」的梵文是samskrta-dharma，詞彙前段的samskrta來自於「一」與「聚集」，也就是建構、形成的意思。詞彙後段的dharma意思是「法」，也就是思想、行為、現象的意思，這個詞彙有時也被音譯為「達摩」。所以，「有為法」的意思，便是由人的內心、行為所建構出來的現象。由此可知，人類一切的努力皆為徒勞，世間的現象都是虛空，這就是「如夢幻泡影」的原意，與聖經

〈傳道者書〉（Ecclesiastes）中開宗明義所謂「虛空的虛空，凡事都是虛空」（[V]anity of vanities！ All is vanity.）的概念不謀而合。

　　掌握了這樣的比喻原則後，筆者選定了「夢」、「幻」、「泡」、「影」四個字進行翻譯。中文的「夢幻泡影」四字何其簡單，而且似乎能夠兩字一組，成為語彙。但是細究其含義，其實這四個字各自獨立，都有意義。因此筆者只好嘗試分開譯為dreams，illusions，bubbles and shadows，這四個字可以是獨立的概念，但也可以互為同位語（appositive），相互定義。

　　「六根、六識和六塵」的翻譯，再次出現了直譯與意譯的兩難。若較為詳細地分析，六根為「眼、耳、鼻、舌、身、意」等六項身體感官，而六識則指前述感官所產生的認知，因此有「眼識」、「耳識」、「鼻識」、「舌識」、「身識」、「意識」，也就是說，「六識」是運用感官所感知到的一切現象。然而，這個被汙染的塵世所傳送到感官的資訊，導致六根不淨，產生了「色塵」、「聲塵」、「香塵」、「味塵」、「觸塵」、「法塵」，故而稱為「六塵」，近似《老子》中「五色令人目盲，五音令人耳聾，五味令人口爽，馳騁畋獵令人心發狂」的概念。因此，若能杜絕六塵，便可達致「六根清淨」。「六根」、「六識」與「六塵」三者統稱為「十八界」，梵文為astadasa dhatavah。然而，在翻譯時，尤其在截句極為簡短的內容中，是否需要將如此龐大的佛學概念翻譯進去，而成為six senses，six consciousnesses and six contaminations呢？倘若「六」這個數字在詩中佔有重要意義，那麼絕對必須譯出，同時進行註解。然而，倘若「六」在詩中並沒有明顯的特殊意義，那麼直接把「六根、六識和六塵」翻譯出來，即使冗長解釋「六」的概念，也未必能夠達到在中文裡所表達的效果。因此，筆者採用了西方讀者較為熟悉的聖經《傳道者書》作為翻譯基礎，將所謂的「六根、六識和六塵」直接意譯為「慾望與世俗之虛妄」（the vanity of desires and secularity）。能夠忘卻六根、六識和

六塵，便是忘卻慾望與世俗之虛妄，最後達致頓悟得境界。

翻譯的困難之處，在於掌握「信」、「達」與「雅」的原則。而翻譯詩尤其困難，其原因在於詩的字數精煉、意境幽遠，稍一不慎，可能就會導致誤譯。而即使翻譯忠實傳達了詩的精神，有時卻可能因為把意義表達得太清楚，因而將詩人刻意模糊的意向明確翻譯了出來。因此，如何掌握住詩的原意，試圖瞭解詩人的創作概念，然後取其中庸，是中文詩翻譯為英文時的挑戰。而當詩中出現了佛家語彙時，梵文、中文、英文之間所產生的互動，更是精彩紛呈，但翻譯時卻也需要更多的推敲。雖說翻譯是意義的傳遞，然而若能連同形式、修辭等一併翻譯，則將達到更高的境界。翻譯永遠不會只有一個版本，如同班雅明（Walter Benjamin）所說，翻譯如同切線，它們或許無法達到圓心，但卻可以不斷接近圓周，逼近作者的原意。身為翻譯者，這個「不斷逼近原意」的過程，正是追求翻譯「真」、「善」與「美」的過程。

參考書目

Benjamin, Walter. 「The Task of the Translator.」

Friar, Kimon. 「on Translation.」 *Comparative Literature Studies, Vol. 8, No. 3.* Pensylvania: Penn UP, *1971. 197-213.*

Gentzler, Edwin. *Contemporary Translation Theories.* London: Routledge, 1993.

Stern, Laurent. *Interpretive Reasoning.* Ithaca: Cornell UP, 2005.

Venuti, Lawrence, ed. "Introduction." *Rethinking Translation: Discourse, Subjectivity, Ideology.* London: Routledge, 1992. 1-17.

丁福保。《佛學大辭典》。北京：文物出版社，1984。

梁啟超。《飲冰室合輯》卷九。上海：中華書局，1989。

靈歌。《靈歌截句》。臺北：秀威資訊科技，2017。

向明。《向明截句：四行倉庫》。臺北：秀威資訊科技，2017。

許淵沖。〈譯詩六論〉。《文學翻譯談》。臺北：書林，1998。275-316頁。

葉莎。《葉莎截句》。臺北：秀威資訊科技，2017。

莊柔玉。〈對等與差異——解構詩歌翻譯的界限〉。《中外文學》，31（11），四月，2003。215-239頁。

王達金、饒曉寧。〈詩歌翻譯與藝術意境〉。*US-China Foreign Language*，Series 46，No. 7，Vol 5，Jul 2007。56-60頁。

斷捨離在截句上的應用

摘　要

　　本文透過科學奈米微觀製作的角度，引申出語言奈米化自然宇宙和人類情感思想的關聯，並論及與斷捨離精神、極簡主義的糾葛關係，討論語言與詩「微之小之」的利基和必然。截句的風潮既追上了「微的時代」的科技大潮、也符合了人性「去舊務新」的特質、接續絕句傳統及百年小詩未完成之任務、呼應了「去中心」「拼貼」「庶民化」的後現代性、大增與書畫杯碗枕門屏公共運輸結合的能量、更隱含了極簡的「斷捨離」近乎禪的精神。

關鍵詞：截句、斷捨離、極簡、奈米

一、引言

近幾年出現的新鮮名詞「截句」[1]和「微詩」[2]，代表了新詩的「微革命」[3]正在產生、擴大。截，如同斷、捨、離；微字，如同小、細、末字，在過去趨向於負面意義較多，自從有了微電子、微機器、微程式、微軟、微博、微信、微電影，才越來越趨向正面意涵。問題是對於「微」或「小」的認知，詩人顯然是落伍的，在二十世紀之間幾乎不動如山，對走在微字之前已近百年的「小詩」可說置之不理，完全缺乏革命的精神，頂多偶有一二零星的戰鬥，就不要說有什麼前衛、實驗的精神了。

當然，詩是靈魂的飛行器，有誰規定飛行器必須長什麼樣子嗎？長至萬行有如星際間的諾亞方舟或航空母艦，短至十行、六行或僅一至四行，如同飛過頭頂蜂鳥樣或螢火式的飛行物，其實皆該樂觀其成，鼓掌讚賞它們的演出，只要是一首好詩。

問題是萬行千行百行的長詩只有極少數的詩人有此擔當或癖好，一起初比較接近寫給專家學者或有相同嗜好的少數詩人看的，必須經過時間長河翻滾淘洗，最後才能被普羅大眾看見。除此之外，絕大多數可以被看見被誦讀被傳播的詩，行數多在十行以上，三、四十行以下。反而與極長相對的極短形式、即十行乃至四五行以下的好詩實不多見，即使在以往各種名家詩選中能與卞之琳四行〈斷章〉並比的詩作，可說鳳毛麟角，幾乎遍尋不著。弔詭的是，討論、研究卞氏此詩的文章不下百餘篇，至少可編成兩大冊的論著。然則如此具有標竿性的詩作寫於1935年10月，何以此後皆難再尋？真是值得深究的事。

---

[1] 蔣一談，〈截句，一個偶然〉，《截句》（北京市：新星出版社，2015），頁140。
[2] 2011年大陸詩人高世現在騰訊微博推出的「微詩接力」大題詩歌專題，提出「微詩體」的概念。參見https://baike.baidu.com/item/%E9%AB%98%E4%B8%96%E7%8E%B0。
[3] 金錯刀，《微革命：微小的創新顛覆世界》（印刷工業出版社，2010）。

雖然詩要長要短本由詩人決定，但豈能置閱聽人於度外、知音只有一二而已？[4]卞之琳能以一首四行〈斷章〉（由長詩截斷而來）擄獲無數愛詩人，而「斷章」即「截句」也！八十餘載以來，詩人無數，竟無人以之為標竿，站在庶民百姓立場來看，豈非可憐兼可恨？詩人不能認知到卞氏「斷的精神」，恐是未深知微與小的力量何在所致。至少在二十世紀之中，小詩數量難出，真如沙中之金，更難得再見如卞氏之作。到了八〇年代後，小詩開始旺在普羅讀者中、或者說渴求如甘霖的是在民間，卻從不曾旺在詩人之間。追究其原因，簡略而言或許有四：

1. 普遍對「微」及「小」之認識不足：常人大多不知遍在宇宙中再微再小的可見之物均是無限的集合，只是由更細更微之不可見的能量因緣際會匯聚粘合而成。如此語言理應也如此，但著名詩人們對普羅大眾渴求「微」及「小」之認識普遍地不足，因此坊間即使勉強編了一些小詩選集，八十餘載下來卻皆難及卞氏作品。

2. 指標性詩人不屑為：至少在二十世紀當中幾乎找不到一位專擅寫十行以內小詩而卓然有成的詩人，更遑論說是有以四、五、六行以下的詩作為主而世人盡知的。如此絕大多數詩人「不屑一顧」讀者口味，近乎到了「不食人間煙火」的地步，對普羅大眾普遍渴望讀到「以少勝多，知繁守簡」具「簡約守則」（沈奇）的小詩，近乎不可得。

3. 詩形式之探索不足：幾乎所有詩選均未有形式上的劃分。後來即使筆者多回於主編臺灣年度詩選時，將詩選劃分為「小詩」（十行內或百字內）、「短詩」（十一至三十行）、「散文詩」、「組詩」、「中長型詩」（三十一行以上）等

4　　王鼎鈞，〈閱讀「新詩」／詩手跡〉，見《聯合報副刊》，2015年1月24日。文中提到：「詩從來不是一二知音相會於心而已，唐詩宋詞都不是，現代新詩必須有很多很多知音。」

五輯⁵，但各地詩壇出版詩選時也從未見形式的區分，在推行詩形式的區隔時，仍遇到極大困境。

4. 小詩運動的聖火亟待接棒：回顧二十餘年前，筆者在《臺灣詩學季刊》第18期主編集稿「小詩運動專輯」（1997），也只能算曇花一現而已，並無能力將之真正「運動開來」。即使在該專輯〈前言〉中提到「將來有必要辦個『小詩研討會』（此處先註冊一下），更深入談這個論題」⁶，結果第一次這樣專門的研討會，要事隔二十年的2017年，才由大陸南京東南大學的王珂受到泰國小詩磨坊成員們堅持十餘年的毅力所感動和影響，終於在該校召開百年來首度冠上小詩名稱的研討會。而近年大陸開始盛行「微詩競賽」，公佈的評委名單多為檯面上著名詩家、評論家，卻從不寫「微詩」也未提倡過小詩。又如臺灣詩獎定規則的多是著名詩人，也少有寫小詩和大力提倡小詩競賽的。小詩的聖火要旺顯然仍有長路要走。

如此可見大多數詩人對「小詩」和「微詩」的成見和抗拒有多深，頂多也只應卯一下或偶一為之而已。小詩及運動之火豈非仍欠大量東風去搧旺？本文即由科學奈米微觀化的角度，引申出語言「奈米化了」自然宇宙和人類情感思想的關聯，並論及與斷捨離精神的糾葛關係，討論語言與詩「微之小之」的利基和必然。

---

⁵ 後來即使筆者於臺灣主編《九十一詩選》（2002）、《2007臺灣詩選》、《2012臺灣詩選》、以及《2017臺灣詩選》時，將詩選劃分為「小詩」（十行內或百字內）、「短詩」（十一至三十行）、「散文詩」、「組詩」、「中長型詩」（三十一行以上）等五輯，且故意將「小詩」放在第一輯，有時著數比例高達三分之一，結果其他四位詩人陳義芝、蕭蕭、焦桐、向陽卻從未在其輪值主編「年度詩選」時將此分輯方式「作為參考」。各地詩壇出版詩選時也從未見形式的區分，

⁶ 「小詩運動」專輯見《臺灣詩學季刊》第18期，1997年3月，頁12-141。

二、「微」及「小」的力量

　　1965年的諾貝爾物理獎得主理察・費曼，於1959年加州理工學院出席美國物理學會年會，曾演講〈在底部還有很大空間〉（There's Plenty of Room at the Bottom），首先提出奈米技術的概念：「物理學的規律不排除一個原子一個原子地製造物品的可能性。」且預言：「當我們對細微尺寸的物體加以控制的話，將極大得擴充我們獲得物性的範圍。」這被視為是奈米技術概念的靈感來源。[7]費曼所謂〈在底部還有很大空間〉與莊子「至小無內」、或巴斯卡「空無的深淵」[8]的意涵相近，也就是「微之小之」的結果仍然有「很大的空間」，比如「將大英百科全書全部寫在一個針尖上」之類。

　　一般固體物質，若是想得到次微米以至於奈米級粉體，有的可使用濕式研磨，即是將研磨粉體加入適當的溶劑均勻混和，調製成研磨的原漿料。經由研磨介質之剪切力（Shear Force）、衝擊力（Impact Force），使研磨粉體逐漸奈米化。[9]結果才知，比如金屬奈米化後的粒子能階是不連續的（日本東京大學的久保亮五），與它們在宏觀的特性很不相同，如此宏觀是不透明的物質，奈米化即微觀化後變為透明（銅）；宏觀是惰性材料，奈米化即微觀化後變成催化劑（鉑）；宏觀穩定的材料微觀變得易燃（鋁）；在室溫下宏觀是固體，微觀變成液體（金）；以及絕緣體變成導體（矽）等等。這是微小化後大大改變了人們對於平常傳統物質的看法。亦即同樣的物質在傳統大尺度與奈米小尺度中，會表現出完全不同的透光、導電、導熱、磁性等物理性質，另外腐蝕、氧化等化學作用、

---

[7] 參見維基自由百科理察・費曼條：https://zh.wikipedia.org/wiki/%E7%90%86%E6%9F%A5%E5%BE%B7%C2%B7%E8%B2%BB%E6%9B%BC。

[8] 巴斯卡「……或許以為那個小點（按：此處指跳蚤血液最小的點）就是大自然最小的點，但是其實那是一個深淵，那是空無的深淵」（《沉思錄》第二章第72條）

[9] 參見http://www.justnano.com.tw/support.htm。

穩定性也不一樣；也就是說，利用「微之小之」進入奈米尺度後，所有物質都等於變成一種新物質，這也是奈米科技發展無可限量的原因。

而奈米（nanometer）是指10^{-9}公尺，就是十億分之一公尺，比如將地球縮小為十億分之一，大小約和一顆彈珠一樣大，若將臺灣島縮小為十億分之一，大小則和一粒鹽差不多；而一顆原子直徑平均約零點二奈米，去氧核醣核酸（DNA）直徑二點五奈米，生物細胞一千奈米，打針時的針孔約一百萬奈米。而「微之小之」有物理方法或化學方法，常須淨化（捨）、分離（離）、扯斷（斷），不斷將之細小化，有時分開彼此間的物理引力，有時乃至拉斷物質間的化學力，也就是要表現出完全不同的透光、導電、導熱、磁性等物理性質，使物質近乎變成一種新物質，不能不利用「斷、捨、離」，使「微之小之」地進入奈米尺度。

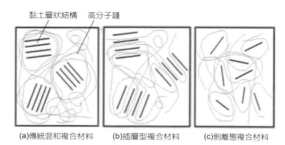

圖一　粘土斷離微小化奈米化後與高分子鏈接觸的表面積大增示意圖[10]

如上圖所示，緊密的片狀粘土結構（a），被逐漸鬆軟拉離（b），末了遭扯斷而完全分離狀態（c），其特性即由一普通物質特性進入特殊奈米特性。比如粒子一旦降到奈米尺寸以下時，常具量子效應（quantum effect），此時能階由連續變為階段性的不連續，電性、磁性、光學特性都有重大改變，如導電金屬在奈米化

---

[10]　此圖參見https://ir.nctu.edu.tw/bitstream/11536/79243/6/552606.pdf。

後，卻變成絕緣體。又比如古典力學中粒子無法克服位能壁障而並不具有穿牆的效應。但在原子微觀環境中，電子具有穿過比本身高的位能障礙，而具有量子穿隧效應（macroscopic quantum tunneling effect）。例如：穿隧顯微鏡利用極細的金屬探針接近導體表面（但未接觸），施加電壓時，電子會由探針尖端穿越空氣間隙而產生穿隧電流。因此一旦物質尺寸小到1nm至100nm的奈米範圍，物性會隨之大改變產生新的現象，像蓮花表面的奈米結構會使污泥無法沾附、金的顆粒在5nm時熔點從1063°C下降至730°C、奈米級Tio_2導電性數倍於微米級Tio_2等等皆是。[11]

　　上述物質透過人為的「斷、捨、離」而有了完全不同的面貌，其不同尺寸展現的不同面貌，正說明瞭每個物質並不具有一定的面貌，「貌可貌非常貌」，人的肉眼限制了我們的眼光，窄化了我們的視野，使我們看不到、也無法確切瞭解這世界的真貌。因此「斷、捨、離」可以使我們開始理解「貌可貌非常貌」、「相可相非常相」，或可說，任何物質均具有可無限變化的「諸相」，人並無能確切地掌握，執一而言豈非遺笑大方？也可說要「非常相」或「非常貌」不經由「斷、捨、離」的工夫是很難達成的。

　　因此當《中阿含經》中說：

　　　　離則不生煩惱、憂戚，是謂有漏從離斷也。……比丘，
　　　　生慾念不除斷捨離，生恚念、害念不除斷捨離。若不除者，
　　　　則生煩惱、憂戚。[12]
　　　　因學色有斷、貪斷業，學欲捨離故，得息、心解脫。[13]

---

11 參見http://www.hsinfang.com.tw/ecsme0351/store/F2/%E6%9D%90%E6%96%99%E8%A3%BD%E9%80%A0%E5%8F%8A%E7%94%9F%E6%8A%80%E7%9B%B8%E9%97%9C%E6%87%89%E7%94%A8%E6%8A%80%E8%A1%93-%E7%B0%A1%E5%A0%B1.pdf。

12 東晉罽賓三藏瞿曇僧伽提婆（譯）《中阿含經》第02卷七法品漏盡經第十，見http://www.quanxue.cn/CT_FoJia/ZhongAHanIndex.html

13 東晉罽賓三藏瞿曇僧伽提婆譯中阿含經卷第五，舍梨子相應品等心經第一，同上註。

意謂要在俗常生活中「不生煩惱、憂戚」、「得息、心解脫」，即須由欲念叢生的「常相」或「常貌」進入「色有斷、貪斷」的「非常相」或「非常貌」，若不下「斷、捨、離」的工夫，根本就不可能。日本女性山下英子（1954-），2009年起即由短期禪修中得出「斷捨離」的日常行動精神，教人如何「斷」絕不需要的東西，「捨」棄多餘的廢物，脫「離」對物品的執著開始，慢慢學習整理自己的人生，一時之間以「減法概念」整頓人生的「斷捨離」觀念在日本乃至臺灣都蔚為風潮。此「斷捨離觀」詩人應納為重要的創作理念，尤其在行減、字少、詞省上。

臺灣在1979年羅青訂定小詩定義時以16行為度，之後張默訂為10行，其後筆者則加為「10行以下或百字內」（因百字可能超過10行），開始考慮到字數的重要。到2003年林煥彰在泰國世界日報以三年時間鼓勵六行詩，訂70字為上限。其後2006年成立華文世界第一個小詩團體「小詩磨坊」，十餘年間致力於從過往長或大是「詞費路線」（加法），走向短或小的「詞省路線」（減法），顯然走的是「靠近讀者」而非「靠近專家」。「詞省一族」當然比「詞費一族」更懂得「斷捨離」，更能領會絕大多數詩人尚未徹底地體悟出的：「在詩之前，我相信，讀者才是真正的主人」（臺灣散文家陳幸蕙，兩本小詩選主編）的真正意涵。

而「斷捨離」在詩語言上的意義，除了「減法」觀念上使「行減」外，更在意「字少」、「詞省」，如同物質上透過物理、化學方法，使尺寸減少，從而令每一粒子表面積增大，增加放大其個別字詞的原有意涵，可說企圖使每一字詞能發揮出最大意義。「行減」若沒有「字少」「詞省」，則形同虛設。早年大陸重慶出刊的《微型詩刊》（1-3行，50字或30字內，1996）有這樣的考量，可惜詩壇看不在眼裡、重量級詩人少有參與，始終未獲重視。而彼岸新近出現新徵詩獎形式的「微詩」一詞就有「四行或五行」的不同要求，重量級詩人、評論家開始稍加關心，弔詭的是卻又有「140

字內或150字內」的極大寬限，則「行減」又未能「字少」、「詞省」，等於容許一行可長達三十餘字，幾乎快高於一般十行小詩的要求，如此一來，反而有「微不起來」的沉重現象。

二十一世紀「小詩磨坊」十餘年來在「行減」、「字少」、「詞省」的堅持和努力，使小詩的「微火」逐漸興旺，轉而影響了臺灣並引發「2014鼓動小詩風潮」；「小詩磨坊」也受到部分大陸的詩刊的矚目，予以推介，乃有了2017年王珂舉辦小詩研討會的出現。於是「微火」慢慢有了「火把」的味道。及至2015年年底大陸「截句」一詞出現，經過2016年的醞釀，剛好讓臺灣小詩運動「借到了東風」，更少的行、字、詞，使小詩更能「戴上詭異的面具」，輕裝簡從地上路，而有了2017至2018年兩年經過臺灣詩學季社的「facebook詩論壇」、《聯合報副刊》及其「聯副文學遊藝場」一系列徵詩及出版的搧風點火，大大地將小詩運動終於推上山頂，從而令小詩由「微火」而「火把」乃至有了「聖火」的氣勢。

三、截句在詞省上的斷捨離

「斷捨離」在物質奈米化過程中表現的是與「繁多而無用」站在對立面，希望達成「簡約而有效」，在語言上則是行減、字少、詞省，放大每個字詞本身的光芒，讓讀有更多參與感和思索的空間。在這點上是與極簡主義（Minimalism）相似的，希望以最原初的物自身或形式展示於觀者面前，企圖消弭作者藉著繁冗的文本對觀者讀者造成意識的壓迫性。[14]對詩而言，這當然也極少化了文字壓迫讀者所產生的暴力感，讓讀者透過有限的字詞，自主地參與對作品的建構和解讀空間，如此才能避免作者過度壓抑讀者，讓讀者有更多空隙主動參與內容、乃至在字句間自由地成為文本中的

---

[14] 參見維基百科極簡主義條目：https://zh.wikipedia.org/wiki/%E6%A5%B5%E7%B0%A1%E4%B8%BB%E7%BE%A9

角色。

而四行以下截句一詞的出現，比起六行七十字內的「小詩磨坊」十餘年的試驗，作了更大膽的「斷捨離」，壓迫小詩不得不達至行更減、字更少、詞更省的極致。若將之拆解分開看，筆者曾得出「寫情而不急於抒情，寫一生卻以小事小物出手，寫自己而不及於自身」的幾個面向。[15]指出詩宜短宜小宜大膽地「斷捨離」過去長篇大論的詩寫形式，底下試舉例說明：

（一）斷是絕、是切斷，但似絕卻不絕

表現在詩上可視為寫情而不急於抒情。乍看「不急於抒情」看似「切斷」抒情，極致者或類似「絕情」，卻蘊情於含蓄、隱約、和間接表達中，實則並「不絕情」，或可說「絕即不絕」。比如：

> 1.〈流汗的不習慣說汗液〉／蕭蕭
> 避開唾液，我們使用親吻
> 絕口不提精液、炒飯或者做愛
>
> 專心沿著溪
> 沿著熏衣草的黃昏[16]

詩僅四行，說的卻極其曖昧的情愛過程。前二行間接說出當下情事所為，「絕口不提」反有心照不宣之意。後二行斷開，以「溪」、「熏衣草」隱射女體和氣氛（黃昏），時空昭然若揭，再與詩題相扣，既俗常又切中人類日常心思。

---

[15] 白靈，〈從斷捨離看小詩與截句——由東南亞到兩岸詩的跨域與互動〉，見《新詩跨領域現象》（臺北：秀威資訊，2017），頁310。
[16] 蕭蕭，《蕭蕭截句》（臺北：秀威資訊，2017），頁71。

2.〈褒貶〉／號角

黑夜迴避了所有的褒貶

給了影子一個住所，也給了我床

光明的世界啊！

我能從你偉大的口袋裡打撈我的繁星嗎？[17]

緬甸年輕詩人號角（王崇喜）的〈褒貶〉是對塵世人言亦言的「褒貶」二字的諷刺和調侃，也就是對於世俗價值的不屑和鄙斥，寧可選擇躲開所謂光明世界（偉大的口袋）而安於一己內在的聲音（黑夜）和自我價值的判斷（住所和床）。此詩藉黑夜與光明代表內在與外在，極端的對比，使詩顯現張力，充分展現了在世俗背後（影子）年輕人欲「自我實現」（打撈我的繁星）的決心、和信心十足的認知。詩僅四行，卻言淺意深，極富哲思性。此詩並未歌詠黑夜（困窘環境）、批判光明（文明世界）、標立自身（信心），卻又隱含了對兩極世界的不滿，寫情而不急於抒情能如此，自是充滿哲意。

3.〈母親〉／雲角

最後一片花瓣落下

母親紅著雙眼、望著

被一層厚厚的灰塵

覆蓋的門檻，久久沉默[18]

雲角的〈母親〉一詩像一篇超微型小說，寫的是天下母親空等兒女而無音無息的情境和酸苦，卻只以紅著雙眼、望著厚厚灰塵覆蓋的

17 王崇喜主編，《緬華截句選》（臺北：秀威資訊，2018），頁44。
18 王崇喜主編，《緬華截句選》，頁129。

門檻、和久久沉默寫其無言，悲苦之深反而更為顯現。其中「最後一片花瓣」並不落在灰塵覆蓋的門檻上，則此落下的花瓣就非現實之物，而有了多義性，可指期盼的失落、青春年華的虛度、歲月時光的老去、乃至兒女的一一殞落。此句的空間感使得後三句的時間累積有了亮眼的開頭和想像的空間，文字平實卻有推開時空的力道。寫親情的傷感卻以「厚厚的灰塵」、「久久沉默」覆蓋，令人唏噓。

（二）捨是少、是捨棄，但雖少即是多

表現在詩上可視為寫一生卻以小事小物出手。若以「小事小物出手」，且只點到為止，看似「捨棄」大視野，集中在「少」數事物上，卻是「少即是多」，隱藏了以有限表現無限的企圖。

> 1.〈假裝是俳句〉／蕭蕭
> 五音節跳躍
> 七言句緊緊跟隨
> 昨夜的簷滴[19]

簷滴當然是小事小物，何況是昨夜的，五音節與七言句是指滴落的不規則，卻又無序中又類似有序，跳躍、跟隨出現在前，簷滴出現在後，使得聲音感由讀者自行建構，又與俳句的575音相連結，遂有了愉悅和恍然有所頓悟感。但詩的背景有可能是失眠，但又未說，小事小物捨了主觀情、全寫客觀物，可思索空間極大。

> 2.〈相忘〉／蕭蕭
> 雨落在江裡、湖裡

---

[19] 蕭蕭，《蕭蕭截句》，頁77。

誰也記不得誰胖誰細[20]

雨更是凡物，大小指雨、細胖指人，二者互擬，矮化了輕視了人的位階，卻都是俗凡百姓一生的寫照。此處詩題〈相忘〉對應詩中江字湖字，說的正是情緣聚散的短暫和必然。誰能分辨什麼樣的雨，落在什麼的江裡湖裡呢？二字說的瀟灑，卻充滿了調侃和幽默，背後又有無限的悲涼感。

3.〈牽手〉／白淩
牽妳小手
上船
船便忍不住
搖動整條河流[21]

前二行寫人，後二行寫船，「忍不住」是人的主觀意識，客體的船載了人有了重量，自是易晃盪不止，但是船、也是河、更是人有了牽絆的晃盪。既指當下亦指一生，搭船何其小事，說的卻是可短可長的人生，真是「少即是多」啊！

4.〈扁擔〉／椰子
父親的故鄉　　那頭
兒子的故鄉　　這頭

我挑起　　兩頭[22]

[20] 蕭蕭，《蕭蕭截句》，頁79。
[21] 王勇主編，《菲華截句選》（臺北：秀威資訊，2018），頁76。
[22] 王勇主編，《菲華截句選》，頁182。

詩只三行，以小物扁擔喻自身兩頭的重壓，父自大陸故鄉移居來，兒子於此出生，第三代多認同此地即故鄉。「我」受父親耳提面命影響，自當為其思鄉多加考量。兩頭感受差異過大，又不能不挑起，何其沉重啊。以扁擔之小對應故鄉之大，自有其感受之深、難以言語之感。

（三）離是遠、是離開，但推遠即是近

　　表現在詩上可視為寫自己而不及於自身。雖「不及於自身」看似「離開」自身、推「遠」自身，但「遠即是近」，不說自己反而容易涉及自己。如下面例子：

　　1.〈越戰當年〉／陳國正
　　一排排沒有魚尾紋的墓碑
　　整整齊齊站著
　　夜夜
　　用風刮著身上致命的彈片

「沒有魚尾紋的墓碑」多半是指年輕戰死的士兵，也可指年少未及變老的百姓，即使以再上等的材質打造的光滑墓碑，排得再整齊，也無法起死回生。「夜夜／用風刮著身上致命的彈片」這兩句極具震撼和傷感，表達了死於戰火之人的痛苦和不甘，風當然刮不去彈片，只會在地下同歸腐朽。因此不單指死者，亦指活者身上插著眾多致命的記憶，連接著不知多少冤死之人。那種痛，作者經歷參與了那樣的「當年」，詩中又未說，只用四行就呈現並記錄了令人動容的驚心畫面，這就是詩的力量。

　　2.〈廢墟〉／谷奇
　　八根雕花的柱子撐著圓形的屋頂

新郎牽著愛人的手走入新房
一切如此美好
在導彈飛來之前[23]

谷奇的〈廢墟〉是倒敘法書寫戰爭的悲劇,先有結果(廢墟),然後倒敘悲劇發生前的過程,和發生的瞬間正是新婚之日,導彈飛來,摧毀了一切美好。前三行的散文平鋪,在末行頓然倒轉,詩意乃生,令人驚悚莫名。而這樣的悲劇迄今並未終止,遂有了人類苦痛的普適性,不同的只是武器的差異而已。寫遠方又像在自身周遭,遠卻近極了。

3.〈曾經〉／陳國正
你嘻哈擁有曾經
我微笑擺脫曾經
汗與淚的
抽搐日子[24]

陳國正的〈曾經〉在此成了名詞,有人嘻哈高興擁有,我微笑地將之擺脫。因為我的曾經與你的曾經不同,我的是「汗與淚的／抽搐日子」,此八字強而有力的將過去的歲月作了壓縮和歸納,尤其是「抽搐」二字,其本義是四肢或顏面肌肉不隨意地收縮狀。即抽搐是不自覺的、不隨意的運動表現,本是神經肌肉疾病的病理現象,此處借用為汗與淚會不自主地抽搐日子,即動不動就回到汗淚俱下的過去,此種「曾經」當然早想故作微笑地「擺脫」了。

23　王崇喜主編,《緬華截句選》,頁219。
24　林曉東主編,《越華截句選》(臺北:秀威資訊,2018),頁67。

4.〈砧板〉／林曉東

我讓你切到傷痕累累

不見一滴眼淚

當你端起滿盤

血肉模糊的昨日[25]

越南戰爭結束於1975年，林曉東出生於1980年，戰爭早成昨日，卻是「滿盤血肉模糊的昨日」，因此詩題「砧板」若解成「戰場」或更能理解此詩「昨日」二字之意。如此「你」或即戰爭或歷史或即殘酷現實之代詞，而非單指砧板與魚肉的關係。詩中「不見一滴眼淚」若指你，則是冷酷；若指我，或是堅忍之意。詩人借砧板一詞，嘲諷了歷史也批判了現實。

5.〈期待的心〉／小寒

「船還沒來」

燈未亮

人在橋頭獨白[26]

6.〈離愁〉／小寒

我留在這兒

船走了

心浪仍在橋頭

重重拍岸[27]

小寒此二詩以船寫等待和離別，船來船去多像人生諸多事件的發

---

[25] 林曉東主編，《越華截句選》，頁212。
[26] 林曉東主編，《越華截句選》，頁255。
[27] 林曉東主編，《越華截句選》，頁261。

生，有期許就有失落，船可以是情愛、可以是理想、可以是夢、可以是人可以是財可以是物，它成了生命中情思或人事物的重要象徵。此二詩言簡意賅、情境獨造，深得截句精髓。第一首僅十三字，等待前來的是船，應指船上之人，燈是岸上訊號，船未到、時間淩遲著等船之人，「人在橋頭獨白」的「獨白」應指昏暗中的微亮身影，有清寂孤子之感，創造了一等待未得的寂寞情境。第二首僅十八字，首句指出「我」的選擇，未隨船離去，船駛開時浪起拍岸，此處將之虛化為「心浪」，意指「我」的不捨造成心境起伏，如浪重拍橋頭，離愁乃有一明顯景象可依託而益見離別之難。

四、「詞省」的極致：截句風潮的意涵

2007年臺灣散文家陳幸蕙主編第二本小詩選時，曾提出她對小詩的偏愛、以及對廣泛普羅大眾渴求小詩簡值「望眼欲穿」的同理心和憐惜，並暗諷詩人不要忘記一般讀者的存在：「在詩之前，我相信，讀者才是真正的主人」[28]，其背後意涵是指責詩人眼裡根本沒有讀者，把自己抬得高高的，認定自己就是詩的主人。2015年1月，卜居美國的臺灣散文大家九十餘歲的王鼎鈞為當時「詩的復興」運動代言，寫到：「詩從來不是一二知音相會於心而已，唐詩宋詞都不是，現代新詩必須有很多很多知音」[29]，此言背後都指向詩人皆各行其是，從未有「讀者接受度」的思索和考量。2015年年底大陸小說家蔣一談出版《截句》詩集，標出「截句」（4行以內）一詞，得自李小龍截拳道的靈感，起先並未提及此一自南北朝即出現的名詞其實是「古詞新用」。2016年又陸續出版十九冊截自名家的截句集，多為截舊作，無題目無原作出處，掀起一股熱議。

---

[28] 陳幸蕙，〈讓人間更可愛的一個方法〉（序），見其主編，《小詩星河》（臺北：幼獅文化，2007），頁3。
[29] 王鼎鈞，〈閱讀「新詩」／詩手跡〉，見《聯合報副刊》，2015年1月24日。

而其初衷立意甚好，無非是要「面對讀者」，如上述陳幸蕙、王鼎鈞二人所呼籲的，尋求更多詩的愛好者和知音。

有意思的是，他們三位均非詩人，但顯然更客觀地、先後看出詩人們百年來的盲點和不足。

2017年1月起臺灣詩學季刊因考量自1997年起推展的「小詩運動」（10行以下或百字內）[30]仍未竟其功，故將「截句」一詞也當作「小詩運動」的一環，視為是「古詞新用」的重要轉機來看待，故開始在臉書的《facebook詩論壇》網頁上鼓動各地區海內外詩人勇於截句寫作，以新創作為主，需有題目，截舊作需註明原作出處，明顯與大陸截句有了區隔。2017起兩年間同時又與聯合報副刊合辦「詩人節截句」、「讀報截句」、「小說截句」、「春之截句」、「電影截句」、「禪之截句」等的「限時徵稿」，除了報紙外，也將作品發表在《聯副文學遊藝場》及《facebook詩論壇》等網頁上。

有鑑於2017年中透過兩網頁的投稿數的截句超過五、六千首，因此於年底出版了個人截句、選讀、和《臺灣詩學截句選300首》等15本截句詩集。接著2018年又出版了23本，其中更邀請了東南亞五個國家的華裔詩人出面主編了五本截句選，邀稿該地區認同截句理念的詩人寫新作或截舊作，包括了王崇喜主編《緬華截句選》、卡夫主編《新華截句選》、辛金順主編《馬華截句選》、林小東主編《越華截句選》、王勇主編《菲華截句選》等。

但小詩（10行內）或俳句（3行或2行）乃至微型詩（3行），何以在「小詩運動」多年中，始終不如「截句」（1至4行）登高一呼所獲得的響應大，接下來的「微詩」（4或5行內）一詞在未來能否有如此之勢，恐還有待觀察。而追究「截句」一詞一出，即能引熱議，兩年多之間兩岸即能出版那麼多詩集選集，其原因或有六點：

---

[30] 參見《臺灣詩學季刊》第18期「小詩運動」專輯，1997年3月，頁12-141。

（一）往橫看：追上了「微的時代」的科技大潮

　　尤其二十一世紀手機大幅度取代電腦和筆電的使用率，小螢幕的攜帶方便性，和地鐵、捷運、公共運輸、步道、公共藝術、文案、微電影、文創商品對「一擊中的」的小詩之大量渴求，截句的4行以下比小詩的10以內更符合了「微」的特質，尤其在網路快速運轉、資訊大爆炸中，千鈞的一句或幾句常勝於千言萬語。

（二）往內看：符合了人性「去舊務新」的特質

　　「截句」是何物？此一「古詞新用」，比「微詩」、「小詩」更令人困惑，因困惑而生好奇，因好奇而欲瞭解之，卻常有截然相反的兩極反應、正反對立，於是論爭便起，爭執不下即生話題和討論，在「即時互動」的網頁中各自選邊站，周旋一陣又有新手切入，於是循環不止、論爭不斷。非常符合「去舊務新」的人性特質，「保守」和「前衛」同時出現，造成兩邊長久的互抗互爭。小詩運動若因此受到更大關注，未嘗不是美事，而其他詞名恐無如此「幸運」。

（三）往上看：接續絕句傳統及百年小詩未完成之任務

　　大陸截句推動者蔣一談只把它當作「短詩」的一種，與大陸詩壇相同、普遍不願或根本就放棄使用「小詩」一詞，蔣一談說：「我把截句理解為來不及起名字的短詩，截句是短詩的一種」，如此平白失去了與二、三〇年代小詩寫作傳統的連繫。而且強調沒有題目，也放棄了自古絕句（另名截句）均有詩題的傳統，使其成「句」而已，而不承認其作為一首詩的完整性。如此一來，記句而不記篇名，雖仍有其用意，但有句無篇，往往造成讀者尋索和指稱時的困難。而臺灣則將截句納入「小詩運動」的旗下，承認其乃「古詞新用」，並強調其應向一首詩的完整性靠攏，如此百年來前

人在小詩寫作的所有努力，均成了可資引學習的源頭。

（四）往思潮看：呼應了「去中心」「拼貼」「庶民化」的後現代性

詩走向「小」、「微」、或「截」，走的是「詞省一族」的「減法路線」，而且已走到了「詞省的極致」了，也更接近了一般讀者。大大降低了在閱讀上接受的困難度，也等於把詩從廟堂的位置拉到平民百姓的街弄來，看起來也更容易讓讀者躍躍欲試，想當一名作者，雖然實際上可能是更易寫難工的。如此讀者與作者的距離更近了，人人有成為「才一至四行」創作者的欲望，大大增加了「詩庶民化」的可能性。在臺灣，何況還可「讀報截句」、讀「小說截句」、讀「電影截句」等拼貼閱讀物，使成為新作的可能，此種「多元創作截句」的拼貼、戲擬、混搭文字來源的手法，具有將詩「去中心」，使之走向「完全庶民化」的強烈後現代特性。

（五）往跨界看：大增與書畫杯碗枕門屏公共運輸結合的能量

早在1976年，臺灣草根詩社就舉辦過多元形式的「草根生活創作展」，主張「一切的媒體都可以是作品的形式與傳達方式」、要「使光、色、音、力、舞、造形集合一體，以新的形式來闡釋傳統美學的價值」，鼓勵跨領域的多元創作（詩結合繪畫、版畫、插畫、攝影、造形、設計、印刷、轉印、剪貼、噴漆），.跨媒介的多元傳達（詩表現在酒瓶、椅子、衣服、器具、影印機、化學原料、包裝紙箱，報紙分類廣告、名片等日常用品上）。但很可惜的是，經過四十年，並未能使之普及化，完全是因「詞費」的詩普遍皆是，難以表現在上述媒介上。如今截句的出現和快速拓展，大大增加了其實踐落實的可能性。

（六）往心靈看：隱含了極簡的「斷捨離」近乎禪的精神

四行內要完成一首詩而不只是片言隻語，對任何稍有創作經驗者而言，皆是一種難度，此時，能寫出「有詩味的片言隻語」或也是解脫之道。但此種書寫模式其實並不易為，起初得克制住自己欲滔滔不絕的衝動，接下來得從日常的情理事物中抽離、推開自身，以較高視野俯瞰自己、遠角度觀察一切，或將細節放大顯微，或設法投入事物之中與之同一，這一切都很像要將自己消泯不見的行徑。於是截句的極致，有如「截欲」、「截己」、「截斷」，幾乎就是藉助語言「斷捨離自身」的內在禪修行為了。

五、結語

1979年羅青呼籲提倡小詩時曾說明其原因：「一是為了引起讀者對小詩的興趣，然後再從小詩走入更深廣的白話詩世界之中；二是為喚起詩人對小詩的重視，然後再從小詩出發去建立一個更豐富的白話詩傳統」[31]，令人遺憾的是，事隔近四十載，前者尚在進行式，後者則從未達至。如今截句、微詩興起，或可急起直追，稍補其遺憾。

然則「小詩」一詞在華文詩世界中，目前最不流通的大概是大陸詩壇了，除了極端重視「詩體建設」的東南大學學者王珂為之舉辦過「國際小詩暨小詩磨坊作品研討會」[32]外，絕大多數均以「短詩」取代「小詩」，包括提倡截句的蔣一談也說：「我把截句理解為來不及起名字的短詩，截句是短詩的一種」，如此更不要說有「小詩運動」這樣的說法了。

---

[31] 羅青編，《小詩三百首（一）》（臺北：爾雅出版社，1979），頁13。

[32] 2017年4月23日，由東南大學主辦，於九龍湖校區召開。參加會議的有美國康奈爾大學、韓國外國語大學、浙江大學等單位的學者和詩人。也邀請了泰華小詩磨坊的三位重要詩人曾心、林煥彰、博夫出席會議。

在臺灣及東南亞，基本上「小詩的聖火」仍不時被高舉，如此至少就接續了二、三〇年代小詩派的傳統，而有了近百年的歷史和話題。承此，泰華提倡六行內的「小詩磨坊」、同樣主張六行的菲華詩人王勇的「閃小詩」，以及始終將截句視為「小詩運動的一環」的臺灣詩學季刊社乃有了共同的沿承。如此「環環相扣」，「百年小詩運動的聖火」才有了不斷有人接棒的傳承意義。

　　應該沒有人反對詩的形式越多越好，截句是小詩運動中「詞省一族的極致」，它可以是蜂鳥是蜜蜂是粉蝶是果蠅是斑蚊是蒲公英是翅果是顯微鏡才可看清堂奧的小種籽小果小花，是野生的，乃至野種的。有誰規定牠們必須長多大或多小才能生存、飛行、散播其魅力嗎但若如大陸「微詩」徵獎要在四、五行內容許140到150字，卻又是可議的。本文透過科學奈米微觀製作的角度，引申出語言「奈米化了」自然宇宙和人類情感思想的關聯，並論及與斷捨離精神、極簡主義的糾葛關係，討論語言與詩「微之小之」的利基和必然。因此，截句的風潮既追上了「微的時代」的科技大潮、也符合了人性「去舊務新」的特質、接續絕句傳統及百年小詩未完成之任務、呼應了「去中心」「拼貼」「庶民化」的後現代性、大增與書畫杯碗枕門屏公共運輸結合的能量、更隱含了極簡的「斷捨離」近乎禪的精神。

輯二
截句語言藝術與驗證

截句的語言藝術
——以《方群截句》為例

楊敏夷

東吳大學中國文學系研究所博士生

摘　要

　　本文主要的研究方向是截句的語言藝術。以方群的詩集《方群截句》做為研究文本，藉由詩集中兩百多首截句串聯建構的七十五首組詩，分成形式與內容兩個部分，深入探討，進行分析研究，並藉著方群新詩中簡潔精煉的文字技巧，以及詩作本身的哲理性與諷諭性，甚至是後現代主義的風格的遊戲趣味，藉以闡述現當代小詩中的截句形式。截句雖然在形式上受制於四行限制，但在其短小的形式規範當中，卻未必一定內容輕薄，仍有創作者所能突破與創新的空間，而形式的狹仄與限制，所帶來的嚴峻考驗，反倒高度顯現詩人的才華與技巧。本文藉著《方群截句》作為範例，藉以彰顯截句所能呈現的語言藝術與特性。

關鍵字：方群、截句、語言藝術、短詩、截句詩系

一、前言

現當代小詩形式當中最短的當屬「截句」。截句詩行一般限制在四行以內，內容則分成兩類：其一，完全出自作者全新原創，其二，截自過去舊作，抑或是他人之作。本文所選擇的文本範例為詩人方群所作之《方群截句》，內容全部屬於全新原創，並無截自其他作品，詩行全在四行以內。唯其比較特殊的是：方群的截句，其形式多為組詩。

詩人方群，本名林于弘，臺灣臺北人，一九六六年生。方群詩心早慧，少年時代即開始創作，自八〇年代起，陸續發表詩作。一九九四年，方群出版個人詩集處女作《進化原理》，此詩集收錄詩人從十八歲到二十八歲的創作作品，時間橫跨詩人的少年時期至青年時期，此段期間，詩人幾乎囊括臺灣各大文學獎項，獲獎範圍涵蓋諸多文類，然其卻特別鍾情於新詩創作，以致後來進入學院工作以後，也以臺灣現代詩做為其主要的學術研究專業領域之一。

作者本身擁有跨領域的「學院作家」身分：他既是學者，也是詩人。他使用林于弘的本名用於寫作論文，是臺灣學界著名的現代詩與語文教育的雙重研究專家；方群的筆名則使用於新詩創作。關於他同時擁有的兩種身分，作者如此自述：

> 擺盪於創作與學術的天秤，是所有學院作家最沉重也最甜蜜的負擔。在我而言，這兩項並沒有主副之別，而是一種「雙核」運作的模式，詩人的腦袋用來寫詩，學者的思維則架構論文，二者基本上是各自為政、並行不悖，彼此互相尊重也儘量互不干涉。畢竟寫作還是以感性為本，論文則需理性掛帥，共用的軀體雖然不大，但還是各有各的小天地。[1]

---

[1] 林于弘：〈自序：仰望的姿態〉，《群星熠熠——臺灣當代詩人析論》（臺北：秀

沒有主副之別，並以「雙核」運作的模式進行，這是方群得以早年即到達新詩創作成熟的原因。新詩對他而言，絕非學院工作之餘的閒情，而是終其一生專默精誠追求的獨門技藝。而他在新詩創作之中，特別選擇專攻短詩，短詩之中又以組詩的形式最為出色擅長。本文所引用的文本《方群截句》，正是他特別揀選從二〇〇七年到二〇一六年之間行數在四行以內的七十五首組詩結構的截句創作結晶。[2]

　　方群對詩的看法，認定「詩是簡潔精煉的文字藝術」。這個看法，無疑影響了他對於詩藝技巧的鑽研，甚至直接導致他對新詩形式的選擇：再也沒有比短詩更能具體呈現「詩是簡潔精煉的文字藝術」[3]的這個現象。而截句的形式，行數在四行以內，更是顯得短中之短。截句即是短詩之中的短詩。

　　然而，方群最擅長的還不只是短詩與截句的形式，他在短中更加追求的是一種有如多重鍊的組詩結構。他將數種短詩繽紛呈現總串於一鍊，這無疑是將短詩切割得更碎的過程，而他無懼於碎中之碎，依靠著本身「簡潔精煉的文字藝術」苦心孤詣的天賦技巧，巧妙的編串眾組詩小題於詩作總題之下，形成最具有邏輯性魅力的精密多重鍊形式的組詩結構。貌似繽紛，卻絕不散亂，反而更彰顯了詩作文字藝術的精緻度，更是極度考驗作者本身才華與技巧的專業度。

　　本文藉由《方群截句》作為文本，深入分析其詩作的形式與內容，以此闡述現當代小詩形式當中最短的截句所能呈現的語言藝術與特性。

　　威出版社，2012年12月），頁003。

[2]　方群：〈自序：在我們並肩的路上〉，《方群截句——截句詩系08》（臺北：秀威出版社，2017年11月），頁009。

[3]　方群：〈自序：在我們並肩的路上〉，《方群截句——截句詩系08》（臺北：秀威出版社，2017年11月），頁009。

二、方群截句的形式藝術

截句的形式藝術，其體例猶如唐詩的「絕句」，多為四句，有時甚至更短，總體而言是四句以內的形式。在短詩之中，更為小巧精緻。然而，正是因其小巧，越發不易精緻，真能做到小巧精緻，無疑極端考驗詩人對於詩藝的天賦與技巧。

而方群的截句形式，最長的行數確實為四行，其他或有三行、兩行、一行，然而，其最短的截句詩行，並非是一行，而是連一行也沒有：全然的空白，恍若無字天書的後現代遊戲意味，卻又極其深切的引人深思，並且耐人尋味。[4]方群自選的截句，全部皆為組詩結構，最多高達十二首截句串聯，例如：〈生肖成語填空〉；而最少自然是兩首截句，畢竟組詩必須兩首截句以上才能構成組詩結構。

以下，先將方群七十五首組詩截句做一個簡單的量化分類，以便利於以下分節論述其形式特色。

表1 《方群截句》七十五首截句組詩結構細節[5]

	分輯	詩題	截句數量	截句小詩題目	截句行數
01	飲食第一	咖啡四帖	4	之一、之二、之三、之四	3
02	飲食第一	午茶四帖	4	伯爵茶、蘋果派、礦泉水	3
03	飲食第一	晚餐四式	4	蒸蛋、泡菜、炒飯、紅茶	2
04	飲食第一	滷味八種	8	豬腸、甜不辣、豆干、海帶、貢丸、水晶餃、豬血糕、酸菜	2
05	飲食第一	小吃四種——兼致詩人	4	臭豆腐、大腸麵線、炸雞排、珍珠奶茶	3

---

[4] 方群：〈生活四首：實話〉，《方群截句——截句詩系08》（臺北：秀威出版社，2017年11月），頁170。

[5] 方群：《方群截句——截句詩系08》（臺北：秀威出版社，2017年11月）。

	分輯	詩題	截句數量	截句小詩題目	截句行數
06	飲食第一	水果四寫	4	檸檬、葡萄、木瓜、香蕉	3
07	飲食第一	肉包	3	一、二、三	3
08	飲食第一	筍	3	一、二、三	3
09	飲食第一	味覺五種	5	酸、甜、苦、鹹、辣	2
10	飲食第一	麻辣燙	3	麻、辣、燙	3
11	飲食第一	爐具三種	3	微波盧、電磁爐、瓦斯爐	3
12	交通第二	運輸五寫	5	捷運、高鐵、臺鐵、渡輪、飛機	2
13	交通第二	速度三寫	3	高鐵、捷運、纜車	4
14	交通第二	偕行六則	6	同車、一夜、早餐、午寐、咖啡、背影	4、2、2、2、3
15	交通第二	高鐵三寫	3	睡覺、吃飯、閱讀	3
16	交通第二	軌道	5	208往玉裡的自強號、651往瑞穗的莒光號、4675往鳳林的普快車、4163往志學的區間車、223往臺北的普悠瑪	3
17	交通第二	公路三首	3	隧道、高架橋、交流道	2
18	交通第二	關於公車的五種想法	5	一、二、三、四、五	2
19	交通第二	移動三首	3	跑、跳、行	2
20	交通第二	海事三題	3	錨、舵、帆	3
21	遊歷第三	小站四寫	4	龜山、福隆、三貂嶺、猴硐	3
22	遊歷第三	臺東三帖	3	鹿野高臺、利吉惡地、水往上流	4
23	遊歷第三	高雄四帖	4	西子灣、柴山、楠梓、小港	2
24	遊歷第三	故宮四帖	4	肉形石、翠玉白菜、毛公鼎、清明上河圖	3
25	遊歷第三	上海速寫	7	虹橋火車站、外灘、陸家嘴、豫園、人民廣場、懸浮列車、浦東國際機場	2
26	遊歷第三	香江漫行七首	7	沙田、車公廟、馬鞍山、大埔墟、深水埗、銅鑼灣、西營盤	4

	分輯	詩題	截句數量	截句小詩題目	截句行數
27	言語第四	聆聽—2012南京先鋒書店詩歌節	4	之一、之二、之三、之四	3
28	言語第四	言語二式	2	謠言、謊話	3
29	言語第四	言語四品	4	一、二、三、四	2
30	言語第四	非典型溝通	3	手語、唇語、心電感應	3
31	言語第四	三了賦	3	思念老了、記憶淡了、甜蜜苦了	3
32	言語第四	雙關六題	6	早點、生氣、馬上、碰、開心、難過	2
33	言語第四	盲聾啞	3	盲、聾、啞	3
34	言語第四	成語二首	2	之一　居心○○、之二　三心○○	2
35	言語第四	生肖成語填空	12	投鼠○○、九牛○○、虎頭○○、狡兔○○、飛龍○○、蛇鼠○○、汗馬○○、羊入○○、沐猴○○、雞飛○○、狗急○○、豬狗○○	2
36	生靈第五	風雨夜過紫藤廬戲贈諸君子	4	管管、黃粱、黑芽、鴻鴻	4、3、4、3
37	生靈第五	臥夫（WoLF）三唱	3	之一　首都機場尋臥夫、之二　與臥夫堵車於三環、之三　別後贈臥夫	3
38	生靈第五	心肝／寶貝	2	心肝、寶貝	2
39	生靈第五	組合屋速寫	4	前妻、養子、好友、外配	3
40	生靈第五	蛇	3	之一、之二、之三	4、3、4
41	生靈第五	龜殼花	3	龜、殼、花	4
42	生靈第五	化石三首	3	三葉蟲、始祖鳥、鸚鵡螺	3
43	生靈第五	平凡三寫	3	仙人掌、候鳥、蚯蚓	3
44	生靈第五	三界	3	神、鬼、人	2
45	生靈第五	普渡三首	3	普渡、眾生、有勞	4
46	物品第六	文房四寶	4	筆、墨、紙、硯	3
47	物品第六	文具三題	3	修正液、鉛筆、尺	3
48	物品第六	隨筆三帖	3	之一　板凳、之二　煙鬥、之三　拐杖	3

	分輯	詩題	截句數量	截句小詩題目	截句行數
49	物品第六	民俗四帖	4	風箏、跳繩、毽子、扯鈴	3
50	物品第六	家電三寫	3	之一　冷氣機、之二　電風扇、之三　麥克風	2
51	物品第六	家電三題	3	除濕機、電視機、冷氣機	3
52	物品第六	相機與底片	2	相機、底片	4、2
53	物品第六	床	3	之一、之二、之三	4
54	物品第六	天體三首	3	星星、月亮、太陽	2
55	物品第六	禮物	5	1、2、3、4、5	2
56	物品第六	隨身三題	3	帽子、鞋子、影子	2
57	病痛第七	心事四帖	4	孤單、寂寞、傷心、沉默	3
58	病痛第七	情緒三首	3	無聊、寂寞、孤單	2
59	病痛第七	愛恨情仇（四首）	4	愛、恨、情、仇	2
60	病痛第七	思念の疾	3	之一　便祕、之二　腹瀉、之三　痔瘡	2
61	病痛第七	生活四首	4	淚、靈魂、實話、速度	2、2、0、3
62	病痛第七	疾病四題	4	異位性皮膚炎、巧克力囊腫、後天免疫缺乏症候群、心室閉鎖不全	2
63	病痛第七	有恙四則	4	噴嚏、哈欠、抽筋、過敏	2
64	病痛第七	神‧經‧痛	4	神經痛、神經、經痛、痛	3
65	日常第八	困	4	一、二、三、四	1
66	日常第八	瞌睡	4	之一、之二、之三、之四	2
67	日常第八	二行詩六首	6	搖椅、腳印、婚姻、印章、色盲、港	2
68	日常第八	微型詩十首	10	旅行者、酒／話、五月、可樂、累、行、鞋、波浪、教室、釘子	2、2、2、2、2、3、3、3、3、3
69	日常第八	寢事三寫	3	枕、被、牀	3
70	日常第八	泡妞與把妹	2	泡妞、把妹	4
71	日常第八	哲思三品	3	龜兔、井蛙、板機	3、4、4
72	日常第八	隨手三帖	3	引力、沉思、典當	2
73	日常第八	五官速寫	5	眼、鼻、耳、口、眉	2
74	日常第八	年輪四首	4	一、二、三、四	3

	分輯	詩題	截句數量	截句小詩題目	截句行數
75	日常第八	風之五味	5	陣風、信風、龍捲風、焚風、微風	3

　　本文以《方群截句》作為例子，根據表1詳細羅列的七十五首組詩形式的截句，深入剖析方群截句的形式特色，並以此彰顯截句的形式特色與語言藝術的魅力。

　　方群截句的形式特色，其一，乃是截句本身的四行限制。方群謹守截句的形式限制，卻又別出心裁、出人意表的突破限制，做出突圍動作。如此，彰顯了截句本身雖然貌似限制嚴苛，其實仍存有另類創意空間之可能。其二，方群的截句最大個人特色在其為組詩截句。以表1來觀察，《方群截句》七十五首全為組詩形式截句，看似花團錦簇，然而，熟悉小詩之難為者，更應知曉組詩之難為。若說，二十行的短詩，由於詩行空間的壓迫，相當考究詩人技巧；那麼四行限制的截句更是凸顯難中之難，猶如在一般平展的紙張上作畫與小巧玉石上繪畫雕刻之差別，更遑論是組詩形態的串聯截句，這不啻為是在無數繁複的玉石串珠上顆顆雕刻不同的圖畫，卻又在編織成串之後驚見其構圖的關聯性結構。意即，一首截句是一個意境、一幅畫、一個世界，而多首截句串聯以後又形成多數的意境、多數的畫、多數個世界，無數微型世界彼此之間卻又關聯深刻，形成一個環環相扣、密切攸關的文字宇宙體系。然其拆碎七寶樓臺之後，卻又是「一沙一世界，一葉一如來」當作如是觀的單純一首截句的形態。

　　以下，分節敘述。

（一）四行限制

　　截句屬於現代新詩當中的小詩範疇。然而，相較於詩行二十行以內的短詩，截句的行數限制相較之下更為嚴苛。截句一般的限

制是在四行以內，有若唐朝時期的「絕句」體例，但在四行的規範以內，行數可以自由活潑的變化。意即，一首正式的截句，詩行可以為：四行、三行、兩行，或是最短的一行。一般來說，通常以四行最為常見。畢竟，詩人們要在截句的嚴苛行數的限制以內，表達最大範圍的內容，四行誠然是詩句可以表達飛翔的最大空間。例如，《孟樊截句》[6]、《王勇截句》[7]、《詹澈截句》[8]、《野生截句》[9]，以及由109位詩人構成的《魚跳：2018臉書截句選300首》[10]，上述諸人百家截句，非常明顯就全以四行詩行為整本截句的形式常態。所以，本文選擇以《方群截句》作為例子，顯然是選擇了一個較為特殊的文本。

　　《方群截句》作為論文的分析文本，無論是其形式上的組詩的結構，或是其詩行所呈現的常態特色，在在顯示出方群本身作為一名截句詩人是一種非常態的存在。若問何以如此筆者還要選擇以《方群截句》作為論文主要的範例文本，最大的因素在於：方群詩作本身所呈現的高度簡潔精煉的文字藝術，不啻為截句分析的最佳範本。若是以他的詩集文本作為論文分析的依據，可以最大限度的呈現截句做為小詩類型的一種，包含在語言上、文字上所能到達的最好的藝術型態。是以，筆者認為《方群截句》作為論文文本是最合適的文本。然而，正因為詩人本身詩藝高超，故其在簡潔精煉的文字藝術之下，必有能力在截句最嚴苛的四行詩行的形式限制之內，表現出極為出人意表的突破限制，這可以從他的《方群截句》的詩行特色當中得到證明。

　　若以《方群截句》來做分析，方群的截句裡面，最多的詩行

---

[6]　孟樊：《孟樊截句——截句詩系22》（臺北：秀威出版社，2018年09月）。
[7]　王勇：《王勇截句——截句詩系18》（臺北：秀威出版社，2018年11月）。
[8]　詹澈：《詹澈截句——截句詩系20》（臺北：秀威出版社，2018年10月）。
[9]　白靈：《野生截句——截句詩系37》（臺北：秀威出版社，2018年11月）。
[10]　白靈編選：《魚跳：2018臉書截句選300首——截句詩系38》（臺北：秀威出版社，2018年11月）。

確實是四行，然而，奇特的是：他的最少詩行並不是一行，而是o行。關於《方群截句》的詩行資料，詳見表2的量化統計。

表2　《方群截句》截句詩行數量統計表[11]

	截句詩行	截句數量	佔全體截句數量百分比
1	四行	32	10%
2	三行	122	42%
3	兩行	134	46%
4	一行	4	1%
5	○行	1	1%
	總計	293	100%

在方群組詩結構的293首截句裡，詩行數量最多的是兩行，共計有134首；其次是三行，有122首。總計詩人的兩行詩與三行詩共佔全部截句的88%。反而是一般截句詩人慣用的四行詩行，對他來說僅有32首，只佔全部截句的10%。他甚至還有一行詩行，甚至是完全留白沒有詩行，僅僅只有詩題的作品，例如：〈生活四首〉裡的截句〈實話〉。

然而，當我們仔細思量，人間實話，難道不是純然留白，根本不存在的存在嗎？是故，詩人以慧心刻意為截句詩題〈實話〉詩行留白，創造一種哲理性與後現代主義風格，一種諧謔性的不存在的存在，為實話做一個精確犀利的解讀。[12]

綜上分析，可見得在截句的詩行四行限制之下，詩人相當遊刃有餘地行走其間，任意吟哦玩耍，卻又嚴謹地堅持屬於他的「詩是簡潔精煉的文字藝術」[13]這個境界，從未悖離初衷。

---

[11] 方群：《方群截句——截句詩系08》（臺北：秀威出版社，2017年11月）。
[12] 方群：〈生活四首：實話〉，《方群截句——截句詩系08》（臺北：秀威出版社，2017年11月），頁170。
[13] 方群：〈自序：在我們並肩的路上〉，《方群截句——截句詩系08》（臺北：秀威出版社，2017年11月），頁009。

（二）組詩結構

綜上所述，方群自選收錄在《方群截句》裡的截句，全部皆為組詩結構。最長的組詩甚至高達十二首串聯而成。然而，截句並非完全必須形成組詩結構，只能說，截句小巧精緻的形式，限制四行以內的規範，相較其他類型，更容易建構成為組詩。

尤其方群本就是小詩當中專精於組詩技巧的專家。他的小詩，根據表1，我們再做一次更詳盡的量化分析製表，可以得到以下表3的統計：《方群截句》整本詩集的75首組詩裡面，共計為293首截句串聯所構成，詳見下表。

表3　《方群截句》截句構成組詩的數量分析與截句數量總計[14]

	幾首截句構成一首組詩	組詩數量	截句數量	百分比
1	2首截句	5	10	3%
2	3首截句	33	99	34%
3	4首截句	23	92	32%
4	5首截句	6	30	10%
5	6首截句	3	18	7%
6	7首截句	2	14	5%
7	8首截句	1	8	2%
8	10首截句	1	10	3%
9	12首截句	1	12	4%
	總　　計	75	293	100%

其中，由三首截句所組成的組詩結構的截句數量最高，共計99首，佔全體數量34%；其次為四首截句組成，共計92首，佔全體數量32%；而最長的八首、十首、十二首截句串聯，以及最短的兩首截句串聯，數量所佔百分比都在5%以下。顯然，方群的組詩結構

---

[14]　方群：《方群截句——截句詩系08》（臺北：秀威出版社，2017年11月）。

還是以三首、四首為最普遍，共佔全體總數量的66%，所佔比例超過全體截句的半數以上。

方群最擅長的組詩結構，這種截句形式，猶如在短詩之中建構一種有如多重鍊的結構，而多重鍊的模樣詳見以下圖一。

圖一　多重鍊項鍊[15]

方群嫻熟於將數種短詩紛呈但總串於一鍊，總詩題猶如多重鍊的主要垂珠核心，其他截句的小詩題則是主要垂珠核心以下的小核心，最後串聯成為最具有邏輯性魅力的精密多重鍊形式的組詩結構。精彩繽紛，字字珠璣，但是不見散亂。這種形式技巧顯然經過精密認真的計畫，然而，真正創作過組詩的詩人，恐怕都明白其中之難為，其技巧恍若果中有果，核心之中，又見核心。若非詩人本身的文字技巧達到爐火純青的嫻熟與精緻，組詩結構反而更容易呈現破綻與敗筆，增加失敗的機會，猶如編串失敗的多重鍊，若非整體對稱不協調，就是散亂一地的光彩琉璃，徒增惋惜。

是故，方群的組詩結構，反而更加彰顯了詩人在詩藝創作上文字藝術的精緻度，以及語言藝術的詩意與天份。以下，筆者試著節錄一首方群的組詩截句，深入分析其組詩結構。

---

[15]　多重鍊項鍊相片取自網路：https://tw.bid.yahoo.com/item/Oo吉兒oORQBL新維多利亞-古典多重鍊鳥頭護身符項鍊-魔-100392120543，瀏覽日期2018年11月12日。

〈非典型溝通〉

手語

漫天撒下的動作
搬演人生種種的
圖象與音符

脣語

彷彿不存在的隱藏顫動
以雙脣遊移
用心眼接收

心電感應

悄悄關閉那些遲鈍的翻譯軟體
想說的與想做的
我知道你也知道[16]

若以上述的〈非典型溝通〉來做分析：總詩題、多重鍊的主要結構
核心即為「非典型溝通」；而「手語」、「脣語」、「心電感應」
即為串聯的截句詩題、多重鍊的次要核心。

　　手語、脣語、心電感應，這三種溝通方式，有別於一般常態性
的使用語言或文字表達溝通，誠然屬於一種「非典型溝通」。而方
群以此三種溝通方式作為截句的小詩題，深入發揮其精煉的觀察：

---

[16] 方群：〈非典型溝通〉，《方群截句——截句詩系08》（臺北：秀威出版社，2017年
11月），頁96-97。

手語主要是動作，此動作既近乎畫家所使用的圖畫與音樂家所使用的音符，以此強化並且呼應主要詩題的「非典型溝通」。脣語純粹靠脣型讀取訊息，沒有聲音，只有兩片嘴脣的顫動，卻可以靠著恍若靈心一點一般，以眼目觀看雙脣之間的溝通，用心眼瞭解彼此的表達意涵。如此「心眼」又提帶出最後的心電感應，最高端的「非典型溝通」，甚麼都不需要，任何翻譯、解釋、詮釋……說不出口的，尚未行動的，終歸於「我知道你也知道」，心意相屬，靈犀相通，此即為「非典型溝通」的最高境界「心電感應」。

以上便是方群以三首截句串聯的組詩結構。「手語」、「脣語」、「心電感應」每首截句總計三行詩行，彼此各自成立，卻又紛呈總串於「非典型溝通」的總詩題之下，如此緊密相依，環環相扣。如此形式，其實並不易為，但是綜觀詩人整本《方群截句》，其中截句串聯建構處處都是如此精密的多重鍊結構，精挑細選之餘，始終穩健得當。

本文藉由《方群截句》作為文本，分析其詩作的形式，雖證得截句形式普遍性的四行限制，亦可見到詩人難得一見詩藝卓絕的組詩結構，彼此互證，印證截句形式之難為與精緻。而詩人在截句的形式藝術上，亦有兩大重點突破：其一為行數限制上，以其智慧巧思，突破截句原本的四行限制，創造0行奇蹟，兼具創新性與哲理性。其二為組詩結構的創造性。筆者由《孟樊截句》、《王勇截句》、《詹澈截句》、《野生截句》，以及由109位詩人構成的《魚跳：2018臉書截句選300首》，上述諸人百家截句當中皆無組詩結構，可見組詩為方群之所獨特專長，若用年輕網友遊戲美言，方群儼然是截句詩人當中的「組詩教主」。而藉由組詩結構拉大截句的形式空間與藝術高峰，方群顯然是個先鋒功臣與成功個案。

《方群截句》當中的截句全為創新，還不包括一般詩人的截句形式，例如：截他人之句或自己詩作之詩句以成截句，共構組成新

的詩作。這亦是另一種難為，考驗的是技巧、慧心與一種自在遊戲於語言文字藝術的樂趣。

海德格爾說：「在思中，在成為語言。語言是存在的家。在其家中住著人。那些思者以及用詞創作的人，是這個家的看家人。」[17]語言是存在的家，詩人是語言的看家人，而詩是靜默凝鍊的語言藝術，是故，詩人的看家本領，誠如方群所言，永恆是簡潔精煉的文字藝術。

三、截句的內容藝術

我們若是從截句的內容藝術來論析，則截句的語言藝術當更加精彩絕倫。即便截句的形式、體例過於短小，然而，截句的內容題材卻豐富多樣，感性與理性題材皆有，哲理、遊戲、訴情、截句以作文本呼應……等等，凡此種種，應有盡有，總體而言，包羅萬象。

本文試以《方群截句》來做文本分析，藉以闡述截句的內容藝術的種種豐富性與可能因形式而產生的某些不可避免的關於內容特性的限制性。以下，以方群的截句舉例，分別論述。

（一）方群截句的題材類型

方群截句的內容題材類型，當真是含括生活各個層面。從本論文表1〈《方群截句》七十五首截句組詩結構細節〉來看，《方群截句》的內容題材分輯，共計有下列分類：

---

[17] 海德格爾著，郜元寶編譯：《人，詩意地棲居：超譯海德格爾》（北京：時代華文書局，2016年06月），頁036。

	分輯	組詩數量	截句數量	截句數量百分比
01	飲食第一	11	44	15%
02	交通第二	9	36	13%
03	遊歷第三	6	29	10%
04	言語第四	9	39	13%
05	生靈第五	10	31	10%
06	物品第六	11	36	13%
07	疾病第七	8	30	10%
08	日常第八	11	49	16%
總計	8	75	293	100%

　　方群截句的內容題材，橫跨生活的各種層面，而且八大分輯，非常難得的分佈得相當平均。這當然是經過作者精密的選擇與計算。顯然詩人從二〇〇七年到二〇一六年之間行數在四行以內的七十五首創作結晶裡面刻意選擇作品，從而進行具有邏輯性的編排，這是一般編輯分類不得不為的方式。

　　《方群截句》整個分輯太具有邏輯性，太具有秩序感，也太具有平衡性，但這不啻也是方群截句的最大特色，或許與他最擅長組詩結構有關，畢竟組詩本身就是具有邏輯性、秩序感、平衡性的結構方式。

　　是故，筆者嘗試從方群截句的內容來做分析，藉以更加深入探討方群的截句藝術特質，並以此彰顯截句雖受限於行數限制，卻仍有內容上創造力的展現與內容上的突破空間。

（二）方群截句的內容特質

　　方群截句的特質，依照筆者觀察，大約有三大特點。其一是充滿後現代主義的趣味。方群詩作當中，有時會出現極其明顯的

---

[18]　方群：《方群截句——截句詩系08》（臺北：秀威出版社，2017年11月）。

「諧擬」方式，除了調侃、嘲諷的風格以外，有時還充滿了遊戲的趣味，詩人與讀者直接透過詩作內容互動，彼此一起完成詩作文本，例如：〈生肖成語填空〉。其二，方群截句本身極具哲理性與諷諭性，經常能使讀者心頭一驚或是會心一笑，他慣常以簡短的詩行，用智慧行刺，故其詩作常具備某種啟發性，蘊含詩人本人深刻的人生體驗與生活智慧。其三，即詩人本身自始至終都堅持的最高創作原則：「詩是簡潔精煉的文字藝術」[19]，為此，詩人苦心孤詣於最小密度空間的截句當中艱苦修行，並籌組成最艱難高深的組詩結構，將所有的鍛鍊成果特製成為最具有邏輯性、關聯性的組詩形式，而高達十幾首以上的截句串聯，其模式恍若自然界花開同枝的複合結構。[20]

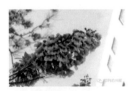

圖二　毛泡桐的複合結構[21]

圖三　單一朵毛泡桐有如一首截句[22]

---

[19]　方群：〈自序：在我們並肩的路上〉，《方群截句——截句詩系08》（臺北：秀威出版社，2017年11月），頁009。

[20]　毛泡桐的複合結構，相片取自網路：https://kknews.cc/zh-tw/essay/gagq9.html，瀏覽日期2018年11月21日。

[21]　同上註。

[22]　同上註。

以下，筆者以此三種特點，分別剖析論述方群截句的特質，以此彰顯截句所能呈現的語言藝術的魅力。

1.後現代主義遊戲趣味

　　方群的截句，經常帶有濃厚的後現代主義的遊戲趣味，然而，詩作當中在遊戲之餘，卻又往往蘊含哲理。在《方群截句》中，最明顯的後現代主義風格的截句組詩作品，當屬第四輯〈言語第四〉分輯裡長達十二首截句串聯的組詩〈生肖成語填空〉，這也是整本詩集當中截句串聯數量最高的一首組詩。

　　〈生肖成語填空〉（十二首節錄五首）

　　投鼠〇〇

　　考慮太多，後果
　　只能對自己發火

　　九牛〇〇

　　關於價格的誤讀
　　確實與成本不符

　　虎頭〇〇

　　這麼草率的結果
　　不免，令人落寞

狡兔〇〇

你認真打你的房
我隨意置我的產

飛龍〇〇

只是回家而已
何必如此訝異[23]

十二首〈生肖成語填空〉的截句，組詩的總詩題已說明瞭十二個小詩題即為十二生肖成語，而最奇特的卻是在於「填空」二字。「填空」本身就是一種文字遊戲。但是，方群要玩的可不只是簡單的「填空」遊戲，從以上節錄的五個生肖成語，看過必須填空的小詩題，再閱讀過兩行截句的內容之後，讀者肯定會當場忍不住會心一笑。因為，方群的十二首截句，與其說是填空遊戲，毋寧說是更加高端的文字藝術活動——猜謎遊戲。

我們試以第一首截句〈投鼠〇〇〉為例，謎面即是兩行截句詩作的內容：「考慮太多，後果／只能對自己發火」，而謎底則是：「忌器」。詩人藉由消失的那兩個成語的字詞，巧心佈局，設計謎面，讓讀者去猜想謎底。其他剩餘的十一個生肖成語亦然。〈九牛〇〇〉的謎面是：「關於價格的誤讀／確實與成本不符」，如此推衍，謎底顯然是：「一毛」，而非「二虎」。〈虎頭〇〇〉的謎面是：「這麼草率的結果／不免，令人落寞」，謎底顯然是：「蛇尾」，而非是「虎腦」。而〈飛龍〇〇〉的謎面與謎底尤其特別有趣。謎面：「只是回家而已／何必如此訝異」，射的即是「在天」

23　方群：〈非典型溝通〉，《方群截句——截句詩系08》（臺北：秀威出版社，2017年11月），頁106-108。

二字。飛龍在天，想來如何不讓世人仰首訝異，如此詩作創作方
式，別出心裁，饒是有趣。

　　臺灣文學理論家孟樊在他的《臺灣後現代詩的理論與實踐》一
書當中，曾援引德希達、巴特、克莉絲提娃、巴赫汀等理論家的論
述，標舉出臺灣後現代主義詩作最主要的七個重要特徵：

> 1.文類界限的泯滅
> 2.後設語言的崁入
> 3.博議的拼貼與混合
> 4.意符的遊戲
> 5.事件般的即興演出
> 6.更新的圖象詩與字體的形式實驗
> 7.諧擬大量的被引用[24]

其中，「諧擬」意即模仿。方群在〈生肖成語填空〉中，便是使用
模擬成語填空的遊戲來進行自己的截句創新書寫，詩作中充滿了遊
戲趣味，並且暗藏了調侃、嘲諷等寓意深刻的哲理於其中，形成一
種與讀者閱讀同時進行文本遊戲活動的後現代主義遊戲趣味，不啻
為此技巧的高度運用，而成語填空遊戲本身也是一種拼貼，而且是
由讀者自由進行填空的拼貼，至於讀者填空的結果，答案或對、或
錯，作者並沒有在截句當中澈底揭露自己的答案，彷彿，錯亦有錯
的一種遊戲趣味，也屬於創作活動的一個環節。

> 　　但後現代本身，即使沒有現代主義的滲透，也不盡然
> 欠缺嚴肅性。這也是嬉戲與遊戲之別。嬉戲可能是遮掩後現
> 代主義嚴肅性的面具。表現的諧擬潛在有其嚴肅的人生命

---

[24] 孟樊：〈後現代詩特徵說〉，《臺灣後現代詩的理論與實踐》（臺北：揚智出版
社，2003年01月），頁193。

題。[25]

方群的後現代主義的「諧擬」便是如此。在看似短小的截句形式體例當中，詩作內容往往蘊含無限嚴肅的人生命題，卻又在在顯現極為有趣的調侃、嘲諷之音，甚至顯現幽默的特質，常能使人會心一笑。以下，筆者緊接論述其第二項特質。

2.哲理性與諷諭性

　　方群的詩作經常透露出某種引人深思的哲理性，此特性特別能顯現詩人冷靜內斂、擅長思考的特質。而藉由截句短促詩行的形式特色，方群的哲理性往往更加顯得像是某種對於人生事物的眉批與註解，彷如一把短小卻銳利的匕首，精準犀利的刺入對於人生有所閱歷的讀者們的心臟，讓人痛並且無限認同的領略著，詩人睿智而精確的體會。

　　例如，組詩〈三界〉[26]由〈神〉、〈鬼〉、〈人〉三首截句共構組成。詩人刻意先寫〈神〉的無奈：「這麼準確的未來／是不能反悔的承諾」，以及〈鬼〉的定義：「害怕或不害怕　原因／存在或不存在的　可能」；最後，再帶領讀者們進入最為切身相關的〈人〉：「難以分類的廉價生物／比神愚蠢　比鬼殘忍」。短短兩行詩行，卻滿溢一擊而中的犀利洞見。詩人先是諷刺經常自詡為萬物之靈的人類為廉價生物，再進一步評斷人與神、鬼的區別：比神愚蠢，比鬼殘忍。如果，人類之所以敬畏神、鬼在於神的不可預見的智慧能力與鬼的想像中的殘忍性，那麼，詩人直接針貶人類的卻是真實存在的愚蠢與殘忍。人，未必受到神的智慧庇護，或是鬼的殘忍襲擊，但是，身而為人，人卻經常為同類自私自利的愚蠢與超

---

[25]　簡政珍：〈後現代的雙重視野〉，《二十世紀中國文學專題：創作類型與主題》（臺北：萬卷樓圖書股份有限公司，2006），頁14。

[26]　方群：〈三界〉，《方群截句——截句詩系08》（臺北：秀威出版社，2017年11月），頁130-131。

越一切想像之中的真實殘忍所傷。大至國族戰場殺戮，小至個人生存利益，人的可怖性真實可見，所製造的傷害無所不在，防不勝防，更勝於鬼。此即方群截句當中哲理性與諷諭性的證明。

又例如，組詩〈愛恨情仇（四首）〉當中的截句〈仇〉[27]，以飄浮於天的霧霾與散落於地的塵埃，比喻世間彼此為仇永遠不可為親的兩者關係：「始終不曾瞧過／塵埃與霧霾的組合」。仇者之間的關係，乃是天與地的距離，即使，彼此本質上非常相近，都是由空氣中的固態懸浮顆粒所組成，都對有生命的個體造成傷害，但是彼此卻從不相屬。此首截句〈仇〉亦具有諷諭性。

〈風之五味〉當中的截句〈龍捲風〉[28]亦是一首哲理性的作品：「以自我為中心／用力旋轉成／讓世界顫抖的狠樣子」。任何生命一旦以自我為中心，都可以為世界帶來無窮無盡的災難。例如，德國希特勒的納粹主義，以德意志民族為自我中心，向資本強大的猶太民族進行屠殺活動，從而造就第二次世界大戰的世紀性的災難。這是人類龍捲風型態自我中心的產物。

方群的截句，慣常淬鍊哲理性與諷諭性於簡短的數行詩行之中，讀過之後，晶瑩剔透的光芒每於讀者腦海之中轟然炸裂，火花激射之餘，每每留有餘光，讓人思索再三，而這也與他簡潔精煉的文字技巧有關。以下，我們以此論述他的截句中的第三項特質。

3.簡潔精煉的文字技巧

方群在詩藝之中，一向專默精誠追求簡潔精煉的文字技巧，並認為這是詩所能到達的文字藝術的最佳境界。既然要求簡潔精煉，詩行短、詩句短，詩作力求簡潔有力，務去不必要的累贅綴飾，寥寥數語，切中意旨，直指人心，這也就成為方群詩作的最大特色。

---

[27] 方群：〈仇〉，〈愛恨情仇（四首）〉，《方群截句——截句詩系08》（臺北：秀威出版社，2017年11月），頁166。

[28] 方群：〈龍捲風〉，〈風之五味〉《方群截句——截句詩系08》（臺北：秀威出版社，2017年11月），頁205。

組詩本身的多重鏈結構，出現在方群的組詩當中，除了讓方群的組詩形式顯得更加具有對稱感與平衡感以外，在內容上也往往顯現出一種文字藝術上屬於排比的秩序感，與同組串聯截句之間的呼應能力，以及在詩作在語言藝術上讓讀者閱讀時所產生的特別簡潔俐落的節奏感與韻律感。以下，筆者試以方群的〈神·經·痛〉這首組詩當作說明的範例。

〈神·經·痛〉

神經痛

禰來了也沒用
失敗的救援
顛覆世界

神經

單純的反射，或是
違常的舉動
交叉迷惑的雙瞳

經痛

固定的風暴
頻頻訕笑男人
假裝，可以不懂。

痛

程度不同，反抗
生命的拚搏
用孤獨的語言打動……[29]

在〈神‧經‧痛〉這首組詩當中，方群以四首截句〈神經痛〉、〈神經〉、〈經痛〉、〈痛〉來做一個呼應組詩主題的串聯。其中，〈神經〉這首截句，關乎「神經」一詞，此詞句一語雙關，既同時指涉人體當中神經這一組織構造名詞，亦有一般民眾對於精神疾病的一種認知。是故，詩人對於神經一詞提出敏銳的質疑：「單純的反射，或是／違常的舉動」。

除此之外，其餘的三首截句，連結著〈神‧經‧痛〉這一組詩主題，截句命題全都指向「痛」這個感知狀態。分別是：〈神經痛〉、〈經痛〉、〈痛〉，這三種不同的疼痛類型。

神經痛是何等的劇痛。人體的神經組織本就十分敏感，一旦發生疼痛狀態，自是難以讓人勝受。而詩人巧妙的以「神」作為一個關鍵字，故在詩中曰「禰」。「禰」即是人類與神對話時，語言稱謂的第二名稱，直指對方。當神經痛這種疼痛發生的時刻，即使神降臨世界亦是無用，無以救援，只因神經疼痛已經造成個體小宇宙的一種顛覆。病苦之人，形神俱毀，扭曲難言，神來亦無用，任何信仰也無法減輕神經痛。以此直指神經痛的疼痛指數。

經痛是男詩人終生無法理解的疼痛。即使孟子降世，以「惻隱之心，人皆有之」的循循善誘，亦難使男詩人真正瞭解。經痛與生產之痛，這是上蒼特別賦予女人的天賦之痛，也是女性創作者經常書寫創作的主題。然而，即使男詩人身為至親、情人、好友，亦

---

[29]　方群：〈神‧經‧痛〉，《方群截句──截句詩系08》（臺北：秀威出版社，2017年11月），頁175-176。

無法說出「略懂」一詞，此乃兩性之間天生在生理上的差別待遇。是故，詩作中留白的稱謂，自然是女人，甚至也有可能是擬人化的經痛本身。男人不是故意假裝不懂，是連自稱略懂都沒有辦法，唯一可以穿越經痛的橋樑只有同理心，然而，女性於此慣常要求非常氾濫的同理心，或是直接打殺入十八層地獄：「你永遠不懂。」甚至，還有更可怕的無間地獄：「你總是『假裝』不懂。」在經痛之前，男詩人飛天不能，遁地亦無門。

而詩人於此，對於經痛，他選擇用詩句落款：「固定的風暴／頻頻訕笑男人／假裝，可以不懂。」仔細觀察，〈經痛〉的動詞是「訕笑」，而訕笑的現象：不是男人「故意假裝不懂」，而是男人「假裝，可以不懂。」詩人如此文字技巧，精確彰顯了男人與經痛之間永遠的隔膜：懂與不懂，永恆都是一種罪過。這是生而為男人，天生的原罪。所以，動詞必須是「訕笑」。訕笑裡的隔膜有把你鄙棄於外的冷落，也有把你包括在內的譴責，其中，眾味雜陳，詩人畢其功於詩作的最後一句落款。

四首截句串聯，最後以〈痛〉收尾。「程度不同，反抗／生命的拚搏／用孤獨的語言打動……」無論是任何一種痛，其實都只是疼痛的程度不同而已。詩人以為，痛即是一種反抗、一種對於生命的拚搏。最動人的約莫是最後一句，詩人對於「痛」本身最浪漫經典的註解：「用孤獨的語言打動……」人生之中，每一種痛都是痛者本人最孤獨的體驗，而此體驗，幾近神祕，恍若世間最孤獨的語言，而被打動的既是痛者本身，亦是具有同理心的旁觀者。

而在詩裡，詩人即是痛者，讀者既是痛者，也是旁觀者。海德格爾說：「詩與思在照看語言這一點上極其相似，但他們同時又各有所司。思者道說存在，詩人命名神聖。」[30]這是哲學家與詩人在語言藝術上極其相似又各有所司的特質。哲學家擅長思考存在的本

30　海德格爾著，郜元寶編譯：《人，詩意地棲居：超譯海德格爾》（北京：時代華文書局，2016年06月），頁040。

質，並使用語言藝術解說存在的意義；然而，同樣擅長使用語言藝術，詩人的方式卻是對於存在的一切給出最合適的名稱，是故，詩人命名神聖。

當詩人化身痛者，具體以語言藝術陳述對於痛的體驗，並以簡潔精煉的文字技巧為痛命名：「用孤獨的語言打動……」這命名是神聖、是浪漫，也是絕無僅有的、獨一無二的嚴謹；然而，這也是一種偶開天眼，可憐身是眼中人的框中之框。詩人以為我正在閱讀世界，並為世界命名，然而，世界畢竟是將詩人緊緊掌握在手心裡面，不確定哪一日忽然就將詩人捏碎……

無所謂，在破碎以前，詩人永恆詩意的棲居，並使用詩這種孤獨的語言，命名、言說、道破，生命之中，一切的痛。

若是從方群截句的內容特質來做分析，方群在於後現代主義風格的運用上，與詩作本身的哲理性與諷諭性，並以簡潔精煉的文字技巧進行編織，最後形成千錘百鍊的截句組詩。儘管，截句的內容空間難免受限於行數限制，但方群仍在截句創作上有很出色的創造力與突破點。

組詩結構這個貌似艱深的形式，或許便是造就方群在截句內容上有所突破的首要功臣。藉由數首截句的串聯，無形之中，拉大了截句原本過於窄小的形式空間。是以，方群能夠順利在同輩的截句詩人之中，擁有內容品質上更大的突破與進展，在截句原本有限的天空之下，藉由串聯形成的組詩結構，開展了屬於方群極為特殊的截句創作的羽翼，有若大鵬飛翔時，其翼若垂天之雲，得以恣意翱翔。

這不只是方群個人截句創作的成功，或許也可以作為其他截句詩人的參考方向。如此一來，截句的形式可小、可大，端看創作者意欲承載的內容需要多大的展示空間。此或可破除一般人對於截句四行限制所造成的某種內容可能過於單薄的詬病。但對於截取他人文本或自己舊作的截句形式的詩人們來說，形成組詩結構的創作困

難度恐怕更高，還不如短短四行容易成就。

　　以上論述，全屬於方群截句內容特質上的優點。然而，截句本身畢竟有著難以克服的問題與限制，這也不免造成了方群擇截句而棲的困境。

（三）截句阻斷的情意困境

　　綜上所述，詩人方群特別擅長短詩創作，尤其是以四行以內的截句形式最為出色，往往可以在短促、狹仄的詩行空間之內，展現其最為簡潔精煉的文字藝術，做為一名截句詩人，方群的光芒誠然耀眼。

　　這是截句的形式所能帶來的光芒，但，凡有所益，必有所傷。即使，是對於像方群這樣屬於全新創作，而非截舊句以成詩的詩人來說，截句本身的形式限制，成就了方群的文字技巧，卻不免阻斷詩人的情意流水。

　　詩作中情意的流動，不獨為浪漫派詩人所宗，從古到今，也是詩人們征服芸芸眾生的核心特質。即使，詩作的語言藝術直白如唐朝詩人白居易，也因一首〈長恨歌〉，因而千年白居易。而這首描寫唐明皇與楊貴妃愛情故事的七言古詩，此恨綿綿無絕期的總計書寫了一百二十句詩、八百四十個字。唐朝詩人寫情者之中，說到纏綿悱惻、情意綿長者，怕是無人能出其右。而白居易一向擅長寫作敘事長詩，他與一向擅長寫作現代短詩的詩人方群來說，不啻是個最強烈的對比。

　　短詩與截句，特別是截句，天生形式所限，有如短暫的花火，在詩行所能展現的短促空間之中，要呈現哲理性、諷諭性、詼諧逗趣、情感喟嘆、標新立異，較為容易，但要讓情意的流水流遍整首四行詩，並且讓讀者產生深刻的共鳴與感動，誠然太難，最終不免顯得水道過於短促、狹仄，不利於情感的鋪展與流動。

　　筆者試舉方群的截句為例，來做論述。

〈二行詩六首〉

婚姻

簡單承認──
愛或者不愛的組合與分離[31]

在這一首截句〈婚姻〉裡，詩人僅以兩行詩行論述婚姻的特質，愛或不愛，導致結婚或離婚，這種臺灣民法形式的組合與分離。驟然讀之，短短詩行裡面，蘊含睿智哲理與生活體驗，更顯現詩人簡潔精煉的文字藝術。結婚或離婚是截句當中隱而不顯的關鍵詞，尤為高妙。但是，讀過之後，雖然拍案叫絕，卻不容易形成永恆的追憶與情感的長久共鳴。難免讓人心底產生疑問：此是詩人才華之所限，還是截句形式之所限？

詩人方群，詩心早發，從少年時期開始，他就陸續獲得臺灣無數的文學獎。筆者翻閱詩人早期詩集，發現在最早的《進化原理》裡，超過二十行的長詩數量頗多，而且，質量俱佳，以內容、風格來說，橫跨感性與理性，含括各式各樣題材，對於生活裡面現實環境的觀察與書寫，尤其具備了寫實主義的風格，此類型詩作佔領了詩集最主要的篇幅。而這種特質，在同一時期創作，但是收錄在第二本詩集《文明併發症》裡的詩作來說，亦是經常可見。

前輩詩人向陽曾經如此評論方群的崛起：「他的詩，清新可讀，有著細密的紋路，而絕不纏雜；意象掌握明銳，節奏處理輕快，在八、九〇年代的後現代新世代浪潮中，是少數繼續七〇年代寫實主義寫作風格的新秀。」[32]寫實主義原本就反對感情用事，對於

---

[31] 方群：〈二行詩六首：婚姻〉，《方群截句──截句詩系08》（臺北：秀威出版社，2017年11月），頁184。

[32] 向陽序：〈擺盪在美學與生活的兩峰間──讀方群詩集《文明併發症》〉，《文明併發症》（臺北：文史哲出版社，1997年01月），頁viii。

人事物的描寫，追求的最高原則往往是「真」，語言藝術上力求直白，在忠實地表現現實之時，往往具有諷諭性。唐代詩人的寫實主義代表者白居易的詩作就是一個例子。

關於寫實主義的詩作風格特徵，與方群一般兼具學者與詩人雙重身分的孟樊，曾經根據西方理論家的寫實主義原則，專門論著說明寫實詩經常具有的五大特色，筆者羅列其下：

（一）相信詩的真實性
（二）忠實地表現現實
（三）反對感情用事
（四）語言的平白化
（五）內容重於形式[33]

然而，這位「寫實主義風格的新秀」，究竟是在何時踏上追求短詩形式與專攻簡潔精煉的文字藝術之路的呢？

從初期的兩本詩作中，顯而易見，截句並非方群新詩創作的主要形式。方群早期的詩作，二十行以內的短詩不少，但是四行以內的截句數量真的不多，若是偶然尋得，必然是存在於組詩之中。讓人頗為驚異的是：方群早期的詩集《進化原理》[34]、《文明併發症》[35]裡面，就有數量不少的組詩。

由此可見，短詩並非詩人早期十年的創作主力，反倒是以短詩串聯而成的組詩結構，很顯然的，從創作初期就頗得到詩人的青睞，從而漸進式的變成詩人創作形式的主要類型。從第三本詩集《航行，在詩的海域》[36]開始，詩人已經完全以短詩與組詩為其詩

---

[33] 孟樊：《當代臺灣新詩理論》，（臺北：揚智文化事業股份有限公司，1998年5月），頁134-138。

[34] 方群：《進化原理》（臺北：凱拓出版社，1994年05月）。

[35] 方群：《文明併發症》（臺北：文史哲出版社，1997年01月）。

[36] 方群：《航行，在詩的海域》（臺北：麋研齋，2009年09月）。

集最主要的形式。而為達到詩人自身追求的簡潔精煉的文字藝術的境界，詩人在組詩之中的詩行亦開始逐漸減少，形成最後的四行以內的截句形式。

方群是真正的截句詩人，然其並非自我強求而陷於截句的狹仄羅網。詩人追求的無非是一種更精準的意象掌握，更簡潔的形式邏輯，更精煉的文字技巧，而正是這些在詩藝上的強烈自我要求，最終成就詩人變成一位真正的截句詩人。

但，我們要提問的是：方群的非截句難道寫的不好嗎？答案剛好相反，他的長詩曾經為他囊括無數的臺灣文學獎之新詩獎，這麼多數的前輩與評審的肯定，實在建構不成他的非截句比截句較劣之說。

筆者再以他的第一本詩集中的組詩〈漁婦〉為例論述。〈漁婦〉中的三首短詩，詩行分別是：14行、18行、12行，雖說仍是二十行以內的短詩形式，但距離截句仍然還有一段不小的距離。詩人以寫實主義的風格出發，以排比的文字技巧鋪呈，全詩音韻天然，節奏感極佳。而詩作內容分成曬網、捕網與撒網三疊，直寫漁婦的日常生活。詩人以內斂低調的情感出發，卻書寫出感人至深的人道主義關懷，讓讀者閱讀的同時，漁婦的形象躍然紙上，而淡然的筆觸下，熱烈濃稠的情感卻又使人過目不忘，而有如歌謠一般的音律感，更能使人不用刻意背誦，閱讀之後，闔上詩集就能自然誦唸出來。

所以，真正使得詩人自斷長詩、短詩的形式世界，從而進入以截句串聯的組詩世界的動機，終究是詩人一己對於文字藝術的自我要求：「詩是簡潔精煉的文字藝術。」[37]這句話，猶如魔術師的一個神祕咒語，讓詩人方群放棄曾經獲獎無數的長詩與短詩世界，直接進化變身而成一位真正的截句詩人。

---

[37] 方群：〈自序：在我們並肩的路上〉，《方群截句——截句詩系08》（臺北：秀威出版社，2017年11月），頁009。

而在截句的形式世界裡，詩人確實是個專家。然而，論述至此，我們不免喟嘆：原來，使得詩人自斷詩作情意流水的，竟然就是詩人自己。截句形式可能造成的結果，所益者，確實是詩人自身所追求的簡潔精煉；然而，所傷者，莫不是遭受截句過於嚴苛的四行限制之下的情意閹割嗎？原本跌宕多姿的巨流河，被切割成無數微型的河渠、水庫，再用組詩的型態圍欄成水壩，秩序感、邏輯性十足，精緻度、功能性完備，然而，我們不免思憶詩人新秀時期那種讓詩壇大老們驚艷與讀者們矚目的極度內斂寫實的情意綿長。

　　若以方群新詩的全面創作宏觀來看，截句形式的四行切割，對於詩人來說，無疑造成一種詩作情意流動的阻斷。然而，若單純以截句創作來看，方群截句以組詩結構擴大截句的表達內容空間，將自身的文字藝術琢磨得越發爐火純青，這無疑是截句形式所能獲得的最大勝利。而方群於截句語言藝術的成就，不只是他個人的成就，亦是截句形式所能到達的高峰絕頂。越過此地，或者再無他路。然而，這是截句本身形式的自我限制，而非是詩人的才能瓶頸。詩人真正受限的，只是堅持藝術魔咒的追求而已。詩人為此選擇截句，詩人因此到達截句之頂。而筆者真正心中掛懷而有所執念的：詩人是否長駐於此截句世界的孤峰絕頂，從此不再追求另一種可能到達的境界？雖然，越過截句，同樣很有可能抵達另一種形式的限制，但以詩人的天賦，想必仍有餘裕可以征服另外一種屬於新詩創作的高山危崖。但這與本論文的截句主題已無關聯，而是詩人個體創作生命的抉擇。

〈二行詩六首〉

印章

　　顛倒的姓名
　　反向證明真實的自己[38]

　　詩人以看似小巧精緻，實則艱鉅難為的截句形式，證明瞭自己在截句的形式創作上語言藝術的天份，以此，方群與大部分的詩人劃分涇渭，自成一家，這彷彿是一種反向證明，而證出的結果，確實是詩人自身的成就，並且也是截句語言藝術的成就。

　　而方群所能展現的截句的後現代主義風格，以及豐富的哲理性與諷諭性、簡潔精煉的文字技巧，這些都擴大豐富了截句的語言藝術，證明在嚴苛的截句形式四行限制以內，詩人仍然能有發揮創造的空間。而以組詩結構突破截句空間限制的詩人方群，誠然是截句詩人的前茅。如此這般的截句語言藝術，除了天賦以外，必然還有旁人眼目不可見的苦心孤詣的努力，而詩人所謂「真實的自己」，誠然真實不虛。

四、結語

　　截句，以現當代小詩中詩行最短的存在，挑戰最大創造力爆發的密度空間，其困難可以預期，可是，在這個特殊小巧的花園裡，依然能有百花盛開。恍若一口窄小的井，可以打撈孕育創作生命的水，陷落於四行詩行限制的狹仄當中，仍可仰視被切割過的小小天空所綻放的花火、殞落的流星、天光雲影、飄零的落

---

[38] 方群：〈二行詩六首：婚姻〉，《方群截句——截句詩系08》（臺北：秀威出版社，2017年11月），頁184。

花、細碎的人語、臨井自照的人……凡此種種，落於截句之中，麻雀雖小，依然五臟俱全。偶爾，截句仍能以一己形式之窄小，叩問穹蒼。

唐代絕句，四句詩為一體例，尚需平仄與押韻，甚至強制要求每一句以五言或七言的形式寫詩，其限制性遠大於臺灣目前現代詩裡的截句四行形式，然而，唐代詩人仍然遍地開花，《唐詩三百首》裡，關於絕句的佳作名篇，數量過百，而遺落在《唐詩三百首》之外的，不可勝數。由此觀之，現代截句不過是四行限制，如此自由的格式，彷彿應該更簡單，更有可為。

然而，事實恐怕並非如此。說到自由，現代詩的形式，幾乎完全不設限，打破井欄之後的天空無限寬廣，誰還願意自綁手腳，自陷於井的，自然更少。試想，可以自由自在地說話，行使語言藝術之時，誰還願意四句一斷的說話？是故，截句之難為，正是因為現代詩可以享受不受限制的自由之後，詩人很難願意裁剪自己的詩作合於嚴苛的規範。

然而，方群是個異數。不管是創作初期即嫻熟於短詩與組詩的形式規範，或是摸索過十年之後，在出版兩本詩集之後，確定自己對於詩藝創作的追求是簡潔精煉的文字藝術，這使得詩人更加容易向截句的形式靠攏，在此貌似牢籠的四行之中，建構訓練自己最千錘百鍊的技術。無論是遊戲趣味的後現代風格，還是蘊涵哲思與諷諭於短小的詩行之中，方群都是以截句的形式為個人詩藝的煉丹爐，反覆熬煮自己的意象與靈思，進而達到詩人所冀望的語言藝術之頂端。

語言是存在的家，而詩人是最完美的看家人，使用文字藝術，用詞創作，將眼目所及、心靈所感的一切存有，攝入之後，轉化為意象，最後化為具有指涉意義的字詞與符號。上古天地大美，人的一句嘆息，變成語言，即刻成詩，而後造字，語言分化為文字，變成一門獨門藝術。

本文以《方群截句》為例，藉由兩百多首截句串聯建構的七十五首組詩，分成形式與內容兩個部分，深入探討，進行分析研究，藉以闡述現當代小詩中的截句，雖然在形式上受制於四行限制，但在其短小的形式規範當中，卻仍有突破與創新的空間，並且能在形式的限制當中，高度顯現詩人的才華與技巧。整本《方群截句》，其中串聯建構的截句，全是組織嚴密的多重鍊結構，詩人以難得一見詩藝卓絕的組詩結構，印證截句形式的難為與精緻，考驗技巧、煉燒慧心，與一種自在遊戲於語言文字藝術的樂趣。

詩是永恆靜默凝鍊的語言藝術，就讓截句繼續四句一絕，因為，事實誠如方群所言，詩人的看家本領永恆是簡潔精煉的文字藝術。

引用書目

（一）方群詩集

方群：《方群截句——截句詩系08》（臺北：秀威出版社，2017年11月）

方群：《進化原理》（臺北：凱拓出版社，1994年05月）

方群：《文明併發症》（臺北：文史哲出版社，1997年01月）

方群：《航行，在詩的海域》（臺北：蘖研齋，2009年09月）

（二）專書

林于弘：《群星熠熠——臺灣當代詩人析論》（臺北：秀威出版社，2012年12月）

孟樊：《孟樊截句——截句詩系22》（臺北：秀威出版社，2018年09月）

王勇：《王勇截句——截句詩系18》（臺北：秀威出版社，2018年11月）

詹澈：《詹澈截句——截句詩系20》（臺北：秀威出版社，2018年10月）

白靈：《野生截句——截句詩系37》（臺北：秀威出版社，2018年11月）

白靈編選：《魚跳：2018臉書截句選300首——截句詩系38》（臺北：秀威出版社，2018年11月）

海德格爾著，邰元寶編譯：《人，詩意地棲居：超譯海德格爾》（北京：時代華文書局，2016年06月）

孟樊：《臺灣後現代詩的理論與實踐》（臺北：揚智出版社，2003年01月）

簡政珍：〈後現代的雙重視野〉，《二十世紀中國文學專題：創作類型與主題》（臺北：萬卷樓圖書股份有限公司，2006）

孟樊：《當代臺灣新詩理論》，（臺北：揚智文化事業股份有限公司，1998年5月）

白靈論詩截句的聯想

徐學

廈門大學教授

摘　要

本文以《白靈截句》為細讀文本，指出白靈截句的的一大特色為以詩論詩，其截句中有中國古代論詩絕句的風貌，亦有詩人一以貫之的自我畫像。

關鍵字：論詩絕句、白靈截句、自畫像

一、

　　白靈自2017年在《facebook詩論壇》上刊載截句，到當年7月，累積發表一百首，編為《白靈截句》出版。

　　半個世紀以來，白靈是詩人，也是詩歌的教學者和編選者，是享譽華人詩壇的詩歌跨界活動的組織者。他有詩歌論著多部，萬字以上的詩歌論述數十篇，其詩評科學術語林立，圖示表格密佈，接通科技，彷彿工程，充分展示他科技大學教授的堅實知識。

　　《白靈截句》則更多地展示了白靈佛教徒與古典漢詩愛好者的面向。白靈自己在此書的序言中說，在截句的寫作中，「找到了古人寫絕句詩的靈光和樂趣」。並且，我注意到，在此書中，有約四十首為以詩論詩，因此，引動了我的奇想，想從古代論詩絕句的角度來分析白靈這些以詩論詩的截句，並專橫地稱之為白靈論詩截句。

二、

　　論詩絕句是中國文學傳統中特有的一種文學樣式，形式上它可以說是詩，功能上卻偏重議論意在評說。論詩絕句的魅力在於，它如詩尺幅千里，言有盡而意無窮；它又是論，四行之內，可發詩論納詩觀吟詩史，把學者的豐富史家的開闊詩人的慧眼和盤托出，把一己理念或者獨家評斷說的明白曉暢且情韻悠揚。它是對論詩人學識才的試煉和考驗。

　　論詩絕句以杜甫《戲為六絕句》為發端。這是坎坷憂患歲月裡，嚴肅而憂傷的詩聖為數不多的戲作。老杜應該不曾想到此類絕句會興於宋元，且千年不絕。

　　千載之下，愛詩之人有誰不知「凌雲健筆」「不廢江河」或

者「翡翠蘭苕上」「鯨魚碧海中」呢。詩聖之後，論詩絕句最為出色者為元好問，其論詩絕句三十首，將其前輩詩人一一列出精當評斷，堪稱詩歌批評簡史。元好問亦是名震一代的詩人，他留下的詩歌也不少，但還能讓今人朗朗上口且時常引用的應該就只是他的論詩絕句了。

論詩絕句的興盛和長存與中國人的思維方式和對文學的要求密切相關。

不同的文化訓練和薰陶出各不相同的思考方式，相對於希臘和印度的細密邏輯，華人更傾向於直觀和體會，因此在闡發論點特別是藝術分析藝術論評時，總是不喜局部解剖條分縷析嚼飯餵人，而喜歡以形象（印象或者意象）喚起新的形象，期盼讀者感同身受會心領悟，得到一個生機盎然有機統攝的活潑印象。所以，《三國演義》縱橫捭闔，最讓人難忘的卻是「青山依舊在，幾度夕陽紅」的短句；《紅樓夢》悲歡離合，我們卻都只記住了「好一似食盡鳥投林，落了一片白茫茫大地真乾淨」的畫面。

三、

白靈的論詩截句大略可以分為三類：

（一）對於詩歌本體的追尋。
（二）對於詩歌與時代關係的疑問。
（三）對於詩歌構思、表達和影響傳播的體悟。

第一類截句的標題，有的直接標明了論詩，如〈詩〉、〈詩是一朵花〉、〈截句的原因〉有的則是隱喻，如〈滴落〉、〈說花一樣的話〉。但大體上都是在探討「為什麼會有詩這個『大哉問』」，闡明白靈「詩是無處不在的，就像花朵無處不『花』一

樣。」（見白靈《一首詩的玩法》第九頁）

第二類截句大都是探討詩歌和網路尤其是臉書的關係，如〈詩與臉書〉〈有一天臉書〉〈臉之書〉〈推文與詩〉〈你如何推開詩〉。

第三類是白靈論詩截句的主體，有〈詩是最好的情人〉、〈詩是一桿釣海〉、〈寫詩是閉著眼睛開槍〉、〈詩人跟他的夢〉等。在這裡，可以看到創作中的詩人，他反芻著個體的經驗，放縱著一己的想像，沉靜的思索與整理，字句的粘合重鑄⋯⋯

還有的論詩截句題目並不標明詩，如〈悟〉、〈夜的根〉、〈漣漪〉等，但也是作者探究詩歌創作奧秘的篇章。

四、

在白靈這一類論詩截句中，有對詩歌的評判與感悟，但也展示了詩人的個性和創作狀態，或者說可以說是詩人的自畫像。

自畫像可以說是詩人的自戀倒影，王爾德說過，自戀是一個人一生中最大的羅曼史。

自戀有兩種：以喬裝粉飾，以本色豔麗美色，化妝偽色，整容變色示人；以坦然無隱，裸露靈魂展示真面目，真性情。

歐洲大畫家常常不間斷地為自己畫像，倫勃朗（阮伯讓）如此，梵古如此，在他們，自畫就是自省兼自剖。梵古的自畫像，冷肅孤峻，有時失落茫然如白癡，有時咬牙割耳像烈士，有時彬彬有禮像紳士，在在抗拒著自我美化的俗欲。

中國的畫家少有自畫像，他們的自畫像在他們的畫作裡。八大山人的枯枝瘦鳥有他的孤憤，馬遠的山水是他的飄逸。

白靈是個有七巧玲瓏心的詩人，正像他截句裡寫的「我的心有好幾個洞」，「一個洞　蛇一條小溪／一個洞　風箏一隻老鷹⋯⋯」他的這顆心「是抽不盡的卷尺？從一座城抽出另一座

城。」

　　他的這顆心可以接納天地萬物：

> 每株樹都是一座銀行
> 葉子的花的，種子的蟲子的
> 蟬的風聲的雨滴的樹影的
> 木在天地間，於我的胸膛上敞開

　　白靈論詩截句中還有一個詩人，他是用心用力的又是隨性噴發的；他是謙卑渺小的又是驕傲闊大的，他覺得他的詩會瞬間消失，又相信他的詩將永恆不滅。

　　詩如「露珠小鏡子……小野花蹦開蹦落」，寫詩如扣下扳機，有子彈離膛的痛快，「用盡全力而不虞受傷」。〈叫好〉和〈蝶翼密碼〉說詩如花顫蕊彈而遊出的一絲香，如蝶不斷揮翅而射出的密碼，十分過癮。

　　而詩又是「在腦細胞的皺褶裡，躲了很久才流向指尖筆光」，是「葉尖，有一滴淚被陽光緩緩蒸熟。」而詩人「是花瓣上的一滴清淚」一生只為「在花尖上凝結自己」「在花影下滴碎自己」。

　　詩是瞬間的，如魚之一躍，「歷史再高的浪，時間都是最好的消波塊。」「枝不能是風的方向，雲不是翅膀的盡頭。帽子入水，就能把握江河流逝。」「滑落的一滴滴淚，該怎樣儲存？」

　　詩是永恆的，「花是地向天，開口說的話」。「向外又向內的波之花」。「不死兩隻蝶，抿水而活」。「每滴水都隱藏著翅膀／是誰拍開迷霧的鴻溝／在耳旁喚你隔世的名字」。

　　為表現此一矛盾，白靈的論詩截句使用了「灰塵」和「漣漪」兩個意象喻詩。

　　灰塵細微，易消逝去無蹤，但「每一粒灰塵都是地球……／因此我們是灰塵內的灰塵，地球上會飛的地球」。「越渺小的之事物

／越想把影子留下／夕落中愛戀起斜影的／那只小瓢蟲　是我。」
詩人雖渺小如灰塵一族，可卻能歷千百劫，「祖先站我基因裡，宇
宙在他背後。」漣漪只是小石頭投下或者鐘聲震動後，水面留下的
波紋，但也會「突漣起一千年的皺紋。」這貌似矛盾的詩人自畫
像，在其論詩截句中有跡可循，這就是：

　　「自千年之頂跳／下的一片新葉／風箏了　我的視線／小公雞
的叫聲直達天聽。」

　　一片小小嫩綠樹葉，如風箏直飛雲天，如雞鳴震動天庭。在這
幅圖景裡，我們依然看到以小搏大，以一瞬融入永恆的意念。依
然看到，這麼多年來，不歇不息，靠著一個小風箏就把天空拉跑的
小孩。

2018年11月21日初稿

參考文獻

《白靈截句》白靈　臺北秀威2017年9月出版。
《一首詩的玩法》白靈　臺北九歌2004年出版。

傷春與悲秋
——《臺灣詩學截句選300首》研究

黎活仁

香港大學饒宗頤學術館名譽研究員

摘　要

　　日本漢學家對中國文學的時間意識作過長期研究，本文援引吉川幸次郎（YOSHIGAWA Kojiro）、藤野岩友（FUJINO Iwatomo）、松浦友久（MATSUURA Tomohisa）和中原健二（NAKANARA Kenji）等於傷春、悲秋和嘆老之論，對《臺灣詩學截句選300首》作一系統的研究，由於日本學者是以統計的方法，得到結論，故並不抽象，據他們的統計，中國人對秋天的心情常見的是「悲」，於春則是「惜」，另外，落葉、落花和白髮，也是常見伴隨而出的語詞。從以上幾位數十年來致力建構的模式，可有效地把這些截句作一歸類，從而見出當代臺灣詩人的匠心。

關鍵詞：時間意識、《楚辭》、《古詩十九首》、《臺灣詩學截句選300首》、松浦友久（MATSUURA Tomohisa）

一、引言

　　春夏秋冬的季節意識在中國古典文學如何表達，日本漢學家曾作過長達幾十年的研究[1]，松浦友久（MATSUURA Tomohisa，1935-2002）對此作了總結，目前也有中譯，參考稱便[2]。本文以日本學者建構的模式，對《臺灣詩學截句選300首》[3]進行分析。

二、春的時間意識

　　日本漢學者是從春秋兩字的字組進行研究，再結合落葉、落花和流水等意像加以分析，松浦氏認為：與春字有關的詞組是「惜春」、「傷春」、「感春」、「悲春」、「遣春」、「春怨」、「春恨」、「春愁」、「春懷」、「春意」等等[4]；以上可歸納出3個方向，即「愁、悲、傷」、「樂、逸、愉」和「惜」[5]；對秋天的心情常見的是「悲」，於春則是「惜」[6]。

（一）懷春

　　《詩經》有悲春句字：「有女懷春，起士誘之」（〈召南‧野有死〉[7]）「春日遲遲，……，女心傷悲」（〈豳風‧七

---

[1]　參黎活仁，〈秋的時間意識在中國文學的表現：日本漢學界對於時間意識研究的貢獻〉，《漢學研究的回顧與前瞻》，林徐典編（北京：中華書局，1995）395-403；黎活仁，〈瘂弦詩所見春天的時間意識〉，《方法論於中國古典和現代文學的應用》，黎活仁、黃耀堃合編（香港：香港大學亞洲研究中心，1999）235-262；黎活仁，〈春的時間意識於中國文學的表現〉，《漢學研究》3（1999）：529-543。

[2]　松浦友久，《中國詩歌原理》，孫昌武（1937-）、鄭天剛（1953-）譯（瀋陽：遼寧教育出版社，1990）。

[3]　白靈編《臺灣詩學截句選300首》（臺北：秀威資訊科技股份有限公司，2018）。

[4]　松浦友久8。

[5]　松浦友久24。

[6]　松浦友久15。

[7]　金啟華，《詩經全譯》（南京：江蘇古籍出版社，1884）48。

月〉[8]）。葳妮〈別後〉是寫起士誘之後的心情：「獨舞的落葉／美成千種寂寞／還想在秋天的心裡／開滿春花」（《臺灣詩學截句選300首》148），至於邱逸華〈詩興〉、〈血的編年史〉和〈青春〉，則與「碧玉破瓜時，相為情顛倒。感郎不羞郎，回身就郎抱」的〈碧玉歌〉（《樂府詩集》[9]）有互文，破瓜指初潮或初試雲雨情：

> 一朵春花枝頭顫痛／分娩出一首詩／落紅墜醒了塵泥間的掠奪與蠢動／騷聲起，另一首詩受精（邱逸華：〈詩興〉，《臺灣詩學截句選300首》200）

> 是經也是史，筆削／女孩的第一次痛到最後一陣熱潮紅／要多麼忠實的內史才能撰述／匿藏於青春子宮的佛與魔（邱逸華：〈血的編年史〉，《臺灣詩學截句選300首》223）

> 所有衝撞都為了破／幼稚的身體瓦碎，／讓欲望勾竊／華麗出場如歌／不告而別的悲壯是魚尾上的詩（邱逸華：〈青春〉，《臺灣詩學截句選300首》278）

法國女性主義者西蘇（Hélène Cixous，1937-）〈美杜莎的笑聲〉（「The Laugh of the Medusa」）一文，鼓勵寫女性過去被視為禁忌的欲望[10]，吳心怡因應女性宜重掌話語權的主張，倡議以血為墨水，作為身體書寫的策略[11]。故從法國女性主義的角度，邱逸華以上的幾首詩，有其莊嚴的意義。在這方面，李元貞《臺灣女性詩

---

[8] 金啟華327。

[9] 郭茂倩（1041-99）《樂府詩集》）（北京：中華書局，1979）664。

[10] 埃萊娜・西蘇（Hélène Cixous，1937-），〈美杜莎的笑聲〉（「The Laugh of the Medusa」），黃曉虹譯，《當代女性主義文學批評》，張京媛主編（北京：北京大學出版社，1992）188-211。

[11] 吳心怡，〈血染空白的一頁：從文學／藝術作品中的「血」的意象談女性創造力〉，《中外文學》27.10（1999）：93-111。

學》（2000）[12]比較全面介紹了臺灣女詩人的身體書寫的成就，便於研閱窮照。

（二）樂春

《楚辭》開始有樂春的抒情：「開春發步兮，……，吾將蕩志而愉樂！」（〈九章〉[13]）。林錦成〈寄放〉寫嘉年華會春吶，春吶是春天吶喊（Spring Scream）的簡稱，自1995年起每年4月，在墾丁舉行國際音樂藝術文化展，內容包括搖滾、藝術、電影，高達五百組創作人或團體參演，10個舞臺同時進行，連續三天[14]：

> 刣冰機拿一整塊冬天／雪花了一盤夏日戀情／總是不免
> 塞入記憶的夾縫／一處寄放少年春吶的「進來涼冰果室」
> （林錦成：〈寄放〉，《臺灣詩學截句選300首》147）

狄塞托（Michel de Certeau，1925-86）認為日常生活就有巴赫金（M.M. Bakhtin，1895-1975）意義的「狂歡化」的特徵[15]，哈維（David Harvey，1935-）「時空壓縮」理論說，衛星通訊造成的「空間內爆」，世界各地的空間化作影像畫面，大眾可以在家收看到奧運會和世界足球等頂級嘉年華，足為注腳[16]。

---

[12] 李元貞，《臺灣女性詩學》（臺北：女書文化事業有限公司，2000）。

[13] 洪興祖（1090-1155），《楚辭補注》，白化文等校點（北京：中華書局，1983）148。

[14] 鍾政偉，〈音樂型節慶活動遊客的休閒動機、遊客價值、滿意度與忠誠度關係之研究－以遊客特性為調節變數〉。《商業現代化學刊》8.1（2015）：115-138。邱坤良，〈紅塵鬧熱白雲冷——臺灣現代藝術節慶的本末與虛實〉。《戲劇學刊》15（2012）：49-78。陳婉琪、黃樹仁，〈立法院外的春吶：太陽花運動靜坐者之人口及參與圖象〉。《臺灣社會學》30（2015）：141-179。潘盈儒、楊幸真，〈春吶女孩之身體經驗－美白、瘦身與裝扮的身體展現與意義〉。《淡江人文社會學刊》40（2009）：91-113。

[15] Ben Highmore，《日常生活與文化理論》（Everyday Life and Cultural Theory），周群英譯（臺北：韋伯文化，2005）221。

[16] 大衛·哈維（David Harvey），〈時空壓縮與後現代狀況〉（「Time-Space Compression and the Postmodern Condition」）《挑戰資本主義：大衛·哈維精選文集》（The Ways

（三）從春盡到春歸來、春歸去（惜春、春盡）的抒情

平岡武夫（HIRAOKA Takeo，1909-95）[17]、菅野禮行（SUGANO Hirouki，1929-）[18]和中原健二（NAKANARA Kenji，1950-）[19]對「春盡」和「三月盡」的時間模式作了總結，中原氏用歸納法的就唐詩宋詞於「春歸」的用例，找出其中發展過程，認為：「春歸」這一用語，包括歸來與歸去的兩種不同方向。宋詞中的「春歸」，大多是「春歸去」的意思。「春歸」與「春盡」有一定的關係，還有就是「春歸」和「春去」，也是宋詞的基本用語。

1.春歸來

六朝詩之中，「春歸」的使用次數不多，合共只得七例，沈約（441-513）〈晨征聽曉鴻〉詩有「怳春歸之未幾，驚此歲之雲半。」[20]可為濫觴。這七例都是「春歸來」的意思。Mark Hwang〈春題〉意境可溯源六朝，是寫春歸來：「一隻蝸牛釘住了山／順著它升起的觸角我看見／一個花苞將整片斜坡解放」（《臺灣詩學截句選300首》222）。葉莎〈河流寫詩〉說小草戀春風，當然也可以讀作春歸去，但也可理解為春歸來：

of The World），許瑞宋譯，臺北：時報出版出版，2018）180。
[17] 平岡武夫，〈三月盡——白氏歲時記〉，《研究紀要》（日本大學）18（1976）：91-106。
[18] 菅野禮行，〈「春盡」の詩〉（〈「春盡」的詩〉），《靜岡大學教育學部研究報告》（人文・社會科學篇）35（1984）：15-28。菅野氏大作後來修訂成為〈平安初期における日本漢詩の比較文學研究〉，收入菅野氏著論集《從比較文學角度研究平安初期日本漢詩》（東京：大修館書店，1988）一書中的一章，574-620。
[19] 中原健二，〈詩語「春歸」考〉，《東方學》75（1988）：49-63；中原健二，〈詩語「三月盡」〉，《未名》13（1995）：1-25。
[20] 沈約，〈晨征聽曉鴻〉，《先秦漢魏晉南北朝詩》，逯欽立（1911-73）編，中冊（北京：中華書局，1983）1667。

流經幽深的橋影／記住所有黑／並輕聲告訴一朵／戀
春風的小花（葉莎：〈河流寫詩〉，《臺灣詩學截句選300
首》92）

葉莎〈河流寫詩〉與下一面一首，都寫宇宙或大氣意象在水
中的倒影，橋倒影在河裡，那麼小花也同時倒影在水裡，巴什拉
（Gaston Bachelard，1884-1962）《水與夢：論物質的想像》（*Water
and Dreams: An Essay on the Imagination of Matter*）說，這種倒影是宇宙
的自戀，自戀普遍化就以花朵呈現，「對於花而言，水是自戀的美
妙工具」，「我美，因為自然是美的；自然美，因為我是美的。」
「整個樹林在照看自己」，「整個天空前來體會自己的偉大形
象」[21]。

蘇家立的〈輕蔑〉說有人看不到太陽倒影在水裡，這表示確
有「一根袖珍的暖陽」，在「水面刺繡簡單的春），太陽的水浴
在文學作品很容易聯想起天鵝的水浴，天鵝也有紅色的，通過天
鵝來表達出一種普遍的欲望[22]，在「文學作品中，天鵝是裸女的替
代物」，渴望看到天鵝，就是看到美女出浴[23]，據巴什拉《水與
夢》，如是可以引發無限的遐想。

石頭不論大小丟到水裡都有水花／看不見小水花的人／
也看不見一根袖珍的暖陽／在水面刺繡簡單的春（蘇家立：
〈輕蔑〉，《臺灣詩學截句選300首》35）

---

[21] 巴什拉（Gaston Bachelard），《水與夢：論物質的想像》（Water and Dreams： An
Essay on the Imagination of Matter），顧嘉琛譯（長沙，嶽麓書社，2005）37。
[22] 巴什拉，《水與夢》49。
[23] 巴什拉，《水與夢》40。

2.春歸去

中原氏說到了中唐，特別是唐憲宗（李純，778-820）元和（806-820）以後，「春歸去」的用例多起來，共得111例，其中元和時期的詩人如韓愈、孟郊（751-814）、姚合（775-854？）、賈島（779-843）、劉禹錫、柳宗元（773-819）、張籍（約768-約830）、元稹（779-831）和白居易等9人可以代表，有41例，佔中唐的7成。白居易還多次使用「三月盡」的一詞。

愛羅〈落葉的掌紋〉和高塔〈熟春〉詩中都有三月字樣，陽曆比陰曆要早一點，但每年不一樣，〈熟春〉也就是春盡，依中國的習慣，是有惜春之意，「鬆動春天的支架」，也就是春天快要歸去：

> 尚在枝頭的三月有些沉默／沒有誰聽見光影中簌簌轉身的那片意象／是落葉的骨／鬆動春天的支架（愛羅：〈落葉的掌紋〉，《臺灣詩學截句選300首》114）

> 半黃葉，三月和雨紛紛／揀起，正反細瞧幾遍／小數點後面／好幾位數的春（高塔：〈熟春〉，《臺灣詩學截句選300首》141）

白居易〈閑居春盡〉一詩的想像，春是流鶯喚歸的，宋詞還加添了其他雀鳥，例如：

> 愁應暮雨留教住，春被殘鶯喚遣歸。（白居易：〈閑居春盡〉[24]）

---

[24] 白居易，〈閑居春盡〉，《全唐詩》，彭定求（1645-1719）編，卷456，冊14（北京：中華書局，1979）5168-69。

流鶯不許青春住，催得春歸花亦去。（王千秋[生卒不詳，生平亦無法確認]：〈菩薩蠻〉[25]）

可堪杜宇，空只解聲聲，催他春去。（程垓[生卒不詳，友人曾在紹興5年（1194）為其詞集作序]：〈南浦〉[26]）

不堪鶗鴂，早教百草放春歸。（辛棄疾[1140-1207]：〈婆羅門引·用韻趙晉臣敷文〉[27]）

愛羅〈落葉的掌紋〉說「鬆動春天的支架」是落葉，也就是落葉呼喚春天回去。

二、悲秋

日本學者對中國悲秋文學作了長期的研究，藤野岩友（FUJINO Iwatomo，1898-1984）認為中國文學的悲秋，在〈離騷〉已看到端倪。「日月忽其不淹兮，春與秋其代序，惟草木之零落兮，恐美人之遲暮。[28]」重點是有感於秋之將至，可為宋玉（楚頃襄王[298-263 B.C.在位]時人）〈九辯〉悲秋文學的濫觴[29]。

藤野氏又說自〈九辯〉以後，到建安為止，悲秋文學並不發達，至於漢武帝（141-87 B.C.在位）的《秋風辭》則是偽作。〈古詩十九首〉的悲秋意識並不明顯，唯〈行行重行行〉尚有這種表現，「思君令人老，歲月忽已晚」與「胡馬依北風，越鳥巢南

---

[25] 王千秋，〈菩薩蠻〉，唐圭璋（1901-90）主編，《全宋詞》，冊3（北京：中華書局，1986）1469。

[26] 程垓，〈南浦〉，唐圭璋，冊3，1991。

[27] 辛棄疾，〈婆羅門引·用韻趙晉臣敷文〉，唐圭璋，冊3，1957。

[28] 洪興祖（1090-1155），《楚辭補注》（北京：中華書局，1986）6。

[29] 藤野岩友（FUJINo Iwatomo，1898-1984），〈楚辭中的「嘆老」系譜〉，《巫系文學論：以《楚辭》為中心》，韓國基譯（重慶：重慶出版社，2005）431。黎活仁〈從嘆老到喜老——《詩經》《楚辭》到白居易的演變〉，《香港大學中文學院八十周年超念學術論文集》（上海：上海古籍出版社，2009，337-57）對藤野氏的嘆老與悲秋有詳細的介紹，本文以這篇文章為依據。

枝。」[30]時節明顯是秋天。

淺野通有（ASANO Michiai，1930-83）又把悲秋文學分成3大類別。1).宋玉〈九辯〉系統；2).第二類是曹丕（187-226）〈燕歌行〉系統；3).第三類是夏侯湛（243-291）〈秋可哀〉系統[31]。

（一）落葉、搖落

第一類是宋玉〈九辯〉系統，特點是自抒胸臆：「悲哉秋之為氣也，蕭瑟兮草木搖落而變衰，……皇天不分四時兮，竊獨悲此廩秋[32]。」落葉成為悲秋文學的特徵之一。胡淑娟的〈秋〉就寫滿地紅葉：「秋天開始／在大地擊鼓／鼓槌的每個落點／都是　傷心的紅葉」（《臺灣詩學截句選300首》197）。

如魯思文（K. K. Ruthven）於《巧喻》（The Conceit，1969）所說的那樣：田園式的輓歌詩是讓大自然一起哀悼死去的人，於是發展出以哀悼死去的人的方法，來讚美尚在人世的紅顏知己的巧喻[33]，葳妮（Winniefred Wang）〈別後〉說：「獨舞的落葉／美成千種寂寞／還想在秋天的心裡／開滿春花」（《臺灣詩學截句選300首》148），意思是說戀人走後，自己像飄零的落葉，本來是對親密接觸而煥發無限歡欣有所期盼的，如今已成過去式。芙蓉如臉柳如眉，遍地的落葉，也成為戀人的足跡，對此如何不淚垂：

---

[30] 〈古詩十九首·行行重行行〉，《兩漢文學史參考資料》，北京大學中國文學史教研室選注，下冊（北京：中華書局，1962）717。

[31] 淺野通有（ASANo Michiai，1930-83），〈唐の杜甫によって形成された中國悲秋文學の高潮〉（唐杜甫形成的中國悲秋文學的高潮），《國學院大學紀要》21（1983）：51-52。

[32] 洪興祖182-85。

[33] 魯思文（K. K. Ruthven），《巧喻》（The Conceit），張寶源譯，收入《西洋文學術語叢刊》（The Critical Idiom），顏元叔主編，2版（臺北：黎明文化事業公司，1978）883-84。

怎地小酌了一口秋／地球的臉皮／全是你顛顛倒倒的腳
印（柯柏榮〈落葉〉，《臺灣詩學截句選300首》155）

（二）閨怨

悲秋文學的第二類是曹丕（187-226）〈燕歌行〉系統，特點
不是自抒胸臆，而是為別一群體（婦女）抒發感情（閨怨）：「秋
風蕭瑟天氣涼，草木搖落露為霜，群燕辭歸雁南翔，念君客遊多思
腸[34]。」和權〈弦外之音〉「長風萬裡送／秋雁」，與〈燕歌行〉
有互文：

> 錚錚錚！沒有流水般的／柔情　只有長風萬裡送／秋
> 雁。你知道了　是時候消失於落日隱沒之處了（和權：〈弦
> 外之音〉，《臺灣詩學截句選300首》238）

第三類是夏侯湛（243-291）〈秋可哀〉系統，多為宮庭遊戲文
學，並不真的感到可悲：「秋可哀兮，哀秋日之蕭條，……（《藝
文類聚》卷3，《歲時部》[35]）」[36]。「長風萬裡送／秋雁」，此句
原出李白（701-762）名篇〈宣州謝朓樓餞別校書叔雲〉，和權〈弦
外之音〉是否很有悲情，相信每人的解讀不一樣，作為遊戲之作亦
無不可。

---

[34] 逯欽立（1911-73），《先秦漢魏晉南北朝詩》（北京：中華書局，1983）394。
[35] 逯欽立394。
[36] 淺野通有，〈唐杜甫形成的中國悲秋文學的高潮〉52。

三、嘆老

藤野岩友對嘆老的研究[37]，公認是扶桑漢學經典之作，藤野說《詩經》，嘆老的不足以構成重要的特色，可是在《楚辭》就不同了，〈離騷〉諸篇乃屈原（約340-約278 B.C.）垂暮之作，故不斷地歲月的流逝，時不與我而哀嘆！其後追風入麗的《楚辭》賦家，也有所繼承，而且，經過喻為一字千金的〈古詩十九首〉進一步的發揮，成為中國文學一種敘事模式。

《詩經》的嘆「老」有四種模式：1）.是對能享高壽而感到欣喜；多見於是頌壽歌辭；2）.是為了祝福老年人康健，或因連續遭到不測的情況，而頌壽，這是由喜老轉變為忌老；3）.夫妻希望白頭偕老，至於未能如願，則自然因而唧嘆；4）.是鼓吹及時行樂。

（一）嘆老與衣飾

屈原〈離騷〉是貴族，重視服裝和穿戴，老而不減其樂：「餘幼而好此奇服兮，年既老而不衰。[38]」（〈九章〉·涉江〉，王逸[生卒不詳，漢順帝{126-144在位}時官至侍中]注說：「言己少好奇偉之服，履忠直之行，至老不懈。[39]」），

《詩經》的難老，提示要及時行樂，享用羅衣車馬，否則都拱手讓人，後悔都來不及，〈古詩十九首〉也是如此：

---

[37] 藤野岩友：〈詩經における「嘆老」〉（〈詩經的「嘆老」表現〉），《中國文學と禮俗》（《中國的文學與禮俗》，東京：角川書店，1976）37-43；藤野岩友：《楚辭における「嘆老」系譜》（《楚辭於「嘆老」的表現及其流變》），《巫系文學論（增補）》（東京：大學書房，1969）429-444；此文有韓國基中譯：〈楚辭中的「嘆老」系譜〉，《巫系文學論：以《楚辭》為中心》（重慶：重慶出版社，2005）430-441。

[38] 洪興祖128。

[39] 洪興祖128。

享樂的類別	《詩經》	〈古詩十九首〉
及時行樂	今者不樂，逝者其耋。……今者不樂，逝者其亡。（〈秦風・車鄰〉[40]）	「晝短苦夜長，何不秉燭遊。為樂當及時，何能待來茲」（〈生年不滿百〉[41]） 「斗酒相娛樂，聊厚不為薄，……極宴娛心意，戚戚何所迫。」（〈青青陵上柏〉[42]） 「今日良宴會，歡樂難具陳，彈箏奮逸響，新聲妙入神。」（〈今日良宴會〉[43]）
享用羅衣車馬	子有衣裳，弗曳弗婁。子有車馬，弗馳弗驅。宛其死矣，他人是愉。（〈唐風・山有樞〉[44]）	「不如飲美酒，被服紈與素。」（〈驅車上東門〉[45]）

劉向（約B.C.77-B.C.6）〈九歎〉的〈逢紛〉，〈逢紛〉寫到蓬首垢面，衣裳沾上霜露的孤獨無助之狀：「顏黴黧以沮敗兮，精越裂而衰耋。裳襜襜而含風兮，衣納納而掩露。」（〈九歎・逢紛〉[46]）丁口的〈旗袍〉，寫老妻到死，不願放棄「穿著豔麗的旗袍」，敘事模式與〈離騷〉有互文：

> 翻過黑水溝，生在死的對面／老妻不願離開淪陷的海棠／她穿著豔麗的旗袍投向海風裡／後方一路掃射，來不及哀傷的波濤（丁口：〈旗袍〉，《臺灣詩學截句選300首》100）。

吉川幸次郎（YOSHIGAWA Kojiro，1904-80）在題為〈與時推

40　金啟華266。
41　北京大學中國文學史教研室591。
42　北京大學中國文學史教研室576。
43　北京大學中國文學史教研室578。
44　金啟華245。
45　北京大學中國文學史教研室589。
46　洪興祖283。

移的悲哀——古詩十九首的主題〉[47]著名論文說，十九首作品又可歸納為3大類：

> 第1類是不幸的時間持續不斷，並感到可悲。這類作品有7首：〈行行重行行〉〈涉江采芙蓉〉、〈庭中有奇樹〉、〈迢迢牽牛星〉、〈孟冬寒氣至〉、〈客從遠方來〉、〈明月何皎皎〉。
>
> 第2類是由本來幸福的生活不幸轉至不幸的狀態。這類作品有5首：〈青青河畔草〉、〈西北有高樓〉、〈明月皎夜光〉、〈冉冉孤生竹〉、〈凜凜歲雲暮〉。
>
> 第3類是人不免一死，並因此而感到可悲。這類作品有7首；〈青青陵上陌〉、〈今日良宴會〉、〈迴車駕言邁〉、〈東城高且長〉、〈驅車上東門〉、〈去者日已疏〉、〈生年不滿百〉。

所謂「與時推移的悲哀」是指「不協調和不幸的」意義，這種悲哀如該文所說：普遍見於十九首作品，成為共通的主題。第3類的〈青青陵上陌〉和〈今日良宴會〉等7首，說的是人生一世，不免一死，因此感到可悲。。故丁口的〈旗袍〉，上薄〈風〉〈騷〉，下該〈十九首〉，沿波而得奇，儘得古今之體勢。

（二）白髮

王逸（89-158）〈九思〉的〈憫上〉有早衰以及頭髮斑白的悲嘆；這種有關容貌方面的描寫，見於《楚辭》後期作品，「白髮」成為嘆老文學的特徵，晉潘嶽（247-300）〈秋興賦序〉也有

---

[47] 吉川幸次郎（YOSHIGAWA Kojiro，1904-80），〈推移的悲哀——古詩十九首的主題〉，鄭清茂譯，《中外文學》6.4（1977）：24-54；6.5（1997）：113-31。

「始見二毛（黑、白兩種頭髮）。[48]」之句。譚仲玲〈巷〉和Eve Luo〈傑句——讀賈島題詩後〉和Eve Luo〈傑句——讀賈島題詩後〉，可依阿達利（Jacques Attali，1943- ）《智慧之路——論迷宮》（*Labyrinth in Culture and Society: Pathways to Wisdom*）有關迷宮的理論進行分析[49]，〈巷〉是寫八陣圖的故事，八陣圖是個迷宮，另一方面，語言也是一個迷宮，寫詩搜索枯腸，也不過在文字魔障中徘徊：

> 巷是一首謎語／死胡同或九轉十八彎／唯白髮老人家的拐杖／才能敲出答案（譚仲玲：〈巷〉，《臺灣詩學截句選300首》105）
>
> 搜索枯腸，／兩句詩吟了三年。／詩人的白髮，／每一根都為傑句而生。（Eve Luo：〈傑句——讀賈島題詩後〉，《臺灣詩學截句選300首》34）

露珠兒〈白髮吟〉的匠心是：詩人把自己的感受、移注擬人化的邏各斯，即先於主體存在的語言，成為人格化的（心理學意義的）陰影，讓他分享主體情緒。

「傷心」在「敘事治療」的方法而言，是把人與「內化」的創傷，即問題，「外化」為人或物，讓創傷得以治療，敘事治療鼓勵患者「為該問題命名」（to name the problem），命名為一個擬人化的名稱，例如「苦命」的母親，「苦命」可以擬人化，提示是否要跟「苦命」一起過活[50]。《臺灣詩學截句選300首》特別多陰影的描寫，表現出詩人多重人格的傾向。「你知道你會老去／而傷心也

---

[48] 陳宏天、趙福海、陳復興等主編：《照明文選譯注》（長春：吉林文史出版社，1988）698。

[49] 雅克‧阿達利（Jacques Attali，1943- ），《智慧之路——論迷宮》（Labyrinth in Culture and Society: Pathways to Wisdom），邱海嬰譯（北京：商務印書館，1999）。

[50] 列小慧，《敘事從家庭開始：敘事治療的尋索歷程》，2版（香港：突破出版社，2012）36-37。

會老／你與傷心／白首偕老（露珠兒：〈白髮吟〉，《臺灣詩學截句選300首》37）

　　「白首偕老」始見於《詩經》的嘆老，假使未能如願以償，自然感到哀惋莫名。這包括老而無配偶，或者配偶早喪，又或者久別以至分居。〈小雅・鴻雁〉的「哀此鰥寡」[51]（老而無妻叫做鰥，老而無夫叫做寡），就是這個意思。〈衛風・氓〉表達了對丈夫移情別戀的哀怨。

1)	同偕白首的期望	君子偕老。（〈鄘風・君子偕老〉[52]） 與子偕老。（〈邶風・擊鼓〉[53]）、〈鄭風・女曰雞鳴〉[54] 髧彼兩髦，實維我儀，之死矢靡它。（〈鄘風・柏舟〉[55]）
2)	對丈夫移情別戀的哀怨	及爾偕老，老死我怨。……總角之宴，言笑晏晏，信誓旦旦，不思其反。反是不思，亦已焉哉！（〈氓〉[56]）

　　洪美麗〈愛神老花〉是對不能同偕白首而感到哀嘆：「小三遙山浮影／正宮近山朦朧／對不住焦」（《臺灣詩學截句選300首》80）

四、結論

　　拙稿是從日本學者長年對中國文學的四季意識研究所建構的模式，嘗試對《臺灣詩學截句選300首》作本檢驗，結果是蒐集到的例子，都可以日本學者的統計出來的類型加以排比，另外，就是以

---

[51]　金啟華415。
[52]　金啟華104。
[53]　金啟華67。
[54]　金啟華183。
[55]　金啟華100。
[56]　金啟華134。

巴什拉四元素詩學、女性書寫、「敘事治療」、巧喻等角度加以賞析。如要從創意排個座次，那麼邱逸華，〈血的編年史〉第一，同作的〈創意〉第二，都是以血書寫之作；露珠兒〈白髮吟〉把「傷心」外化，饒有新意，應屬季軍。其他亦並不流於平庸，我也給與了詮譯或過度詮釋，如曰不然，請待來哲。

參考文獻目錄

A

阿達利，雅克（Attali，Jacques），《智慧之路──論迷宮》（*Labyrinth in Culture and Society: Pathways to Wisdom*），邱海嬰譯。北京：商務印書館，1999。

BA

巴什拉（Bachelard，GAston），《水與夢：論物質的想像》（*Water and Dreams: An Essay on the Imagination of Matter*），顧嘉琛譯。長沙，嶽麓書社，2005。

BAI

白靈編，《臺灣詩學截句選300首》。臺北：秀威資訊科技股份有限公司，2018。

CHEN

陳婉琪、黃樹仁，〈立法院外的春吶：太陽花運動靜坐者之人口及參與圖象〉。《臺灣社會學》30（2015）：141-79。

HA

哈維，大衛（Harvey，David），〈時空壓縮與後現代狀況〉（「Time-Space Compression and the Postmodern Condition」），《挑戰資本主義：大衛‧哈維精選文集》（The Ways of The World，許瑞宋譯。臺北：時報出版出版，2018，167-204。

HONG

洪興祖，《楚辭補注》。北京：中華書局，1986。

JI

吉川幸次郎（YOSHIGAWA，Kojiro），〈推移的悲哀——古詩十九首的主題〉，鄭清茂譯，《中外文學》6.4（1977）：24-54；6.5（1997）：113-31。

LI

黎活仁，〈秋的時間意識在中國文學的表現：日本漢學界對於時間意識研究的貢獻〉，《漢學研究的回顧與前瞻》，林徐典編。北京：中華書局，1995）395-403。

——，〈瘂弦詩所見春天的時間意識〉，《方法論於中國古典和現代文學的應用》，黎活仁、黃耀堃合編。香港：香港大學亞洲研究中心，1999）235-62。

——，〈春的時間意識於中國文學的表現〉，《漢學研究》3（1999）：529-43。

——，〈從嘆老到喜老——《詩經》《楚辭》到白居易的演變〉，《香港大學中文學院八十周年超念學街論文集》。上海：上海古籍出版社，2009，337-57。

李元貞，《臺灣女性詩學》。臺北：女書文化事業有限公司，2000。

LIE

列小慧，《敘事從家庭開始：敘事治療的尋索歷程》，2版。香港：突破出版社，2012。

LU

逯欽立，《先秦漢魏晉南北朝詩》。北京：中華書局，1983。

LU

魯思文（Ruthven，K. K.），《巧喻》（*The Conceit*），張寶源譯，收入《西洋文學術語叢刊》（*The Critical Idiom*），顏元叔主編，2版。臺北：黎明文化事業公司，1978，851-926。

PAN

潘盈儒、楊幸真，〈春吶女孩之身體經驗－美白、瘦身與裝扮的身體展現與意義〉。《淡江人文社會學刊》40（2009）：91-113。

PING

平岡武夫（HIRAoKA，Takeo），〈三月盡——白氏歲時記〉，《研究紀

要》（日本大學）18（1976）：91-106。

QIAN

淺野通有（ASANo，Michiai），〈唐の杜甫によって形成された中國悲秋
　　文學の高潮〉

（唐杜甫形成的中國悲秋文學的高潮），《國學院大學紀要》21
　　（1983）：49-102。

QIU

邱坤良，〈紅塵鬧熱白雲冷——臺灣現代藝術節慶的本末與虛實〉。《戲
　　劇學刊》15（2012）：49-78。

SONG

松浦友久（MATSUURA，Tomohisa），《中國詩歌原理》，孫昌武、鄭天
　　剛譯。陽：遼寧教育出版社，1990。

TENG

藤野岩友（FUJINO，Iwatomo），〈楚辭中的「嘆老」系譜〉，《巫系文
　　學論：以《楚辭》為中心》，韓國基譯。重慶：重慶出版社，2005，
　　430-41。

——，〈詩經における「嘆老」〉（〈詩經的「嘆老」表現〉），《中國
　　文學と禮俗》（《中國的文學與禮俗》。東京：角川書店，1976，37-
　　43。

WU

吳心怡，〈血染空白的一頁：從文學／藝術作品中的「血」的意象談女性
　　創造力〉，《中外文學》27.10（1999）：93-111。

XI

西蘇・埃萊娜（Cixous，Hélène），〈美杜莎的笑聲〉（「The Laugh of the
　　Medusa」），黃曉虹譯，《當代女性主義文學批評》，張京媛主編
　　（北京：北京大學出版社，1992）188-211。

ZHONG

中原健二（NAKANARA，Kenji），〈詩語「春歸」考〉，《東方學》75
　　（1988）：49-63。

——，〈詩語「三月盡」〉，《未名》13（1995）：1-25。

鍾政偉，〈音樂型節慶活動遊客的休閒動機、遊客價值、滿意度與忠誠

度關係之研究－以遊客特性為調節變數〉。《商業現代化學刊》8.1
（2015）：115-138。

Highmore, Ben，《日常生活與文化理論》（*Everyday Life and Cultural Theory*），周群英譯。臺北：韋伯文化，2005。

詩的濃淡
——從靈歌截句談起

陳政彥

嘉義大學中文系副教授

摘　要

　　本文希望透過「記號詩學」的角度來探究從原詩截出四行截句，詩意是否會有改變，並以靈歌的《靈歌截句》一集，作為分析的文本依據。

　　雅克慎提出詩功能是選擇軸上對等關係投射在組合軸上。以此為準來審視截句，我們可以發現，截句可以更清楚地看到話語的詩功能，能夠創造出獨具詩意的精采小詩。更進一步可以發現《靈歌截句》截句與原詩，截句與自解之間有著各種微妙的喻況關係可以思考。一方面是靈歌截選截句及詮釋詩作的匠心獨運，一方面也是截句作為一種創作技巧的巧妙之處。

關鍵字：截句、靈歌、記號詩學

一、前言

　　小詩在臺灣詩壇發展雖然始終並未成為主流，但是卻發展已久。七○年代，羅青便提倡16行以下的小詩，並編成《小詩三百首》一、二兩大冊，在爾雅出版。他說：「我認為，無論初學也好，老手也罷，都不應忽略小詩的創作。」[1]。羅青之後，最用心推動小詩的詩人當數白靈。早在1997年，白靈在主編《臺灣詩學季刊》第18期便推出「小詩運動專輯」論著與作品齊發。爾後主編《2007臺灣詩選》、《2012臺灣詩選》時也特別以改詩的長短分類，並將「小詩」放在第一輯，希望透過凸顯小詩的編排，引發大眾對小詩的關注。

　　2013年白靈有感於前乾坤詩刊主編林煥彰主編泰國《世界日報》副刊時期，推動了三年的「六行小詩寫作」計畫，讓東南亞華人在報紙上發表了大量的六行詩。於是邀集《創世紀》、《乾坤》、《臺灣詩學》、《衛生紙》、《風球》等五大詩刊及《文訊》雜誌，於2013年12月聯合聲明發表「2014鼓動小詩風潮」運動，讓2014年各處詩刊報紙都隨處可見小詩的發表。此後華語詩壇的小詩運動仍方興未艾。菲律賓詩人王勇命名的「閃小詩」（六行50字內）、大陸網路提倡的「微型詩」（三行以下）、及北京小說家蔣一談在2015年底提出四行以下的小詩「截句」，都是小詩運動的餘波盪漾，分化出更多更細微的小詩分類，各自乘載不同詩人的期許，展現不同風貌。

　　關於截句，既是小詩的稱謂，同時也有從原詩截取另成一詩的含意。首倡的蔣一談在2016年邀得十餘位中堅詩人，從舊作中截取四行，並且每人集成一本，出版了一系列截句詩叢。長年關注小

---

[1]　羅青編：《小詩三百首（一）》（臺北：爾雅出版社，1979），頁13。

詩的白靈由此獲得靈感，也在臺灣詩學季刊25周年紀念活動中，策劃了臺灣詩學截句詩叢，允許由詩人從舊作中，截取不超過四行的句子組成一首新的短詩。那麼，讓人好奇的是，一首詩的完成，自然有最初創作時的佈局想法，把長詩截選成四行以下的小詩，是否會破壞詩的結構？詩意會增強還是減弱呢？本文希冀透過「記號詩學」[2]的角度來探究這個問題，並以靈歌的《靈歌截句》一集，作為分析的文本依據。

靈歌，本名林智敏，1951年出生於臺北市，自幼家貧，雅好藝文不可得，臺北商工專修學校畢業後，從工廠黑手做起，開始從事自動化控制的行業。生活穩定後，便朝著實踐夢想的道路前進，白天上班工作，晚上到世新專科學校編採科進修，結識詩人林彧，同時廣泛閱讀詩論詩集，開始了創作道路。之後創業有成白手起家，但始終不曾遠離詩壇，固定在《秋水詩刊》發表詩作，並集結成《雪色森林》、《夢在飛翔》二集。時屆耳順之年，準備退休的靈歌放下了長年經營的事業，全心衝刺詩的創作，現為吹鼓吹詩論壇小詩俳句版版主，乾坤詩社同仁，野薑花詩社副社長，大海洋詩刊顧問。近年來創作質量俱豐，更在2017年，榮獲吳濁流文學獎新詩正獎，其詩藝高度自不待言，更感人的是，不願出風頭的靈歌在協助詩社事務以及獎掖晚輩上不遺餘力，默默而堅定的支援詩壇業務，知道的人卻很少。正因為靈歌的低調，使得他的詩藝並未受到對等的關注。目前關於靈歌的相關研究十分稀少，僅見數篇賞析導讀其詩作的文章，並未有更堅實的學術討論，這點殊為可惜。

除了詩人詩藝值得關注之外，在詩學季刊社所出版的15本截句詩集中，《靈歌截句》集中不但有原創的小詩，也有從舊作中截錄的截句。靈歌選擇讓新舊作並陳，另外針對新創的小詩，另附上自

---

[2]　古添洪：「記號詩學乃是用記號學（semiotics）底精神、方法、概念、辭彙來建構的詩學。…記號詩學乃是應用記號學，是記號學應用於文學之研究…記號詩學之基本興趣乃在於文學書篇的表義過程及其所賴之法則及要面。」古添洪《記號詩學》（臺北：東大，1984），頁19。

解。我們可以看從原詩到截句，或者小詩跟靈歌的解釋，二者並陳相較，我們可以更清楚地看到長短間有更多詩意濃淡的調整，《靈歌截句》正好作為本文討論的最佳範例。以下，我們先來思考截句與詩意濃淡的關聯性。

二、從雅克慎雙軸理論思考截句的可能性

索緒爾在其開創性的論著《普通語言學教程》中提出了符號學中最根本的能指（signifier）、所指（signified）的基本概念，啟發日後符號學研究的基礎。而索緒爾所提出的語言二軸理論，可能是其學說中影響最深遠也最核心的理論。索緒爾說語言可分為二軸，分別是就是毗鄰軸（syntagmatic axis）和聯想軸（associative axis），他解釋道：「毗鄰關係是演出於話語裡。它是兩個或以上的語彙在其所構成的有效的一串語言裡所顯示的關係。與這情況相反，聯想或系譜關係是把話語以外的語彙連接起來而成為依賴記憶而組合起來的一個潛伏的語串」[3]一如索緒爾所說，毗鄰軸（syntagmatic axis）就是我們能理解的語言，把詞彙依照語法，以合乎邏輯的方式組合，所完成的語句能藉以表達涵意。而聯想軸（associative axis），則比較抽象，索緒爾解釋道：「在話語之外，各個有某種共同點的詞會在人們的記憶裡聯合起來，構成具有各種關係的集合……它們的所在地是在人們的腦子裡。它們是屬於每個人的語言內部寶藏的一部分。我們管它們叫聯想關係」[4]。

如果舉靈歌的詩句為例說明：「你端坐在東廂的案前，臨著魏碑」[5]這句詩句的毗鄰軸就是詩句的本身，所有語彙都已按照語法排列，能夠讓人理解詩中的主角「你」坐在東廂房的桌前，練習書

---

[3] 轉引自古添洪《記號詩學》（臺北：東大，1984），頁39。
[4] 索緒爾著，高名凱譯《普通語言學教程》（北京，商務，1980），頁171。
[5] 靈歌《靈歌截句》（臺北，秀威，2017），頁46。

法。而這句詩的聯想軸則是句中的每一個詞彙，都可以被另一個詞彙所替換，例如說「你」可以換成「我、他、她、牠、祂」，「魏碑」也許置換成楷書、隸書，以及其他書法名帖。又或者東廂，換成西廂，大廳，草房亦無不可。這兩軸之間是互相聯繫，交互應用，構成了我們的語言。

而俄國語言學家雅克慎繼承了索緒爾的理論基礎，並應用在文學研究上。雅克慎提出他那著名且廣為流傳的文學定義：「詩功能者，乃把選擇軸上的對等原理（principle of equivalence）加諸於組合軸上。『對等』於是被提升為組合語串的構成法則」[6]要理解這句話的真正含意，需要先知道甚麼是「詩功能」。

雅克慎在〈語言學與詩學〉一文中，提出語言行為的成立，可分解為六個面向，每一個面向都有獨特的功能。不同功能的突出與否，會影響成為不同類型的話語。雅克慎的六個面向及其功能的圖解如下：

指涉（CONTEXT）
指涉功能（REFERENTIAL）
話語（MESSAGE）
詩功能（POETIC）

說話人（ADDRESSER）　　　　　　　　　　　話語的對象（ADDRESSEE）
抒情功能（EMOTIVE）　　■■■■■■■■■■　感染功能（CONATIVE）

接觸（CONTACT）
路線功能（PHATIC）
語規（CODE）
後設語功能（METALINGUAL）

首先要有說話者，有話的內容，有聽話的人，這樣語言才能發揮效果。這是基本可以理解的三個部分。此外話中的指涉必須是語言能夠陳述，且能為聽者理解。所謂夏蟲不可語冰，不知道冰是甚

6　古添洪《記號詩學》（臺北：東大，1984），頁100。

麼，自然不能理解冰這句話。此外說話語聽話的人必須有大致相同的語規，即使用的詞彙與特定用法必須相同。例如網路世代的火星文如母湯、潮爆等網路語言，雖然同樣是國語漢字，沒有同一套語碼（CODE）的人仍然不能解讀。最後兩造必須要有物理及心理上的聯繫，保持接觸。否則言者有意，聽者無心，話仍然傳不出去。而詩功能就是「整個安排是以話語本身為依歸，投注於話語本身者，即為語言的詩功能。」[7]意即詩語言著重在話語本身的表現，詩歌就是詩功能站最優位的話語。

雅克慎提出如何讓話語能發揮出最好的詩功能，就是讓選擇軸上的對等原理加諸於組合軸上，會有甚麼效果呢？古添洪說：「當詩功能被如此地界定，組合上之各種對等便可一一論之；於是有語音上的、文法上的、詞彙上的、語句上的對等。」[8]也就是說，原本組合軸上完成的語言為了完成其功能，各自有著重的面向，在選擇軸上陳列的眾多詞彙必須精心挑選出最能夠表達含意的那一個，否則就有詞不達意的問題，詞彙組合起來需要符合邏輯語法等要求。

但是若將詩功能當最優位，那麼表達語意就不在是最重要的任務，而有了更多可能性，可以更自由地選取選擇軸上的不同詞彙，只從跟組合軸的對等關係來決定。而組合軸結合語彙也有除了表意以外，更多不同的排列方式，來呼應語音上的、文法上的、詞彙上的、語句上的各種關聯性。如果說，原本的語言如同線性一般精準的作用，詩語言則像兩條軸線之間，交錯出一整個面的可能性，互相對等連接。

如果我們拿雅克慎的理論，套用在截句的場合中思考呢？

雖然說詩歌是詩功能優先的話語，但是不表示其他五個面向就停止活動，詩人與詩的讀者，仍然分立在話語的兩端，詩中的指涉

---

[7]　古添洪《記號詩學》（臺北：東大，1984），頁99。
[8]　古添洪《記號詩學》（臺北：東大，1984），頁81。

如果超越讀者的理解，也會減低讀者對詩的接受，詩人也需要與讀者共用一套語規，閱讀才能成立，例如讀者必須知道詩不是表達明確涵意，而是要從欣賞詩語言的構成才能看出價值。當詩人要完成一首詩的時候，勢必會考慮到讀者，會有自己想好的故事情境作為指涉的內容。也就是說，對其他面向的考慮也會跟詩功能的考慮一併構成詩的內容。或許更能幫助讀者掌握詩欣賞詩，但就犧牲了詩功能。

相反的，當以截句的方式，從原詩中擷取四行出來，有限的篇幅原本就無法涵蓋其他面向，反而強化了詩功能。例如這首〈持續的虛擬〉讓詩中主角立於窗前，懷想過往開始全詩，時間錯位以及三月落紅鋪陳主角的後悔之情。詩的最後完整地呈現出詩中主角悔恨的原因：「我在簾外／劃一幅人形立軸／動靜嫣然，氣息包裹／妳的眉目嘴角，只能淡墨／掃過流雲彎月，輕點流星／自我破碎的心鏡／散落」[9]從最後一段，可以較明確地指出詩的愁緒源於對過往戀情的後悔，以及對戀人的思念，不失為一首傷逝的好詩。但從在這首〈持續的虛擬〉截出來的小詩，另外命名為〈空問〉：「昔日傷疤，貼成舊相薄／沒有剪影能豐腴立體，長出骨肉／碎裂的面具／如何讓舞臺燈光修補」[10]將原詩鋪陳傷逝主題的一段單獨摘出，失去了主角在窗前惆悵的鋪陳，也看不到最後點出思念對象的全貌，形成詩中思念的主體與客體無從考察的狀況。可以說組合軸上的指涉功能已經減低，而推動話語的則是聯想軸上的語彙。傷疤無法貼進相簿，因此傷疤是傷心往事的借代。同樣的，剪影固然不能豐腴立體長出骨肉，面具也不能透過舞臺燈光修補。這些不合邏輯的描述，都是透過剪影跟面具來比喻停留在逝去的時光中那些不能再改變的回憶。就閱讀上，並不會導致無法理解的狀況，而且可以更清楚地看到選擇軸上對等關係投射在組合軸上的狀況，更清楚

9　靈歌《靈歌截句》（臺北，秀威，2017），頁74、75。
10　靈歌《靈歌截句》（臺北，秀威，2017），頁72。

地看到話語的詩功能，不失為一首精彩的小詩。由此可以知道，截句的操作是可以成立，而且能創造出獨具詩意的精采小詩。

而在《靈歌截句》集中，有「原詩截句」一輯，屬於從舊作中截錄單獨成詩的截句，在編排上選擇讓新舊作並陳。此外另外有「小詩截句」，頭九首小詩則附上靈歌自己的解釋。而從原詩到新成的小詩之間，在小詩與詩人的夫子自道之間，正符合雅克慎討論隱喻與旁喻的展現。

三、旁喻與隱喻－靈歌截句的兩種展現

白靈在談大陸截句詩叢的時候，提出了覺得美中不足之處，並且提出改進之道：「唯其一方面並未標注出處或附上原作，一方面也未標識詩題，如此所出截句詩集乃成了片語斷章，較為隨興，或有供讀者隨意翻閱之便，卻難知創作之原委。而截句一詞其實自古有之，與絕句一詞相當，今既增其一至四行的彈性、及可截舊作的模式，又欲繼古來傳承，則當有一首詩的模樣，因此詩題（編號也算）及完整度即成了臺灣提倡截句時的基本要求。」[11]於是臺灣的截句詩叢，要求截出的小詩需附上新詩題，成為可單獨視之，擁有自己生命的一首新作品。這麼一來，在原詩與截句之間，也形成了若即若離的關聯性，而這種關聯性恰可透過雅克慎的符號學詩學詮解其妙處。

雅克慎的詩學明確點出詩功能來自於乃把選擇軸上的對等原理加諸於組合軸上，也就是組合軸上話語的建構不在侷限於毗鄰原則，也可以用類同原則來選擇詞彙。從這裡雅克慎歸納出旁喻與隱喻兩種發展詩功能的方法。古添洪說：「在某一意義而言，無論是隱喻關係或是旁喻關係都應該是回歸到話語本身的一種安排；從這

---

[11] 白靈〈從斷捨離看小詩與截句－由臺灣到東南亞到兩岸詩的跨域與互動〉30期《臺灣詩學學刊》（2017／11／01），頁99。

個角度來看，應是一種『詩功能』的表達。」[12]文中所謂的隱喻也就是，喻旨與喻依之間遵守毗鄰原則，例如部分與整體，抽象與具體，喻旨與喻依二者間有關聯性。旁喻則是喻旨與喻依遵守類同關係，二者不相關，卻有某種特徵相類似，而能連結。雅克慎說：「隱喻與旁喻的相互競爭可見於任何象徵行為裏；行諸個體之內或形諸社會之內的象徵行為皆如此。因此，在探討夢之結構時，關鍵性的問題乃是夢中所見之象徵記號輯其一個接一個的組合是基於毗鄰－這就是佛洛依德的旁喻性格的『換位』（displacement）與提喻性格的『濃縮』（condensation）－還是基於類同－這就是佛洛依德的『同一』（identification）與『象徵』（symbolism）。佛萊則（Frazer）把各種物我相通的魔法所據的原則歸分二類：一則基於類同原則，一則基於毗鄰原則。前者像被稱為『同營性』（homoeopathic）與模仿性的魔法，而後者則被稱為『接觸性』（contigious）魔法。」[13]以這樣的角度來看，《靈歌截句》集中的「原詩截句」一輯，應該屬於「隱喻」因其屬於整體與部分的關係。「小詩截句」的「自解」則應該視「旁喻」，因為詩文字與解釋文字截然不同，但在內容上會有共通之處。但是細讀之後就會發現，在看似理所當然的區分當中，還是可以看出隱喻中的旁喻及旁喻中的隱喻，也正吻合雅克慎所說，在聯想軸與組合軸之間激盪出來的各種可能性。以下分別討論：

（一）隱喻中的旁喻：原詩截句的對比

在絕大多數的時候，絕句與原詩的關係，較像是部分與整體的借代關係。例如這首截句〈公義〉：「如果，黑白經由虛擬／佔領，分配所有／你支付了彩虹／連夢，都無法擁有」[14]這首小詩以

---

[12] 古添洪《記號詩學》（臺北：東大，1984），頁95。
[13] 古添洪《記號詩學》（臺北：東大，1984），頁97。
[14] 靈歌《靈歌截句》（臺北，秀威，2017），頁76。

顏色作為對比的主題，人生在世難以逃脫鬥爭，總難逃脫選邊站的
逼迫，在荒謬的權力傾軋當中，無力改變大局的小人物，往往付出
了所有人生代價，卻又失去一切，一無所有。而原詩分作兩段，每
段以「如果」開場，讓全詩較像一則寓言，沒有直接肯定的結論。
〈公義〉的內容是主要詩的第二段，少了第一段的鋪墊，原詩〈無
所求〉第一段如下：「如果／世界要你自口袋／掏出什麼／你付出
所有／依然無法自邊界／安然度過」[15]更清楚地點出身不由己的狀
況，原詩與截句之間旨趣相同，只是原詩較完整有鋪墊，截句則較
直接切入重點。二者的關係更接近提喻（synecdoche）關係，〈無
所求〉有理念的描述，再加上顏色的強調。〈公義〉則是只突出顏
色這個特徵，放棄了理念陳述，讀者還是可以在其中讀出理念。

　　但是從原詩當中截選出的截句，會因為切斷前後脈絡，以及自
成一格的意象群，而形成與原詩截然不同的走向，但卻又會隱約幽
微地呼應了相同的主題。例如這首〈重圓〉：「我在原地空轉／想
把粗糙的磨平／／丘陵中的池水，即使碎了／每一片還是明鏡」[16]
詩中的「我」，努力磨平某種粗糙，會讓人聯想到後兩句的池水是
否就是詩中的我所磨的明鏡之事。而馬祖道一禪師有一著名公案，
學僧靜坐參禪圖，馬祖道一便磨石作鏡，學僧疑惑地反駁磨石豈可
成鏡，道一反詰那打作豈可成佛，點醒學僧開悟。明鏡又能讓人想
起六祖慧能的「明鏡亦非臺」一句。在從結構來看，我之磨鏡與閃
爍池水兩者不相干，不加說明的並置安排，則產生蒙太奇的鏡頭效
果。截斷前後脈絡後，加上相關意象，這首詩呈現出禪詩一般的風
格。由於篇幅太少，讀者未能從其指涉、抒情、感染層面有更多線
索，反而更聚焦在話語的本身，欣賞全詩的意象關係。

　　倘若比對原詩，可以發現旨趣完全不同。原詩題目為〈擁
有〉，全詩如下：「過快的時間／由你矯正／／我在原地空轉／想

15　靈歌《靈歌截句》（臺北，秀威，2017），頁。
16　靈歌《靈歌截句》（臺北，秀威，2017），頁40。

把粗糙的／磨平／／丘陵中的池水／即使碎了／每一片還是明鏡／／在快慢中調整／在凹凸中摸索／屬於自己的／每一天」[17]從原詩來看，詩中給出時間、空轉、調整、矯正、凹凸等詞彙，讓讀者可以抓住鐘錶的意象作為主軸，從「由你矯正、我在原地空轉」兩句，可發現這是透過手錶的自述，與擁有者的「你」的對話構成全詩內容，一方面感嘆時間飛逝，無從改變被時間所支配的人，只能努力運用所有擁有的時時刻刻，求無悔的一生。〈擁有〉基本上呈現積極進取的人生觀，對時間的珍惜。〈重圓〉一方面描述努力，一方面卻跳躍了一個抽象的浮光掠影的畫面，對人的努力是否能獲得對應的報酬有更多懷疑，卻有更多宗教哲學面向的省思。

又如〈無法碰觸的昔日〉：「霧隔開我們，隔一條船無岸／有人喊我，全新的名字／無法碰觸，都只剩光影了／我還那麼堅持」[18]這裡的我們，並沒有線索指出我跟誰是「我們」，也許是具體的某人，也可能是某種抽象的狀態，例如青春、或者如詩題所指出的昔日。之後「全新的名字」跟「無法碰觸」，都可以跟昔日呼應，最後一句「我那麼堅持」顯示詩中敘述者仍然堅持其目標，雖然詩中看不出所堅持目標為何，留給讀者猜測。

而回到原詩來看，題為〈隔世重返〉，較清楚的指出追尋的目標是「妳」，因此可以確定此詩為歌頌愛情的大方向。另外用電影的換場來比喻輪迴轉世，又用輪迴轉世當成兩個已分手的戀人間散而復聚的感想，靈歌在最後一段這樣描述：「冰天雪地／有獵狗的鼻子追逐／我連光影都不是了／除了尋妳剪輯過的畫面／被丟棄的畫面／狗螺悲鳴中／等著彩蛋預告／重返的下一回」[19]前世的回憶都已變成不具意義的斷片畫面。上完字幕之後的彩蛋，是為了預告下部片的劇情，也暗示輪迴之後二人來世的新劇情。全詩是用了兩套

---

[17] 靈歌《靈歌截句》（臺北，秀威，2017），頁41、42。
[18] 靈歌《靈歌截句》（臺北，秀威，2017），頁62。
[19] 靈歌《靈歌截句》（臺北，秀威，2017），頁64。

意象系統交集在對「妳」的追尋而不可得，呈顯出較繁複的美感。

從全體中切割出來的部分，竟有如此截然不同的思考，一方面是靈歌的巧思，一方面也是截句的巧妙。

（二）旁喻中的隱喻：小詩截句與自解的關聯

在《靈歌截句》中，另一個有趣的編排是，小詩截句的前九首小詩，附上靈歌的解釋，夫子自道當然能幫助讀者更清楚知道詩人的意圖。如果用雅克慎的詩學來說，就是一種隱喻發展。詮釋詩的自解，是以散文寫成，具有詮釋詩作的作用，在六功能當中，屬於感動與指涉功能。而詩是詩功能最顯著的話語，不用顧及溝通、指涉等功能，可以說是異質的兩種文字。但是在這兩種文字當中，詩表現其自身，自解則是詮解詩的涵義，因此二者之中又有共通處，也就是詩的旨趣。例如這首〈春天〉：「把我僅有的翅膀剪下／貼上你的背／我們都是哭泣的蝴蝶」[20]詩中的「我」犧牲了自己的翅膀，也要讓同伴獲得自由，但是雙雙都哭了。最後一句「我們都是哭泣的蝴蝶」表示作者是拿蝴蝶來比喻某種情境，而非真的寫蝴蝶。在我們的閱讀經驗中，關於蝴蝶的悲劇情境最著名的莫過於梁祝的典故。以靈歌的詩人自解來比對，即可發現同樣的思路。靈歌說：「情詩中蝴蝶的意象，以梁祝的化蝶最為淒美。春天屬於百花與蜂蝶爭豔，正是人生中最美好的節令。然而，雙宿雙飛卻僅有一對翅膀，而無人願意獨飛。寧可剪下翅膀貼給對方，二人都無法飛越悵然人間，為自己為對方的真情與命運而哭泣。還有什麼，比這樣的春天更讓人悲傷？」[21]

詩並非是明白傳達想法的語言，詩的本身其語言的結構就值得欣賞。因此古云詩無達詁，不懂其含意不見得不能欣賞這首詩。例如這首〈發現〉：「行數越壓縮／字更精簡／忘了自己與別人／之

---

[20] 靈歌《靈歌截句》（臺北，秀威，2017），頁91。
[21] 靈歌《靈歌截句》（臺北，秀威，2017），頁92。

間的距離」[22]從行數與精簡來說，應該是想表達寫詩需求精煉，但是接下來兩句，卻跳開寫詩這件事，改談人與人的距離。兩者並沒有表面上直接的連結，二者間應該有某種共通點，這是類同聯想。到底這個共通點為何，靈歌給讀者一個理解的定向：「小詩與長詩的距離如天壤，緊抱自己的長處，精煉再精煉，直到忘了人的存在，忘了有形無形的距離，你會走出寬廣的天地。寫詩如此，做人也一樣。」[23]原來寫詩求精煉，簡至極簡，全心追求詩意的鍛鍊，自然忘記要跟他人比較。至此，寫詩跟做人一樣，專注朝自己的目標前進，忘記了時時要跟人比較競爭的心理距離，才能獲得寬闊天空。

自解既是要解釋詩而寫成，就應當是以淺顯易懂的說明文字為主，因此與詩異質而有共通點。但是靈歌的有些自解寫得也很有詩意，雖然未完全達成說明的效果，卻有以詩證詩的意味。例如這首〈O〉，全詩僅一句：「一支箭忘了靶心的飛」能夠被理解的部分太少，單此一句，可能的解釋太多。而靈歌的自解也寫得很有詩意：

> 何時被命運射出，忘了，也無從改變。
> 目標總是被弓掌控，被握住弓的手，被拉緊的弦鬆動，被睜一隻眼閉一隻眼的人瞄準，算是自己的命運了。
> 無法掙脫，卻可以忘，忘了靶心，忘了飛翔的過程。忘卻了他人的設定，就能開始為自己活，朝自己的應許之地掉落。
> 所以，忘了詩題是空心的圓，還是零的圖示，其實沒有了心，什麼都是，也都不是。[24]

---

[22] 靈歌《靈歌截句》（臺北，秀威，2017），頁99。
[23] 靈歌《靈歌截句》（臺北，秀威，2017），頁100。
[24] 截句與自解，分別出自靈歌《靈歌截句》（臺北，秀威，2017），頁87、88。

自解當然是從弓與箭的關係開始談起，但是並不是將詩當成客體去詮釋，更類似是延伸這一句的主旨，重新創作一首詩。回到雅克慎的定義上，「詩功能者，乃把選擇軸上的對等原理加諸於組合軸上。」這裡的「對等原理」的內涵是相當豐富，包含語音上、文法上、詞彙上、語句上、結構上的對等都包含在內。先從結構上看。第一段與第四段相對應，都是顯示主旨，第一段點題、第四段收束；第二段跟第三段相對應，第二段談命運不容自己決定，寫受控制不自由。第三段指出不計毀譽得失的心態，掙脫控制，活出屬於自己的自由。另外，第二段是上天決定，第三段則是以人力修為轉變看法，是命運與人為的對比。

　　再從語句上來看，第二段第一句之後，一連三句都用被字開頭，一再反覆出現，更加強調命運被人決定。而第三段則是從第三句開始，一連四句都是用忘字開頭，則是以「忘」來回應第二段的「被」。最後三句「其實沒有了心，什麼都是，也都不是。」除了有哲學層次的思想之外，也是很明顯的對等關係。只要加上適當的分行斷句，就可以是一首合格的詩。

　　又如〈簡介〉一詩：「只是想轉動一個角度／讓大家平分的光／留給我更小的圓弧」[25]透過轉動、角度、光，可以推測詩用三角菱鏡作為意象，題目為簡介，所以三角菱鏡的意象是指涉詩人自己。細讀內容，可以知道這是詩人說明自己價值觀，在期許自己更加韜光養晦，把所有光芒榮耀分給他人。而他的自解，除了有解釋原詩的作用，本身也如詩：

　　　　總覺得自己不夠藏，雖然也不鋒銳。

　　　　影子太長，轉身時踩到。太胖，無法在人群中隱匿，會成為靶，承受過多有形無形的箭。平分之前，朝自己轉動，靠近

---

[25] 靈歌《靈歌截句》（臺北，秀威，2017），頁85。

的角度。

黑暗多了，即使有粉刺，那張臉，半隱半露，神祕而立體。

第一句是將自己比喻成三角菱鏡，表示雖然總是期許自己更圓融收斂，卻忍不住天生稜角，但是要張狂跋扈，卻又不忍如此鋒銳，由此開展自己的價值觀。影子太長、太胖，都是太露鋒芒而吃過苦頭的人生歷練。最終決定將光芒分享給眾人，收斂轉入自己的世界。最後一段則是幽自己一默，在黑暗中即使有小瑕疵，也因為神祕感而被忽視了。仔細思考，第二段是說自己光芒太露，第三段則是說甘心沉潛於無光暗處，也是光與暗的對比。

若將截句與自解對比來看，原本應該是「小詩截句」的「自解」則應該視「旁喻」，因為詩文字與解釋文字截然不同，但是當自解也成為詩語言的一部分，成為原詩的延伸，彷彿又成為一種隱喻，二者有全體與部分的關係。

四、結語

長年提倡小詩的白靈延續2014年的小詩運動，在臺灣詩學季刊25周年紀念中，策劃了一系列截句活動，並發行15本臺灣詩學截句詩叢。本文希望透過「記號詩學」的角度來探究從原詩截出四行截句，詩意是否會有改變，並以靈歌的《靈歌截句》一集，作為分析的文本依據。

雅克慎提出語言有六個面向，分別是說話者、話語、受話者、指涉、接觸、語碼，分別對應抒情、詩、感染、指涉、路線、後設語六功能。話語以自身為目的，選擇軸上對等關係投射在組合軸上的狀況此為詩功能。以此為準來審視截句，我們可以發現，在閱讀上，截句可以更清楚地看到話語的詩功能，由此可知，截句能夠創造出獨具詩意的精彩小詩。

從《靈歌截句》集中，可以看到「原詩截句」一輯，在編排上選擇讓新舊作並陳。另有「小詩截句」，頭九首小詩則附上靈歌自己的解釋。兩種編排都很適合用雅克慎提出的隱喻關係與旁喻關係來詮釋。

《靈歌截句》集中的「原詩截句」一輯，原本應該屬於「隱喻」關係，因其屬於整體與部分的關係。但是在靈歌慧眼獨具的截選中，從原詩當中截選出的截句，反因切斷前後脈絡及自成一格的意象群，而形成與原詩截然不同的走向，彷彿看似不相關的兩首，卻又有著微妙的共通點，可說是「隱喻」中的「旁喻」。

而《靈歌截句》集中的「小詩截句」前九首附上的「自解」則應該視「旁喻」，因為詩文字與解釋文字截然不同，但在內容上會有共通之處。但是靈歌寫自解時，滲入了詩語言，當自解也可視為一種「以詩論詩」的時候，自解成為小詩的延伸，二者形成全體與部分的關係，彷彿又成為一種隱喻。透過符號學詩學的角度來思考，可以發現截句與原詩，截句與自解之間有著各種微妙的喻況關係可以思考。從中可以看到，一方面是靈歌截選截句及詮釋詩作的匠心獨運，一方面也是截句作為一種創作技巧的巧妙之處。

會心一笑的截句與閃小詩
——兼以《菲華截句選》為例

王　勇

菲律濱馬尼拉人文講壇執行長

摘　要

　　此文以當前興起的「閃小詩」、「截句」為例，探討從「閃小詩」最基本的六個美學特徵：一、靈光閃現，二、借題發揮，三、哲思禪性，四、興詩問道，五、舉一反三，六、戲劇張力。證之於「截句」，具有異曲同工之妙。同時例舉《菲華截句選》諸位詩人作品，揭示從兩岸掀起創作風潮並波及東南亞華文詩壇的「截句」，正以「凡存正的，必是正確的」事實，證明：時代呼喚截句，截句也將不負時代！

關鍵字：閃小詩、截句、菲華截句

一、

　　我在2012年出版《王勇小詩選》，書封標示「閃小詩系列」，至今已出版五本閃小詩詩選，連同已整理成書，或正校閱、或已付梓的還有七本，其中《王勇截句》是七本之一，也是第一本以「截句」名稱出版的小詩選集。

　　我從不諱言，受到以六百字內的「閃小說」與由臺灣著名詩人林煥彰宣導的六行內（含六行）「小詩磨坊」的影響和啟發，提出六行內（含六行）、五十字為上限的「閃小詩」名稱，不但恒常身體力行的進行探索與創作，更想方設法大力對外推廣。

　　直到臺灣著名詩人白靈、蕭蕭、蘇紹連等在臉書發起四行內（含四行）的「截句」競寫，與我的「閃小詩」理念不謀而合，便率先在菲律濱華文文壇落力薦介，並向東南亞華文文壇幅射。期間，寫了數十篇有關「截句」的評介、感想之類的專欄文章，更在菲華報刊正式冠以「截句」欄名薦刊許多截句詩。

　　臺灣截句，有詩題；大陸截句由蔣一談詩友首倡，不設詩題。這是最明顯的差別。而我宣導的「閃小詩」與其他六行內的詩樣式，最明顯的差別是我定了五十字的上限，這是為了與小詩百字為限作一個區隔，強調比小詩更簡約的靈光閃現。

　　由於我與兩岸截句宣導者與推廣者都有直接接觸，又認可其與「閃小詩」的美學完全契合，況且六行內的閃小詩只需略為調整詩句排列，便是四行內的截句，於是我近兩年刻意把閃小詩寫成以四行為上限，符合截句規制，同時在東南亞與兩岸互為呼應截句熱潮，尤其是臺灣截句詩群。從中我發現，這種極其精簡的微詩新樣式非常適合在海外推廣，有助現代詩人與寫手切入，對普及現代詩會有頗大的拓展與促進優勢。

　　我的七本待出版的閃小詩詩選中，有三本是截句，所以我同時

用「閃小詩」與「截句」兩個名稱互為助力持續地推廣微詩運動。而我的截句全部新創,沒有截自舊作。因為,我是用工作之餘的邊角時間,爭分奪秒地手書與儲存在智慧手機上。這要感謝科技的創新發展,讓當代詩人只要一機在手,無紙無筆、隨時隨地都能夠寫詩、改詩,也正是這種便利的模式助我高產量的取得創作成果。

對於截句的偏愛,另一原因是我對漢俳這種仿自俳句的名稱感冒,中華詩學浩瀚無邊,何需移用他國概念與名稱?因此,截句的橫空出現,正合我意,自發助推,無怨無悔。截句詩作為微詩中日漸響亮的名號,吸引著越來越多的創作者,時間會證明:「凡存正的,必是正確的。」哪怕截句只是時間的過客,又有何妨?成長的過程與經歷才是最寶貴、最有意義與最有價值的。

截句,是生命的頓悟,是心靈的閃光,是宇宙的詩眼。我在截句書寫過程中提煉我對文字、詩句、隔行、分段乃至意象、巧思等的高度鍛練,對我所有書寫樣式都帶來全面的影響與改善,可謂牽一髮而動全身,受益之多自有體會。然而,「閃小詩」與「截句」書寫,並沒有妨礙我對中、長詩的創作。一個詩人,最好能夠做到各種詩體兼擅,就像練習金庸的「百家錯拳」一樣,多多嘗試,就會多打開一扇視窗,集眾家之長而創出獨門絕招。

時代呼喚截句,截句也將不負時代!

二、

當下是一個閱讀圖像化、碎片化、網絡化的時代,尤其處在世界華文文學邊緣的東南亞國度,一切以商業為馬首是瞻,文學、文化並沒有受到應有的平等關注與重視,華文文學更是處於自生自滅、逆境圖強、逆流而上的艱難境遇中,幾乎不存在專業華文作家,絕大部分作者都是以業餘愛好從事創作。

東南亞的華文小詩之所以興盛,林煥彰功不可沒,他早先在

泰國《世界日報》「湄南河」副刊設立每日一首「刊頭詩」的醒目詩專欄，以此在東南亞華文詩壇推廣六行（含六行）規制內的小詩，並鼓勵泰華詩詩籌組「小詩磨坊」的雅集群體，積極從事小詩創作。受其影響與鼓動，我曾配合在菲律濱踐行過「菲華小詩磨坊」；由於磨坊形式更像一個小群體而非詩樣式，在推廣時有過諸多限制，諸如參與詩友的名額等，於是我便從最先在東南亞倡導、推廣的新興漢語「閃小說」這種精短文學樣式入手，整合兩者特長，總結並提出「閃小詩」這一名稱。

「閃小詩」與「截句」並無差別，雖然前者限定六行內，後者上限為四行；但「閃小詩」以五十字為限，很容易精簡成四行內，為了參與「截句」詩潮的推廣，我把「閃小詩」書寫規範在四行內，以便符合「截句」的要求，創作起來如魚得水，毫無障礙。因為同祥強調極簡、至簡，卻不是簡單或單一，而是極簡主義生活方式在詩意空間的具體落實。極簡是一種超越、超脫的瞬間性自我完成，是通過靈視對自身的再認識，是藉由「以戒為師」的自我規範後，重新對自由的再定義。

現在世界上正在興起一種極簡的生活美學，希望從中獲取最大的精神自由。證之於文學，證之於現代詩，我選擇用「閃小詩」與「截句」來呼應，來記錄自己對庸常生活的靈光感受、感悟與判斷。

我堅信生命激情、生活積累、生死感悟成就詩意人生，現代人、都市人雖然無法自外於工業化、科技化、網絡化的尖端社會，但回歸心靈與生活的極簡追求，卻是可行的。極簡生活的表達特徵是：多用名詞、動詞，少用形容詞、副詞。其實，這也即是「閃小詩」與「截句」的絕殺之技。

詩人白靈從斷捨離看小詩形式，總結出如下三個面向：「斷是絕、是切斷，但似絕卻不絕；捨是少、是捨棄，但雖少即是多；離是遠、是離開，但推遠即是近。」他認為「如此書寫模式並不易

為，一開始要常常勒住自己準備滔滔不絕的衝動，接著要從情理事物中抽離自身，以較高視野審度自己所曾經，最後只能擇一枝一葉放大顯微，所謂見微知著，明一則明一切。」

三、

我倡導的的「閃小詩」，有最基本的六個美學特徵：一、靈光閃現，二、借題發揮，三、哲思禪性，四、興詩問道，五、舉一反三，六、戲劇張力。用之於「截句」，異曲同工。

「截句」並無明規字數上限。「閃小詩」則限定五十字內，不包括標點符號，因為現代詩是可以用空格來代替標點符號的；但有時候標點符號有其特殊的使用意義。

我對「閃小詩」最看重，也是最具特色的不是靈光閃現或哲思禪性，而是「借題發揮」，順勢而為。

之前似乎極少人注意或強調，詩題出現的文字會盡量不再詩中重複出現，除非有特別作用或不可避免。而我的「閃小詩」又以擬人化的詠物為主，做到把生活中、身邊的大小物品皆可提煉成為詩的題材，聯想出完全出乎詩題的內容與寓意。這也才是平凡題材百書不厭的秘訣。

2015年4月至12月，九個月內寫了172首，輯成《刀劍笑》。2016年上半年的首五個月寫了196首，又輯成《日常詩是道》；六至八月份又寫了161首，輯為《帶著詩心走江湖》，九月至2017年的2月又創作210首，以《詩想者立場》命名。僅以以上四本詩集為例。我堅持詩興常在，詩即生活、生活即詩，這幾本詩集名稱同樣是我的詩觀點。

寫詩這些年，既有自知之明也不乏自信。即然要探索一種小詩模式，自然必需持之以恆的書寫實驗，不斷拿出成果。

當筆下、眼中、心間無物不成詩時，就可不依靠靈感也能創造

詩意。會不會有浪費寫中、長詩的題材問題，不但完全沒有，反而為我今後的中、長詩書寫準備了素材。今後只需拿出「閃小詩」／「截句」的某些意象，便可再作伸延性發揮，寫出同題的中、長詩來，這正是我決定以快速度完結一首「閃小詩」／「截句」的意義所在，即不用在繁忙的工作之餘，為了構思一首多意象的中、長詩而太過費時、費神！

四、

「閃小詩」除了靈光閃現、借題發揮、哲思禪性三個要素之外，還有興詩問道與舉一反三。

先說「興詩問道」。傳經詩歌創作有賦、比、興，也即《詩經》主要的表現手法。「賦」是鋪陳，對事物直接陳述，不用比喻。「比」是比喻，以彼物比此物。「興」是聯想，觸景生情，因物起興。這種表現手法，是詩創作的主要形象化方法，影響至今。閃小詩主要取「興」之因物起興與觸景生情的妙用，以達心與物遠的境界。

「舉一反三」乃是一句成語，意思即從一件事情類推而知道其它許多事情。《論語·述而》：「舉一隅，不以三隅反，則不復也。」後以「舉一反三」謂觸類旁通。《北堂書鈔》卷九八引《蔡邕別傳》：「邕與李則遊學鄙土，時在弱冠，始共讀《左氏傳》，通敏兼人，舉一反三。」

「閃小詩」雖是新興的小詩美學，但任何一種文學樣式的奶水無不來自傳統。

興詩問道，要大有興師動眾之勢，才能造成群詩壓境的力量。舉一反三則在庸常生活司空見慣的平凡之處，一再發現不同的奇妙轉折。

以下舉拙作五行「閃小詩」〈手電筒〉為例：「革命的槍聲

響自／天邊，一道道閃電／穿過夜色冒雨奔襲／／你卻在黎明到來前／慷慨就義」。只需把第二段兩行連成一行，即成四「截句」：「革命的槍聲響自／天邊，一道道閃電／穿過夜色冒雨奔襲／／你卻在黎明到來前／慷慨就義」。

〈手電筒〉中的閃電、黎明都是在形像地表達手電筒的光作用，但只寫小小的手電筒就沒有意思了，而是提升到革命、奔襲、就義的高度。此時，已然「道非道，非常道」了！

五、

網絡實在很便捷，我的第五本閃小詩集《日常詩是道》的一篇序言出自詩人白靈，他通過智慧資訊瞬間傳送，提供不少「閃小詩」的跨藝術點子，其中詩與書法的結合我已在嘗試之中。

八年多的堅守、嘗試、探索，經過持之不懈的踐行，「閃小詩」的第六招戲劇張力也極其精絕。六行內的「閃小詩」如何能做到戲劇效果呢？難度不可謂不大，但有難度挑戰才有趣。從「閃小說」與手機微電影中獲得啟發，短短半分鐘到一分鐘的影視片斷，就能表現一個觀後餘韻不絕的故事，是何等的匠心巧思？

最簡單的方法是舉拙詩為例：

> 六行的〈巧合〉：「愈是前排的號碼／／愈顯尊貴／為何有人擔心／對號入座／／一個股屁重重坐下／他是，瞎子」。重新組合便是四行「截句」：「愈是前排的號碼愈顯尊貴／為何有人擔心對號入座／／一個股屁重重坐下／他是，瞎子」。

> 六行的〈素顏〉：「出門前／盯著滿屋子的／面具，苦思／今天要戴哪一張／最後，素顏／／竟然顏值爆表」。排

列成四行「截句」：「出門前，盯著滿屋子的面具／苦思，今天要戴哪一張／／最後，素顏／竟然顏值爆表」。

五行的〈敲門〉：「聽到聲音去開門／門外，沒人／只有風踢落葉玩／／關門，我在門外／風在屋內，敲門」。排列成四行「截句」：「聽到聲音去開門／門外，沒人。只有風踢落葉玩／／關門，我在門外／風在屋內，敲門」。

六行的〈座位〉：「公園裡的長椅／我坐一邊／寂寞的落葉坐一邊／中間，躺著午後的陽光／／風吹，葉落／椅子翹翻」。排列成四行「截句」：「公園裡的長椅，我坐一邊／寂寞的落葉坐一邊／中間，躺著午後的陽光／／風吹葉落，椅子翹翻」。

六行的〈旅行箱〉（之二）：「你的，我的／顏色形狀都一樣／在輸送帶上旋轉／結果，你拿了我的／我取了你的，行李／／不同的旅途，該如何調換？」排列成四行截句」：「你的，我的，顏色形狀都一樣／在輸送帶上旋轉／結果，你拿了我的，我取了你的／行李。不同的旅途，該如何調換？」

戲劇張力帶給「閃小詩」／「截句」的啟發，除了親證的生活經歷，也有經歷的生活觸發，更有他者經歷的詩意聯想。而在行數上增減，並無損全詩的風貌與內涵。

六、

另一位臺灣「截句」的助推者、學者詩人蕭蕭的《蕭蕭截

句》，以全新作品而非截舊作的形式為我們全面展現其旺盛的創作力。且讀他的〈正愁予〉：「正黃風鈴木／正落下最後一首小詩／正好，我們路過／正好，我們都是這球狀體的過客」。落葉是小詩，正好落在地球過客的身上，輕重各人自知。

我特別喜歡蕭蕭的〈露珠的觀望〉：「估計那時你已抵達／茶葉的葉尖／跳，還是不跳？／／風從來不為旗子決定響還是不響」。這是一首禪意詩。晨露棲身茶葉尖，跳不跳已不是自己所能決定！我想起禪門公案，幡動還是風動，六祖慧能點出：都不是，是心動。旗響其實正因風吹，但蕭蕭卻說「風從來不為旗子決定響還是不響」，這裡的風、旗子，已非你成眼中所看到的，而是賦予了更多深層次的寓意，甚至可向政治方面聯想。

「截句」與「閃小詩」可謂一體兩面，閃、截、絕、妙，應是這兩種新樣式的精髓！

詩可以抽象，也可以真實；我選擇抽像中的真實；似幻實真。人生何其不是如此？真的難道就是永恆？永恆的只是一場夢。

寫詩三十七年的體會是，當詩與生活碰撞、交溶後產生的文字，便是一行行生命的詩。所謂的技巧，都隱藏在文字的背後，技巧的痕跡都已退位給內涵，為內涵而服務著。

詩中歲月曾有過多少風雲翻捲、雷霆電閃，紅塵滾滾，人生如流；詩人依然如中流砥柱，站在詩宇宙的中心信守自己的良知與忠魂，聆聽來自心靈深處的那一縷不絕的玄音。

明白了一個順序：詩為我生，非我為它活。

七、

菲華截句詩創作的生髮，與臺灣截句宣導密不可分，2017年年初，臺灣詩學季刊在臉書上開設《facebook詩論壇》，長期徵求截句詩作。我因在臉書上經常與臺灣詩友進行互動交流，之前也在菲

華報紙專欄上薦介大陸詩友蔣一談宣導的沒有詩題的截句，但沒有引起詩壇的反應。看到臺灣由白靈、蕭蕭、蘇紹連諸位詩友發起有詩題的截句詩，正符合我2010年開始宣導與探索的「閃小詩」範疇，內心深有觸動，覺得推動微詩書寫的機會來了，於是率先在菲華引介「臺灣截句」，接連撰寫了二、三十篇薦讀、評介截句的短文，並向東南亞華文詩壇輻射，多少獲得一些回應。

2017年年底，臺灣詩學季刊同步出版15冊截句詩集，展現臺灣大規模地提倡有詩題的截句創作的雄心。其中《臺灣詩學截句300首》收入我與和權兩位菲華作者的截句。

但凡做一項事業，必須要有企圖心與使命感，從臺灣截句的生發、崛起，我目見這份氣勢，慶幸自己趕上了潮流。今年年底，臺灣詩學季刊再度發力，將推出第二批截句詩叢，並召開截句詩學研討會，既希望截句能夠普及化更要為截句提升學術內涵。臺灣截句的領頭人白靈詩友提議把《菲華截句選》列入截句詩叢第二輯，交由我來主編。這是一個提振菲華截句創作風潮的機會，更是一個艱難的挑戰。菲華社會乃至菲華文壇相對保守，對新事物的感知與接受能力不是太敏銳，但借助外緣的引動或有可能激發？於是我在思考後答應白靈詩友交託的任務，精心擬列了十八位具有代表性的菲華老中青詩人的邀約名單，並發出正式邀請，結果十二位入列，其他沒有提供作品的作者各有原因，歸納有三：一是認為截句即屬小詩範疇，沒必要另立名目。二是自覺可列入截句的四行內的微詩數目不夠，要截取舊作又擔心破壞原詩風貌。這是完全不瞭解截句而造成的原因，因截取舊作可另取詩題，成為完全獨立的另一首詩。三是缺乏靈感，來不及創作十五首全新的又令自身滿意的截句。

最終，《菲華截句選》總算不負所望，如期付梓，感謝臺灣詩學季刊、秀威資訊公司、白靈詩友，以及諸位菲華同道，致使菲華沒有缺席這場將會載入世界華文詩史的截句運動。《菲華截句選》十二位詩友的作品，就像鑽石的十二個切面，折射出菲華現代詩多

彩的吉光片羽。書中按作者出生年順序排列，僅各引介一首分享。

　　許露麟14首，〈相逢〉：「你在嬰兒車，我在輪椅車上／偶然相逢在十字街口／你在啃小指頭／我在抓腳趾頭」。

　　吳天霽15首，〈故鄉〉：「從來沒有人能破解／嬰兒離開母體時／哭叫的訊號：／／捨不得母親的子宮」。

　　白淩14首，〈牽手〉：「牽妳小手／上船／船便忍不住／搖動整條河流」。

　　施文志15首，〈耳朵〉：「一陣風吹過來／我聽見了聲色／／黑色的黑暗／白色的光明」。

　　張子靈15首，含截舊作；〈飛閃族〉：「八荒橫空傾瀉的天籟崩裂了喧譁／漂泊的眼神頓醒／尋捕那曾出沒夢境的身影／／攔截下的奔波轉身以溫柔相望」。

　　蘇榮超20首，〈螢火蟲〉：「偽裝成為星星／在夜空中發放光芒／一隻隻謊言／飄來飄去」。

　　小釣15首，〈漢文鉛字〉：「掌心按在鉛字上／印出殷紅的中國字／那是我的血／暢流的緣故」。

　　蔡銘12首，含截舊作；〈煙灰缸〉：「堆積了一下午的思考／孤獨以及不安／／你是否／也被灼傷」。

　　椰子15首，含截舊作；〈扁擔〉：「父親的故鄉　那頭／兒子的故鄉　這頭／／我挑起　兩頭」。

　　王勇15首，〈剃頭〉：「髮際線不是三八線／無法強調：犯我者，雖遠必誅／／剃刀過處，髮落／如雪，黑白不分」。

　　王仲煌15首，含截舊作；〈時光〉：「誰是世上最美的？／不是皇后／也非白雪公主／她們只是你的一個剎那」。

　　石乃磬15首，全截自舊作；〈日記〉：「日記本中頹廢

的紙張／不再舞動一雙肆意翔翔的翅膀／這收合起來的黑暗／長眠在下一代未醒的眼睛」。

八、

截句，截出截然新貌的詩秘玄境。

截句，是心靈鐳射、詩中舍利！

截句：生命的頓悟，心靈的閃光，宇宙的詩眼。

詩中截句，你截我截，截截不絕的詩意貫穿時空。

截古截今，截出電光石火的柔情，截出石破天驚的俠骨。

寫不盡的截句，截不斷的詩意，句斷詩連，詩的再生緣。

菲華截句，既已起程，當再揚蹄躍進，逐鹿詩壇！

2018年11月3日

參考文章

1. 白靈，〈從斷捨離看小詩與截句——由東南亞到兩岸詩的跨域與互動〉，《新詩跨領域現象》（臺北：秀威資訊科技股份有限公司，2017）。

2. 王勇，〈閃小說與閃小詩的詩意互動〉，菲律濱《聯合日報》辛墾副刊，2016年12月16日。

3. 蕉椰，〈閃截絕妙〉，菲律濱《世界日報》蕉椰雜談專欄，2018年4月2日。

《尹玲截句》的時間結構敘事

葉衽榤

摘　要

　　截句為臺灣新興現代詩體裁，短期內出版了數十本截句詩集，雖然發展性與影響力仍有待觀察，但已有相當數量的詩人「玩」截句，某種程度上亦蔚為詩壇風尚。本文以《尹玲截句》為對象，分析尹玲截句詩作的幾點殊性與特質。以文本細讀為研究方法，以詩作之時間、結構與敘事之彙整為研究取徑，得出以下結論：尹玲詩作過去被視為以戰爭詩與旅遊詩為大宗，《尹玲截句》雖仍不離這樣的特性，並眾多截句中均標記了時間，但卻更突顯一個重要的時間意象「永恆」；截句雖為輕薄短小的體裁，但在四行以內的尹玲截句，在詩作結構上仍進行了一定比例的「分段」；在具有「時間」與「分段」的截句詩作中，最末句強力呼應了詩題。「截句」定義或許目前仍眾說紛紜（或姿身未明），但尹玲截句已獨樹一幟的玩出了別緻風格，展現截句未來發展的可能潛力。

關鍵詞：時間、結構、敘事

一、前言：「迷」與《尹玲截句》

　　詩人尹玲本身的生命歷程艱難，身受中國、法國、越南與臺灣多重文化影響，創作具多重文化交織之特色。尹玲，本名何金蘭、何尹玲，中國廣東大埔人。出生於越南美萩市。國立臺灣大學中國文學系國家文學博士、法國巴黎第七大學東亞研究所文學博士。目前為淡江大學中國文學學系榮譽教授。[1]尹玲著有詩集《當夜綻放如花》、《一隻白鴿飛過》、《旋轉木馬》、《髮或背叛之河》、《故事故事》，散文集《那一傘的圓》，學術專書《文學社會學》、《法國文學理論與實踐》，翻譯小說《薩伊在地鐵上》、《法蘭西遺囑》、《不情願的證人》等。[2]尹玲專長為文學理論、文學社會學、現代文學、中法文化、越南文化，文學創作主要為現代詩。曾以伊伊、徐卓非、阿野、可人、蘭若、櫻韻、故歌、苓苓、玲玲等二十多種筆名發表作品。儘管尹玲本身充滿傳奇經歷，創作也具有特殊成就，然而學界與評論界對於她的關注與熱度顯然不足。

　　先從學位論文來看，以尹玲為主題的論文目前僅有三本。余欣蓓〈從戰火紋身到鏡中之花──尹玲書寫析論〉[3]以戰爭、翻譯、文化認同等議題為切入點，以尹玲的文本閱讀為主要的進路，「戰火紋身」與「鏡中之花」皆出自尹玲詩作。余欣蓓認為戰爭、命運、存在等顯示尹玲的生命歷程與轉變；凌靜怡〈尹玲戰爭詩及旅遊詩研究〉[4]奠基於尹玲受到中國、法國及越南等文化影響，因此

1　參考淡江大學中國文學學系網頁，網址：http://www.tacx.tku.edu.tw/info/14，最後瀏覽日期：2018年10月29日。
2　整理自《尹玲截句》內摺作者介紹，尹玲，《尹玲截句》，臺北：秀威資訊，2017年，內摺。
3　余欣蓓，〈從戰火紋身到鏡中之花──尹玲書寫析論〉，臺北：淡江大學中國文學系碩士論文，2006年。
4　凌靜怡，〈尹玲戰爭詩及旅遊詩研究〉，臺北：淡江大學中國文學系碩士論文，

針對其詩作中的多元文化展開經歷分析，並且從旅行的角度解讀詩作中的風土人情。這邊學位論文主要探討尹玲戰爭詩及旅遊詩，並針對尹玲的生命經歷展開論述，讓其時代背景與寫作產生連結。本文結論則認為，尹玲的戰爭詩是和自己的對話，旅遊詩是和世界的對話；劉如純〈尹玲詩作詞彙風格研究〉[5]比較特別，將文本中的詞彙依重疊詞、顏色詞、量詞與外來詞」分類，主要研究對象為尹玲的戰爭詩和兒童詩。並指出尹玲善用AA式與AABB式疊音詞的創作方式，以及大量使用事物量詞，讓讀者能經由閱讀感受豐富視覺畫面。

而在學報、期刊、雜誌與詩刊方面，對於尹玲的討論亦不算多。《藍星詩學》有8篇，《臺灣詩學學刊》有7篇，《葡萄園詩刊》有2篇，《創世紀詩雜誌》有2篇，《文訊》有2篇，《黎明學報》有1篇，《現代詩》有1篇，《臺灣文學研究集刊》有1篇，《乾坤詩刊》有1篇。統計以上共有25篇，並且是評論、介紹與研究的總計。至於上述刊物對於尹玲詩作的分析，主要仍集中於討論尹玲的戰爭詩與旅遊詩。而在此中，詩刊、詩學刊對於尹玲的討論又佔了絕大多數，可以想見學術界對於尹玲研究的開拓仍相當冷感。相較於學界的冷度，反而能突顯出尹玲對於詩創作的熱度，也參與了新詩的截句出版運動。

尹玲認為每個詩人都有自己對截句詩此一體裁的理解，並在認識這個體裁後，也都發展出自我論述與「表現」截句的方式和技巧。從尹玲的觀點來看，截句詩本身確實仍在發展中，定義也較其他文類或文學體裁更不穩定。因此，尹玲也思索自己在旅行與流浪路上而停駐下來所創作的文學作品：「能否也勉強算『截句詩』，或其實只是回憶起兒時遊戲的另一種不同作法之『截句』？或另一

2013年。

[5]　劉如純，〈尹玲詩作詞彙風格研究〉，國立臺中教育大學語文教育學系碩士論文，2015年。

種竭句、節句、潔句、結句、絕句？」[6]甚至，還思考這樣的創作方式，會不會只是偶然的，有如遊戲一般的「謎」。然而，由於尹玲本身生命歷程之複雜影響，加上創作有著多元文化的交織，其截句詩雖為具有玩詩的謎之趣味，但也同時具有著「迷」人的，可讓人玩味探索的特殊性質。

近來，在臺灣詩壇所興起的截句運動，為《臺灣詩學》詩人群所推動。臺灣截句運動的靈感與起源，緣自於小說家蔣一談的《截句》一書。蕭蕭認為現代截句類近於古典詩中的絕句，主要為追求更精煉與凝縮的小詩。[7]在這波截句運動當中，《臺灣詩學》自詩社同仁現代詩創作中，陸續出版了十多冊的截句詩集[8]，《尹玲截句》便為這波出版詩集之一。目前提供截句閱讀法的，當為卡夫《截句選讀》。[9]當中以精讀與簡讀方式閱讀截句，並提及截句的定義。[10]本文則以文本細讀與彙整，透過時間、結構與敘事，閱讀尹玲截句詩作。

二、時間結構

文學文本的時間是雙向的體驗時間，文學文本在生產過程中有著時間的發生，也接受視域由讀者承受時間而展開生成時間。因

---

[6] 尹玲，《尹玲截句》，頁15-16。

[7] 蕭蕭如此敘述截句：「兩岸的截句觀，其實都仿效近體詩的「絕句」詩體，要求詩味周全、詩句凝鍊，也不妨簡潔、直接、突破傳統拘限；詩句規定在四行以內，可以發展為相對理念的思辨，也可以舒放為靈光一閃的微妙體驗。」詳見蕭蕭，〈截句作為一種詩體的形成進程〉，《吹鼓吹詩論壇》第30期，2017年9月，頁118-128。

[8] 這十二冊截句分別為：《蕭蕭截句》、《白靈截句》、《靈歌截句》、《葉莎截句》、《尹玲截句》、《黃里截句》、《方群截句》、《王羅蜜多截句》、《向明截句：四行倉庫》、《蕓朵截句》、《阿海截句》、《忍星截句》。目前《臺灣詩學》陸續規劃出版截句詩集，截稿前之資訊為約有十五冊。

[9] 卡夫編著，《截句選讀》，臺北：秀威資訊，2017年12月。

[10] 卡夫：「所謂『截句』，四行以下之詩，可以是新作，也可以是從舊作截取，深入淺出最好，深入深出亦無妨。」詳見卡夫編著，《截句選讀》，臺北：秀威資訊，2017年12月。

此文學文本以作家的時間體驗為引導，又受到讀者再體驗時間的生成，最終以文本的「敘述」定下異在時間。[11]長久以來文學文本的時間被視為創作者的產品，以作者為導向的文學文本時間標記。文學文本為作者與讀者匯流河流，時間是雙向的體悟結果。

《尹玲截句》裡標示的時間有春夏秋冬等四季，也有年代，亦有晨昏。這些時間標記的並非只是單純的數字，從讀者的角度來看，其背後背負著巨大的傷痕，為帶有傷痛的積極時間意義。例如曾經歷過越戰的尹玲，於詩劇中出現的詞彙「1968」和「六〇年代」等這些時間點，就充滿了痛苦記憶，在時間甬道裡黏著傷痕與感概。

〈想我六〇年代〉：「想我六〇年代／有一種明確的不確定性／執著地貫徹／流過」[12]顯露出對於時間的懷疑與自我的不確定感。

又如〈橙縣的那小西貢〉：「不是橙／那小西貢啊／正是二十年越戰血花開在搶托上／另一品種的戰利果」[13]控訴了戰爭的血淚。

〈一九六八戊申南越〉：「騰空一躍／孫悟空把昨宵的羔羊／在沖天的柱柱鞭炮中／化成漫天翻飛的灰」摹寫了越戰中南越的煙硝情景。[14]這些時間的呈現不在於時間本身的標記，而在於戰爭、痛苦與人類在戰火中的苦難。有著這樣煉獄的生命歷程，當尹伶遇上了現代戰火時，也標記了時間，將戰爭的煙硝銘記在時間裡。

〈在敘利亞的KRAK DES CHEVALIERS〉：「1985年碉堡上的你望向八公里外的貝魯特城／那時你的黎巴嫩朋友只有逃亡他處／2012年在同樣的　碉堡上，你問所有的神：／我原在敘利亞裡的朋友們是否正逃往貝魯特或土耳其？」[15]在戰火紋身的時間裡，亟欲

---

[11] 馬大康、葉世祥、孫鵬程著，《文學時間研究》，北京：中國社會科學出版社，2008年12月1日。
[12] 尹玲，《尹玲截句》，頁84。
[13] 尹玲，《尹玲截句》，頁89。
[14] 尹玲，《尹玲截句》，頁91。
[15] 尹玲，《尹玲截句》，頁108。

脫逃戰場，卻逃不了充滿痛苦記憶的時間。

　　或許這種不斷在固定時間的回憶，是一種永劫回歸。在《尹玲截句》使用「永恆」這樣時間觀的頻率高。〈舞入永恆〉、〈我留在Palmyre的〉、〈進入永恆〉、〈ISPAHAN〉、〈在永恆的茫茫〉、〈髮色〉、〈永恆翻譯永恆〉等都在詩題與內容上觸及了「永恆」的時間觀。〈永恆翻譯永恆〉：「翻譯是你從小註定的一生運命／自此國翻成彼國自故鄉譯成那鄉／從殖民變為外邦從實有化為虛幻／一出生即已永恆」[16]昭示了永恆在翻譯的各式各樣的「永恆」，持續在國與國之間、不同的故鄉之間翻譯著差異、苦旅與傷痕，在不同的文化之間永遠的翻譯、理解與體會，這種永恆接近於命定觀，因此說「一出生即已永恆」。即便如情詩〈進入永恆〉：「我是沙你是浪潮／濡濕我捲緊我／進入永恆」[17]，亦以命中註定的觀念詮表現永恆。《尹玲截句》中的時間，其內在結構是無法自命定脫逃的永恆隧道。

　　《尹玲截句》的七十一首詩裡，有四十八首詩觸及時間，當中又有十一首詩與永恆、永遠、雋永等有關。由於截句有部分詩作乃是截自原始較長的詩作，因此當永遠這樣的時間概念，被從原始的詩句或文本中截出來時，事實上是突顯一種重要的敘事意圖。所謂的時間的結構是時間的政治，也是時間的版圖或空間。在尹玲詩作的永恆裡，命定論與宿命感充滿了整個空間，閱讀這樣的詩作，在情感上泰半呈現無奈、無助或虛無的狀態。

　　至於沒有直接點出時間的二十三首截句，恐怕也並非是不重視時間的詩作，而是將時間隱密在詩句背後。找不到時間點的詩作，在閱讀上，也讓人有一種永久恆常都是如此的感覺。時間原本即是一種透過人的感覺賦予意義的標記，文學文本的時間帶有更多令人可體悟的哲學、思想、情感與文化意義。

---

[16]　尹玲，《尹玲截句》，頁104。
[17]　尹玲，《尹玲截句》，頁71。

三、結構敘事

截句的形式特色為簡潔，精煉與短小。截句除了呈現出時間的標記，以及在作者與讀者共同閱讀體悟的時間感之外，由於截句的結構與規範，也使得讀者閱讀時間大幅縮短。在閱讀上輕快而不耗力，因此還帶有一點讓現代詩更大眾化而易讀的企圖。[18]截句形式與現代詩無異，內容與表現方式均相當自由，僅有規範需限制在一行至四行。

白靈敘述截句的興起：「一直到2015年底大陸小說家蔣一談橫空標出『截句』一詞，將一行至四行小詩全涵蓋其中……」[19]因此在結構上，截句就是四行之內的小詩。

然而，此時不免有個問題產生。一般多行詩或長詩均因為各種創作與閱讀因素，而在結構上有分段的情況。截句僅四行之內，部分詩作又是從原本的篇幅較長的詩作變化而來，那麼，截句是否仍有分段的動作，若在結構上有進行分段，那麼有進行分段的截句之情況與比例又如何？以此想法觀察《尹玲截句》：

表1：《尹玲截句》詩作分段統計與比例表

序	分段類型	數量	比例
1	4	37	52%
2	2+2	12	17%

---

[18] 蕭蕭敘述：「根據主事者白靈（莊祖煌，1951-）所寫的置頂文字，所謂『截句』，一至四行均可，可以是新作，也可以是從舊作截取，深入淺出最好，深入深出亦無妨。截句的提倡是為讓詩更多元化，小詩更簡潔、更新鮮，期盼透過這樣的提倡讓庶民更有機會讀寫新詩。顯然，推廣截句，白靈的用意在喚醒愛詩的心靈，所以發揮『截句』之『截』，可以回頭檢討自己的舊作，精簡詩句，抽繹詩想，也因為詩篇限定在四行之內，所以能有效誘發新手試作，容易在快速簡潔的語言駕馭中攫取詩意，獲得創作的喜悅與信心。」詳見蕭蕭，《蕭蕭截句》，臺北：秀威資訊，2017年，頁10。

[19] 白靈，《白靈截句》，臺北：秀威資訊，2017年，頁11。

序	分段類型	數量	比例
3	3+1	10	14%
4	1+3	5	7%
5	3	3	4%
6	2	2	3%
7	1+2+1	1	1.5%
8	1+1+1	1	1.5%

　　表1顯示《尹玲截句》中不分段的四行詩有一半以上的比率，其次為分為兩段的兩行+兩行之結構，再次之為分為兩段的三行+一行之結構。這三種結構，占了《尹玲截句》八成以上的截句結構組成。由此可知，截句仍有分段落的情況，這可能是為了讀誦語氣與整體氛圍的營造，也在敘事展現上突顯截句雖已是極簡小的詩作，但仍有其多種段落變化。不過，也由於篇幅短小的關係，仍然以不分段的四行詩為最大宗。

　　不過，尹玲的創作多元而活潑，因此在文本與句子排序的結構上有多達八種組合形式，呈現靈活的敘事策略。

　　陳政彥在《臺灣現代詩的現象學批評：理論與實踐》點出詩的時間、空間與想像的主體與客觀性：「時間與空間看似客觀世界的屬性，但其實是意識主體能夠意向意識客體的基本範疇，任何意向活動其實都是建築在時間與空間上。此外，想像又是最特別的一種。」[20]由於無法隸定文學文本裡的時間究竟是真實客觀的時間，或是主觀的時間投射，抑或是想像的虛構時間，因此可能也不能完全將文學作品所呈現的時間，視為作者傳達意念或思想的方式。因此文學作品本身，會建築在文辭、結構、句法或想像之中。

　　僅有四行的截句，如何很快的在文本結構中呈現出時間感？或許尹玲就透過對於詩作本身的感覺，予以分成八種類型的結構，並

[20] 陳政彥，《臺灣現代詩的現象學批評：理論與實踐》，臺北，萬卷樓，2012年，頁78。

從這些結構呈現出時間上的複雜情感。以十一首與永恆、永遠、雋永等相關的截句為例，並非都是單純的無分段詩作，也有著多重句型結構變化。因此即使屬於類近的永恆觀，在閱讀上，仍可分出多元而截然不同的感觸。這種感觸，除了作者本身的意念之外，不同讀者的每一次閱讀，除了苦難主旋律外，也可能各自產生殊異領悟。

四、敘事時間

　　《尹玲截句》永恆的時間觀或許昭示了痛苦的深淵，而段落變化可能強化了語氣與氛圍的營造。過去論者談及尹玲的詩作，特別提及尹玲經歷越戰的生命歷程，越戰改變了人生，導致尹玲許多詩作充滿戰爭的痕跡，而也由於輾轉各國，有著為數不少的旅詩，戰爭與旅遊是尹玲詩作的兩大重要命題。[21]而在《尹玲截句》當中，如何呈現這些主題，或是這些主題在精煉的截句中，如何強而有力的呈現每一首截句的最末句，似乎是尹玲突顯主題的重心所在。

　　文學文本的閱讀到了最末部分，為整個作品收束之處，也是讀者回望作者苦心孤詣經營的文學文本的時候。截句輕快短小，很快就閱讀完成，最末句詩句無論位置和閱讀時間，都是讓讀者回望的重點換句話說，瀏覽整首截句的敘事，到了最後一句的閱誦時間，也就是一首截句敘事閱讀時間與體悟的完成之時。觀察《尹玲截句》中的各截句，通常在最末句強而有力的呼應了主題，形成敘事時間收束時，再次點亮整首截句的意旨。

　　敘事的時間取決於作者創作時的語序，也和讀者閱讀時的順序有關。敘事時間不只是文本表達的時間順序，也是讀者閱讀時的閱讀順序。

---

[21]　詳參凌靜怡，〈尹玲戰爭詩及旅遊詩研究〉，淡江大學中國文學系碩士論文，2014年。

〈雋永〉：「既是一種雋永／就會那樣時時醒著／不須任何言語呼喚」[22]敘事直接明瞭，「雋永」的意義是亙古而永在的，不會有隱匿或昏睡的片刻，永恆都處於一種不需喚醒而恆常存在的情境。最末句「不須任何言語呼喚」直接呼應了「雋永」這個主題的內涵。

〈璀璨〉：「我看見自己正一步一步從1999走向1979最美的季節／看見他正從1979邁入1999夏季的黃昏／巴黎是璀璨的鏡／鐵塔是鏡中之花」[23]表現了時間的標記從繁華到黃昏，在巴黎鐵塔璀璨的光影下，看見了彼此的盛與衰，「鐵塔是鏡中之花」直陳了「璀璨」的目標物。

〈絕代美食〉：「在越南西貢記住要點一直存在影響深遠的中國菜法國菜美國菜／在順化可要燃點活埋在戰亂深淵沉入香河的無數冤魂天燈菜／在河內毋忘多點永烙心頭世世難忘的地雷菜戰鬥菜轟炸菜」[24]描繪了在越南記憶裡的深刻之處，末句再度以「永恆」的「永」點出了這首截句的重心：「在河內毋忘多點永烙心頭世世難忘的地雷菜戰鬥菜轟炸菜」以反諷主題的絕代美食，以永烙於心的戰爭標記，傳達了對戰爭的厭惡和恐懼，及戰爭對人影響與一生傷害之大。

除此之外，有部分的詩作，最末句直接與詩題相符，例如〈豔如玫瑰〉、〈疊疊環扣〉、〈進入永恆〉、〈拍遍世上欄杆〉、〈符碼〉等截句詩，最末句即是詩題之句，足見尹玲之重視截句最末句。

將重心放在最末句，不僅是作者運用敘事上在文本壓軸之處點出重心，而是也讓讀者在閱讀時，於最末句看到了整首詩的總結。由於截句的篇幅短，快速有力引出整首詩重點，將重點放在最末句

22　尹玲，《尹玲截句》，頁29。
23　尹玲，《尹玲截句》，頁51。
24　尹玲，《尹玲截句》，頁92。

與詩題,可能是重要的策略之一。

因著整首截句的敘事時間到了末句終了,結束了簡短的截句,因此在寫作策略上,尹玲特別將最終句強而有力的突顯出來,展現特殊的主題彰顯方式。這種豹尾的收攏寫法,可能也由於截句本身篇幅的限制,需要在極短的內容裡,明快而不隱諱,直接了當將整首詩的意旨「截」成末句,以完整敘事。

五、結語:「截」然自語

尹玲自選了此截句詩集的詩作,也發現了自己詩作多半具有痛苦的特色,那樣的痛苦恆常駐在於心。[25]尹玲的戰爭詩創作在一定程度上,奠定其臺灣女詩人書寫戰爭題材的地位,同時也因戰爭經驗與跨國經驗,其創作呈現多元文化交織的現象。尹玲華人的身分與四處輾轉的生命經驗,也為其創作提供了多重視角與旅遊風格。

截句運動的浪潮興起,尹玲的截句詩也大致上符合上述的創作趨勢。本文以《尹玲截句》為文本,探索當中的時間、結構與敘事。《尹玲截句》的時間觀以永恆為特色,結構上至少有八種分段類型,當中不分段的四行詩有一半以上的比率,其次為分為兩段的兩行+兩行之結構,再次之為分為兩段的三行+一行之結構。敘事端則是各截句的最末句,為彰顯整體截句重心之處。從這三點來看尹玲的截句,截句截出了尹玲詩作的重點,以及其慨然自語的意念。

尹玲認為某些截句是以原詩截成的,可被截去之處其實都不需要留情。[26]因此,或許在某種層面來說,截句的重點是在於「結

---

[25] 尹玲自述:「你發現在此詩『集』中痛苦的詩特多,與戰爭烽火、國破家亡、生離死別、顛沛流離、永恆孤寂總脫不了關係。本來一切都早已進入二十世紀越戰烽煙瀰漫無法知其去向,早應放下的,於你卻成為永恆的謎,只因它曾在某一瞬間駐入你腦海心底,那痛楚也化為永恆的謎,長駐你心間,無法開解。」尹玲,《尹玲截句》,頁15。

[26] 尹玲認為:「詩人們說,每首最多只能四句;新創作的最好,否則就將以前的作品『截』成四行,以形式、內容、技巧、意象、意涵等為主或全部一起都行。這模樣

構」的重整。雖然不必然意味著原詩的結構鬆散或過冗，然而截句的精神在於精煉與短小，因此就其創作本旨，具有濃縮精華的意義存在，不免與原詩相較可能會有引發菁蕪版本的困惑。就這一點本文未能探索，也許將來另謀篇章探討，或有志者共同探索。

尹玲由於自身的經歷特殊，加上對於截句創作的迷人，使得她的截句同樣帶有特有的戰爭、傷痕、旅遊特性。

本文以時間結構為起點，整理與觀察《尹玲截句》所標記的時間點。《尹玲截句》的七十一首詩裡，有四十八首詩觸及時間，當中又有十一首詩與永恆、永遠、雋永等有關。沒有直接點出時間的二十三首截句，並非不重視時間，而是時間藏於詩句，隱匿於結構之後。

結構敘事彙整《尹玲截句》的八種類型分段結構，當中仍以不分段的四行為最大宗，在比例上過半。不過，相同的時間標記，在結構分段上卻未必相同，因此時間結構與結構敘事之間是交互作用的，呈現交織多元的情況，同樣的時間標記，在結構上產生的歧異。

敘事時間側重於閱讀端的讀者角度。從閱讀上而言，無論何種時間標記與何種結構，重點多半落在整首截句的最末句。往往最末句能點出整首詩的重心，甚至有些詩作的最末句，與詩題相符，可謂是重中之重。在極短的閱讀時間內，讀者重複閱讀了詩題與詩之末句，深化了主題的印象。

最後，儘管尹玲本身生命歷程充滿傳奇色彩，創作豐富而多元，然而學界與評論界對她的討論，在數量上顯然與文學成就未成比例。尹玲的詩作尚有相當大的研究開拓空間，值得未來持續深入探究。

想起來，就應該是本來篇幅長些、句子或字數多些，只需詩人以其才華輕揮一筆或半筆，就能精簡濃縮成外貌簡潔但意涵豐富技巧高超的『詩』，可以被『截』去的，都不必可憐它們，全部清掃即可。」尹玲，《尹玲截句》，頁9-10。

引用書目

卡夫編著，《截句選讀／卡夫》，臺北：秀威資訊，2017年12月。

尹玲，《尹玲截句》，臺北：秀威資訊，2017年。

白靈，《白靈截句》，臺北：秀威資訊，2017年。

淩靜怡，〈尹玲戰爭詩及旅遊詩研究〉，淡江大學中國文學系碩士論文，
　　2014年。

馬大康、葉世祥、孫鵬程著，《文學時間研究》，北京：中國社會科學出
　　版社，2008年12月1日。

陳政彥，《臺灣現代詩的現象學批評：理論與實踐》，臺北，萬卷樓，
　　2012年。

蕭蕭，〈截句作為一種詩體的形成進程〉，《吹鼓吹詩論壇》30，2017年
　　9月。

蕭蕭，《蕭蕭截句》，臺北：秀威資訊，2017年。

附錄、《尹玲截句》時間／結構／敘事一覽表

序	詩題	時間標記	結構組成	終句敘事	頁碼
1	夏季開到最盛	夏季	3+1	那掩映中存活的自己	25
2	零度書寫	無	1+3	完全自置局外不介入	26
3	金色午後	午後	3+1	一個金色的夏日午後	27
4	舞入永恆	永恆	3+1	舞入藝術—你此生唯一的家國	28
5	雋永	雋永	3	不須任何言語呼喚	29
6	漾入童年	春節	1+2+1	你的童年是越南美萩的	31
7	米蘭漫步	黃昏	2+2	或是此刻漫步米蘭大教堂頂上的愜意黃昏	33
8	如歌午後	午後	3+1	我醉入有你的威尼斯花神如歌午後	36
9	SALUTE	黃昏	2+2	剔透你我此刻美酒佳餚燭色夜色的特有晶瑩	39

序	詩題	時間標記	結構組成	終句敘事	頁碼
10	如何解讀	無	2+2	Basque風情那外另一種結構？	40
11	豔如玫瑰	無	3+1	豔如玫瑰	41
12	圍牆已睡	夜	1+3	歷史	42
13	風情柔燈堡（Rothenburg）	落日	2+2	一同輕撫每一分秒的流逝	43
14	朱門不再	無	4	Palmyre不再的朱門	44
15	吹向	無	4	吹向未來開闊的天空	45
16	疊疊環扣	昔日	4	疊疊環扣	46
17	剛好	昨天	4	剛好送到的子彈	47
18	如紗薄翼	無	4	暴風雨	48
19	璀璨	1979-1999 夏季 黃昏	2+2	鐵塔是鏡中之花	51
20	我留在Palmyre的	永恆 夕陽	2+2	我留在Palmyre的永恆夕陽	52
21	永恆隧道	永恆	4	援手的永恆隧道裡	53
22	不能回卷的畫裡	無	4	一幅不能回卷的畫裡	54
23	逸入纏綿水聲	無	4	威尼斯那片纏綿的水聲	55
24	那年	那年 夏日	3+1	你的影子卻早已逝入那年的夏日纏綿	57
25	生命的樹	春季	2+2	你我原是一株生命的樹	58
26	幾時	無	4	我淚中的血	59
27	昨日如夢之河	昨日	4	在如夢遠逝的昨日之河	60
28	進入你	無	3+1	完全溶於你	61
29	酒要呼吸	無	4	空氣	62
30	待月	二十五年前	4	再次從暮色中升起	63
31	你那瞳眸	夕陽	4	剪下的一朵夕陽	64
32	黑夜白日	無	4	呼吸著一樣深邃的同一名字	65
33	默契	那日	4	即已交換此生所有諾言	67
34	ISPAHAN	永恆	4	正歌出永恆雋永的甜美實境	69
35	一同浴入	永遠	4	與你我一同浴入璀璨金色月光清澄如玉	70
36	進入永恆	永恆	1+1+1	進入永恆	71

序	詩題	時間標記	結構組成	終句敘事	頁碼
37	懸	二十一年	4	足足掛了二十一年	75
38	痛	三月末	3+1	義揭向晚	76
39	在永恆的茫茫裡	永恆	2+2	兩茫茫的死生化為永恆的生死兩茫茫	77
40	路過故居	二十五年	2+2	彷彿前生	79
41	年月	年月	4	攝去我們急索空氣的呼吸	80
42	千古凝眸	千古	3+1	一眼便成千古	81
43	許諾	無	4	甚至未及開口的許諾	82
44	菱鏡	少女時代	1+3	被薰成一條完整的淚河	83
45	想我六〇年代	六〇年代	4	流過	84
46	無影	二十五年	3+1	終至無影	85
47	如醒如夢	玫瑰年華	4	稍縱即逝的玫瑰年華	86
48	宿命邊緣	終生	3	在邊緣地帶無終止地飄蕩	87
49	流淚碑石	無	4	不會停止的淚	88
50	橙縣的那小西貢	二十年	4	另一品種的戰利果	89
51	春闌時	春開時	4	傷別的風底衣帶恣意飄過	90
52	一九六八戊申南越	一九六八	4	化成漫天翻飛的灰	91
53	絕代美食	世世難忘	3	在河內毋忘多點永烙心頭世世難忘的地雷菜戰鬥菜轟炸菜	92
54	拍遍世上欄杆	二十世紀末	4	拍遍世上欄杆	95
55	髮色	永恆	4	梳出時間最中意的那一抹髮色	96
56	綻放	當夜	4	如花	97
57	我	無	4	改變原始的最初氣質	98
58	背叛	無	4	任你以死誘迫	99
59	如何尋覓	無	4	然任何一鄉最後都只是你我回不去的一個他處	100
60	永存孤寂	上一個世紀 這一個世紀	4	孤寂飄泊的我	101
61	實景幻象	無	2	實際上全只不過是離鏡的從未存活之不實幻象	102
62	唯有	無	2	孤單是你真形	103
63	永恆翻譯永恆	永恆	4	一出生即已永恆	104

序	詩題	時間標記	結構組成	終句敘事	頁碼
64	不斷的出發	無	2+2	何如一雙棲止的鞋	105
65	迷惘歲月	青春歲月	1+3	那時，我們正迷惘在青春歲月中的迷濛	106
66	波希米亞	無	4	你我的波希米亞早隨塞納河水西流終至無跡	107
67	在敘利亞的 KRAKDES CHEVALIERS	1985 2012	2+2	我原在敘利亞裡的朋友們是否正逃往貝魯特或土耳其？	108
68	靜享獨處	逝去時光	1+3	所有記憶頓時翻飛起來	109
69	符碼	無	4	符碼	110
70	戰火紋身	無	2+2	千萬隱去的容顏	111
71	唯獨留下	無	4	撒滿空中的口沫	112

灰塵的書寫
——從「微」與「小」論《白靈截句》中的美學意識

李翠瑛

元智大學中語系副教授

摘　要

　　本論文從截句的源由論說，並從歷史觀察，確立白靈在截句方面的提倡與創作成就，並從《白靈截句》詩集之完成與確立討論寫作創發點。此短小精練之截句特色正是白靈從「微」與「小」中見出大世界的出發點，同時，也從中見出如何以微見廣，以小見大的審美意識。

　　本論文分為一、前言，二、白靈截句的完成，三、「微物世界」與「小中見大」的理念與哲學基礎，四、微物世界之審美意識，五、結論。本文分別從截句發展過程，白靈的截句提倡與創作過程，見出其美學意識。

關鍵詞：白靈、截句、審美意識、微、小

一、前言

　　白靈是臺灣詩壇上兼顧理論研究與創作的詩人。觀察白靈的詩論與創作，小詩一直是白靈關注並且創作的主要對象，他在1994年出版的書中，強調小詩的重要，他提及小詩未來可能的發展時說：「十行以內的小詩將是較易普遍化的產物」[1]，當時對新詩的未來性觀察，他認為電腦逐漸普及之後，人們將減弱對文學的態度與興趣，現代詩將傾向於小眾，小詩反而會流行，因此，白靈在創作上對於小詩常常著力甚多。1997年3月，白靈在《臺灣詩學季刊》18期中，主編集稿的「小詩運動」，他自己稱之「曇花一現」[2]。經過多年，在2016年12月的「臺灣詩學」聚會上提出截句的寫作，並激起同仁們對於截句的創作熱情，同時透過臉書發表並引起更多愛詩人及寫詩人的討論，直到2017年底，臺灣詩學一次出版15本截句詩集並在紀州庵森林舉辦新書發表會，2018年又出版23本截句詩集。2017年與2018年在臉書的「facebook詩論壇」舉辦截句主題徵稿，並以「春之截句」、「電影截句」、「禪之截句」為競賽，由聯合報副刊同時合辦刊登得獎作品。

　　「截句」的興起，一開始是由大陸蔣一談在2015年11月出版《截句》（新星出版社）一書，本是將小說中的優美句子截取其中一二句，成為新詩的形式。而「臺灣詩學」在2016年12月提倡之後，詩人們將截句寫成獨立的詩的形式，使四行的詩成為新的體式，取名為「截句」。截句的寫作方式本與日本俳句有其類似形式，也與唐代絕句四行成詩相似，如此，截句似乎成為四行詩的新代表，在其後的2017年至2018年詩作看來，臺灣的截句以四行成詩幾乎是習以為常。

---

[1]　白靈：《煙火與噴泉》（臺北：三民書局，1994），頁83。
[2]　白靈：〈斷捨離在截句上的應用〉，《臺灣詩學季刊》，第33期（2019.05），頁10。

然而，「截句」一詞也引起許多詩人的爭辯，認為既有小詩，何來四行的截句，豈不多此一舉？對於詩體，臺灣的現代詩通常以小詩、長詩簡單劃分。在詩體的討論上，大陸比臺灣詩壇更加討論熱烈，三行的詩，在大陸稱為「微型詩」，四行的詩在臺灣被以「截句」之名發揚之，而1979年臺灣詩人羅青將十六行以內的詩稱為小詩，張默、李瑞騰等人則以十行以內的詩視之為小詩。1997年，白靈提倡的「小詩運動」，則是十行或百字以內為小詩，2018年大陸以「微詩」在網路上徵求五行內詩作，似乎以白靈說的：「『微的力量』其實早已在網路詩壇如火如荼地呼應庶民百姓對小詩的渴求」[3]。

　　回顧小詩的寫作，此種寫作方式在詩體的演變上，早在1921年，冰心在書寫時，臨時起意，將她想到的一二句短句，寫成短詩，於是有了《繁星》、《春水》詩集的出版，這是小詩的草創期。第二個時期在80年代中後期，大陸詩人黃淮等主張的「微型詩」，1996年中國第一個《微型詩》專刊創刊，標示小詩的第二個高潮。還有泰國詩人曾心與林煥彰倡導的「小詩磨坊」，於是有2017年由王珂舉辦的小詩研討會[4]。

　　2018年6月出版的《2017臺灣詩選》序中，白靈以〈微的時代〉為主標題，書寫他對於詩的行數與其所形成詩體的看法，分為小詩、短詩、中長型詩、散文詩、組詩。以形式上的行數分，將十行以內稱之為小詩，十一行到三十行為短詩，三十行以上為中長型詩[5]。白靈的分法以更精確的行數劃分，不再只是短詩與長詩的區別。

　　臺灣的截句發展形成自己的法則，在詩的體式上，「截句」成

---

[3]　白靈：〈序〉，白靈編：《2017臺灣詩選》（臺北：二魚文化，2018），頁13。
[4]　南京東南大學文學院主辦，「國際小詩暨小詩磨坊作品研討會」。2017.4.23.。
[5]　白靈編：《2017臺灣詩選》。

為有題目或是編號[6]，以四句為主，可分段或可不分段的小型詩。此與蔣一談出版的截句精神略有不同。從詩的寫作方向來看，也有人認為截句類似於日本的俳句，書寫內容與手法皆類似，而或者回歸古典詩的寫作提示，如李瑞騰解說小詩時，以清代詩評家所說的：「語近情遙，含吐不露」，放在小詩的品鑑上，並以七言絕句的特色說明小詩的特色[7]，又舉張默的四行詩〈駝鳥〉為例，以說明小詩的特色在於「這短短四行的內在世界，豐盈多姿，語近情遙，正是小詩的特色。」[8]可見李瑞騰認為小詩的特色近似於傳統中的四言絕句，其寫作的方向與特色是在短小精練的文字中，達到完整小宇宙的體現，並且在短短的四行中，完成類似傳統絕句的美學意涵。

若此，張默的《小詩選讀》一書的編選，在選擇上並非只是四行的小詩，而李瑞騰則在對於小詩的期許中，以四行詩的特色作為小詩的美學標準。如此，截句標舉的四行為詩，則其創作的美學標準也可以是類似絕句般的精緻練達，語近情遙，甚至含不盡之意於言外，以白話詩達到如絕句般精練的意境與要旨。

總之，從截句的形式來看，白靈對於截句的寫作概念，他說：「而截句一詞其實古有之，與絕句一詞相當」[9]，在其所認知的形式特色中，也與古典詩中的絕句有其重疊或類似的寫作傾向。從形式上的短小，如絕句一般的書寫傾向，見出截句在創作美學觀上與絕句的雷同之處。

本文則是從白靈的小詩提倡與理論，到他的截句理論與創作的完成過程，進一步說明他提倡截句的哲學基礎以及美學意涵。

6　截句在2017年出版時，《蒹葭截句》（臺北：秀威資訊科技）自創截句的形式之一，以編號標碼。既不是無題，亦不延續白靈所倡的有題目之截句。

7　李瑞騰：〈序〉，張默編：《小詩選讀》（臺北：爾雅出版社，2003），頁3。

8　李瑞騰：〈序〉，張默編：《小詩選讀》，頁5。

9　白靈：〈序〉，白靈：《白靈截句》（臺北：秀威資訊科技，2017），頁12。

二、《白靈截句》的完成

　　白靈於2016年12月到2018年間對於截句的努力與提倡，從他的行為、理論與創作中可以見出他的截句之理論與創作的過程。創作是對理論最大的回應，白靈在2017年完成他的第一本截句，這本《白靈截句》是從臉書做為發表園地逐漸完成。其〈自序〉中說：

> 於是自一月底起便與《facebook詩論壇》有了千絲萬縷的瓜葛，幾乎一兩天、甚至連續幾天日日便要刊登一兩首截句。如此才至七月上旬，約半載下來，竟也累積了一百首詩，真是大大出乎自己意料之外。[10]

白靈在〈序〉中說，他在2016年臺灣詩學季刊的年會上提出在2017年底的詩學25週年慶，計畫由同仁們出版一系列的截句詩集，詩刊主編蘇紹連並在短短數日內，在臉書上的《facebook詩論壇》中開始了截句的寫作與徵求，並引起詩壇眾人的書寫、留言與互動，如此一來，讓主其事者的白靈從2017年1月底開始以身作則地在臉書上發表截句，並與讀者與詩友互動，他說：「使得網路寫作成了人生中不曾有過的快樂創作過程。[11]」臉書的書寫，使本來不太使用臉書的白靈被迫在臉書上發表四行的截句，卻也使白靈因此體會臉書書寫中與讀者詩友的互動樂趣。因此，2017年9月，白靈出版了第一本《白靈截句》，2018年底，白靈則出版第二本截句《野生截句》[12]。此二本截句中，構成白靈對於此一形式的創作體現[13]。

---

[10]　白靈：〈序〉，白靈：《白靈截句》，頁10。
[11]　白靈：〈序〉，白靈：《白靈截句》，頁11。
[12]　2017年出版的截句是以詩人為名，如《蕭蕭截句》，2018年蕭蕭出版第二本截句則冠以詩集名，如《大自在截句》，白靈則是《野生截句》。
[13]　本論文書寫時，第二本截句尚未出版，於是論文中所引多為第一本截句之內文。

除此之外，第一本詩集《白靈截句》的寫作來源，來自六個方面，其一；從過去未曾完成的斷簡殘篇中汲取靈感，其二；發表後因詩友回應而有靈感，其三；常年布演的感想，其四；應和詩友作品，其五；旅行、訪問所得，其六；平日給自己的功課。此種「非得截句不可」的態度與寫作過程，是白靈在二年中完成二本詩集的動力與過程。[14]

《白靈截句》以四行完成，類似小詩，但是，為何白靈使用「截句」一詞？除了呼應大陸詩人作家蔣一談之外，白靈對於截句，他先以理論先行論證截句的重要性，至2019年，他寫作二篇論文，以斷捨離的角度論截句。第一篇論文（2017.11），從小詩的浪潮分析，說明小詩在二十世紀雖然未形成浪潮，但「互動力卻已隱然形成」，他對於小詩的提倡一直相當堅持，認為既然大陸在「微型詩」與小詩流行上有廣大的讀者，例如1996年重慶《微型詩》刊的誕生，一直到2009年寒山石、呂進的論述中將「微型詩」列為一章特別討論，那麼，在臺灣的小詩發展似乎不應落於人後，從斷捨離的角度，提倡詩的書寫雖以簡短精練的形式，仍可以賦予最大的內涵。[15]同時，出版創作《白靈截句》從作品體證理論的可能性，而形成理論與作品的相互呼應的態勢。

截句設定四行以內的詩作，其條件本是「詩體」形式上討論的問題，在小詩演變的過程中，體式本身就是重要的議題之一。對於詩體的討論，大陸的研究者曾經在此現象上大書特書，王珂在〈小詩磨坊為何享譽世界（代序）〉中說過：

> 詩體是對詩的形式屬性及文體屬性的制度化的具體呈現，「詩體」特指詩的「體裁」、「體式」的規範，即通常

---

[14] 白靈：〈序〉，白靈：《白靈截句》，頁12。

[15] 白靈：〈從斷捨離看小詩與截句——由東南亞到兩岸詩的跨域與互動〉，《臺灣詩學季刊》，第30期（2017.11），頁92。

所說的詩的「形式」。[16]

在此文中，提到小詩的形成經過一段複雜的生成過程，然而，詩體產生與結果，必須有創作的完成，就是經過名人創作，或是更多好作品的出現，形成一個詩體的創作軸心與交流圈，在大量創作的潮流中確立其詩體的形式。[17]此說則將詩體的成功因素回歸於社會功能與創作者身上，並且說明只有透過作品的完成才能促使形式的成立。換言之，詩體若屬於理論的探討研究，那麼，完成理論並使理論的能夠確立的最大證明就是相應作品的成就與質量。

此說，在於截句的完成中，白靈確實在理論與創作雙管齊下中建立截句書寫的可行性，他從特意提倡截句的形式，透過臉書的傳播功能，帶動詩壇寫作的風氣，並在詩學年會中，以其影響力鼓吹詩人書寫並出版截句詩集，在2017年12月詩學年會上（紀州庵森林）一次出版15冊詩集的新書發表會，代表著2017至2018年之間，詩人們著力於截句書寫的焦點與核心，甚至可以說在小詩的詩潮之後，更針對性地以群體的集中書寫造成書寫潮流，借此以截句詩體引發一般大眾書寫的可能性。

因此，從2017年到2018年底對於白靈與截句的觀察中，可以看出白靈在截句上的努力，可分為三個方面，其一，來自於他的呼籲與提倡，從臺灣詩學的年度活動中，鼓舞大家一起出版詩集，透過集體力量完成對截句創作的成果，並且編輯《臺灣詩學截句選300首》[18]，從臉書的發表，選出2017年前半年的截句佳作。其二，從臉書上創作，並鼓勵大眾書寫截句，以網路帶動臺灣詩壇截句創作之風氣，2017年12月及2018年12月出版截句詩集38本。甚至，透過

---

[16] 王珂：〈小詩磨坊為何享譽世界（代序）〉，收於王珂、曾心主編：《二十三詩論家論小詩》（留中大學出版社，2017），頁11。

[17] 王珂：〈小詩磨坊為何享譽世界（代序）〉，頁12-17。

[18] 白靈編選：《臺灣詩學截句選300首》（臺北：秀威資訊科技，2017），選自facebook詩論壇2017年1至6月。

與聯合報副刊合作，以截句的競賽，鼓勵更多詩人投入截句寫作。其三，以詩評家的身分書寫相關理論，如2017年發表論文：〈從斷捨離看小詩與截句——由東南亞到兩岸詩的跨域與互動〉[19]，2019年又發表論文〈斷捨離在截句上的應用〉[20]以便討論截句之完成與書寫風氣，可說白靈透過多重管道，並以其理論與詩人的雙重身分帶動書寫截句的風氣。

三、「微物世界」與「小中見大」的理念與哲學基礎

對於詩體的提倡，白靈自有其說法，他以哲理的方式發現截句的價值，並且從美學的角度，透過創作體現其小而精微的審美觀，可以說，白靈截句的完成，在從「微」的體驗中，成就其「大」的實踐。詩的體式問題，在白靈而言不僅是創作，也是美學與哲學的問題。

截句，是截取也，取其短小形式，可說是詩中的短小精練者，白靈在其《2017臺灣詩選》序中說：「只有不斷微小，才能抵抗巨大，因為微小是巨大的另一形式。」對於微小，才見出偉大的說法，白靈解釋：

> 微，通常代表小、輕、短、薄，乃至看不見。指向少、細小、稍、略、等極小量詞，又與無、沒、非、不是、卑賤、衰落、昏暗、不明等空無、負面或與正常白日運作相反的詞有關。[21]

19 白靈：〈從斷捨離看小詩與截句——由東南亞到兩岸詩的跨域與互動〉，《臺灣詩學季刊》，第30期（2017.11.）。
20 白靈：〈斷捨離在截句上的應用〉，《臺灣詩學季刊》，第33期（2019.05）。
21 白靈：〈微的時代——《2017臺灣詩選》編選序〉，白靈編：《2017臺灣詩選》，頁11。

微者，與大相對，而「微」與「小」的概念又略有不同，從微的概念可以引出細微，深隱，暗中，密行等意涵，如白靈文中說的：

> 微又有伺探（「使人微知賊處」）、或隱匿（「其徒微之」）、乃至暗中、祕密（微行），甚至精妙幽深之意，……後者「道心惟微」的「微」字，南懷瑾據佛經將之解釋為「不可思議」，這或是微字在後現代最貼切的釋意，很接近空、無、無限。[22]

由此一段白靈自己的解釋中，我們更能確知，白靈的思維中以截句為其詩的形式，並大力推行，乃在其對於「微」字的意涵推論，以廣義的「微」字思考，則微是小或隱的意涵，但其隱藏者卻是大道理，是佛經上的不可思議之義，故微者不可小覷，微者，乃所以見大也，微中世界，卻隱藏著深不可測的廣大之義。

白靈認為小詩因其「小」，所以能容納更多的意涵，從四句的短短形式中，不但寓有情意，更含哲理，包容宇宙；此種由小而大、小中見大的理念、從微中見大千世界的概念，才是白靈提倡小詩與截句不遺餘力的內在因素。

小或大，是一個相對的概念，若說世界是大，相對於銀河宇宙，則是小，相對於蟻螻，世界則是大不可言說。小大之辨，來自莊子的相對哲學論點。其思考的來源，莊子所說的「小大之辨」，《莊子》〈逍遙遊〉中說：

> 北冥有魚，其名為鯤。鯤之大，不知其幾千里也。化而為鳥，其名為鵬。

---

[22] 白靈：〈微的時代——《2017臺灣詩選》編選序〉，白靈編：《2017臺灣詩選》，頁11。

鵬之背，不知其幾千里也，怒而飛，其翼若垂天之雲。
是鳥也，海運則將徙於南冥。南冥者，天池也。

莊子中透過誇張的「大」，以及物化的種種，說明萬物在變化之中，上天或下地都有可能。而鵬鳥雖大，相對小雀的心態卻是不可同語。又說：「小知不及大知，小年不及大年」，小大之辯在於斥鴳，小雀聽到北冥有魚，此魚化為鵬鳥之後，其「翼若垂天之雲」，其大不可計數，而小雀則笑說，小雀騰躍而上不過數仞，一生則在樹上樹下飛翔，為何要飛那樣高呢？小者不知大者的志向，小雀的眼界永遠見不到大鵬鳥看到的廣大世界。但是，小雀的一生在樹上樹下，而鵬鳥則不斷變化而成，小知雖不如大知，但莊子中卻也沒有說大知與小知之間的高低差別，大小之辨就在於萬物各有其所，雖有所爭辯，卻誰也無法取代對方，或是消滅對方的成見。大與小，就在相對的關係中存在。

而在佛教的概念中，微者卻是象徵一個完整的世界，大的空間稱為佛刹，虛空，小的稱之為微塵，微塵中圓滿具足的大千世界就是宇宙，微塵與虛空，都與宇宙中所顯現的世界一樣圓滿具足。所以從微中見世界，足以包含大千世界，從此引出，「心」的力量存在精微細微之處，因為心的力量的展現，在微小的塵埃中，也可以展現大千世界的一切，如此一來，心之動念拓展無限大的時空，大千世界只是一個物質的世界，反過來也可以被包容在微小的內心世界中。大與小形成相對概念，從小中見大，或大中見小，其小大之間只是一念之別。

佛教的天臺宗唯識概念中闡釋，隋代的智者大師於大隋開皇十四年於荊州玉泉寺開示說法，論止觀明靜，為止觀之說，《摩訶止觀》第七章論正修止觀，以一念心法為所觀境，從思議境觀心之不可思議境，即是以「一念三千為不可思議境」，故此一念心即具十法界，而一念三千之「一念」即為般若精神下與法華圓教下的所說

的一念心，從止觀修一念之空性能達於三千世界[23]。

「微塵」指一念即是具大千世界，一微塵具十方分，「微塵」，《摩訶止觀》卷一中提到，「一微塵中有大千經卷。心中具一切佛法如地種如香丸者。[24]」又說：

> 根塵一念心起。根即八萬四千法藏。塵亦爾。一念心起。亦八萬四千法藏。
>
> 佛法界對法界起法界無非佛法。生死即涅槃是名苦諦。一塵有三塵。一心有三心。一一塵有八萬四千塵勞門。一一心亦如是。貪瞋癡亦即是菩提。
>
> 煩惱亦即是菩提。是名集諦。翻一一塵勞門。即是八萬四千諸三昧門。亦是八萬四千諸陀羅尼門。亦是八萬四千諸對治門。亦成八萬四千諸波羅蜜。
>
> 無明轉即變為明。如融冰成水。[25]

一念心起即具有八萬四千法藏，無論苦諦或是集諦，皆可以從一念之中推展為八萬四千種法門。其中，微塵即在說明一念精微，而能從一塵三塵不斷推演到一塵具有八萬四千法門，《摩訶止觀》卷五中說一念之間具十法界：

> 一念具十法界，為作念具為任運具，答：法定自爾非作所成如一微塵具十方分。問：心起必托緣為心具三千法為緣具為共具為離具……。（云何具三千法耶，答地人云）「說心生三千一切法也。[26]

---

[23] 牟宗三：《佛性與般若》（臺北：臺灣學生書局，1993.2修訂版五刷），頁739-748。

[24] 隋・智顗：《摩訶止觀》卷一下。CBETA電子佛典集成，漢文大藏經，NO.1911。http://tripitaka.cbeta.org/T46n1911_001 2019.10.05.查閱。

[25] 隋・智顗：《摩訶止觀》卷一下。

[26] 隋・智顗：《摩訶止觀》卷五。

又說：「一心具十法界，一法界又具十法界百法界，一界具三十種世間。百法界即具三千種世間。此三千在一念心。若無心而已。介爾有心即具三千。」[27]所謂十界，或稱十法界，包括六道、四聖等十種生命類型與層次，每一界都是法界的全體，從微小的一心到一界，含括所有的三千世界[28]。所以，一念而能觀大千世界，大千而有三千世界，從心從念而起，三千大千世界即在念念之中，「繫緣法界一念法界。一色一香無非中道。[29]」微塵之中見到大千世界，一念中，也可以見到宇宙銀河，故功夫在於調和其心，從心念做起，為破俗之法，也從心念之中，具足三千世界種種微妙之境以及八萬四千法門。

白靈以微中見世界的概念放在截句的寫作中，其截句之哲學基礎則在於透過細微之物，從微小處見到廣大幽深的世界觀。透過短小精練的詩中世界，以小見大，以微視廣，從短詩中見天地之深廣，反過來說，白靈也試圖以「微」、「小」之形式說明截句雖小，不可小覷，短而有所大觀，小而有大意義。

因此，白靈所推想的「微」的意涵，從佛教觀念推之，微塵中見世界之空間與宇宙觀，從短小的截句中寄寓深刻的內涵，甚至推而以微塵之精微到宇宙天地之浩瀚，可見白靈對於短小精練的截句賦予深刻哲思，《白靈截句》中有幾首關於灰塵的詩，如〈灰塵一族〉中說：

> 整天說的話都是灰塵
> 時間才作勢張口，它們早無影無蹤
> 睡夢中出現一塊金子，說自己是詩
> 細瞧，嘿，灰塵原來都聚在這兒！（《白靈截句》頁31）

---

[27] 隋·智顗：《摩訶止觀》卷五。

[28] 張瑞良：〈天臺智者的「一念三千」說之研究〉，《臺代哲學評論》第11期（199.01），頁179-181。

[29] 隋·智顗：《摩訶止觀》卷一上。

一個人整天說的話都是灰塵，詩人的話、詩也都是灰塵，這些灰塵最後在夢中出現一塊金子，暗示這些灰塵似乎都有黃金般的重量，然而，這些灰塵說自己是詩，卻仍舊是夢中的一堆灰塵而已。看起來，現實中的灰塵卻在夢中重如黃金，詩句與灰塵是一組譬喻，詩句在夢中如灰塵如黃金的重量，但在現實世界，灰塵只是灰塵，只有在詩人的夢中，才可能讓灰塵重如黃金。又如〈灰塵一族之2〉：

> 祖先站我基因裡，宇宙在他背後
> 何物不歷千百劫，賓果才現眼前？
> 井中猶有井，河中猶有河
> 一灰一塵能停何方？億萬次入生出死（《白靈截句》頁32）

灰塵看似無關緊要，卻是祖先的基因，站在宇宙之前經歷百千劫。這灰塵雖然微小，卻暗示著千萬的輪迴，在無限的生命中，灰塵仍然顯現著無法改變的現實世界，說明灰塵的存在是一種無可抵禦的強大力量，小而大，微而深，時間的改變也無法讓灰塵失去原有的份量，灰塵雖小而實大，又如〈灰塵的宣言〉：

> 每粒灰塵都是一座地球
> 灰塵與灰塵，一如地球與另一地球
> 同樣摩登，絕不重複。因此我們是
> 灰塵內的灰塵，地球上會飛的地球（《白靈截句》頁33）

每一粒灰塵都是一個大千世界，每粒灰塵都是一座地球，地球被濃縮在微小的灰塵中時，地球的歷史、時空，轉眼間變得微小而虛幻，現實世界中的事物也不過如灰塵中的灰塵，如過眼雲煙，如塵

埃，如不起眼的一粒沙。那麼，灰塵的重要性可以二極的思考，一是非常不重要，一是非常重要。若以「非常不重要」來看，灰塵就是灰塵，毫不起眼的一粒塵埃。若以「非常重要」來說，一粒灰塵重如一座地球，雖微小而圓滿俱足，也可以說，現實的地球不過如灰塵，看似龐大卻微小，在時間的流動與運轉下，所有的現實都將成為虛幻的塵土，所以，紅塵滾滾只是一場遊戲一場夢。灰塵的二極可能思考，是一種相對的論爭，於是，大如地球或小如灰塵的大小之辨以相對論的關係形成詩中的張力。

同時，「微」的力量是凝聚、發散、強大的存在。白靈透過截句四行的短詩形式，強調詩句的張力由小而大，具有發散、散開、爆裂的可能性，如同煙花在瞬間散發光華，其〈截句的原因〉中說：

> 匙孔找對鑰匙再糾纏也只能一瞬
> 你見過鑰匙一直插著不拔的嗎
> 最精彩的演出是用噴的
> 煙花燦天後不凋謝還能叫煙花嗎（《白靈截句》頁118）

最精彩的演出是用「噴」的，噴的力量是瞬間的，所有因數擠壓到最小，能量瞬間釋放，以爆開噴出的力量變成強大的張力，讓把詩瞬間釋放最大力道，這就是白靈認為的「截句的原因」。

因此，從短小精練中含藏豐富內涵，從詩集《白靈截句》看來，微中見大，小中見廣，其審美態度與表現出來的詩中的美學意識，也代表白靈從詩中體現的「微」的美學。

四、微物世界之審美意識

詩人的審美態度透過對外在事物的直覺欣賞，找到詩人特有的

敏銳度，此直覺所展現的美感經驗，成為詩人特有的對外在事物的感受，也是詩人對外在事物的概念掌握，朱光潛認為美感經驗是一種對外在事物不以實用性為基準的審美，外在事物對於詩人而言是一種直覺的感受，形成直覺的形相，此直覺乃屬於詩人個人的審美經驗，個人的直覺形相則產生個人的意象世界[30]。

從微中世界與小中見大，透過審美經驗所產生的特有意涵，白靈在其截句中充份表現其審美趣味，例如詩中的自然意象，從虛境入詩，如〈你如何推開詩〉：

毛毛蟲如何推開牠的毛
霧非風　如何推開飄
魚推開得了水嗎
笑非喉該如何推開　笑聲（《白靈截句》頁30）

毛毛蟲何來毛？霧風如何推開飄？飄是動詞，變成名詞時，是一個飄動的現象嗎？魚與水，是相依相存的，當魚推開水時，那又是如何生存？笑從喉來，推開喉嚨那來笑聲？想來，虛與實相依相存，詩人與詩相依相存，虛境變成意象時，哲理便從中引出，虛境的世界與道理，從小至毛毛蟲、到魚、到動作的笑，白靈書寫的思維落在一個從微中見大的思考方向，此一角度不從實用或社會性論說，而落在詩人精神世界之變動與起伏，掌握詩人對於毛毛蟲與毛，魚與水之間的辯論，書寫詩人內在意念引發的「意象世界」與意象系統，這是朱光潛所說的內在精神的審美經驗。朱光潛文中所說「無所為而為的觀賞」以及觀賞事物時，偏重於形相：「美感的境界往往是夢幻的，是幻境」，「美感經驗是一種極端的聚精會神的心理狀態，全部精神都聚會在一個對象上面，所以該意象就成為一個獨

---

[30]　朱光潛：《文藝心理學》（臺北：臺灣開明書店，1985），頁7-9。

立自足的世界。」又說：

> 藝術所擺脫的是日常繁複、錯雜的實用世界，它所以獲
> 得的是單純的意象世界。意象世界……它是獨立自足，別無
> 倚賴的，……在為美感對象時，無論是畫中的古松或是山上
> 的古松，都祇是一種完整而單純的意象。[31]

對於白靈截句而言，他的意象世界不但透過微小的角度見出大的世
界，也在物物辨證中找到新的切入主題，如毛毛蟲與毛，魚與水，
喉嚨與笑聲兩者之間所可能發生的種種辨爭論斷，從中引開哲理論
想。此種互動之間的討論與提問是詩人在對外在審美經驗上所提煉
的「直覺形相」而不是現實中的「實用形相」，同時也只有透過直
覺形相的美感才能提出屬於個人的美感意象。

　　審美從主體對客體的觀察與審視的角度與態度上提出，主體
對外在客體的內在感發，意趣選擇，或某些特定的情意態度，稱為
「審美的態度」。從詩題材的選擇看出詩人對外在景物或事物的種
種美的觀賞及書寫，白靈的截句中，自然意象的審美態度代表他對
自然景物的欣賞與意趣，除此之外，白靈更從細微的自然景物，推
展詩意到更廣大的哲學意涵。如〈詩是一朵花〉：

> 每朵花都是一座敦煌
> 詩人是花瓣上的一滴清淚
>
> 為在花尖上凝結自己　　而來
> 為在花影下滴碎自己　　而去（《白靈截句》頁26）

---

[31] 朱光潛：《文藝心理學》，頁11。

敦煌的意象聯結佛教的意象，慈悲或是豐盛的飛天，敦煌的藝術成就等，都在意象的含括之內，花是敦煌，而詩人是花上的一滴清淚，把詩人放在敦煌之中，象徵著詩人在豐富的藝術／佛性的喜悅中，清澈而突出的地位，而詩人則對自己要求，在盡情寫作中釋放自我生命。第一段用的是修辭格上的「層遞法」，從廣而微，從外而內，詩人的意象以淚存在，看似微小，卻是具有相當的重量。第二段以「對比」寫法形成張力，花尖與花影上下相對，說明詩人在上則如水凝結自我，把最精華的寫成詩，在下則以生命奉獻於詩，雖在花影下滴碎自己，詩的精神也能來去自如。上與下是相對的概念，花尖或花影是主體的兩面，都是詩人自己，來去之間以動態相對性的行為說明來去之間的自由主導權。將詩人自己分為主體與客體，詩在主體與客體中，既有主體也有客體，書寫時雖一分為二，但最後回到主客合一的詩人與詩的境界。

此詩以客體的意象，以大者的敦煌與微小如淚的詩人對比，花尖與花影，代表世界上下四方的所在，詩人可以把自己縮小——凝結，或是滴碎——變小，在豐富的敦煌世界中，詩人只是小小的，再小，更細微的存在，而這個存在，卻是來去自在的，在敦煌的藝術或佛性之前，淚的存在或不存在都不重要，曾經來過，曾經是那一滴淚才具有意義與價值。

截句的短小，使詩在微小中見大世界，從微小的角色中，審視大千世界的對比與存在的意義。又如〈銅像〉：

　　一尊銅像站起身　　玩空所有的廣場
　　一旗主義揮揮手　　就招齊了一整個年代的魂
　　一句口號出口　　轉彎還能射穿人心
　　而僅僅因一樁偶然　　竟啃盡已然必然和未然（《白靈截句》
　　頁28）

從小而大的暗示中，銅像──廣場，主義──一整個年代，口號──人心，偶然──已然／必然／未然。詩人的意象從細微處放大到最大，從微細的關注焦點到整個無限廣大的可能。詩人在面對事物的審美時，他的意念放在由小而大，從細微到廣大處的擴張進行審美思維。

審美是對於世界的美的態度與選擇，當詩人選擇從微小的地方著手，代表詩人對世界審美的眼光放在他人不會注意到的小細節。如〈渺小〉一詩中說：

> 越渺小之事物
> 越想把影子留下
> 夕落中愛戀起斜影的
> 那隻小瓢蟲　是我（《白靈截句》頁40）

那隻在夕陽中蹲在一旁看世界的小瓢蟲，也是詩人的看世界的角度。從瓢蟲的眼界看到廣大的世界是如何呢？將自己縮小，則外在的世界變大，瓢蟲雖小而微，卻像針一樣具有刺穿布帛的力量，渺小的事物也有渴望，斜影也有愛戀的渴求。微小的事物一樣具有個體的情感欲望，從小中見大，從微中見大的並不失去該有的份量。另外，視野也可以從近到遠，如〈捲尺〉一詩中說：

> 旅行是由眼睛抽出捲尺
> 不出門看不到距離的刻度
>
> 胸襟是抽不盡的捲尺
> 從一座城抽出另一座城（《白靈截句》頁37）

由近而遠，從眼睛看出去的才見到世界的另一樣貌，從一座城到另

一座城，必然是從眼下的近處開始擴張延展拉長。又如〈無畏〉中說：

> 一隻鳥正在陽臺演唱
> 樓下大街遊行也在掀浪
> 鳥叫聲高舉，以小舌
> 翻轉群眾成樹下的掌聲（《白靈截句》頁41）

從鳥的演唱──大街形成的浪，鳥的小舌──樹下的掌聲，詩人的意象從小到大的延展，形成他對於小的重視，是因為小而大的可能。

　　從微、小的角度審視世界，世界拉開長度、跨出距離，變形的世界消解現實具體的空間感，產生內在重建之時空意識，詩的空間演變不同於現實的距離與範疇，並從變換的空間意識延展出內在所產生的新的觀物與審美。《白靈截句》呈現靜觀世界的美學審視，詩的情感是淡或理性的，從中透過意象或小或大的變化與縮影，進行物與物之間不同視角的審美視野。其詩中意象的補捉，是在對外在事物的客觀觀察之後，從物的客觀外在進入物之內在形象，並加注作者意念所共同形成之「意象」，此「意象」是作者與外在事物聯結共鳴的主觀審美態度，朱光潛的《文藝心理學》中對於意象與美感經驗的說明，他說：

> 　　意象的孤立、絕緣是美感經驗的特徵。在觀賞的一剎那中，觀賞者的意識只有一個完整而單純的意象佔住，微塵對於他便是大千；他忘記時光的飛逝，剎那對於他便是終古。[32]

---

[32]　朱光潛：《文藝心理學》，頁11。

對於審美者而言，意象是創作者與外在事物的聯繫，透過獨立的觀賞，創作者將其審美的經驗投注於審美對象，此意象是創作者的創作，也是他觀賞世界的進路，是他對於世界的定位，對創作者而言，此時微小的意象就是他的大千世界。

這其中是否也暗藏著詩人的哲學觀與生命觀呢？如詩中說，影子在拋開自己之後才找到自由，在〈自己的影子〉一詩中說：

> 枯葉吊晃在枝枒下發抖
> 深信這是結束不是開始
> 直到風來附耳說：翻滾吧
> 誰都能在自己影子裡找到詩（《白靈截句》頁43）

如果任何人都能在自己的影子裡找到詩，詩意便無所不在。詩人的影子裡無論是在枝枒下發抖或是任風吹拂，都不是結束，而是開始，發抖的時候不用擔心，風來了，雖然冷，但是放手翻滾之後，詩便在各處了。放下對於世界的基本定義，勇敢面對變動，當葉子放下自我，開始翻滾時，詩意便存在了。詩人對世界的審美不執著於一事一物，只要願意，就是詩的開始，放開物質世界的執著，從細微處觀察，誰都可以找到詩。

詩人審視細小微妙之處並延伸到廣大世界，如禪坐般，身在靜處，卻心觀八方，萬物沒有小大之別而可以齊一，從微中見出真理，如〈看馬祖人泡茶〉：

> 列島沒有這幾隻杯子自由
> 人人杯裡都裝了一座海
> 杯外風是皮膚，杯裡雨是髮絲
> 倒光了還聞得到太陽燙開的　香（《白靈截句》頁48）

孔子曾說：「君子不器」，杯子是器，是一種局限與規範，被放在杯子中的液體就成了杯子的形狀，但若沒有器皿，意謂沒有限制，君子不被一物一器所限制，而有廣大自主的可能性。此詩將主客對調，馬祖列島與杯子成為主體互換，相互對照，列島看似很大，但被海所包圍，而杯子本有所局限，卻因為裝了海的廣大，反而自由。所以，大或小，自由與不自由之對照非萬物本身之具體條件，而是存乎一心。因此，杯中雖小可容大海，列島雖大，被海所拘。杯與海兩者相對，互換角色，重新定義，因而，茶香的味道如何存於人心，無論杯中杯外，無論風雨或皮膚，只要心如大海廣大，茶香都在，縱然杯中無茶也還聞到太陽燙開的香。此詩人寄寓萬物齊一，存乎一心，不局限於形體，無中能有，有中生無的哲理。

　　白靈截句的特色是情意淡然卻溫暖，他的詩中沒有過多的情感宣洩，也沒有過度的哲理，看似第三者的心情，本從客觀的角度看世界，最後是在物我合一的審美意識中達到詩的境界。如〈樹木銀行〉：

> 每株樹都是一座銀行
> 葉子的花的，種子的蟲子的
> 蟬的風聲的雨滴的樹影的
>
> 木在天地間，於我的胸膛上敞開（《白靈截句》頁48）

詩人所見的樹，可以變幻成一座銀行，從葉子、蟲子、花、種子、風聲、樹影中，樹木在天地間，在胸膛上，木不再是木，變形為一座銀行，一個世界。具體客觀世界的轉換，變形為他物，透過幻化與變形，不同事物間的「物化」，使人與物互動幻化、切換身分位置，冷靜的書寫沒有過度泛濫的情感，描寫微小之物的意象是詩人

的世界觀，從物／人，從主觀／客觀之間相互轉換位置，形成自然景物中的物我合一的審美觀。

從物我同一的移情作用，將個人與物二者等同於一個對象，感受物在世間的種種變化，「木在天地間，於我的胸膛上敞開」，此句在說明人我合一時，人在看到事物時，對物的「移情作用」，朱光潛的《文藝心理學》中說明移情作用是外射作用（Projection）的一種，也就是將個人知覺或情感外射到外在事物上，以與外在事物相感應，而人的知覺投射於物而成為物的屬性[33]。

因此，透過移情作用，木與我成為一體，當「我」投射到外在事物時，我與物的知覺同一，並且產生新的發展變化，物在我體內成為我的一部分，我也是物，物也是我。因此移情作用使主客合一，主體的知覺投射到客體身上，我在動作，同時也是物的動作，然後產生新的動作或情感。此種移情作用來自心理的變化，文學藝術的書寫中，認知與描寫「物」之種種客體變化，源於創作主體的心之變化，「投射」由內而外，所見為物，實則掌握的主權在於人。《莊子》的「物化」之說，水中之鯤化為天上之鵬，在天地間，變化無窮的是無限的可能，詩人的想像空間也是如此，從自然萬物中觀察，便有無限變化的可能。

人的審美意識反映出個人的思想，在文字的動靜變化中，文字的能動與反映出現廣義的美感，通過詩以隱微的意象藏匿著詩人對世界的審美觀。主體是對客體反映的主動角色，從客體感性的書寫與認知中，透顯出詩人的美學屬性。白靈在第一本詩集《白靈截句》中，對自然物的感知，從小處見大，也從靜處翻出動態，人對環境的審美經驗、情趣、理想等以多種感知的方式或是互動的意象推展出來，截句中的景物，如小石頭、漣漪、灰塵、樹、小鳥、指

---

[33] 朱光潛：《文藝心理學》，頁34--35。朱氏本文為：「移情作用是外射作用（Projection）的一種。外射作用就是把我的知覺或情感外射到物的身上去，使它們變為在物的。先說知覺的外射，事物有許多屬性都不是它們所固有的，它們大半起於人的知覺。本來是人的知覺，因為外射作用便成為物的屬性。」

紋、夕陽、淚……等等生活中微小的意象群，以詩人對世界的審美感知透過微小之物做為書寫的對象，並在此對象中生發出無限廣大的世界觀。

審美意識是詩人反映現實，認識現在的方式，詩則是轉化此種審美意識的手段，從認識世界開始，以轉化現實的方式把小／大，短／長，近／遠等相對的概念，透過詩中的意象轉化與變動，詩人在其中透顯出他極力擴大內心／虛境的渴望，也在其中說明詩人從小處著手，心懷天地的宇宙觀。雖小而大，雖近而遠，這些外在景物看似有形有狀，卻不能限制心的無限擴張。〈錯覺〉一詩中說：

> 如同以為枝枒指著風的方向
> 雲指著翅膀們消失的盡頭
>
> 我蹲下，帽子浸入水裡，整條江就可
> 戴在頭上然後感覺它流逝的方式（《白靈截句》頁103）

向外在擴展延伸的部分就是如此，當詩人把自己放入水中，詩人就消失了，成了一條江水，感受了江水流動的方式，人與自然合而為一。又如〈山寺鐘聲〉水波的意象：

> 聽到鐘聲時，心都開了花
> 一記鐘聲敲開一朵花
> 何方是盡頭？可以止住它盪開嗎？
>
> 履其上，向外又向內的波之花（《白靈截句》頁102）

鐘聲在心上盪開，向外又向外，直到無限的遠方，沒有盡頭。然而，這聲波卻是詩人試圖站在上面，看著內心的花不斷開放，也看

到聲波不斷向外延展，這些都融化為詩人的心，從鐘聲與心合而為一的瞬間，詩人也在聞寺鐘聲中感到無限的喜悅。

物我合一，或物的變形，都是因為人心的關係。審美對於外界事物重新定義，從外在事物進入觀賞者的內心世界時，外在事物在人的心中再建與變造，定義模糊，物之概念進入再造與重新物化的過程，在創作者審美意識中重新定義並產生變化的新意象，借此表現詩人的心意。在修辭學上稱之為轉化修辭，或是形象化，也或者以超現實主義說明，而從美學的角度來看，是審美的經驗透過心靈的作用，產生新的物象變形，詩人對於文字的意涵掌握，以及對於審美事物的再詮釋，造就新的意象與圖形，先以破壞式的審美，再以語言重新定義並塑造，在兩者轉折／互換時產生新的意義與意象，此意象符合詩人的審美經驗與美學觀，並以詩人認為足夠描繪的文字內容載入新的意涵。他的一首詩〈詩是一桿釣海〉：

> 從未命名的魚裂嘴而笑
> 畸形著未知　怪狀著想
> 繞著垂入海中的我的鈎
> 一隻暗中待張嘴咬住的　心（《白靈截句》頁87）

此詩似乎有意說明詩人對於萬物的變化，以及將各種變化中皆藏於詩中的企圖。如果意象都是未命名的怪魚，那些怪魚往往能產生奇怪的變形，無論是畸形或是未知，奇形怪狀的念頭或想法，都可能像是泅泳於海中的無限意念或意象，被我／詩人的鈎子，也就是那些意象與詩人的心聯結時，就成了詩。所以，詩是詩人在海中釣起的諸多意象組合而成，也是詩人透過詩中意象所表現的「心意」。這些意象不是原來的事物，而是心的作用變形之後的意象，透過詩人心念，往往推演出未明的、不知其所以的種種可能。這說明詩人的創作中，不斷在物與物中追尋各種變化，又同時在各種變化的形

態中尋找定位，想變或不變為動態的糾結，形成詩人意象語義變化而又定位的可能呈現。故而回歸詩人意象本身，使萬物服從於此，或翻飛在外，都是任由「心」的作用而呈現各種的樣貌。

白靈的截句在創作時，以傾向理性客觀的態度，是在物物變化與轉折中，一再進行他對於萬物的審美，並適時加入審美的意涵，在詩人的情感觸發上，透過細小之物，產生詩人不斷對外、向大、向遠方不斷伸展的渴望，於是，在意象上不斷轉折變化，其所描繪的「物」也不是單一的舊有的定義或形態，而是從單一的物，微小的角度上，向四方擴散成為客體的各種可能，並在短短四句之中，找到變化變形的立足點，產生雖小而大的錯覺。這在情感的觸發上，便是一種對萬物的審美態度，並從此一審美態度延伸出詩人創作的意象與美學觀。

五、結論

白靈截句的起始創發，便是短、小。但短小精微卻要包容宇宙，產生最大的張力與效果。白靈認為的「微小」，就是不能小看微小，不能因小失大，截句雖短而小，卻可以承載宇宙，這就是從小見大，從微見大的美學觀。在最少的句子中承載最多分量的意象與美感，白靈截句帶著理想主義的色彩，透過壓抑與緊縮的形式，釋放最大的可能與想像的空間。所以，截句短而小，但微而細中，卻蘊藏最大的爆發力。

白靈在截句的書寫中不斷詮釋他對於截句的看法，也在詩中承載他對萬物的審美觀。景物與萬物，大都在自然意象的書寫中，以自然為承載物，這些意象又是以小而微者為多，從渺小而微細的意象裡，試圖載重更多的發展性，所以從這些自然意象中，也見出白靈從小見大，以微見著的審美意識。

靜觀世物，從小見大，截句雖短，但不可小覷，萬物雖小，不

可輕忽，變化之中，造化可以將小無限變大，也可以將物變形為可大可長之物，短者，不可輕之，從創作與理論的相應，也都看到白靈一貫的思考模式。

引用書目

王珂、曾心主編：《二十三詩論家論小詩》，泰國：留中大學出版社，2017。

白靈：《煙火與噴泉》，臺北：三民書局，1994。

白靈編：《2017臺灣詩選》，臺北：二魚文化，2018。

白靈：《白靈截句》，臺北：秀威資訊科技，2017。

白靈：〈從斷捨離看小詩與截句——由東南亞到兩岸詩的跨域與互動〉，《臺灣詩學季刊》，第30期（2017.11）。

白靈：〈斷捨離在截句上的應用〉，《臺灣詩學季刊》，第33期（2019.05）。

白靈編選：《臺灣詩學截句選300首》，臺北：秀威資訊科技，2017。

朱光潛：《文藝心理學》，臺北：臺灣開明書店，1985。

牟宗三：《佛性與般若》，臺北：臺灣學生書局，1993.2修訂版五刷。

張默編：《小詩選讀》，臺北：爾雅出版社，2003。

隋·智顗：《摩訶止觀》，CBETA電子佛典集成，漢文大藏經，No.1911。http://tripitaka.cbeta.org/T46n1911_001 2019.10.05.查閱。

如何要「截」然不同
——論卡夫截句與白靈小詩的分進合擊

余境熹

美國夏威夷華文作家協會香港代表

摘　要

　　白靈在《五行詩及其手稿》一書中，曾以十數首五行小詩建起「新詩阿茲特克史」的雛型，後或因題材較為專業，能響應續寫的詩家似難一見。到白靈倡議四行內的截句詩寫運動後，新加坡作家卡夫才跨海接力，以《卡夫截句》的多首作品，複寫或補充白靈筆下的阿茲特克史跡。二人的分進合擊，使「新詩阿茲特克史」的建構更形豐富全備，是同一歷史題材並寫的典範嘗試。

關鍵詞：卡夫、《卡夫截句》、白靈、《五行詩及其手稿》、阿茲特克

一、引言

　　時間回溯六百春秋，阿茲特克人曾建立起雄霸中美洲的龐大帝國，奈何西班牙軍跨海入侵，鼎盛時期的阿茲特克王業竟奄然淪毀，文明成燼，典章蕩然，後世儘管傾力修復，卻難再嵌出帝國風華的原貌。一冊古史，留下許多可供想像騰飛的空間。

　　以倏忽翳滅的古國為題材，伊塔羅‧卡爾維諾（Italo Calvino，1923-85）嘗撰短篇小說〈蒙特祖瑪〉（「Montezuma」）及〈在美洲虎太陽下〉（「Under the Jaguar Sun」），臺灣詩人白靈（莊祖煌，1951- ）則以五行一首的短詩[1]——〈湖〉、〈釣〉、〈乳〉、〈露珠〉、〈歌者〉、〈意志〉、〈鷹與蛇〉、〈颱風II〉、〈兵馬俑〉、〈不枯之井〉、〈那名字叫衛星的人〉、〈一朵白雲抹亮了湖心〉等——歷述阿茲特克的起源、發展與滅亡，甚至提及西班牙征服者意料之外的衰退命運[2]。

題材	白靈「五行詩」
阿茲特克文明起源	〈那名字叫衛星的人〉、〈露珠〉、〈兵馬俑〉
建城定居的傳說	〈一朵白雲抹亮了湖心〉、〈湖〉

---

[1] 白靈（莊祖煌），《五行詩及其手稿》（臺北：秀威資訊科技股份有限公司，2010）。

[2] 余境熹，〈沒有一朵雲需要國界：白靈「五行詩」VS阿茲特克史〉，《臺灣詩學學刊》18（2011）：175-206。本文對於白靈小詩的分析，多重複此一參考資料的觀點。而文中的阿茲特克社會、歷史概洞，則主要參照派克斯（Henry B. Parkes），《墨西哥史》（A History of Mexico），瞿菊農（瞿士英）譯（北京：生活‧讀書‧新知三聯書店，1957）；克蘭狄能（Inga Clendinnen），《阿茲特克帝國》（Aztecs: An Interpretation），薛絢譯（臺北：貓頭鷹出版社，2001）；格魯金斯基（Serge Gruzinski）《阿茲特克：太陽與血的民族》（The Aztecs: Rise and Fall of an Empire），馬振騁譯（上海：漢語大詞典出版社，2001）；戴爾‧布朗（Dale M. Brown）主編，《燦爛而血腥的阿茲特克文明》（Aztecs: Reign of Blood and Splendor），萬鋒譯（北京：華夏出版社，2002）；張家梅編著，《被征服者扼殺的文明：美洲考古大發現》（北京：中國紡織出版社，2001）；張恩鴻，《上帝失落的記憶：無法解開的古文明機密》（中和：晶冠出版有限公司，2006）。

題材	白靈「五行詩」
神祇及宗教生活	〈乳〉、〈鷹與蛇〉、〈意志〉
與西班牙侵略者作戰	〈颱風II〉、〈歌者〉、〈不枯之井〉
西班牙的政經困局	〈釣〉

到2015、2016年之交，一向致力「鼓動小詩風潮」的白靈在Facebook詩論壇倡議「截句」寫作，新加坡作家卡夫（杜文賢，1960- ）隔海響應，不遺餘力，除編著《截句選讀》[3]這本首見的截句評析讀本，點評白靈、蕭蕭（蕭水順，1947- ）、靈歌（林智敏，1951- ）、葉莎（劉文媛，1959- ）、季閒（邱繼賢，1959-）、葉子鳥（潘亮吟，1961- ）、周忍星（周潤鑫，1966- ）、王勇（1966- ）、劉正偉（1967- ）等人傑作外，更以一整冊《卡夫截句》[4]，延續白靈的阿茲特克書寫，讓截句與五行小詩分進合擊，共同組構新詩國度裡的美洲歷史。

二、帝國的源起

卡夫的〈信念〉，為截句詩的阿茲特克書寫掀開序幕：

腳　夢見飛鳥
只有眼睛可以理解

學會合十
不再和走獸賽跑

墨西加人是阿茲特克帝國的締造者，他們原本過著游牧生活，

---

[3]　卡夫（杜文賢），《截句選讀》（臺北：秀威資訊科技股份有限公司，2017）。
[4]　卡夫，《卡夫截句》（臺北：秀威資訊科技股份有限公司，2017）。

居無定所，後來因受神靈啟示，「腳」才有意識地移向特斯科科湖一帶。按神諭，墨西加人將要看見一幅老鷹叼著蛇站於仙人掌上的異象，並在看見異象的地方停歇下來，築造城池[5]；「夢見飛鳥」的阿茲特克祖先於是開始用「眼睛」來「理解」，後來果然親眼見證神意的應驗。因此，先祖們就在特斯科科湖建立人工島，並修築巨城特諾奇提特蘭－特拉泰洛哥（Tenochtitlan-Tlatelolco），「學會合十」，過上了靜定的城居生活，結束世代相承、「和走獸賽跑」的游牧歲月。

白靈的〈一朵白雲抹亮了湖心〉描述建城的工程，如是寫道：

> 一朵白雲抹亮了湖心
> 奮翅游泳過去幾隻鳥影
> 鳥的叫聲使整座湖淺淺
> 淺淺的地震，群山坐不住
> 醉熊之姿一隻隻倒頭栽入了

詩中的「鳥」乃指叼著蛇的雄鷹，牠的「叫聲」引起墨西加人的注意和行動，「整座湖」立即大興土木，前期工程如「淺淺／淺淺的地震」，繼而連「群山」都要「坐不住」了，山上石頭、木材等物資被挪來興築巨城，彷彿「醉熊之姿」，「一隻隻倒頭栽入了」湖中。終於特諾奇提特蘭建造完成，壯麗猶勝畫卷，宛如「白雲」，替原先平靜單調的特斯科科湖添上無限姿彩，確確實實地「抹亮了湖心」。

以特諾奇提特蘭為中心，好戰的墨西加人開始對外征戰。當年碰見「仙人掌」異象而定居下來的小小「部落」，如今勢力「蔓延」，強悍地「橫出一根刺」，戳破周邊民族的防守陣地，迫使他

5　Thelma D. Sullivan, "The Finding and Founding of Mexico-Tenochtitlan（selection from the *Crónica Mexicayotl* of Fernando Alvarado Tezozómoc），" *Tlalocan* 6（1971）: 312-36.

們臣服於阿茲特克帝國；整片廣袤的「土地」，慢慢變成了阿茲特克君主「窄小的」內院——環視四野，皆為附庸與屬民，「不再」有眼中之「刺」了。這正是卡夫截句詩〈妒忌〉所寫的：

橫出一根刺
一個仙人掌部落　蔓延

窄小的土地　不再看到刺

　　如果以特定歷史事件來詮釋，〈妒忌〉也可以是寫特諾奇提特蘭第三代統治者奇馬爾波波卡（Chimalpopoca，1397-1427）遭當地霸權阿斯卡波特薩爾科（Azcapotzalco）的新領導人馬斯特拉（Maxtla，?-1428）暗殺，繼位的伊茲科瓦特爾（Itzcoatl，?-1440）因此不再順從原宗主，領墨西加人「橫出一根刺」，與特斯科科（Texcoco）的流亡主君內薩瓦爾科約特爾（Nezahualcoyotl，1402-72）結成同盟，進攻並最終擊敗馬斯特拉，成功取代阿斯卡波特薩爾科的霸者地位，實現了「一個仙人掌部落」的「蔓延」。

　　繼特斯科科後，特拉科潘（Tlacopan）亦與特諾奇提特蘭結盟，三強聯手，全面控制了墨西哥穀一帶「窄小的土地」——阿茲特克帝國正式創立，四境之內，「不再看到」反抗的「刺」。伊茲科瓦特爾同時命令把平民藏書盡數焚毀，以消除文獻中對阿茲特克人的攻擊，拔掉精神上的「刺」；他又讓平民學習經篡改後大大提升阿茲特克人地位的歷史，使「蔓延」的帝國保持對內收「窄」的向心力。

三、巨城的核心

　　特諾奇提特蘭生活的核心，乃是宗教[6]。大神廟區佔地約五百平方公尺，佈滿各種以精湛石工藝造成的建築物，包括金字塔、水池、諸神殿宇，以及侍神者的起居之所等，合計至少八十餘座。大金字塔雙廟各高六十公尺，分別敬拜戰神、太陽神胡伊齊洛波契特裡（Huitzilopochtli）和雨神特拉勞克（Tlaloc），城內從穿梭於運河水道的小舟，到往來於長街短巷的男女，一律靠仰望金字塔來斷定方位。

　　白靈因此寫下〈湖〉一詩，五行文字謂：

> 最後一圈漣漪將爬上你的岸邊
> 再不會有石子投入湖中了
> 雨的流蘇下到半途都化散成霧
> 落日以一輪霞光，天上湖上
> 正經營一場冷靜而燦爛的對話

　　緊接著〈一朵白雲抹亮了湖心〉那「淺淺／淺淺的地震」，當「最後一圈漣漪」亦「爬上」了「岸邊」，特諾奇提特蘭便宣告修建完畢，「再不會有石子投入湖中了」，一座巨城固若金湯地屹立於特斯科科湖上。「雨的流蘇」浪漫，太陽的「霞光」燦爛，這些詩化的描寫不僅讓人聯想到阿茲特克帝國首都的美輪美奐，更與城中大金字塔雙廟祀奉雨神、太陽神的史實相應。所謂「天上湖上」的「對話」，「湖上」指人間，接通諸天，即指人們有著恆定的宗教探求，與特諾奇提特蘭以信仰為核心的特徵完全吻合。這樣

6　　Henry B. Nicholson, "Religion in Pre-Hispanic Central Mexico," *Handbook of Middle American Indians*, vol.10（Austin: U of Texas P, 1971）395-446.

反過來讀，〈湖〉第三行的「化散成霧」，可能又隱指阿茲特克的至上神靈——稱為「煙霧鏡」、「鏡中煙霧」的泰茲卡特裡波卡（Tezcatlipoca）。泰茲卡特裡波卡被視為無所不在、無所不能的主神，不單守護術士，更是人類命運的掌控者，在阿茲特克眾神中自然有較高的代表性。

卡夫截句詩中，〈我〉與白靈的〈湖〉有著最明顯的呼應：

躺下是一座孤島

站起來
一群飛鳥掠過耳畔

那無中生有的特諾奇提特蘭本來只是人工堆成的「孤島」，到各式宗教建築物「站起來」後，天上、湖上的對話展開，「一群飛鳥」就頻頻「掠過耳畔」了——只要回顧墨西加人的建城傳說、卡夫的〈信念〉和白靈的〈一朵白雲抹亮了湖心〉，我們實在不難發現「鳥」與神靈的啟示息息相關。卡夫的意思是：奉祀諸神的場所建好，神諭即時時降臨於特諾奇提特蘭巨城，在眾人的耳際一再「掠過」，發出不同的指引，而這亦正是白靈所言的「冷靜而燦爛的對話」。

阿茲特克的祀神儀式在今日看來頗為血腥，常拿大量活人獻祭，卡爾維諾的〈蒙特祖瑪〉卻以非常正面的筆觸加以解說：「不論何時何地人們汲汲營營的目標只有一個：不讓世界分崩離析。只是方法不同而已。獻祭的血對我們城市的每一個湖泊和花園都是必要的，猶如灌溉，好比開闢河渠。」[7]「我們的世界秩序卻建立在

---

[7] 伊塔羅‧卡爾維諾（Italo Calvino），〈蒙特祖瑪〉（"Montezuma"），《在你說「喂」之前》（*Before You Say "Hello"*），倪安宇譯（臺北：時報文化出版企業股份有限公司，2001）197。

贈與上。唯有贈與，神賜的禮物才會繼續滿足我們所需，太陽才會每天昇起啜飲泉湧的鮮血……」[8]白靈〈意志〉裡同樣對活人獻祭有美好的想像：

> 戰士們鴉雀無聲
> 齊聚於火光沖天的殿堂
> 在神前獻上割下的耳朵，和腳
> 繼之以灼烤後的心肝
> 那無以名之而歷史上稱之為「詩」的東西……

廟宇「火光沖天」，熱鬧紅火，群眾都期待祭儀的進行；重視光榮的「戰士們」則以嚴肅態度參與其事，表現為「鴉雀無聲」。陷入精神狂迷的阿茲特克祭司會用刀切割自己的「耳朵」，等到被獻者的「腳」邁至祭壇前時，他們便以鋒利的黑曜石剖開其胸膛，取出熱血淋漓、彷彿「灼烤後的心肝」，供奉神祇。〈意志〉的篇末以「詩」來形容大典中的犧牲，乃是肯定了活人祭的莊嚴和優美，從較為正面的角度來看待整場流血隕命的活動——這自然是阿茲特克人本身的觀點。

談到優美，不得不說到阿茲特克獻祭活動中的「扮神者」。外貌姣好、風度出眾的人會獲選為至高神泰茲卡特裡波卡的扮演者，為期一年。一年間，這位扮神者會接受國內最佳的待遇，由統治者為其穿戴華麗衣飾，獲得男侍、女奴和少年導師，並享受眾人對他無可估量的愛慕，而其任務不外乎學習優雅自如地把弄一根菸筒、笛子和花朵。卡夫截句詩〈寫詩〉謂：

> 是誰？生我為淚

---

[8]　卡爾維諾196。

要我　捨身
串成妳手中那如花盛開的念珠

惟詩　方可打結

　　扮神者待遇如此優厚，因何怨嘆生而為「淚」？原來在代替國君統管特諾奇提特蘭四天之後，扮神者就得登上祭壇，釋下華貴衣服、離棄奴婢侍從，把象徵物質世界的一切，盡皆撇下──他的風度，他的美貌，他的顯榮，都終歸於無有，連性命也得交出──在祭典中流血「捨身」，乃是其「生」存的唯一目的。鮮血噴灑，阿茲特克人有時視之為供奉雨神的玉米之「花」；扮演神明的祭品也有著戀慕自己的人，此刻她目睹所愛犧牲，禁不住內心淌血，流下思「念」淚「珠」[9]，一樣「如花盛開」，場面使人興悲。

　　如何，才能使哀傷「打結」？答案是給予這場祭典各種「無以名之」的象徵意義。例如，扮神者在踏上神廟的第一個臺階時，會弄壞於受撫養期間所學習吹奏的一根橫笛，到第二個臺階，則弄壞第二根，直至全部橫笛都損毀為止，寓意既已獲得終極的真理，就不再拘泥於今生的認知。這種隱喻式的表演，白靈「稱之為『詩』」，卡夫也以「詩」和「寫詩」形容，同意它近於藝術，為活人獻祭添上特殊的意義，觀點頗為正面。更直觀的解說則是：在祭典的尾聲，扮神者會忘我地頌唱，禮讚「繁花之死」，以「詩」的形式表述人在世間如曇花一現。詩，於是便誕生在那「我不再活著」的、「愛與死的間隙」[10]中，成為臨終者情感宣洩的最佳載體。

---

[9]　以「念珠」為「淚珠」，實有所本。卡夫〈寫詩〉的另一版本題為〈在路上〉，其文謂：「時間串起所有淚珠/惟詩，方可打結」。
[10]　《我不再活著》及《愛與死的間隙》，分別為卡夫和白靈的詩集名。

四、神靈的世界

　　白靈具體寫到的阿茲特克神靈，以〈乳〉中的開尤沙烏奇
（Coyolxauhqui）最為精彩。開尤沙烏奇是太陽神胡伊齊洛波契特
裡的邪惡姐姐，代表月亮，曾領著代表星辰的眾兄弟一同謀害未出
生的太陽神，最終卻被跳出來以「火蛇」迎擊的幼弟消滅。白靈的
〈乳〉詩寫道：

> 可以碰觸可以握、之溫柔
> 舌尖下，聳入你底靈魂
> 光都滑倒的兩捧軟玉
> 荒涼的夜裡
> 顫動著的金字塔啊

　　其中提及「荒涼的夜」，影射的便是月亮神祇敗戰之事。在特
諾奇提特蘭，太陽神大金字塔的最底下一階，阿茲特克人放置了開
尤沙烏奇的巨大石盤浮雕，描摹她被嬰兒胡伊齊洛波契特裡攻擊而
四分五裂的一幕，讓她繼續受太陽神信徒的踐踏。不過，身為敗者
的開尤沙烏奇仍呈現出柔性與剛性之美。柔性方面，浮雕的中心主
體是這名女性神祇的一對乳房，長形無瑕疵，猶如百合花般柔美，
有著「可以碰觸可以握、之溫柔」；加上線條平滑，彷彿是能令
「光都滑倒的兩捧軟玉」。剛性方面，浮雕上的開尤沙烏奇戎裝登
場，配戴鈴、耳栓和鷹式頭飾，膝蓋、肘部、鞋跟上皆刻有生長獠
牙的臉，即使死亡一刻，其斷裂的四肢仍充滿生氣地舞著踏著，令
人驚悸不已，此所以白靈讚歎：「顫動著的金字塔啊」[11]！

---

[11] 李建群，〈血與火的文明——阿茲特克雕刻藝術初探〉，《美術》10（1987）：58。

白靈另首五行詩〈鷹與蛇〉則涉及了其他阿茲特克的神祇：

> 整座天空貼滿牠們荒謬的翅影
> 唯我仍能倒掛，懸崖上假裝是一根枯枝
> 幾顆蛋顫抖地在鳥巢中等我
> 寂靜多麼可怖，只等田鼠或白兔被追成不幸
> 鷹眼中，滑不溜丟的盜蛋蛇，是我

　　蛇在阿茲特克的神靈世界裡是非常重要的形象，如寇阿特裡姑（Coatlicue）、希瓦寇阿托（Cihuacoatl）、尤伊托希爾托（Uixtocihuatl）和米希寇阿托－卡馬希特裡（Mixcoatl-Camaxtli），其名號即分別為「蛇裙」、「蛇女」、「七蛇」與「雲蛇」。白靈〈鷹與蛇〉的敘述主體「我」也是蛇，常強調蛇的靈巧，這與眾多蛇形象神祇的可頌之力相合。阿茲特克最著名的神則為蓋策爾寇阿托（Quetzalcoatl），其名字的意思是「寶貴羽毛蛇」，在祂的蛇皮之上，佈滿著長條的羽毛——這形象跟「鷹與蛇」可產生直觀的對照。由於蓋策爾寇阿托遭到放逐，被迫離開巨城特諾奇提特蘭，祂視上述諸神為竊奪其位置的「盜蛋蛇」，誓言終有一天要回來向祂們復仇——有羽毛的蓋策爾寇阿托以「鷹」為代表，與「蛇」相鬥，這便是白靈〈鷹與蛇〉情節展開的背景脈絡。

　　卡夫的截句詩〈求知〉延續白靈的「鷹」、「蛇」書寫，亦以蓋策爾寇阿托與諸神的紛爭為題材，寫「盜蛋」之「蛇」在趕走其視為「荒謬」之「鷹」後，如何地得意洋洋：

> 翻開書頁
> 一隻鳥飛了起來
> 越飛　越高　越遠

一條蛇向天空伸了個懶腰

　　蓋策爾寇阿托本是祭司知識之神，發明瞭書籍和曆法，但祂被驅逐之後，人們「翻開書頁」，就只會想到這位像「鳥」般長滿羽毛的神「飛了起來／越飛　越高　越遠」，影響力愈來愈小。與蓋策爾寇阿托對峙的眾多「蛇」形象之神，也就樂得「伸了個懶腰」，悠閒度日，鮮少提防這位聲言復仇者的歸來。要到西班牙人踏進阿茲特克帝國時，特諾奇提特蘭的統治者才忽然驚覺：蓋策爾寇阿托要回來懲罰眾神，及祂們的信徒了……

五、外敵的入侵

　　1519年終，埃爾南・科爾特斯（Hernando Cortés，1485-1547）與他的西班牙部隊首次和阿茲特克文明碰面，在雙方浮淺的相互交流中，西班牙人猛然發起對阿茲特克的侵略行動，扣押其國君蒙特蘇馬二世（Moctezuma II，c. 1466-1520）。在與其他西班牙部隊發生衝突及激起阿茲特克人暴動後，科爾特斯及其部屬曾一度被迫退出特諾奇提特蘭，隨即卻又聯合中美洲的其他族群，合力攻打阿茲特克巨城。繼承蒙特蘇馬二世的庫瓦赫特莫克（Cuauhtemoc，c.1495-1525）儘管頑強抵敵，其皇城終於1521年8月陷落，西班牙征服者贏得戰爭，並在原地建設所謂的「新西班牙」[12]。白靈〈颱風II〉詩謂：

　　　把六百公里的風雨摟成一球，海要遠征
　　　狂飆的中心藏著慈祥透明的眼睛

---

[12]　西班牙入侵阿茲特克的基本史料，可參貝爾納迪・迪亞斯・德爾・卡斯蒂略（Bernal Diaz del Castillo），《征服新西班牙信史》（*The Truthful History of the Conquest of New Spain*），江禾、林光譯，上下冊（北京：商務印書館，1991）。

愛要孔武有力，總是摟著恨，不憚千里

　　狠狠一擊，大海對大陸，流動對不流動

　　靈對肉，千軍萬馬地咆哮、踐踏……

　　西班牙入侵者從大西洋的另一端越「海」而來，「不憚千里」地發動「遠征」，務求擴大勢力版圖；與之相對，阿茲特克乃中美洲的「陸」上霸權，兩者構成「大海對大陸」的異文明較量，而在殖民競賽中急速冒起的西班牙人代表「流動」，步入穩定階段的阿茲特克人則趨向「不流動」[13]，此即白靈所言的「流動對不流動」。

　　關於「靈對肉」，西班牙征服者以滿足「肉」慾為目標，他們對阿茲特克的藝術、文化毫無興趣，在特諾奇提特蘭貴族相迎及饋贈禮物時，輕視象徵統治領域廣闊的鳥羽，只知道撲向黃金。為贏得戰爭，他們把具有極高歷史價值的阿茲特克皇城夷平大半；為便於把財寶運回歐洲，他們溶掉飾有黃金的藝術品。至於擄掠美貌女子、年輕男孩，以滿足獸性，則更是西班牙入侵軍過重「肉」慾的明證。阿茲特克的守衛者則一再強調「靈」界的力量，例如當皇城陷落在即時，阿茲特克人派遣一名偉大戰士穿起大咬鵑鴞衣裝，向敵軍擲出戰神的燧石尖鏢——他們相信，該名戰士若兩度命中目標，即預示阿茲特克人終能獲得勝利；到城破以後，阿茲特克的神廟祭司仍優先考慮運走重要神像，不肯捨棄「靈」的精神支撐。

　　此外，相較於勇毅不屈的阿茲特克抵抗者時常強調戰士之「靈」，西班牙人則更重視保全「肉」身。他們除了用十字弓和大砲遠距離置人於死外，更會在戰場上恬不知恥地逃躲敵人，甚至為避免接戰，轉以飢餓為手段，迫使阿茲特克的戰士及平民屈從。凡

---

[13] Gordon R. Willey, "Horizontal Integration and Regional Diversity: An Alternation Process in the Rise of Civilization," *American Antiquity* 56.2（1991）：198-208.

此種種，都是阿茲特克人所蔑視的、缺少戰士風範之舉。

〈颱風II〉還有兩個細節值得注意，一是「狂飆的中心藏著慈祥透明的眼睛」，既可理解為科爾特斯與蒙特蘇馬二世初期接觸時偽裝出的無惡意，亦可詮釋為西班牙軍以宣揚基督教「愛」的福音為目的，但在過程中卻每每以「孔武有力」的行為慘烈地迫害了美洲原住民。二是「千軍萬馬」，按入侵阿茲特克的西班牙人本身不足千名，「千軍」之數，乃科爾特斯與特諾奇提特蘭周邊族群締盟擴軍後的成果；阿茲特克人與西班牙人碰面之前，並不知道「馬」為何物，後來「萬馬」卻成為輾壓中美洲徒步戰士的利器，讓阿茲特克大吃其虧。

繼白靈的五行小詩以宏觀角度概覽整場戰爭後，與之分進合擊的《卡夫截句》試圖為西班牙、阿茲特克之戰的各個階段補充細節。首先是最初階段蒙特蘇馬二世與科爾特斯會面，卡夫〈我的玫瑰〉云：

讓我緊緊抱著妳
刺　　就不見了

血流乾了
我的心還是比妳紅

西班牙遠征隊大破塔巴斯科（Tabasco）土著，消息傳到特諾奇提特蘭後，蒙特蘇馬二世主動向科爾特斯致送厚禮，條件是後者須撤軍離開阿茲特克。科爾特斯對蒙特蘇馬的饋贈毫不推辭，但卻從未想過班師，反而調動兵馬，逕向阿茲特克的主城挺進。面對來勢洶洶的敵人，搞不清狀況的蒙特蘇馬決定「緊緊抱著」對方，認為通過親善的交涉，「刺　　就不見了」，衝突可以敉平。為此，他竟然引狼入室地邀請科爾特斯進駐皇城，而科爾特斯則在發現城內

寶藏後，強迫蒙特蘇馬搬來與自己同住，方便就近監視，令特諾奇提特蘭的霸主變成了西班牙的階下囚。當時，科爾特斯急不及待地向受挾持的蒙特蘇馬推介天主教，並斥責阿茲特克把「血流乾」的活人犧牲；一路對侵略者委曲求全的蒙特蘇馬終於反駁，天主教的聖餐禮吃神的肉、喝神的血，更加野蠻殘忍。聽到中美洲霸者「我的心還是比妳紅」的宣言後，科爾特斯頗感惱怒，本意是讓蒙特蘇馬改信基督的此一聚會不歡而散。按：卡夫在詩中以「妳」稱呼科爾特斯，原因是這位統帥一直對蒙特蘇馬陽奉陰違，常使詭計，欠缺該時代男性戰士的英雄氣，這和白靈以「肉」來貶低西班牙侵略者，實在是相一致的[14]。

卡夫的截句詩〈鐘〉一題三則，截取了蒙特蘇馬二世被囚後的三個畫面、三個階段，通過跳接，準確而典型地繪出阿茲特克國君在西班牙人武力脅迫下的卑屈情境，手法高明：

01

獄卒來回走動
計算著釋放我的時間

02

獄卒來回走動
尋找著自己的空間

---

[14] 卡夫〈我的玫瑰〉最後兩行，乃係轉化自阿茲特克的一首詩歌：「沒有人能夠永存於世。/我們的身軀就如同那玫瑰——/花瓣綻放，凋零，然後死去。/但我們的心就如同春天裡的草，/它們堅韌地活著，春風吹又生。」詩文中譯，見泰瑞‧狄利（Terry Deary），《狂暴易怒的阿茲特克人》（*The Angry Aztecs*），馬丁‧布朗（Martin Brown）繪圖，陳薇薇譯（臺北：知書房出版社，2005）140。

03

獄卒來回走動
計算著我們之間還有的距離

　　蒙特蘇馬二世主動讓西班牙人進入特諾奇提特蘭城，原意是
在交流中顯示自身的偉大，沒料到野心勃勃的西班牙人馬上將其挾
持，不僅直視這位霸主的臉，更推他、戳他，還給他戴上屈辱的鐐
銬。卡夫寫西班牙「獄卒來回走動」，試探落難的蒙特蘇馬，先是
略帶擔憂地，「計算」著要不要「釋放」高貴的人質；接著是大起
膽來，「尋找」自己的「空間」，擠過去接近、觸碰、戲弄囹圄內
的帝國之君；在羞辱過蒙特蘇馬後，「獄卒」變得趾高氣揚，竟
「計算」起雙方之間「還有的距離」──他覺得自己升高，而蒙特
蘇馬墜落，原先兩者地位上的「距離」已全然消除了──發展至
此，蒙特蘇馬二世的威名可謂喪盡。

圖一　科爾特斯與蒙特蘇馬二世（Left： José Salomé Pina，Hernán Cortés，c.
1879： Right： Antonio Rodriguez，Portrait of Moctezuma II，c. 1680-97）

一段小插曲是，與科爾特斯不諧的古巴總督眼紅前者的輕易成功，於是派潘菲洛・德・納爾瓦埃斯（Pánfilo de Narváez，1478-1528）率大軍前往阿茲特克，意圖收割科爾特斯的冒險成果。科爾特斯委令佩德羅・德・阿爾瓦拉多（Pedro de Alvarado，c. 1485-1541）留守特諾奇提特蘭，親自領兵迎擊納爾瓦埃斯，西班牙人內部的軍事衝突正式爆發。趁此良機，蒙特蘇馬二世應該集結國中力量，驅逐皇城內喧賓奪主的西班牙人才是；但這位曾帶領阿茲特克勇士贏得無數場戰爭的霸者，此時卻忽然畏縮起來，選擇坐以待斃。未幾，阿爾瓦拉多無預警地在一場盛大慶典中屠殺了逾六百名阿茲特克貴族精英，憤怒的阿茲特克人立即起事，自發攻擊駐於特諾奇提特蘭城內的西班牙軍。卡夫的〈僅此一次〉說：

> 在風也過不來的地方
> 用身體鑿開黑夜
>
> 鏤空的影子
> 正在過濾燒爐前的聲音

　　凱旋歸來的科爾特斯驚見城中劇變，西班牙人遭到原住民重重圍困，他的應對之策，乃是請蒙特蘇馬二世代為勸退起事者。蒙特蘇馬自知已是「鏤空的影子」，因一味附和入侵者而失去民眾的尊重，本不欲出面調停；但科爾特斯承諾事情結束後，他會領西班牙軍主動撤走，蒙特蘇馬遂答應在此「風也過不來」的緊張時刻，前往群眾萬頭攢動的「地方」，嘗試「用身體鑿開黑夜」，以權威性的、「燒爐前的聲音」演說，挺「身」為前途黯淡的西班牙人排難解紛。卡夫的〈雕像一〉繼續寫道：

> 要我如何相信

只能仰望你

頭　頂著天空
就不會說謊

帝國臣民最初仍畢恭畢敬地聆聽蒙特蘇馬講話，孰料這位曾經的霸者竟媚外地稱西班牙人為自己的朋友，群眾的怒火因而燃得更熾，直指蒙特蘇馬二世一邊「頭　頂著天空」，一邊在「說謊」，教人「如何相信」，實在不值得「仰望」。他們把蒙特蘇馬貶斥為只配做紡織工的女子，把箭矢、石彈射向他——企圖「用身體鑿開黑夜」的國主這番連中三彈，頭被「鑿」穿，其「鏤空的影子」頹然倒下，「聲音」也「燒燼」了。

利用蒙特蘇馬作呼籲無效，西班牙軍受著阿茲特克人的持續攻擊，漸漸彈盡糧缺，科爾特斯不得不考慮讓部隊於夜間突圍。他表面上與阿茲特克人議和，目的只為令對方放下戒心，暗地裡他命人趕製一種可隨身攜帶的橋，以備用來逃離圍繞著特諾奇提特蘭的大湖。卡夫的〈主義〉記道：

眼睛都躲在窗下
雙手一推，驚見
所有耳朵豎起來，等

第一聲槍響

同收《卡夫截句》的〈巡〉則謂：

一左　　　刺刀　　　一右
挑　　　路上夜色　　　開

一個不小心

　　包　　　　腳步聲　　　圍

　　西班牙人整天「眼睛都躲在窗下」，緊張兮兮的；好難得熬到約定時間，就一齊「雙手一推」，開門離開陣地，「一左」、「一右」，並肩前行，挎著「刺刀」，「挑開」那「路上夜色」，搶向通往特拉科潘的道路去。但旋即，這些侵略者便「驚見／所有耳朵豎起來」──他們「一個不小心」，竟被「巡」邏的阿茲特克士兵發現，警報拉響，全城守衛國土的勇士火速集結起來，令人震懾的「腳步聲」四面八方地「包圍」起企圖逃跑的部隊。無可奈何，計畫遭打亂的西班牙軍只好被動地「等」待統帥的命令，是繼續沒命地逃跑，還是，砰──科爾特斯已鳴起針鋒相對、表示迎戰的「第一聲槍響」！

　　戰鬥開打，亂紛紛的西班牙軍狂吼著殺至橋邊，阿茲特克方面卻早有數百條獨木舟在湖上守候著，亂箭齊發，打得欲奪路而逃的入侵者狼狽不堪。卡夫的〈吻〉描述了西班牙士兵的苦況：

　　舌在嘴裡狂飆
　　唇在越來越小的床上
　　翻滾

　　夜　無處可逃

　　這些失意的入侵者「唇」乾「舌」燥，喉頭冒火，但無論如何虛張聲勢，「舌在嘴裡狂飆」，罵敵人也好，激勵己方士氣也好，他們當中不少人都躲不過被擄到獨木舟上的命運，「在越來越小的床（船）上／翻滾」[15]不已。不，仍把「越來越小的床」理解為讓

---

[15] 將「船」誤唸作「床」，正合於西班牙人「唇」枯「舌」焦的狀態。

人躺著的「床」亦可——被擄的西班牙士兵被成批送上神廟祭壇這張「床」，剖胸取心，供奉阿茲特克的神祇；他們一直「翻滾」掙紮，但慢慢就變為全身抽搐，疼痛至極而亡。經此一役，西班牙人損失慘重，火砲全部遺落，戰馬佚失大半，科爾特斯與阿爾瓦拉多帶傷走脫，但麾下最少逾百名西班牙兵被俘被殺，這還不計那些與科爾特斯聯合的美洲盟軍。他們沮喪地稱不堪回首的這一仗為「悲痛之夜」（La Noche Triste），一提起，便想到「夜　無處可逃」的恐怖[16]。

圖二　逃離特諾奇提特蘭的西班牙軍
（The Sad Night，second half of 17th Century）[17]

　　科爾特斯不會善罷甘休，他再次與中美洲城邦特拉斯卡拉（Tlaxcala）合兵，組成龐大遠征軍，反攻並包圍特諾奇提特蘭。特諾奇提特蘭裡，奎特拉瓦克（Cuitláhuac，c. 1476-1520）於繼承蒙特蘇馬二世後不久病逝，君主之位已由庫瓦赫特莫克接替。庫瓦赫特

---

[16] 卡夫〈吻〉另有兩個修改版，結尾分別為：「一分鐘比一世紀長」、「今夜開始無處可逃」，此則與「悲痛之夜」時西班牙人逃亡的心情相合。

[17] 本文圖二至圖四均見於Jay I. Kislak Foundation網頁。該站上載多幅十七世紀後半期的油畫，歷述科爾特斯由征戰塔巴斯科到逮捕阿茲特克末代君主的過程，值得細賞及參考。連結為：https://www.kislakfoundation.org/collectionscm.html#row2。

莫克是智勇雙全的明君，藉製作長矛及於特斯科科湖埋下木樁，曾一度有效地阻遏西班牙騎兵和雙桅帆船的進攻；但阿茲特克的軍事科技畢竟遠遠落後於入侵者，《卡夫截句》即特別強調西班牙火器在戰場上的優越性，如〈瞄〉：

> 右眼是一顆子彈
> 上膛了
>
> 一個一個一個一個
> 倒地了[18]

又如〈末路〉：

> 槍管多長
> 我的黑夜就多深
> 血就流多遠
>
> 影子　也不留下

　　西班牙的火槍快，令守城者「一個一個一個一個」接連倒下；狠，一擊即致人於死，令受創者「倒地了」、「血就流多遠」；準，清除敵人絕不遺漏，連「影子　也不留下」。所以當阿茲特克守軍看見西班牙人舉槍，他們的心裡就暗嘆「槍管多長／我的黑夜就多深」，內心失去希望[19]。
　　失去希望的心情，還見於卡夫的〈痛〉中：

---

[18] 除了放在西班牙、阿茲特克最後決戰中理解外，這首詩也可能是寫前述科爾特斯與納爾瓦埃斯的衝突。該場戰鬥中，科爾特斯軍「瞄」準納爾瓦埃斯射擊，打瞎了後者的「右眼」，潰敗的敵人亦被他們打得「一個一個一個一個／倒地了」。
[19] 卡夫〈瞄〉中的「子彈／上膛」，蓋指填充滑膛槍的火藥。

點亮一盞燈

眼睛成了驚弓之鳥
槍都上膛了

我不過是想寫一首詩

　　許多阿茲特克勇士訓練一生，獲得超卓戰技，就是為了以生命「寫一首詩」，在與敵人決鬥時譜出輝煌。可是這次，皮膚白皙的掠奪者總是逃避近身較量，只以「上膛」之「槍」遠距離地進行殺戮，使一身好武藝的阿茲特克英傑無從施展。當城內神廟的「燈」如常「點亮」，阿茲特克人又一次看見西班牙軍「槍都上膛了」；由於無法消除敵人在攻擊範圍上的優勢，城內的臣民徒然變成「驚弓之鳥」，時刻惶恐不安。

　　惶恐不安的阿茲特克軍確實也曾想過反擊的，但談到命中敵人時最有效的武器，可能竟要說到那些沉重的木棍。原因是：西班牙人的鎧甲堅實，內部填滿棉料，能夠卸去箭鏃、矛頭的衝擊。卡夫在截句詩〈如果〉裡，就曾刻劃出一位大嘆無奈的阿茲特克弓箭手：

前世不是一把弓
今生怎能化身為箭
奮力拉開天地

哪裡是我的日月

　　守城者在其言詞中，透露出對「弓」和「箭」的種種疑問：且

不說「前世」就「不是一把弓」，即使「今生」他能在所置身的戰場上「化身為箭」，難道便可「拉開天地」，靠「奮力」扭轉乾坤麼？像對前世是弓、今生為箭的否定一樣，守城者對回轉天地這一大哉問同樣是澈底無望的──西班牙軍圍城已足足九十天，但「哪裡是我的日月」呢？有哪一日、哪一月，是阿茲特克軍能夠在日月普照下揚眉吐氣地反擊敵人的嗎？孤臣無力可回天，不，是無力穿透侵略者的鋼製鎧甲──整座特諾奇提特蘭城漸漸因處於劣勢，而滑向迷失茫然、士氣崩潰的邊緣。

圖三　西班牙攻陷特諾奇提特蘭
（The Conquest of Tenochtitlán，second half of 17th Century）

　　說到底，阿茲特克和西班牙遠征軍存著明顯的軍事科技差距，除了火槍對弓箭、十字弓對長矛外，鋼劍對木棒、砲彈對勇氣、騎馬的軍隊對徒步的鬥士，這些都讓西班牙人的獲勝變得毫無懸念。卡夫在〈距離〉裡提到：

　　　伸長了手
　　　也捉不住擦身而過的聲音

這「擦身而過的聲音」，可以是火槍射擊聲、砲彈爆破聲，可以是戰馬嘶鳴馳突之聲，之所以「擦身而過」，往往是由於其速度太快，阿茲特克人尚未反應過來，就被「聲音」撕碎、扳倒。受威脅的後者當然沒法子「伸長」一下手就接住槍彈、挽住砲擊、牽住鐵騎，以整個國家的軍事發展程度來說，農業文明的阿茲特克「伸長了了手」，也是無以夠得上工業文明的西班牙的。

圖四　庫瓦赫特莫克為西班牙人所俘
（The Capture of the Mexican Emperor Cuahtemoc，second half of 17th Century）

深知敗局已成的統治者庫瓦赫特莫克於是有了跟科爾特斯談和的打算，但因祭司們極力勸阻，他有點拿不定主義。卡夫的截句詩〈這樣就過了一天〉如是寫道：

剛過下午
夜就來敲門
開不開門　無處可逃

反正我是向晚的黃昏

阿茲特克人在「悲痛之夜」驅逐西班牙軍，時間不遠，初登位的庫瓦赫特莫克還未喘息得夠，感覺上「剛過下午／夜就來敲門」，科爾特斯和他的盟軍又來壓境，並且打進城區了。被圍九十多日的庫瓦赫特莫克是傾向「開門」獻地、投降罷兵的；祭司則建言「不開門」，要頑抗到底。可庫瓦赫特莫克心裡知道，抵抗與否，他都將「無處可逃」地，要屈服於來自異邦的侵略者。為甚麼呢？庫瓦赫特莫克觸目所見，乃是特諾奇提特蘭城籠罩在一片「向晚的黃昏」中，民眾病懨懨的，除了是受糧水不足的影響外，更似是受到某種不知名的疫症襲擊。若是拒不談和，巷戰開打，憑著身體狀況如此惡劣的臣民，庫瓦赫特莫克又能抵敵多久呢？這位統治者唯一能做的是：讓人民展開巷戰，拖延敵軍；他自己乘獨木舟離開，往特拉特洛爾科（Tlatelolco）找機會謀求再起。只可惜，他還是避不開「無處可逃」的命運，小舟被科爾特斯的下屬截獲——阿茲特克帝國，也因而正式「向晚」了。

卡夫在〈真相〉裡這樣揭示：

砰！

所有的腳一哄而散

風低頭路過
不語

西班牙軍隊控制住已被夷平大半的特諾奇提特蘭，城中原先的居民不是「一哄而散」地逃亡，就是因傷病不得不留下來，受仇敵管束，對耀武揚威、抬首挺胸的征服者敢怒而不敢言，彷彿隱形的「風」般，在一旁「低頭路過」，謹慎地保持沉默「不語」——沒辦法啊，西班牙軍持有火槍，「砰」的一聲，足以致命。誰又有那

個膽量忤逆他們呢？但白靈〈颱風II〉已說過：繼「千軍萬馬地咆哮」後，阿茲特克人將要承受的乃是「踐踏」，其坎坷的命運，現在才要展開。

六、敗者的命運

阿茲特克人家園盡毀，屍填溝壑，其國主遭敵軍俘擄，祭司們被群犬扯爛，而尚存活的男女老幼皆淪為奴隸，觸景傷情，遂在廢墟中嗚嗚然唱出哀悼之歌：「斷矛倒在道路上；／我們悲痛地撕扯頭髮。／房屋如今已沒有頂了，屋牆／染血而成紅色。」[20] 白靈遠隔五百年，以〈歌者〉與之和應，吟道：

> 她的喉嚨是我失眠的原點
> 淋不濕的歌聲不肯成眠
> 像昨天的靈夢，飄過
> 雨溶溶的夜，恣意地迂迴於
> 我左耳與右耳的小巷之間

白靈想像阿茲特克的歌者為女性，其「喉嚨」吐出的哀怨、「淋不濕的歌聲」，著著實實使翻閱史冊的讀者「失眠」。白靈說「靈夢」恣意地在左耳右耳蕩漾，這固然是和阿茲特克人輾轉無寐、「不肯成眠」的「悲痛」相似，而〈歌者〉那一「小巷」的比喻，引進空間情景，實是阿茲特克人歌中血染牆、屋破頂的延伸，領人走進國破家亡的悲傷夢境，在「雨溶溶的夜」裡倍感哀慟。

悵望千秋一灑淚的不只白靈，還有卡夫。在《卡夫截句》中，〈所以，留白〉即回應愁唱「斷矛」的歌聲，發出了在詩人心底迴

---

[20] 克蘭狄能365。

響的期盼：

> 我打開詩的溫度
> 再深的意象也承載不了過重的悲傷
>
> 所以，留白
> 讓流血找不到更多的藉口

　　卡夫認為阿茲特克人的歌是有感受、有「溫度」的「詩」，但對比起民眾實際遭遇的悲痛，即使如「斷矛」這一「深」刻的「意象」[21]，卡夫認為還是「承載不了」出力「撕扯頭髮」式的、「過重的悲傷」。他想像自己置身於「如今已沒有頂了」的房子，昂起頭，天空正一片「留白」；他乃對天呼籲，祈求世間也變得清明，使「流血找不到更多的藉口」，不必再現阿茲特克廢墟上那一面面「染血而成紅色」的牆。

　　卡夫設想淪為僕隸的人活在西班牙征服者的頤指氣使下，性命毫無保障。他們想要逃走，但西班牙的鞭子、利刃卻絕不輕貸。受著壓迫的人，唯有在夢裡寫「詩」，如卡夫〈寫詩的人〉所述：

> 穿入雨隙
> 風聲中追逐想像
>
> 都是夢的釋放，都在
> 邊界之外……

---

[21] 長矛是阿茲特克人在圍城戰中刻意設計，用以抵禦西班牙人騎兵的重要兵器，「斷矛」既是實寫敗方破損的武器散落一地，亦示意防守的澈底崩塌，更象徵阿茲特克帝國的霸業中斷，含義豐富。

他們「追逐」自由的「想像」，在夢中「穿入雨隙」，冒雨遁走，越出湖上的大城，越出「邊界之外」，越出西班牙人的魔掌。不過一覺醒來，他們又得從「夢的釋放」裡回轉，被束縛、被奴役，直至死亡，苦不堪言[22]。「穿入雨隙」是虛，脫不出白靈所說的「雨溶溶的夜」，才是事實。

　　如同白靈〈颱風II〉所述，當時的西班牙入侵者重視「肉」慾，喜歡一種「孔武有力」的「愛」；那些阿茲特克女性奴隸或外貌姣好的男僕，就都有著較高風險，隨時會遭受性侵。接續著〈寫詩的人〉，卡夫在〈詩念〉裡說道：

　　　纏得越久
　　　掙得越急
　　　纏得更緊

　　　哪裡是我的曠野？

　　奴隸被捆綁凌辱，那繩子「纏得越久」，他們便「掙得越急」，可西班牙人哪肯鬆綁，於是把繩「纏得更緊」，讓被侵犯者無處逃避、無從防範。奴隸們喊出一句：「哪裡是我的曠野？」這「曠野」實質便是〈寫詩的人〉所提及的「邊界之外」，只有逃出征服者全面控制的城池，阿茲特克人才有重獲自由的可能。

　　白靈《五行詩及其手稿》裡的〈不枯之井〉，說的則是女奴逃跑，但畢竟會被追回凌虐，其內文謂：

　　　你說不能哭，坐我胸口那塊頑石點點頭

22　次佳的詮釋，〈寫詩的人〉亦可指前述在「悲痛之夜」試圖突圍離開特諾奇提特蘭城的西班牙部隊。他們冒雨前進，「穿入雨隙」，在戰鬥的「風聲」中「追逐」順利逃生的「夢想」。「夢想」的終點，自然是在湖上巨城的「邊界之外」。

你說井不能枯，吊我心上那木桶也點了頭
但就在昨夜，我聽到草原深處
一口愛哭的井哭了一整夜，哭出今晨
眼前這一大片湖泊，漂我的床來你窗口

同伴提醒她「不能哭」，要靜靜離開，她「點點頭」；同伴說希望如井，「不能枯」，她又「點了頭」。到她成功逃出已更名為墨西哥城的特諾奇提特蘭後，來到「草原深處」，她終於忍不住「哭了一整夜」。結果呢？哭聲讓她被仇敵發現，在「晨」間，她又被押回墨西哥城所在的那「一大片湖泊」，物歸原主，一張「床」就這樣「漂」回受苦同伴的住處，置身在西班牙人「視窗」的凝視下，不得不在「床」上獻出肉身，失去靈魂[23]。

回應白靈〈不枯之井〉，卡夫以〈餘生〉寫男性奴隸：

妳的哭喚鑿開一條隧道
千繞百轉　風也逃不掉
我一路爬行

如果明天還在

詩中的「我」，乃指較少機會遭受性暴力的男奴。他聽見逃跑的「妳」忍不住號哭，「哭喚鑿開一條隧道」，卻終於無法通到西班牙人控制的領域之外，「千繞百轉　風也逃不掉」，內心非常欷歔。不敢逃的「我」低頭做人，俯首聽命，「一路爬行」，表現恭順，但其實征服者因一時之怒，就可隨意將他殺掉，他也不得不惶惶然自問：「明天還在」，會嗎？

---

[23] 本文對〈不枯之井〉的詮釋，略異於〈沒有一朵雲需要國界：白靈「五行詩」VS阿茲特克史〉的讀法，兩者可互相補充，呈示阿茲特克人亡國後的悲慘遭遇。

這名男奴的擔憂實屬正常，因為連阿茲特克帝國的末代君主庫瓦赫特莫克亦難以自保。科爾特斯曾讓庫瓦赫特莫克繼續出任特諾奇提特蘭名義上的統治者，但這僅僅是穩定城內秩序的手段；未幾西班牙人即露出猙獰面目，肆意羞辱曾與他們對抗的庫瓦赫特莫克。卡夫在〈老兵不死〉裡說：

> …不需問
> ……不許問
> ………不該問
>
> 活著只能坐在方格子裡　等

西班牙人為了追問黃金的下落，無情地向庫瓦赫特莫克施以嚴刑，不僅拷打他，還用油燙、用火燒他的腳。其中一次，西班牙人安排一名大臣與庫瓦赫特莫克躺在床上，然後在底下燃起木炭，那大臣忍受不住，遂哀求主君讓他供出寶物所在。庫瓦赫特莫克卻只平淡回應：「你認為我是睡在鋪滿玫瑰花的床上嗎？」[24]這當然是「不需問」的，而大臣應該像自己那樣，秉持勇士精神，「不許問」能否開口的問題；因為關於財寶的去向，那實在是欠缺風度、見利忘義的入侵者所「不該問」的。庫瓦赫特莫克的潛臺詞等如是：只要「活著」，就「只能坐在」床上那小小的「方格子裡等」，至死方休，決不能開口求饒，屈從於踐踏自己尊嚴的敵人。阿茲特克末代君主的舉止讓征服者科爾特斯備感羞愧，於是吩咐停止酷刑。

---

[24] 庫瓦赫特莫克既提及「玫瑰花」，前引卡夫〈我的玫瑰〉或許也與之存著聯繫：「讓我緊緊抱著妳/刺　就不見了//血流乾了/我的心還是比妳紅」。當勇毅的阿茲特克末主「緊緊抱著」其原則（第一個「妳」），酷刑傷人的「刺」他就不放在心上了；即使自己被拷打得「血流乾了」，他的「心」還是比毫無戰士精神的西班牙侵略者（第二個「妳」）「紅」。

圖五　被捆的庫瓦赫特莫克坐在方格子裡等
（Leandro Izaguirre，El suplicio de Cuauhtémoc，1892）

然而，庫瓦赫特莫克並未從此安逸。卡夫的〈此後〉續寫道：

> 淚水穿過淚水
> 繁殖更多的傷口
>
> 時間在時間裡腐爛
> 誰能超渡我

　　科爾特斯率軍到宏都拉斯討伐叛將時，強行命令庫瓦赫特莫克隨軍出發，後者遂在西班牙人點起的烽煙之中，見證著這些異邦惡徒造成的破壞，讓「淚水穿過淚水」，使大地「繁殖更多的傷口」。途中，一些阿茲特克人計劃殺死科爾特斯，擁庫瓦赫特莫克回墨西哥城掌政；但他們沒能把握時機，最終「時間在時間裡腐爛」，科爾特斯很快偵破內情，隨即把阿茲特克的末代帝主絞死，消除後患。庫瓦赫特莫克儘管對征服者破口大罵，卻是誰都不能「超渡」含冤、含恨、含怒而亡的他了。

七、歷史的煙雲

　　如果說白靈重視開端，在五行詩裡追敘阿茲特克文明的來源，則卡夫可謂較重結尾，於末主庫瓦赫特莫克逝世後，仍為淪毀之邦的餘緒花費不少抒情筆墨。他以兩首詩呼應自己開頭所寫的阿茲特克史，其一是對照〈妒忌〉的寫法，以「仙人掌」借指阿茲特克，寫出〈仙人掌〉一篇：

　　　　如排列的墓碑　　註定蒼涼

　　　　不死是天生的悲哀
　　　　堅強是硬撐的謊言

　　　　你是世上最後的誓言

　　西班牙人除以槍砲殺戮阿茲特克人外，更為美洲原住民帶來了後者缺乏抗體的天花、麻疹和流行性感冒，以致中部墨西哥人口由1519年的二千五百萬之數，銳減至1565年的二百五十萬[25]——昔日輝煌鼎盛的帝國，竟變成處處是「排列的墓碑　註定蒼涼」。特拉科特辛（Tlacotzin，？-1526）——那位受火床之刑而幾乎熬不住的帝國大臣——在庫瓦赫特莫克死後，由西班牙人立為新的阿茲特克統治者。接下來的四十年，這樣的傀儡君主仍時有更替，給人一種阿茲特克長存「不死」、仍然「堅強」的錯覺，可那不過是「硬撐的謊言」，受盡屈辱折磨的原住民來到世上，只感到深沉的、「天生的悲哀」。在他們眼中，壯烈成仁的庫瓦赫特莫克已是「世上最

---

[25] Woodrow Borah and Sherburne F. Cook, "The Aboriginal Population of Central Mexico on the Eve of the Spanish Conquest," *Ibero-Americana* 38（1954）: 88-90.

後的誓言」，是阿茲特克最後的領導者[26]。

　　既然復國無望，久而久之，墨西哥城裡阿茲特克遺民的思想也就由慷慨激昂變為悲傷自憐，再變為平淡，而終成麻木了。卡夫的截句詩〈沒有事發生〉曾寫道：

> 一條老狗在舔天氣
> 一群條子在圍捕竄逃的風
> 一個老男人被年輕女人的聲音清洗著
>
> 懶洋洋的街道若無其事地坐了一個下午

　　特諾奇提特蘭城破後，神廟裡的祭司被西班牙人放狗咬死，而今「老狗在舔天氣」，寒暄度日，沒有人記得當年情仇了；「一群條子在圍捕竄逃的風」，說的是部分西班牙人仍不甘心地尋找庫瓦赫特莫克藏起來的財富，但既是「風」聞，鮮見收穫，那班阿茲特克遺民看到了，也就沒當一回兒，不想守衛這筆傳說中的鉅資了；至於西班牙「老男人」收買阿茲特克女奴，衰退的肉身「被年輕女人的聲音清洗著」，亡國之人更是司空見慣，大家的感覺都麻木了。於是，全無復國之念的阿茲特克人就在「懶洋洋的街道」上，「若無其事地坐了一個下午」，比起〈餘生〉的「我一路爬行」，俯首稱臣的已不止於肉身，更有心態。

　　翻書至此，卡夫的心理壓力已難承擔，於是像〈仙人掌〉對應〈妒忌〉，他再以〈信念〉裡的「學會合十」，花樣翻新，寫出了又一首截句詩〈合十〉來，表達歙歙的心境：

> 所有能流的淚

---

[26] 肖雋逸，〈從阿茲特克末代皇帝到現代墨西哥民族象徵——夸烏特莫克形象的歷史變遷〉，《江蘇師範大學學報（哲學社會科學版）》42.5（2016）：32-38。

眼睛都說過了

　我　合十
　合不上一路走來的黑

　　「合十」在〈信念〉裡解作過起安穩的城居生活，但想到阿茲
特克史最後的圍城片段、奴役畫面、屈辱場景，屋壞牆傾，人亡家
散，處處傷情，真是「一路走來」俱是昏「黑」，讓詩人「所有能
流的淚／眼睛都說過了」，即使雙手「合十」，其心靈也無法立即
安定下來。詩中的「合不上」一語雙關，既指「合十」，又指卡夫
合上阿茲特克史的書頁後，依然「合不上」腦海裡的記憶——翻閱
白靈五行小詩和卡夫截句，讀懂裡面的古史訊息，愛詩人可能也會
有這樣「合不上」的感覺。
　　讀史而「合不上」，掩卷嘆息——嘆息阿茲特克無力復興，嘆
息美洲原住民飽歷折磨，卡夫很自然有了介入歷史的奇思，想對苦
難中的被侵略者伸出援手。他的截句詩〈落花〉，寫的是：

　來不及美麗
　風雨就來送葬

　多麼想彎身和妳說　回家了

　　阿茲特克稱霸墨西哥穀約五十年，還「來不及美麗」，西班
牙人掀起的「風雨就來送葬」——值得留意的是，白靈〈颱風II〉
中，「六百公里的風雨」即指西班牙遠征軍，卡夫和白靈詩的緊密
扣連在在可見。痛惜於偌大帝國竟在其最興盛之時忽然夭折，卡夫
同情起那些破家流離的女性，心中「多麼想彎身」和她們說「回家
了」，讓她們不必像白靈小詩裡陳述的：「一口愛哭的井哭了一整

夜」而仍不能止住淚水，或亂「漂」到哪個施虐者的「窗」前，被推倒在「床」上，毀節汙白……

卡夫學習中外史書先敘事件、再抒情懷的筆法，頗稱全備地完成了自己的阿茲特克詩寫，這對白靈先發的嘗試來說，可謂是一種突破。歷史的煙雲遠了，讀者的幽情卻可隨時召回；小詩和截句的字行排好了，詮釋者的互動可忽焉興起——應該還有接續解說詩義的讀者和接續寫史的詩人吧。卡夫便以他寫作此系列詩時的年齡，寫下〈56歲〉一首，留下歷史煙雲，誘發新詮與競寫：

> 我的一生　翻來覆去
> 逃不出一張手掌之外
>
> 攤開來　千萬條河
> 我要在哪裡棄舟上岸

細緻讀來，這篇與蒙特蘇馬二世、庫瓦赫特莫克、科爾特斯、科爾特斯的土著情人馬林切（La Malinche，c. 1496 or c. 1501-c. 1529）、先後臣服於阿茲特克與西班牙的美洲原住民等，全都有著聯繫，是卡夫最精心設計的複義截句詩。筆者留下這篇不作解說，讀者或可藉熟讀阿茲特克相關史事，自行理解，並以此發軔，譜寫自己版本的「新詩阿茲特克史」或「新詩阿茲特克史詮釋」。

八、勝利的代價

把話題跳到消滅阿茲特克的西班牙，略作補充。

征服阿茲特克及其餘美洲地區，這對西班牙皇室帶來的收益不容低估；但是，若以全國的經濟前景為觀察對象，出奇地，它卻似乎弊多於利。金銀的大量流入，使西班牙本土出現嚴重的通貨膨

脤，工人薪資亦於稍後一併上升，結果造成西班牙商品價格遠高於鄰國、外貿競爭力急劇下滑的情況。與此同時，流入的外國商品由於價錢廉宜，逐漸侵佔起西班牙的國內市場，本地製造業因之日益疲困。虎視眈眈的荷蘭、英國、法國等則乘時而興，其工業因向西班牙及美洲殖民地供應商品而獲得了飛躍發展。「忙了整夜」的西班牙征服者，原來只充當被黃金之餌捕獲的「魚兒」，在美洲撈取的財寶彷如「鏡花水月」，轉瞬便用於養壯自己的歐洲對手——西班牙只落得經濟凋敝，而又強敵環伺的下場[27]。白靈的〈釣〉因而寫到：

> 水月是一輪沸騰的黃金
> 溪水忙了整夜收攏它懷中的財富
> 仍有些流金漂到下游去了
> 老者唇邊停著一隻螢火蟲
> 釣絲垂進水中尋魚兒的小嘴

西班牙人以「沸騰」的欲望掠奪阿茲特克的「黃金」，最後卻一場歡喜一場空，所得不過為鏡花「水月」；他們不惜發動戰爭，密匝匝排兵列陣，急攘攘攫奪珍奇，「忙了整夜收攏它懷中的財富」，但「流金」最終「漂到下游」，只使英、法、荷蘭等國受益。命運之神化身的「老者」忍不住發笑，西班牙人到底只成了咬住「釣絲」的可憐「魚兒」，儘管鼓其雄心，掃蕩中美，摧毀掉滿載黃金的特諾奇提特蘭，偏偏由此帶來的龐大利益並不是西班牙人

---

[27] 彼得・李伯賡（Peter Rietbergen），《歐洲文化史》（*Europe: A Cultural History*），趙復三譯，下冊（香港：明報出版社有限公司，2003）17-18；呂理洲，《學校沒有教的西洋史》（臺北：時報文化出版企業股份有限公司，2004）183-84；王曾才編著，《西洋近世史》（臺北：正中書局，1976）33-34；向思鑫，〈西班牙無敵艦隊毀滅之謎〉，《世界歷史49大謎》（臺北：究竟出版社股份有限公司，2004）117。

所能享用的——億載雄心，竟咽不下一座金城[28]！

卡夫的〈要是你不來〉則謂：

> 一無所有的天空
> 如何飛出憂鬱無盡的夜
>
> 冬天的距離
> 如何會有貪婪的期盼

同樣是寫西班牙人為而不能享——那些在「悲痛之夜」喪命的士兵，「要是你不來」，沒有得，沒有失，「一無所有的天空」，又哪會有被俘上獨木舟的「憂鬱無盡的夜」？那些在征服阿茲特克後，風聞美洲各地黃金國傳聞的冒險者，「要是你不來」，沒有得，沒有失，「一無所有的天空」，又哪會有空手而回時「憂鬱無盡的夜」？即使是功勳最著的科爾特斯，他於戰後成為新征服土地的總督，威風顯赫，卻遭政敵連番攻訐，應接不暇，及後又因資助各種探險隊而導致生活拮据，晚年時更不受西班牙王室重視，得病鬱鬱而死，到反殖民的當代，他似乎還將有千秋罵名——「要是你不來」，不出發遠征美洲，科爾特斯應該會成為一名在歐洲執業的律師，哪裡有「憂鬱無盡的夜」？所以「貪婪的期盼」，它是把人推離沒沒無聞的「冬天」，還是把人推進憂鬱無盡的「冬天」，抑或兩者兼而有之，誰說得準呢？而這也是讀史的省思。

---

[28] 這首詩也可繫於「悲痛之夜」作解：那次西班牙人要突破包圍，從特諾奇提特蘭逃跑，但不少士兵捨不得繳獲的「黃金」，竟然「忙了整夜」，把各類金器「收攏」在「懷中」，結果於匆匆忙忙越湖而逃時，失去平衡，跌入湖中溺死，金子則「漂到下游去了」。福兮禍之所伏，命運老人看見西班牙人咬住「釣絲」，為「水月」白忙一場，「唇邊」應會閃出「螢火蟲」的光亮，粲然一笑。

九、結語

總結來說，自言在創作上受到臺灣文學影響頗深的卡夫，其截句詩結集亦是與白靈五行小詩分進合擊，共同以新詩的形式演繹遙遠的阿茲特克歷史。除了未像《五行詩及其手稿》般追溯阿茲特克人的文化起源外，其他如定居建城的傳說、宗教生活及神祇、侵略者的下場等，卡夫與白靈都有著相同的關注主題，而於科爾特斯征服特諾奇提特蘭城、奴役美洲原住民等題目上，卡夫則非常細緻地，對白靈五行詩只簡單概括的部分作出了詳盡的補充。《卡夫截句》，倒是拾回了白靈「截」掉的歷史材料，再刮垢磨光，以精鍊的文字鋪成詩章。

白靈、卡夫二人分進合擊，凡所異處，令人細思兩者「如何截然不同」，從比照之中，能更多元地欣賞詩家闡釋、鋪述阿茲特克史的特殊角度；但同時，凡所相合處，又令人察覺出反問句式的、截句與小詩「如何（需要）截然不同？」正因互聯互顯，相輔相成，更周密的「新詩阿茲特克史」才有獲得建構的可能[29]。「截句運動」或許也可作如是觀，它是「鼓動小詩風潮」的一浪，有其「截舊為新」的獨特之處；而藉「截句」的名義所號召的各種投稿、競寫活動，又同時推動了「小詩」的創作——從「鼓動小詩風潮」的大題目來看，「截句」的倡議和流行總也算是進擊開拓的一步，不妨多加肯定。小詩和截句的關聯和分工是值得探討的題目，宜用「正讀」方式再作詳析，姑俟後論。

結尾的補充是，如果第一次閱覽「誤讀詩學」的文章，未理解其運思的脈絡與手段，則以下取自筆者另篇論稿的資料，可供參考。就讓「誤讀」、「正讀」，也分進合擊，以不同的詩心共建諧

---

[29]　明年（2019）即科爾特斯進入阿茲特克四百週年，三年後（2021）為特諾奇提特蘭陷落四百週年，屆時詩家相逢，應有佳作，延續新詩對墨西哥史的關注。

羅蘭・巴特（Roland Barthes，1915-80）認為「可寫文本」與封閉的「可讀文本」不同，具有充足的條件，能誘使讀者介入其中，進行再創造[30]。但除了這對相峙的概念外，巴特亦提出「消費性讀者」和「生產性讀者」的說法，後者為「理想的讀者」，參與意識強烈，回絕文本顯明的可理解性，而視之為再生產的材料，藉由個體的詮釋，闡發文本的多重意義[31]。若「可寫文本」沒有「生產性讀者」的積極配合，其意義的發揮仍會受到限制。

茨維坦・托多羅夫（Tzvetan Todorov，1939-2017）曾說，當代的文學詮釋已不能以「準確」為目標[32]，卻不妨轉

---

[30] 羅蘭・巴特（Roland Barthes），《S/Z》（S/Z），屠友祥譯（上海：上海人民出版社，2000）56-57。另參考Lawrence D. Kritzman, "Barthesian Free Play," *Yale French Studies* 66（1984）: 20；Joseph Margolis, "Reinterpreting Interpretation," *The Journal of Aesthetics and Art Criticism* 47.3（1989）: 243。

[31] 巴特51、53、56。

[32] 作為參考，茱莉亞・克莉斯蒂娃（Julia Kristeva, 1941- ）的「互文性」理論曾指並無所謂原初性的文學文本，認定任何文本皆像鑲嵌畫般，必然是在生產過程中吸納並轉化先前的文本，是依賴於其餘存有者及其釋義規範方得以書寫的；由於書寫的基礎乃文化的累積，一個文本與其餘文本存有的「互文」關係，有時並不為作者自己所意識，故以作者意志為詮釋的向度，並不能滿足對文本文化內涵進行開掘的要求。詳見Julia Kristeva, "Word, Dialogue and Novel," *Desire in Language: A Semiotic Approach to Literature and Art*, ed. Léon S. Roudiez, trans. Thomas Gora, Alice Jardine and Léon S. Roudiez（New York: Columbia UP, 1980）66。與此相似，安納・杰弗遜（Ann Jefferson）論證了文本無法擺脫外在因素如體制和規範之影響，否定了其具有固一意義之可能。見Ann Jefferson, "Intertextuality and the Poetics of Fiction," *Comparative Criticism: A Yearbook*, ed. Elinor Shaffer, vol.2（London: Cambridge UP, 1980）235-36。另外，哈羅德・布魯姆（Harold Bloom, 1930- ）專門提出「互詩性」的理論，指認以文字書成的每一首詩都必將建構出牽涉到文本外的、更廣闊的語言網絡，以致作者自身對文本設下的釋義框架，最終亦必無法妥善保障詮釋的獨一性和真確性，其結果是令作者與單一的文本皆無法自足地存在於文學作品的析讀之中。詳見Harold Bloom, *Poetry and Repression: Revision from Blake to Stevens*（New Haven: Yale UP: 1976）2-3；Jonathan Culler, "Presupposition and Intertextuality," *The Pursuit of Signs: Semiotics, Literature, Deconstruction*（London; New York: Routledge, 2001）107。

移焦點，以追求豐富、激越、具趣味的再創造為旨歸[33]。的確，「生產性讀者」有了主動投入的意願，當代的文化理論亦提供多種資源，讓人能放膽開展新的詮釋，如沃夫爾岡・伊瑟爾（Wolfgang Iser，1926-2007）注重「閱讀反應」[34]，雅克・德里達（Jacques Derrida，1930-2004）強調「重述性」[35]，吉爾・德勒茲（Gilles Deleuze，1925-95）與費利克斯・瓜塔里（Felix Guattari，1930-92）揭櫫「分裂分析」[36]等，詮釋者實可按自身能力、經驗和興趣，對同一文本作無量無數的理解，導出異彩紛呈的結論。

筆者提出的「誤讀詩學」即以解構理論為指導，旨在顛覆能指結構穩定、意義單一的假設，趨向多元釋義，發掘文本內外無窮無盡的所指。由於「誤讀」旨在發揮創意、給予讀者全新的閱讀經驗，其闡述出來的意思愈是出格，則應該愈具示範作用。

[33] Tzvetan Todorov, *Introduction to Poetics*, trans. Richard Howard（Minneapolis: U of Minnesota P, 1981）30.

[34] 沃夫爾岡・伊瑟爾（Wolfgang Iser），《閱讀行為》（*The Act of Reading: A Theory of Aesthetic Response*），金惠敏等譯（長沙：湖南文藝出版社，1991）207。

[35] Jacques Derrida, "Signature Event Context," *Glyph* 1（1977）: 172-97.

[36] 吉爾・德勒茲（Gilles Deleuze），〈與費利克斯・加達里關於《反俄狄浦斯》的談話〉（"Gilles Deleuze and Felix Guattari on *Anti-Oedipus*"），《哲學與權力的談判——德勒茲訪談錄》（*Negotiations*），劉漢全譯（北京：商務印書館，2000）26。

截句之外的眾聲喧嘩
──以雲朵與葉莎截句為例

楊瀅靜

（東吳大學中國文學系兼任助理教授）

摘　要

　　本篇論文擬從《雲朵截句》與《葉莎截句》兩本詩集切入，探討從截句本文衍生出來的種種「眾聲喧嘩」現象，作者在截句之外開啟了另一文本的想像空間，讓此想像空間與截句互相參照，證明截句之小（四行以內）、之截（舊作截取或斷章截句），並不會使解讀空間窄化，反而具備更多元開放的意義有待讀者去發掘。不管是雲朵或者是葉莎，在各自的截句詩集中，都出現了複數的文本，雲朵的《雲朵截句》展現截句與照片的搭配組合，葉莎的《葉莎截句》創造角色與截句內容對話，皆開啟了另外一個與截句相互補充、相反質疑的對照空間，讓原來只有四行的截句，解讀上更豐富多元。

關鍵詞：截句、互文、攝影、對話理論

一、前言

關於截句的源流演變與發展，以及形式、技法上的探討，前輩詩人、學者已多有研究討論，在此便不多做贅述。[1]筆者在研究過程中，感興趣的是在根據截句的內容，創作者匠心獨具的發展出另一個文本空間，以書法、照片、繪畫、對話或附上原來詩作的形式，與截句本身互相呼應，為短短四行內容的截句，開創了更多元的想像與意義的解讀。

廖炳惠在解釋「文本性textuality／互文性intertextuality」的條目下，針對互文的部分說：「在許多後現代與後結構的文本閱讀中，『互文』的閱讀方式闡發文本彼此的關係，確認每一個固定概念均非封閉的世界，準此，所謂的人本中心、族群中心或『陽物理體中心』（phallogocentrism）的概念往往無法自圓其說，因為文本是一個引用其他文本且互為參照的開放系統，在這樣的互文空間中，產生矛盾與縫隙，也產生可以被質疑的第三空間。」[2]矛盾、縫隙、質疑，目的都在使原有的文本意義更加多元開放，而這種作用也可以在筆者選擇的研究對象——詩人雲朵和葉莎的截句中發現。

在雲朵的截句詩集中，詩人的截句以數字編碼，共106首，詩人在自序裡戲稱為「今年最長的一首詩」，在每一首詩旁均配上照片或書法作品，給讀者多重的想像；而葉莎的截句詩集共分三輯，除了輯三是詩人卡夫對其截句的評論外，輯一的大標「致讀者」，除了隱隱可以看出詩人的詩論外，更有意思的是每一首的截句下方，有時是詩人自己出來現身說法，有時是擬人於各種事物，以戲謔的口吻說出「（詩）言外之意」，隱隱之間與截句原文構成對

---

[1] 請參見蕭蕭：〈臺灣「截句」創作風潮與實踐〉，《蕭蕭截句》（臺北：秀威，2017），與白靈：〈從斷捨離看小詩與截句——由東南亞到兩岸詩的跨域與互動〉，《臺灣詩學學刊》，第30期（2017.11.01），頁83－103。

[2] 廖炳惠：《關鍵詞200》（臺北：麥田出版社，2003），頁256。

話。而輯二的部分「再生」便是將截句前的原詩置於截句之下，一首詩如何再生成截句的過程於是清清楚楚。本篇論文擬從《雲朵截句》與《葉莎截句》兩本詩集切入，探討從截句本文衍生出來的種種「眾聲喧嘩」現象，作者在截句之外開啟了另一文本的想像空間，讓此想像空間與截句互相參照的深意，證明截句之小（四行以內），之截（舊作截取或斷章截句）[3]，並不會使解讀空間窄化，反而具備更多元開放的意義待讀者發掘。

二、詩與影像的敘事

雲朵在《雲朵截句》自序中以作者、讀者的立場不停換位，去思考截句這種「斷、捨、離」方式[4]在創作及閱讀上展現的美學主張。以作者的立場，利用數字編碼以及照片加強隨意性，將主導權交給讀者，給予讀者更多的閱讀上的想像空間，[5]雲朵說：「在詩

---

[3] 關於截句初始的構想，對於截句之「小」之「截」，雲朵解釋為：「在小說流暢的敘述文字之外，截斷其情節的流動，而放大某些具有意義或特色的句子，以類新詩分行的形式將這些句子以不超過四行的形式排列，將細節放大後的效果也許可以呈現另一角度的美學。換言之，若從斷章而產生的歧義，從整體切割之後激發的文字效果，有時，可能也會像轉個彎的文學思維，體現創作者獨立而企圖創新的野心。」請見雲朵：《雲朵截句》〈今年最長的一首詩〉（臺北：秀威，2017.11），頁9-10。

[4] 雲朵說：「詩是精緻的文字，當詩以如絕句般的短詩出現時，意象的掌握與標示自然必須重新處理，不能像小說一樣充斥著無限制的警句，也無法像詩的意象系統般體現龐大而有機的統一。」請見雲朵：《雲朵截句》〈今年最長的一首詩〉（臺北：秀威，2017.11），頁10。詩人雲朵的這段話，說出了詩截句創作上需要注意之處，詩人白靈以「斷、捨、離」三字來形容截句蘊含的美學。他說：「以小寫大、以明喻暗、以有限呈示無限，說的正是筆者所強調過的未來仍然『畢竟是小詩天下』，或洛夫所說『小詩才是詩的第一義』的真正意涵。以上說詞，越看越與『寫情而不急於抒情，寫一生卻以小事小物下手，寫自己而不及於自身』的『斷捨離精神』貼近啊！」請見白靈〈從斷捨離看小詩與截句——由東南亞到兩岸詩的跨域與互動〉，《臺灣詩學學刊》，第30期（2017.11.01），頁98-99。

[5] 詩人雲朵對於截句的解讀，非常強調隨意性，此隨意性是一種開放多元的意義，創作者完全賦予讀者解讀上的自由，她說：「詩，給人越多的解讀空間越好，每個人閱讀一首詩時，都可以從個別的角度出發，無論是歧義性、多元性或複雜性，都足以更強烈地造就一首詩的豐富內涵。這就像羅蘭巴特的理論中提到的：『作者已死。』當作者的面目模糊時，讀者的身分就會突顯出來。……這種隨意性，是本書

集中，我以數字編碼，從No.01到No.106，沒有特別的意義，採用隨機性的次序，因此，讀者在閱讀時，也是隨性的，不必從第一頁翻到最後一頁，可以隨著閱讀者的心情，隨意翻開你想要的任何一頁，翻開任何時候的任何心情，只要讀者高興開心就好。而詩句旁邊的照片，無論是書法還是照片，都是一種暗示，也是給讀者的多重想像。」[6]以作者角度說明瞭詩作旁的照片與書法，是詩人刻意放置，為了給予讀者閱讀上的「輔助」。蕓朵說：「截句之外，我從作者的角度再反思，詩作有新有舊，書法是新寫成的，照片從手機裡翻找，有些是以前拍的，有些是這半年拍的，書法作品的部分是央請愛好攝影的李子文同學拍攝，師生倆人，在假期的校園裡尋找拍攝的背景，隨著陽光的明滅，不斷搬移作品的位置，與光影追逐，順著光，隨著光蹲低或爬高，我們在自然光線的照映下，留取最美好的角度。」[7]這段話更透露了截句的照片與書法，是詩人自己親力親為，不管是拍攝上或是搭配挑選上，所以也可以視為作者另一種文類的創作，與詩擺放一起，自然形成一種跨界對話的作用，也相當於是詩人用另外一種方式對她自己的詩文本內容做出詮釋。

約翰·伯格（John Berger）曾經提出照片與文字之間存在著一種互補合作的關係，使意義更加穩固，他說：「在照片與文字的相互關係裡，照片等待人們詮釋，而文字通常能完成這個任務。照片做為證據的地位，是無可反駁的穩固，但其自身蘊含的意義卻很薄弱，需要文字補足。而文字，作為一種概括（generalization）的符號，也藉著照片無可駁斥的存在感，而被賦予了一種特殊的真實性

想要傳遞的訊息。」請見蕓朵：《蕓朵截句》〈今年最長的一首詩〉（臺北：秀威，2017.11），頁12。另，也正因為截句的形式特殊，僅有四行以內，足夠一個意象的裝載，但對於意象的解讀，不同人可以從不同的角度，看出不同的光芒與意涵。截句解讀上所產生的隨意性，正是蕓朵想要帶給讀者閱讀上最大的愉悅感。

6　蕓朵：《蕓朵截句》〈今年最長的一首詩〉（臺北：秀威，2017.11），頁11-12。
7　蕓朵：〈今年最長的一首詩〉，《蕓朵截句》（臺北：秀威，2017.11），頁15。

（authenticity）。照片與文字共同運作時力量強大，影像中原本開放的問句，彷彿已充分地被文字所解答完成。」[8]文字的存在補足照片的意義，而照片則是作為文字說明的證據，兩者合作無間，剛好構成一種完成的圓，一切說法在對照之下已經圓滿。在這段話中，筆者更注意到約翰・伯格（John Berger）認為以照片本身而言是一開放的問句，意義有待補足，這指出了照片具有的曖昧含混感，[9]所以更需要文字解釋，固定成意義。但一旦照片遇到的文字對像是詩，原本依靠文字補足所產生的充足感又被打破，含混曖昧感仍舊存在，這是由於詩語言的特性本就不同於一般的文字語言。

奚密以「非指涉性」來概括詩語言：「在一般的意義上，所有的語言用法都是交流；然而，每每使詩和其他形式的語言交流有別的，正是它的非指涉性（non-referentiality），即內容或資訊本身非其重點，『怎麼說』比『說什麼』更為重要。」[10]既然詩語言不用於交流或說明，而是從詩人自身產出，被當作是藝術創造品，所以詩語言本身並不具備明白清楚的特性，反而是一座迷宮，內裡的「思」不太容易被捉摸到，所以翁文嫻說：「評論者必先解構了詩語言的迷宮，才捉到躲在裡面的「思」。（「迷宮」二字一點沒有誇張，迷宮也不一定是晦澀的！有些詩淺白如話，但愈探進去才愈知其聲與義之多向性與森嚴，幾不可解。）」[11]既然詩的「思意」如此難以捕捉，也難怪「晦澀難懂」已變成大眾對於現代詩的定（偏？）見了，原因或許可以再借用翁文嫻的話說明：「詩，是語言的精銳部分、是語言的典型代表，而語言的方式，卻是思維

8　約翰・伯格（John Berger）、尚・摩爾（Jean Mohr）著，張世倫譯：〈照片的曖昧含混〉，《另一種影像敘事》（臺北：三言社，2007），頁97。

9　關於照片「曖昧含混」的特性，請見約翰・伯格（John Berger）的文章〈外貌──照片的曖昧含混〉一文，有詳細論述。收於《攝影的異義》（臺北：麥田，2016），頁93-139。

10　奚密：《現代漢詩》（上海：上海三聯書店，2008年），頁26。

11　翁文嫻：〈如何在詩中看見思想〉，《創作的契機》（臺北：唐山出版社，1998），頁148。

結構、心靈動向之表現。」[12]整首詩可視作詩人的思維與心靈運作的表現結果，本就不好理解，而當整首現代詩被截句之後，掐頭去尾只餘一段，是否在解讀上，讀者會遭遇更大的困難？這也是頗堪玩味的問題。詩人蕓朵認為截句就像是與母體（原作）分離的另一新的生命體，[13]讀者可以用想像力重新賦予截句新的面貌，詩人已經失去詮釋上的主導權，蕓朵說：「這個幻想由作者提出，拋出一個球，接著由讀者接住想像的球體，開始進行讀者的閱讀想像，當作者已經提出該有的目標之後，讀者就是完成目標的人。每一個讀者拿到詩集，閱讀詩句的當下，都在重新組合並創作屬於讀者本身的截句情節。而每一個讀者在翻閱的過程中，每次的次序都是隨機的，每個隨機性都是閱讀的一次完成。」[14]作者只負責拋出球，而球賽的趣味交由讀者完成，詩人提倡截句的「隨意性」，包含了讀者創造詩意的愉悅性，不需要顧及詩人的本意，只需隨順自己的閱讀與想像去理解便可，正如同陳幸蕙所說：「在詩之前，我相信，讀者才是真正的主人」[15]。

　　攝影家尚・摩爾（Jean Mohr）在《另一種影像敘事》中，曾進行過一個實驗，從自己的資料庫裡找出一些照片，然後隨機找來參與者（包含工人、花匠、學生、理髮師、女演員、銀行業者、舞蹈教師、神職人員、精神科醫生等人），請他們針對照片去解釋裡頭傳達的故事，發現經過不同人的解讀後，會得到各種不同的答案，再與作者本人對照片的註解對照，才發現影像照片具有訊息不明的

---

[12] 翁文嫻：〈「難懂的詩」解讀方示例〉，《創作的契機》（臺北：唐山出版社，1998），頁238。

[13] 蕓朵自言：「這種隨意性，是此本書想要傳遞的訊息。因為截句之後，如果原作是母本，截句就像是與母體分離後的小孩，自然有獨立的生命體。這個生命體可以自由呼喊，自行分裂，自由想像，自己長成自己的樣子，甚至規劃自己未來的容貌，這是我對截句未來長大之後的幻想。」請見《蕓朵截句》（臺北：秀威，2017.11），頁12-13。

[14] 蕓朵：《蕓朵截句》〈今年最長的一首詩〉（臺北：秀威，2017.11），頁13。

[15] 陳幸蕙：〈讓人間更可愛的一個方法〉，《小詩星河》（臺北：幼獅文化事業公司，2007），頁5。

特性，若沒有給予線索，最終與猜謎遊戲無異。筆者認為尚‧摩爾（Jean Mohr）的實驗，某種程度而言，可以與薈朵將截句搭配照片的用意互相對照，詩人看透照片所蘊含的含混曖昧性，有意讓照片的訊息不明，搭配詩語言的捉摸不定，兩者相加，反倒牽引出更大的聯想空間，放大其中的遊戲性。所以，在《薈朵截句》中，除了一首截句搭配一張（不同的）照片的基本組合之外；還有不同的截句卻被分配到同一張照片的組合；或者是同樣的風景卻用了不同的構圖、不同光影變化，拍攝出的好幾張照片，分散在好幾組不同截句中。以下筆者試圖解讀《薈朵截句》中照片與截句搭檔所形成的幾組組合，以及企圖解釋詩與影像的敘事結合，詩人的創作用意為何？

（一）兩方（截句和照片）或三方（截句、題目和照片）的組合，想像空間的落實或擴建：

薈朵選擇搭配截句的照片，通常是黑白的風景靜物照，從自序得知詩人都是自己挑選，所以筆者以為在挑選上應該雜揉了詩人主觀的感受，想藉由照片作為一種指引，間接規劃出讀者想像力的路徑，讓詩句與照片各自出現的關鍵意象做出連接。比如說No.25截句內容：「我的白色旅程／開始於天際第一道音符」[16]，搭配的照片內容為：「水面上有一座拱橋，拱橋佔據大部分構圖，拱橋後方是茂密的的樹木搭配隱約的樓閣建築」，讀者開始思索，難道白色的旅程指的是這座白色的拱橋嗎？橋連接兩岸，從此岸到彼岸，剛好可以是一段旅程的展開之處。這樣的搭配解讀，因為有照片輔助，意義顯得合於情理又不流於抽象。又比方說No.28「但這滿眼的水晶樹洞中／形成你從未見過的七彩之象／雨在外頭環繞成透明薄膜／世界是我們的」[17]，搭配的照片為：「一石壁圍成的正方形

---

[16] 薈朵：《薈朵截句》（臺北：秀威，2017.11），頁72。
[17] 薈朵：《薈朵截句》（臺北：秀威，2017.11），頁78。

水池中，漂浮著樹葉、水藻，還有一塊大石，水面上倒影著樹與建築」。若詩句中的「水晶樹洞」為「水池」，小雨落在水池裡，透過陽光折射的確會形成彩虹之象，而落下的雨滴一滴一滴，就好像一顆一顆水晶一樣飽滿晶瑩，當然水池也具有飽滿晶瑩的特色，當雨落在水面，水面宛如一層透明薄膜。而最後結尾「世界是我們的」，詩裡指的世界令人想起水面上的倒影，這世界不過是虛假的倒影，而這個倒影的世界卻是我們所擁有的，如此一想令人悵然。

　　以上說明截句與照片互相搭配之後，更有助於意象落實於現實，照片能變為截句的參照組。但筆者也注意到，並不是每一張照片與截句內容都能在「合理」範圍內互相呼應，有的組合形成的差異較大，當這樣的組合的截句是有題目的時候，題目本該明確的概括出詩作內容，但卻將差異的範圍擴張更大，形成三條殊途的道路，那麼如何將三條殊途彼此連結，就是作者給予讀者的一種想像力上的挑戰。比方說No.20題目〈鼾聲〉：「你的震動搖撼大地／一吸一呼──／所有的塵蟎紛紛選擇跳樓／逃生去了」[18]，搭配的照片角度由下往上拍，內容為：「在天空的大背景下，樹木分歧的枝幹不斷分岔，枝枒佈滿整片天空。」乍看之下圖與詩是不符合的，若「你的震動」指的是鼾聲，是為了誇飾鼾聲之大足以引發地震，而稍後的塵蟎跳樓、逃生去了，若也是誇飾手法，場景便被限制在床上──「你在床上熟睡，引發巨大鼾聲」。但當相片一出現，想像力便從床上跳躍到天空，若將天空視為地面，而分歧不斷岔出的枝幹，便襯得天空像龜裂的大地，那麼打鼾的是誰？從人類的「你」提升到天神的「你」，天神發出的鼾聲搖晃大地是可能的，所以逃生的塵蟎，便可以是地面上任何渺小的萬物，比如說是人類或者是從樹枝上飄落的一片樹葉等。當題目、相片與截句三方配合，即使看似沒有關連的三者，經過想像力的練習，反倒更能擴

---

[18] 蕓朵：《蕓朵截句》（臺北：秀威，2017.11），頁62。

展原有的詩意，發展成較大規模的解釋，增添幾分神話色彩。

　　詩和圖和題目三方差異甚大的例子，還可以以No.56的〈寂寞咖啡杯〉為例：「轉身想像透明正在蔓延／直到將你全部冰凍／若是河流也渡不過今日泛起的人影／褐色將讓你淹沒在路的盡頭」[19]，若是不搭配圖，只結合題目〈寂寞咖啡杯〉，詩裡「透明」、「冰凍」的詞語都能渲染出寂寞的氛圍，而寂寞的時候想起的那個人，往往是對自己最重要的人，既然只能想起，也意味著那人不在身邊，「褐色」指的是咖啡杯裡的咖啡，而最後一句「淹沒在路的盡頭」，或許指的是淹沒在思念之中，既然淹沒，除了想念便無路可走。以上看似合理的解釋，加入截句的配圖之後，卻又大幅改觀。相片內容為：「沙灘上有一排堤岸，沙灘上留有腳印，卻不見人。拍攝者的視角往前，沙灘不斷延伸出去，沙灘的盡頭只見石頭砌成的堤防和巍巍的山脈」，這樣的配圖會變成另外一種詩句的詮釋，照片中並沒有咖啡廳，更遑論咖啡杯了。無人的沙灘倒是與寂寞的氣氛契合，海邊濕冷，海風吹來，「透明」蔓延感覺「冰凍」，而褐色或許是海水拍打上沙灘之後濕透的沙地，人在海邊朝沙灘盡頭走去，逐漸不見，只餘留下腳印和濕透的沙灘。所以，對筆者而言，截句的詩句，從題目著眼便是一個人喝咖啡的寂寞，而就照片而言，便是置身於海灘的寂寞，不管是哪種場合哪種情境下，都是內心思念著一個人的感受。以截句為主，題目和相片各提供了一種寂寞情境，去讓讀者感受。

（二）照片相同截句不同

　　在《雲朵截句》裡還有一個特殊的現象，相同的照片會與不同的截句做搭配，比方說No.5和No.90及No.26和No.105或是No.49與No.82等等。或者是相同的景物，卻用不同的構圖或拍法，拍出好

---

[19] 雲朵：《雲朵截句》（臺北：秀威，2017.11），頁134。

幾張看似「不同」但「本體相同」的照片，這一系列的照片也與不同的截句互為組合，比如說No.6和No.84都是拍攝影子斜映地磚上，看似是兩張不同的照片，實則只是一張直拍一張橫放而已。而No.59直拍樹木，可以看到樹木的全貌，No.63卻採取橫拍呈現橫剖面圖。另外No.14和No.40和No.96，都是同一片樹葉的不同角度。以上種種組合都被筆者歸納進「照片相同，截句不同」的分類裡，以下一一論述：

1、同樣一張照片搭配兩首不同的截句

以佈滿雲彩的天空為主要構圖，同樣搭配No.5和No.90，但只有No.5註明題目，題目為〈你近得好遠〉，截句裡雖然沒有出現關於「雲彩」的關鍵字詞，但從詩句內容來看：「你的手機把世界拉到身邊／把身邊的我推到世界邊緣」[20]，代入文字情節後，明白了這張雲彩照片是用手機拍攝下來的，但「你」在拍攝眼前世界的時候，卻遺忘了身邊的「我」，將我推遠至你的世界的邊緣。這是一首充滿惆悵的詩，訴說兩人之間的距離雖然近在眼前，但心的距離卻遠在天邊。由上可知照片存在的目的，讓讀者能將截句裡沒說到的情節補充起來，變成一個完整的故事。又比如說No.90的截句出現了關鍵詞「雲」，而照片是一種提醒及補充：「我們來不及看雲／只是低頭匆匆行走，不斷／趕著自己的影子」[21]，照片的存在提示讀者詩中低頭行走的「我們」，錯過了周遭世界的美景。同樣一張照片，卻產生兩種不同的截句內容，甚至是兩種截然相反的截句內容，一種是「欣賞周圍的風景，卻錯過身邊的那人」，而另一種卻是「將重心放在自己身上，忽略了周遭的風景」。

N0.49和No.82雖也用了同樣一張照片，截句內容也有所不同，但有別於前一組的內容相反，這兩首截句主題都與「時間」關。或

---

[20] 蔓朵：《蔓朵截句》（臺北：秀威，2017.11），頁32。
[21] 蔓朵：《蔓朵截句》（臺北：秀威，2017.11），頁202。

者可以這麼說，隨著截句內容的不同，讀者看待相片的重點也不同。N0.49和No.82共有的相片內容，可以分為上下兩截，上半是乾淨清爽的天空，下半是種植在高臺上的一排小花們，小花姿態各異，迎風招展。所以當N0.49的題目〈流星〉一出現，就已讓我們將目光焦點移向那片乾淨的天空，截句內容為：「空中的每隻手抓著一生／其實只有瞬間／劃過天際與無邊無際的黑暗」[22]，截句的後兩句寫實的傳達了流星劃過夜空的情境，然後一二句將「瞬間」與「一生」做了對照，流星的一生對我們來說不過就是瞬間劃過天際的事情，當我們仰望天空的時候，看到了流星，掌握瞬間許願的同時，卻沒想過那個瞬間就是一顆星星的一生，或許流星墜落地面時，會變成高臺尚搖曳的花朵吧。相片存在的作用是讓截句裡流星劃過天際以後，那些沒說的後來的結局，靠著照片提示，在讀者活躍的想像中，花朵與流星做出了連結。而No.82的截句，主要的意象「流星」消失了，搭配詩句，我們反將重點移往照片下半截的高臺花朵。No.82：「冬就在牆外，等待一陣風／把秋的黃色瞬間變白／你的風也是／髮就白了」[23]，一陣風吹來，秋天轉為冬天，黃色瞬間變白，因「白色」與冬天的雪景結合，若一二兩句純粹只是寫景，展現季節遞嬗的自然變化，最後兩句才是No.82截句的重點，「你的風也是／髮就白了」，人生的北風指的就是老年，當人生的冬季一到，不由得頭髮不白。照片雖然可以補充重點，加強畫面，但一切仍須以截句為主，照片只是輔佐，因為對詩人蕓朵而言，也是先有詩後，再挑選覺得相應的照片置入，所以同一張照片，相應於不同的截句內容，在截句的主導下，我們看照片的重心也會有所不同。

---

[22] 蕓朵：《蕓朵截句》（臺北：秀威，2017.11），頁120。

[23] 蕓朵：《蕓朵截句》（臺北：秀威，2017.11），頁186。

2、構圖不同的同一景物，放入不同的截句中

　　No.6和No.84雖然都是地磚上斜置的人影，一張直放一張橫放，但是截句主題卻大不相同。No.6內容：「步伐清楚記得每段倒影／跨過一截就是一回甜美歌聲」[24]，在直放的照片中，人越走越遠，最上方只拍攝到鞋，而直立的影子映在照片的邊緣，蓋在好幾塊地磚上面，一塊地磚若代表一截路途，每段倒影都是走過的道路，只要堅持下去越走越遠，就能換來甜美的歌聲，No.6照片與截句在解讀上完全沒有困難，堪稱互相符合。但照片主要元素相同，換了一首截句後，就不是這麼好解讀了，以No.84來說：「你，遇見了文字／遇見鏡子後面的虛擬世界／像一座剛建造的船／載著少與老，航行著」[25]，相片裡既沒有文字，也沒有鏡子更沒有船，與截句一搭配，反而困難度增加，若截句的抽象要與實在的照片結合，文字世界就好比是鏡子裡的虛擬世界，是用象徵或意象構成的。所以，照片裡一塊一塊的地磚，用文字來比擬便像一艘一艘的船，船不斷行進，走過一塊地磚便是往前行進一步，路人老少皆有，踏在地磚上行走就好比乘坐一艘不斷行進的船。

　　再以一系列的不同角度拍攝的三張樹葉照為例，[26]說明照片與截句搭配的難度，有時照片的存在只是製造了某一種氛圍，加強了情緒的渲染。No.14：「外面正在大雨／你的眼中裝著太陽／撐小花邊的陽傘」[27]外面是不是大雨，從照片上看並不是這麼清楚，因為樹葉背後的背景是模糊的，詩句中的「太陽」和「陽傘」卻是呼應的，「陽傘」的功能可以用來遮陽與蔽雨，而照片中那葉，也可能是某些昆蟲、毛蟲或是蝴蝶螞蟻的遮陽蔽雨之處。樹葉上有被啃

---

[24] 蓉朵：《蓉朵截句》（臺北：秀威，2017.11），頁34。

[25] 蓉朵：《蓉朵截句》（臺北：秀威，2017.11），頁190。

[26] 搭配NO.14截句的樹葉照片，是截取樹葉的局部放大圖，NO.40是樹葉垂下的整體照，而NO.96是樹葉橫向的拍攝圖。

[27] 蓉朵：《蓉朵截句》（臺北：秀威，2017.11），頁50。

咬的破洞，最上方有一角破損，整體看來也蠻符合「小花邊的陽傘」的形容。這是傘的外形與功能性和樹葉結合之處。至於No.40〈離〉：「一隻蒼蠅從火中飛出／越過藍寶鑽石／走了」[28]，背景同樣模糊不清，但葉子的整體卻拍攝的很清楚，而困難的一點是截句出現的元素，照片上都沒有，如果No.14還能在合理的範圍內，產生連結，No.40似乎更困難一點。題目〈離〉與截句吻合，敘述蒼蠅飛走的情形。比較艱難的落在照片的部分，如果樹葉曾經庇佑蒼蠅逃離火，樹葉上那些被啃蝕的洞隙，與燒灼的情況有某些相似，比較疑惑的是「藍寶鑽石」是什麼？同樣也是指樹葉上的洞隙嗎？當陽光透入孔洞，光線折射下會產生不同的光亮。而No.96「喝一杯咖啡的時候，／時間就死去。」[29]截句裡出現的詞語，相片上也都沒有，若「時間就死去」意味著「時間流逝」這件事，那麼「喝一杯咖啡」的動作，時間已經過去了；當一片葉子靜置之時，時間依然在過去。葉子的靜態無法阻止時間的動態，更甚者，這片葉子曾是一片完整無暇的葉片，在被蟲蛀蝕的過程中，已經又往死亡靠攏一點。於是截句與照片各自用一件事，共同闡釋了「時間死去」的主題，就連拍攝這張照片的時候，當下的時間也正在死去。

羅蘭·巴特（Roland Barthes）談攝影時，曾就觀看者觀看照片的角度，提出「知面」（Studium）[30]與「刺點」（punctum）[31]兩

---

28 蕓朵：《蕓朵截句》（臺北：秀威，2017.11），頁102。
29 蕓朵：《蕓朵截句》（臺北：秀威，2017.11），頁214。
30 何謂知面（Studium），羅蘭·巴特說：「我想拉丁文中有這樣一個字詞存在，即Studium知面；此字並不意指『學習』，至少不直接謂此，而指對一項事物用心，對某人有好感，是種一般的投注，無疑具有熱誠，但並不特別深刻劇烈。正是由於知面，使我對許多相片產生興趣……。」請見Roland Barthes著，許綺玲譯：《明室》（臺北：臺灣攝影工作室出版，1997年），頁36。
31 何謂刺點（punctum），羅蘭·巴特說：「第二項元素則用來打破知面（或為之標出抑揚頓挫）。這回，並非我去尋找他它，而是它從景象中，彷彿像箭一般飛出來，射向了我。拉丁文有個字詞可以表現這道傷口，這個針孔，這個利器造成的標記。我覺得這個字尤其適宜的是它還具有標點的意思，而事實上，我所提到的那些相片猶如加上了標點，有時甚且滿佈斑點，充滿了敏感點。巧的是，這些標記與傷口都

種元素，並且為之做出定義。觀看照片的過程，若無法引發觀者對於照片的特殊感受，那麼只是停留在相片的「知面」，這些相片對於觀者而言只是單一攝影而已，沒有「刺點」穿越其中，充滿吸引力。詩人雲朵作為創作者，既然為自己的截句挑選適宜的照片，在挑選的過程中，某個句子或照片的某處細節，對於詩人產生了「刺點」（punctum），是以這張照片該搭配這首截句，甚至是一張照片搭配兩首截句，又或者是一系列的相同景物不同構圖的照片，會搭配主題不同的截句。但詩人挑選相片的「刺點」卻未必被讀者所知曉，在觀賞詩人拍攝的相片的時候，讀者通常只是單純欣賞，一旦知道截句才是相片的主人，讀者觀看相片的眼神便有了差異，除了相片之外，更應留意截句的意思。羅蘭・巴特說：「在這個單一的空間裡，有時（然可惜太少了）一個『細節』吸引住我，讓我感覺它的存在便足以改變我的閱讀，一新耳目，在我眼中像是見到一張新的照片，具有更優越的價值。這個『細節』即是刺點。」[32]欣賞照片，我們感覺到「知面」，但在截句與相片的組合下，欲察覺到刺點，必須與文字對應，重新去審視相片，刺點更有可能在對應聯想的過程中產生，文字的一個細節，反而讓讀者對照片有了新的想法，改變了眼光。

　　雲朵的這種截句與照片搭配的組合，文字、影像交織的敘事，筆者先用約翰・伯格對於照片見解來說明：「面對這張照片，我們要不是不予理會，就是得靠我們自己去把它的意義填滿。這張影像就和所有無法用言語表達的影像一樣，召喚觀者做出決定。」[33]約

是點。這個騷擾知面的第二元素，我稱之為punctum刺點，因為此字又有：針刺、小洞、小斑點、小裂痕，還有擲骰子，碰運氣的意思。相片的刺點，便是其中刺痛我（同時謀殺我，刺殺我）的這一危險機遇。」請見Roland Barthes著，許綺玲譯：《明室》（臺北：臺灣攝影工作室出版，1997年），頁36－37。

[32] 羅蘭・巴特（Roland Barthes）著，許綺玲譯：《明室》（臺北：臺灣攝影工作室出版，1997年），頁52。
[33] 約翰・伯格（John Berger）著，吳莉君譯：〈帝國主義的影像〉，《攝影的異義》（臺北：麥田，2016），頁27。

翰‧伯格指出的相片蘊藏的「含混曖昧」，其實也就是羅蘭巴特所說的「沉思冥想」：「事實上，攝影確是具有破壞性的，但不應會嚇駭人，惹人嫌或是傷人，而是因它沉思冥想。」[34]以上在在說明照片的意義是開放的，有待語言文字詮釋，但在面對截句之時，在詩人的用心之下，照片更處於附屬地位，所有意義的召喚必先考慮截句，再來才是影像。筆者在這運用羅蘭‧巴特的「知面」（Studium）「刺點」（punctum），更進一步行反轉其說法，詩人挑選相片時遭遇到的「刺點」，並不一定要與讀者詮釋截句與照片時所察覺到的「刺點」相符。與羅蘭巴特相同的是，雲朵賦予讀者（觀者）極大的自由，在閱讀的過程中，去找到自己的「刺點」，私人性的情緒因素，會使得個人對於一首詩的解讀面向大不相同。

羅蘭巴特認為相片與日本俳句類似，他說：「攝影（某些相片）很近似日本俳句，因俳句的寫錄也是不可能發展的：該寫的都寫了，沒有任何想望或可能，再作修辭上的發揮。這兩者好像是，也該說是活躍的靜止狀態：涉及一項細節（一引爆器），在文章、相片中爆裂，有如玻璃窗上的小小星狀裂痕。」[35]日本俳句是5／7／5音節的三行詩，也屬於短詩、小詩的一種，在內容技巧上與「斷、捨、離」的截句（小詩）美學有一定的相通性，[36]巧合的是，當雲朵以「鑽石」來形容截句之美，她說：「所以截句也許只有四行以內，也許表面上看起來僅僅是一個意象，但或許從意象上能看出不同內涵，不同指向，不同暗示，或是不同意味。像是一顆鑽石，旋轉一下，從不同角度就能綻放七巧光芒。」[37]羅蘭‧巴特對於俳句也有相同的形容：「根據華嚴宗所提出的意象，我們可以

---

[34] 羅蘭‧巴特（Roland Barthes）著，許綺玲譯：《明室》（臺北：臺灣攝影工作室出版，1997年），頁48。

[35] 羅蘭‧巴特（Roland Barthes）著，許綺玲譯：《明室》（臺北：臺灣攝影工作室出版，1997年），頁59。

[36] 羅蘭‧巴特對於俳句的見解，請見〈打破意義〉、〈擺脫意義〉、〈偶發事件〉、〈這樣〉這四篇文章，收於《符號帝國》（臺北：麥田，2015年初版三刷）。

[37] 請見雲朵：《雲朵截句》〈今年最長的一首詩〉（臺北：秀威，2017.11），頁12。

說，俳句集結起來的整體是一張鑲滿珠寶的網，在這張網上面，每一顆珠寶都反射出其他珠寶的光芒，珠珠相映無窮盡，永遠沒有一個中心可以抓得住。」[38]簡短精練的詩句重在暗示，將更豐富的空間留予讀者去想像，不同的折射角度，會散發不同的光芒。或許薈朵摸索到截句與相片性質的相通之處，各有一個開放多元的空間，邀請讀者參與其中，在兩者（截句、相片）參照之下，當讀者感受到「刺點」之時，也正是解讀被引爆之時。

三、創造角色與截句對話

　　波特萊爾（Charles Baudelaire）說：「詩人享受著這無與倫比的優惠，他可以隨心所欲地使自己成為他本身或其他人。猶如那些尋找軀殼的遊魂，當它願意的時候，它可以附在任何人的軀體上。對他自己來說，一切都是敞開的。」[39]讀葉莎的就有這種感覺，詩人在截句之外開展了一個對話框，任意扮演各種角色，對話的目的有時是附和有時是質疑，或者是補充也可以是揶揄，不管與截句產生何種作用，卻意外的發生化學效應，為詩增添出戲劇性色彩。在《葉莎截句》裡有兩篇推薦序，並且在輯三附上多篇〈卡夫評論〉，這些文章針對葉莎截句內容，歸納出她小詩的特色，甚至論及詩人的某些思想體驗及美學表現，呈現精闢的論述與介紹。但卻鮮有人關注在詩人在截句之後，設計出來的對話框與截句之間的作用，這成為筆者本篇論文關注的焦點，詩人形式上的巧思集中在「輯一　致讀者」的多首截句裡。在輯一中，可見詩人的詩論，在四行之內精練的談論自己詩觀，或者藉由他者之口，或與他者對話表達，在此也一併論述。

---

[38] 羅蘭・巴特（Roland Barthes）著，江灝譯：《符號帝國》（臺北：麥田，2015年），頁167。

[39] 沙爾・波特萊爾（Charles Baudelaire）著，亞丁譯：《巴黎的憂鬱》（臺北：大牌出版，2012年），頁51。

董小英在《再登巴比倫塔——巴赫金與對話理論》的引言中，曾引用巴赫金（Bakhtin）的話，對「對話」做出定義：「用巴赫金的話說，對話『是同意或反對關係，肯定和補充關係，問與答的關係』。應該補充說，對話還有雙向敘事或多方敘事關係。」[40]雙向或多方敘事展現在葉莎截句之內與之外的對照裡面，筆者擬從巴赫金（Bakhtin）的「對話理論」著手，去分析葉莎截句內外形成的對話空間，探討匠心獨具的形式如何成就了截句內容的多樣性。作者與主角的關係，是巴赫金對話理論的核心所在，巴赫金（Bakhtin）說：「為了生活與行動，我必須是未完成的，我必須敞開自己，起碼在構成我的生命的關鍵時刻，我必須將自己開放。為了我自身的生命存在，我必須是一個價值論上的未知數，一個與我現有面目不相同的人。」[41]主體分裂成自我與他者，在兩者的相互對話，建立起主體的價值觀，在葉莎的截句中，常可見作者以「詩人」或「我」的身分出現，與其他角色進行對話，在兩者的互動中，詩人對詩的看法於焉被建構完成。

〈致讀者〉
昨夜月光成串
我將一座海的滋味
仔細藏好
生為蚵，我只讓你讀殼

　　任性的蚵說：要長出蚵肉之前，經歷海水的日夜拍擊，鹹味的浸泡，最多情的只有月光，夜夜來探望，既然你不曾來探望，看看殼就好，反正我也習慣了孤單。[42]

---

[40] 董小英：《再登巴比倫塔——巴赫金與對話理論》（北京：生活·讀書·新知三聯書店，1994年），頁18。

[41] 劉康：《對話的喧聲——巴赫汀文化理論述評》（臺北：麥田出版，2005年），頁94。

[42] 葉莎：《葉莎截句》（臺北：秀威，2017.09），頁29。

題目〈致讀者〉便已表明了該截句的主題所在，將裡頭的人物對號入座，比方說「蚵」可以視為詩人的化身，而「你」便是讀者，實際上是詩人借蚵之口訴說己見，曲折的表達自己。發自蚵之口對「你」傾訴，但在截句內外卻始終等不到「你」的回答，正因為「你」不曾來探望，所以蚵的表述看似獨白，實際上卻有一批隱藏的觀眾存在其中，蚵的所思所想的，有月光或正在閱讀這首詩的我們知道。創作是寂寞的，作者的內心深處總希望得到知音的青睞，截句中的「一座海的滋味」意味著創作者經歷過人生百態，將滋味寄託於作品中，創作本都是從創作者自身的體驗出發，所以對於那些無心的讀者來說，讀讀殼就好，反正他們是不會也不企圖瞭解裡頭蘊含的大海的滋味。但從另一個角度來看，說這些話的背後，其實詩人正在對閱讀這首截句的讀者發出邀請，邀請有心的讀者破殼，將詩人藏好的那一座海的滋味品嚐出來。

無獨有偶，〈登高〉裡傳達給讀者的也是與〈致讀者〉相似的對詩的看法：

〈登高〉
一登高
天下就小了
我藏在詩裡的江山
應沒有人知道

天說：感覺詩人有點以管窺天，詩裡的江山雖然可以無限大，但是小看我，我也會不開心的。[43]

---

[43] 葉莎：《葉莎截句》（臺北：秀威，2017.09），頁38。

葉莎在〈登高〉裡先化用了「登泰山而小天下」的典故，原是出自
《孟子·盡心上》，意思為：登上泰山之後視野變得廣闊，故天地
一覽無遺，便覺得天下小了。截句中的「我」應是詩人的化身，詩
人說：「我藏在詩裡的江山／應沒人知道」，表面上指無人登高，
所以江山無人得見，就詩人角度而言，缺少知音欣賞，也無人能夠
得見詩人筆下的江山。截句底下「天」的對話框裡，進一步補充了
詩人的看法。「天」說詩人「以管窺天」，並不是指詩人目光短
淺，這裡也是反轉了成語，意思更替為詩人以「筆管」窺天，描繪
出他筆下的世界。詩人的筆下世界未必登高（閱讀）後，便能一覽
無遺，事實上詩無法小看。「天」跳出來提醒讀者，詩裡江山無限
大，必須一再品嚐，才能體會到其中遼闊深意。

　　〈登高〉與〈致讀者〉這兩首截句呈現出來的主題一致，皆用
「江山」及「一座海」來形容詩的世界，詩的世界總是藏的，比方
〈登高〉：「我藏在詩裡的江山」以及〈致讀者〉：「我將一座海
的滋味／仔細藏好」，由此可知詩是需要讀者去主動接近挖掘，閱
讀表面，讀不出滋味，詩裡的世界便與隱藏無異。同時也指出了創
作這條路的孤單寂寞，任性的蚵說：「既然你不曾來探望，看看殼
就好」，對「你」（讀者）彷彿有所埋怨；而詩人說：「我藏在詩
裡的江山／應沒人知道」，也表露出渴望被讀者欣賞的心情。

　　另外，詩人也在截句中，與他創造出來的角色對話，藉此傳達
關於創作的某種主張或見解。比如「詩人」與「野花」相遇之時：

　　〈野花〉
　　我已經抹了胭脂
　　但沒有人，叫喚我的名字
　　關愛是一種奢侈
　　野，是一種主義

詩人有話要說：抱歉，生活真的好忙，對於名字時常記不住，就算抹了胭脂通常效果有限，我比較注重內在。下次我走過，記得和風一起朗誦我的詩，我就會停下來簽名。[44]

抹了胭脂指的是一種外在的裝飾，詩人卻常視而不見，因為詩人自言內在比外表重要。筆者以為該截句裡的主要重點落在最後一句——「野，是一種主義」，野生往往比馴化來得力量更大，從「野」中提煉出來的創作能量也更充分，就像是「野花和風一起朗誦我的詩」，這裡有三股「野性」之物——野花、風、詩，所提煉出來的能量，叫人無法忽視，詩人走過停下腳步。除了〈野花〉，〈小草〉這首截句也傳達出「野」的主義：

〈小草〉
左顧，彩霞往西飛
右盼，蝙蝠飛往東邊的洞穴

我雙眼追逐
卻安穩立足

　　我說：不懼大風不畏大雨能屈能伸的小草，值得大家學習。所以我家花園的小草我從來不拔的，我留來景仰。[45]

截句中展現出小草的視野，總是在不停觀察，並且用左右看到的彩霞與蝙蝠的飛行，意指小草雖小但是眼界遼闊。小草及詩人都善於觀察，雙眼在日常生活中追逐事物，但同時又知道能安穩自己的心靈，不隨之遠颺，將感受到的那些，安穩的立足於自己的筆下，化

---

[44] 葉莎：《葉莎截句》（臺北：秀威，2017.09），頁60。
[45] 葉莎：《葉莎截句》（臺北：秀威，2017.09），頁44。

為文字表達。所以截句底下「我」（詩人的化身）出來補充，詩人讚揚小草精神，不但崇尚野的主義的野花，也景仰不畏風雨的小草，這兩者（小草與野花）皆具備某種不屈、原始的能量，才會成為詩人學習的對象。而這種不屈、原始的精神，落在詩人身上，便稱之為「叛逆」，唯有叛逆才會不屈，叛逆具備某種野性：

〈叛逆〉
那些年
最愛叛逆夕陽
不愛山谷愛山坡
拉著黃昏一路向上

　　　繩子說：拉著黃昏還要一路向上，真的有點吃力，這個詩人不僅叛逆還很不自量力。[46]

繩子一路旁觀，經由他的說明品評，補充了截句主角的身分是詩人，而繩子是詩人手上的「拉著黃昏一路向上」的重要道具。明明往下走的山谷順遂，但也正因為太順利，可能會讓創作陷入低谷，毫無進展。有時該給予自己挑戰，一路往上的山坡路雖不好走，但是卻有攻頂的可能性，創作也是一樣，有挫折磨難會得來進步，將感受與經驗轉換為力量，才有躍上創作顛峰的可能性。而繩子的質疑與批判──「這個詩人不僅叛逆還很不自量力」，恰恰說明瞭詩人的戰鬥力高昂，熱於迎接新的體驗及書寫上的挑戰。

　　那為什麼詩人必須叛逆，必須一路向上，因為他總是走在世界前面，詩人經過哪些就書寫那些，表達出對於「新」的追尋。比方說〈門〉這一首：

---

[46] 葉莎：《葉莎截句》（臺北：秀威，2017.09），頁45。

〈門〉

幾片新葉

從門縫裡鑽出來

發現身旁有誰寫下墨跡

世界早已舊了

　　脆弱的門說：雖然表面是說世界舊了，其實就是暗示我也舊了！詩人的善良在某個層面看來，其實是一種隱形傷害，請詩人們不要狡辯。[47]

以門的角度，做出對周遭環境的觀察，發現自己的身邊不知何時已被詩人寫下——「世界早已舊了」。於是脆弱的門獨白著，其實寫下這些的詩人，也在宛轉的暗示門也舊了。我覺得這段門的獨白的潛對話[48]在於表現詩人的特質，詩人忠實記錄一切，他永遠走在新事物前面，因為一經詩人寫下，事物就變舊了。甚至我們還可以換個角度思考，詩人記錄這個世界，而當下一次再遇到同樣的事物，若還想作為題材，就必須換個方式書寫，才能稱之為寫作，而非陳腔濫調。寫作方向大致上可分兩種：挖掘新題材，尋覓新的領域書寫；另外一種就是換個新技法，一再被重複書寫的主題，通常也是一般人的共通困境或永恆命題，比方愛情、時間或是成長，既然

---

[47] 葉莎：《葉莎截句》（臺北：秀威，2017.09），頁62。

[48] 即使是獨白，也未必沒有「對話性」的存在，董小英以海明威的冰山理論為例，說明：「作者保留的越多，給讀者留下的空白也越多，這就是我們所說的對話性形式之一——作者與讀者的對話性形成的一個最表面化的現象。」董小英又以納塔麗‧薩洛特這個小說家的作品為例，說明何謂「潛對話」：「她把那些隱藏在字裡行間的語句最終文旨稱作『潛對話』——潛藏在對話之中的深意與真意，是人們在交往中與表面態度對立的真實態度和心理，對話是表面的大活動，潛對話是被那些大活動掩蓋住的更飄忽、更細微的活動。」以上關於「潛對話」的部分，請見董小英：《再登巴比倫塔——巴赫金與對話理論》（北京：生活‧讀書‧新知三聯書店，1994年），頁9。

在寫作上無法避免這些題材，就必須換個技巧重新書寫，才不會被認為是一成不變。因此，追求題材上的新或是技巧上的新，是詩人在寫作這條路上的目標。詩人勇於破舊立新，在書寫上並不善良。

　　巴赫金（Bakhtin）提出的「視域剩餘」的觀念，意思是這樣的：「我看我自己總是不完整、片面的。但是，自我這種個別、特殊的視角卻是一種最基本的、不可替代的視角。我總是看不到我的身體的某些部分，如我的臉孔和我的背脊；但我卻可以看到你所看不到的身體的部分，看見你的臉孔和你的背面。反之亦然，你可以看得見我的臉孔和背面。我的獨特視角不能被你的視角替代，但我和你的視角可以互相補總。我們都可以看得到對方看不到的地方，這便是我們每個人所擁有的視域剩餘。」[49]從葉莎的截句中，筆者選擇與詩人詩論相關的作品探討，發現截句底下的對話形式與截句本身對照，詩人創造了作者之外的主角，所以有些截句是從主角本身出發，看似獨白但細細推敲，其中蘊含了作者與主角間的潛對話，比方說〈致讀者〉和〈門〉，說明瞭詩人具備的特質，及渴求知音的心情；有些截句是作者（通常化身為「我」或者「詩人」的身分）與主角的對話，比方說〈登高〉、〈野花〉、〈小草〉和〈叛逆〉，傳達出詩人對詩的某種看法和主張。就如同巴赫金的「視域剩餘」理論，詩人的這種作法，不以片面性去表達自己，而企圖以對話的方式，在不同的層次和側面藉由主角之口，讓讀者較能全面性的去理解詩人對於詩的看法，筆者認為這是一種新穎且具企圖心的作法。

---

[49] 劉康：《對話的喧聲——巴赫汀文化理論述評》（臺北：麥田出版，2005年），頁95-96。

四、結語

　　不管是雲朵或者是葉莎，在各自的截句詩集中，都展現了一個複數的文本，雲朵的截句與照片的搭配組合，葉莎的截句與角色的對話，皆開啟了另外一個與截句相互補充、相反質疑的對照空間，讓原來只有四行的截句，解讀上可以更豐富多元，正如同巴赫金所說的「眾聲喧嘩」的場面，多種文本交會和鳴於這兩位詩人的截句中。

　　對於雲朵的截句，筆者先以羅蘭・巴特（Roland Barthes）及約翰・伯格（John Berger）對於攝影的見解，去分析照片所具有的「沉思冥想」和「含混曖昧」的特性，相片的意義是開放的，就像一個開放的問句，一旦遇到詩語言，本來有待於文字補足的空間，不但沒有完成，兩者相加後，反而將想像空間拓寬得更大。筆者從雲朵的截句中，分類出好幾組相片與截句搭配的組合，並且一一分析，以截句為主相片為輔，詩人開啟了一個開放多元的世界，正如詩人強調的「隨意性」，邀請讀者進入，隨意翻閱隨意閱讀，隨順自己的想像，完全賦予讀者解讀詮釋上的自由，四行截句就像鑽石一樣，讀者從不同的角度觀賞，可以看出不同折射下所產生的意象光芒。

　　至於葉莎的截句，詩人在截句之下開啟對話框，增添角色與截句本文對話，整體來看多了幾分戲劇性，也是在這種相互對話的空間裡，截句有了雙向或多方敘事的展現，即使是截句本文或是底下對話框看似是同一人的獨白，獨白中也蘊含著潛對話的深意。筆者從巴赫金（Bakhtin）的對話理論出發，分析葉莎截句，挑選出詩人對於詩看法的截句作品，從不同的對話，不同的層面，去揭露詩人的詩觀，詩人開創對話的寫法不流於片面，反而能藉由各種角色的口吻，更完整全面的表達詩人對於詩的看法。

引用書目

白靈：〈從斷捨離看小詩與截句──由東南亞到兩岸詩的跨域與互動〉，
　　《臺灣詩學學刊》，第30期（2017.11.01），頁83－103。

翁文嫻：《創作的契機》，臺北：唐山出版社，1998。

奚密：《現代漢詩》，上海：上海三聯書店，2008。

陳幸蕙編：《小詩星河》，臺北：幼獅文化事業公司，2007。

董小英：《再登巴比倫塔──巴赫金與對話理論》，北京：生活‧讀書‧
　　新知三聯書店，1994。

葉莎：《葉莎截句》，臺北：秀威出版社，2017。

廖炳惠：《關鍵詞200》，臺北：麥田出版社，2003。

蕭蕭：《蕭蕭截句》，臺北：秀威出版社，2017。

劉康：《對話的喧聲──巴赫汀文化理論述評》，臺北：麥田出版社，
　　2005。

雲朵：《雲朵截句》，臺北：秀威出版社，2017。

沙爾‧波特萊爾（Charles Baudelaire）著，亞丁譯：《巴黎的憂鬱》，臺
　　北：大牌出版社，2012。

約翰‧伯格（John Berger）、尚‧摩爾（Jean Mohr）著，張世倫譯：《另
　　一種影像敘事》，臺北：三言社，2007。

約翰‧伯格（John Berger）著，傑夫‧代爾（Geoff Dyer）主編及導言，吳
　　莉君、張世倫、劉惠媛譯：《攝影的異義》，臺北：麥田出版社，
　　2016。

羅蘭‧巴特（Roland Barthes）著，許綺玲譯：《明室》，臺北：臺灣攝影
　　工作室出版，1997。

羅蘭‧巴特（Roland Barthes）著，江灝譯：《符號帝國》，臺北：麥田出
　　版社，2015。

附錄

現代截句詩學研討會議程

會議時間：2018年12月8日9：00～17：30
主辦單位：東吳大學中文系　合辦：臺灣詩學季刊社・聯合報副刊
承辦單位：吹鼓吹詩論壇・facebook詩論壇
協辦單位：吹鼓吹詩論壇・文訊雜誌社・秀威資訊／指導單位：國
　　　　　立臺灣文學館・臺北市文化局
活動地點：東吳大學國際會議廳（臺北市士林區臺北市士林區臨溪
　　　　　路70號／綜合大樓B1）
活動緣起：新詩發展迄今已滿百年，今日正是我們從社會、文化、
　　　　　美學等不同角度，以嚴謹的學術分析回應其「百年之
　　　　　變」的重要契機。小詩一詞二0年代即已提出，本次研
　　　　　討會針對現當代小詩形式中更短的「截句」（南北朝即
　　　　　有此詞，相當於絕句，現代則指四行以下的小詩），這
　　　　　兩年大陸及臺灣均出版數十本截句詩集，正可提出學術
　　　　　性的探討分析，比較兩岸對同一詞的不同創作和解釋。

場次：A　　　2018年12月8日（星期六）　　　地點：國際會議廳

09：00-09：20	開幕式： 東吳大學潘維大校長、人文社會學院黃秀端院長、中文系鍾正道主任、臺灣詩學季刊李瑞騰社長、廈門大學徐學教授致詞 （主持人：大會召集人東吳大學中文系沈惠如副教授）

09：20-9：50第一場主題演講： 李瑞騰（中央大學中文系教授兼文學院院長） 題目：「截句作為一種詩之類型」 　　　　（主持人：東吳大學中文系鍾正道主任）

9：50-10：20第二場主題演講： 陳仲義（廈門城市學院中文系教授） 題目：「短小詩的機理探析」 （主持人：明道大學中文系蕭水順講座教授）

10：20-10：30	中場休息、開放B會場

時間	主持人	發表人	論文題目	討論人
10：30 | 12：10	林于弘 （臺北教育大學語創系教授）	蕭蕭（明道大學中文系特聘講座教授）	七首截句所浮現的新詩伏流	徐學（廈門大學臺灣研究所教授）
		蔣一談（截句文體首倡者、大陸《截句詩叢》主編）	關於大陸截句的若干重要問題	楊宗翰（淡江大學中文系助理教授）
		沈惠如（東吳大學中文系副教授）	論詩歌傳統中的微型與微情——截句詩學的初步建構	李翠瑛（元智大學中文系副教授）
		楊敏夷（東吳大學中文系博士生）	截句的語言藝術——以《方群截句》為例。	陳鴻逸（經國管理暨健康學院通識中心助理教授）

12：10-13：30	午餐時間

時間	主持人	發表人	論文題目	特約討論人
13：30 | 15：10	蕭蕭 （明道大學中文系特聘講座教授）	徐學（廈門大學臺灣研究所教授）	白靈論詩截句管窺	蕭蕭（明道大學中文系特聘講座教授）
		黎活仁（香港大學饒宗頤學術館名譽研究員）	從四元素詩學研究《臺灣詩學截句300首》	林于弘（臺北教育大學語創系教授）
		陳政彥（嘉義大學中文系副教授）	詩的濃淡——從靈歌截句談起	黎活仁（香港大學饒宗頤學術館名譽研究員）
		王勇（菲華作家協會秘書長）	會心一笑的截句與閃小詩	楊瀅靜（東吳大學中文系助理教授）
15：10-15：30			中場休息、茶敘	
15：30 | 17：20	何金蘭（淡江大學中文系教授）	王珂（東南大學現代漢詩研究所教授兼所長）	截句的詩體學意義	陳仲義（廈門城市學院中文系教授）
		葉衽榤（國立臺灣師範大學臺灣文化及語言文學研究所博士）	《尹玲截句》的時間結構敘事	夏婉雲（輔仁大學中文系助理教授）
		陳鴻逸（經國管理暨健康學院通識中心助理教授）	試論截句詩的意象構成	余境熹（美國夏威夷華文作家協會香港代表）
		陳徵蔚（健行科技大學應用外語學系副教授）	截句的英文翻譯初探	何金蘭（淡江大學中文系教授）
17：20－17：30　　　　閉幕式 （主持人：大會召集人東吳大學中文系沈惠如副教授）				

場次：B　　　2018年12月8日（星期六）　　地點：國際會議廳B013

時間	主持人	發表人	論文題目	特約討論人
10：30 ｜ 12：10	陳政彥 （嘉義大學中文系副教授）	李翠瑛（元智大學中文系副教授）	白靈短詩與截句中的審美意識	解昆樺（中興大學中文系副教授）
		楊瀅靜（東吳大學中文系助理教授）	女性詩人的截句研究	陳徵蔚（健行科技大學應用外語學系副教授）
		余境熹（美國夏威夷華文作家協會香港代表）	如何要「截」然不同：論截句詩與小詩的分進合擊	王珂（東南大學現代漢詩研究所教授兼所長）
		莊祖煌（東吳大學中文系副教授）	斷捨離在截句上的應用	陳政彥（嘉義大學中文系副教授）
12：10-13：30	午餐時間			

研討會與會學者及作家
（按議程順序）

鍾正道

東吳大學中國文學博士，現任東吳大學中國文學系主任、林語堂故居執行長，研究領域為「現代文學」、「文學與電影」，著有《文學與電影讀本》、《佛洛伊德讀張愛玲》、《張愛玲小說的電影閱讀》、《張愛玲散文研究》及相關單篇論文。曾獲東吳大學教學傑出教師、中央日報文學獎、全國學生文學獎、國軍文藝金像獎等。

李瑞騰

中國文化大學中文研究所博士，曾任國立臺灣文學館館長，現為國立中央大學中文系教授兼文學院院長、臺灣詩學季刊社社長、九歌文教基金會董事長等。著有《臺灣文學風貌》、《文學關懷》、《文學尖端對話》、《文學的出路》、《新詩學》、《詩心與詩史》等多種，及散文集《有風就要停》、詩集《在中央》等。

陳仲義

廈門城市學院教授，先後出版了現代詩學專著九部，包括《從投射到拼貼──臺灣詩歌藝術六十種》、《百年新詩百種解讀》、《中國前沿詩歌聚焦》、《現代詩：語言張力論》等，發表現代詩學論文與批評文章二百多篇。

蕭蕭

本名蕭水順，臺灣彰化人，臺灣師範大學國文研究所碩士，現為明
道大學特聘講座教授。1979年與臺大教授張漢良編著臺灣第一套現
代詩賞析書《現代詩導讀》（五冊）；1989年出版臺灣第一本新詩
詩話《青少年詩話》；2004年出版臺灣第一部新詩美學論述《臺灣
新詩美學》；創作、評論、編選書籍超過百餘冊。

林于弘

筆名方群，臺北市人，國立臺灣師範大學國文研究所博士，現為國
立臺北教育大學語文與創作學系教授，曾任臺灣詩學學刊主編。創
作曾獲：中華文學獎、藍星詩社屈原詩獎、創世紀四十周年詩創作
獎、吳濁流文學獎、臺灣省文學獎、聯合報文學獎、中央日報文
學獎、時報文學獎等獎項。著有詩集《進化原理》、《文明併發
症》、《航行，在詩的海域》、《縱橫福爾摩沙》、《經與緯的
夢想》、《微言》、《邊境巡航——馬祖印象座標》及《方群截
句》；以及論著十餘種等。

楊澄靜

東華大學中文所博士，曾獲林榮三文學獎、聯合報文學獎、宗教文
學獎、林語堂文學獎、葉紅女性詩獎等，出版詩集《對號入座》
（麥田，2011）、《很愛但不能》（聯合文學，2017）。詩作入選
《臺灣1970世代詩人詩選集》（陳皓、楊宗翰主編，小雅文創，
2018）。

沈惠如

東吳大學中文所博士，現任東吳大學中文系副教授，中華戲劇學會
常務理事。曾獲第二屆中國王國維戲曲論文獎。著有《尤侗西堂樂
府研究》、《劇本研讀》、《袖珍曲選》、《從原創到改編——戲

曲編劇的多重對話》，以及京劇劇本《廖添丁》、《水滸英義》、《閻羅夢》（與陳亞先、王安祈合編）、《八百八年》，清唱劇《烏江恨》、實驗崑劇《小船幻想詩》、《戀戀南柯》（此二者入選第五屆「臺新藝術獎」年度十大表演藝術）、《半世英雄・李陵》、《亂紅》（獲第十一屆「臺新藝術獎」評審團特別獎）。

楊敏夷

臺灣臺南人。北教大語創所碩士畢業，目前就讀於東吳大學中文系博士班三年級。作品曾獲雙溪現代文學獎、北教大文學獎、謝東閔文學獎、中興湖文學獎、全國學生文學獎、耕莘文學獎、花蓮文學獎。出版個人創作詩集《迷藏詩》（遠景2018）。發表論文：〈論楊喚「童話詩人」形象的建構〉、〈許悔之新詩中的社會事件書寫〉、〈論張愛玲〈封鎖〉的電影感〉、〈張愛玲〈紅玫瑰與白玫瑰〉的電影感〉、〈《連城訣》小說場景的空間詩學〉等多篇。

夏婉雲

原籍湖北，成長於花蓮。淡江大學中文所博士。現任輔大、東吳兼任助理教授、兒童文學學會常務監事，曾任中小教師、主任30年。獲金鼎獎、臺北市文學獎（散文）、黃金組獲二屆（首獎、佳作獎）、鐘肇政文學獎（新詩）、洪建全詩獎、童話首獎等十餘種，作品入翰林版教科書。著有：《時間的擾動》、《童詩的時空設計》等四本，及《用想像力玩作文》、《坐在雲端的鵝》、《穿紅背心的野鴨》等童詩、童話、兒歌、散文十四本。

徐學

生於廣州，長在閩西南，問學受教廈門大學，獲文學碩士，廈大臺灣研究院教授。從事臺港文學及海外文化研究數十年，曾任廈門大學臺灣文學研究所所長，著有《地母與瘋婦：臺灣女性半世紀》等

學術專著、散文集、作家評傳、作品賞析二十餘種。

黎活仁

生於香港，廣東番禺人。京都大學修士，香港大學哲學博士。現為
香港大學饒宗頤學術館名譽研究員。著有《盧卡契對中國文學的
影響》（1996）、《林語堂瘂弦簡媜筆下的男性和女性》（1998）
等。國際金庸研究會會長、國際張愛玲研究會中方會長、國際錢鍾
書研究會會長。《閱讀楊逵》、《閱讀白靈》、《閱讀向陽》、
《國際魯迅研究》、《國際村上春樹研究》總主編。現為香港大
學饒宗頤學術館名譽研究員。編著有《盧卡契對中國文學的影
響》（1996）、《林語堂瘂弦簡媜筆下的男性和女性》（1998）等
數十種。

陳政彥

國立中央大學中國文學所碩士、博士。現任嘉義大學中文系副教
授，臺灣詩學《吹鼓吹詩論壇》主編。著有《現代詩的現象學批
評：理論與實踐》、《跨越時代的青春之歌：五、六〇年代臺灣現
代詩運動》、《南投縣文學發展史》上下兩冊（合著）。

蔣一談

祖籍浙江嘉興，現居北京。畢業於北京師範大學中文系。出版六
部短篇小說集，2015年11月在大陸首倡截句詩體，出版詩集《截
句》，主編《截句詩叢》。另有詩集《詩歌是一把椅子》、《給孩
子的截句》。《童謠》是其最新作品。曾獲得首屆林斤瀾優秀短篇
小說作家獎、蒲松齡短篇小說獎、百花文學獎短篇小說獎、首屆卡
丘・沃倫詩歌獎等多種獎項。

王珂

重慶人，文學博士，東南大學人文學院中文系教授及系主任、博士生導師，東南大學現代漢詩研究所研究中心主任。主要從事新詩研究和文藝理論研究。出版專著八部：《詩歌文體學導論——詩的原理和詩的創造》、《百年新詩詩體建設研究》、《新詩詩體生成史論》、《詩體學散論——中外詩體生成流變研究》、《新時期三十年新詩得失論》、《兩岸四地新詩文體比較研究》、《新詩現代性建設研究》、《王珂學術會議詩學論文集1994-2017》。發表論文四百多篇。

何金蘭

筆名尹玲，出生於越南美萩市（Mỹ Tho）。臺灣大學文學博士、法國巴黎第七大學文學博士。現為淡江大學中文系榮譽教授。著有詩集《當夜綻放如花》、《一隻白鴿飛過》、《尹玲截句》等多種，論著《文學社會學》、《法國文學理論與實踐》等。

葉衽榤

國立臺灣師範大學臺文所博士，研究曾獲李江卻臺語文教基金會阿卻賞、鄭南榕研究論文佳作；評論曾獲國家文化藝術基金會藝評臺文學類獎項；創作曾獲林榮三文學獎、全國學生文學獎、臺中文學獎、礦溪文學獎、桐花文學獎、基隆海洋文學獎、浯島文學獎、馬祖文學獎等獎項，詩作曾入選《火煉的水晶二二八臺語文學展》。

陳鴻逸

國立彰化師範大學國文博士，現為經國管理暨健康學院通識中心助理教授，曾發表學術論文〈從曾貴海《山風海情》談圖像／詩之間的閱讀取徑〉、〈煙聲語‧世間情——論康原的散文美學與實踐意向〉、〈論莫那能《一個臺灣原住民的經歷》的敘事意涵〉、〈區

域文學的建構與想像——以黃基博的兒童文學實踐為例〉、〈「對話」與「聯結」：論《綠島家書》到《壓不扁的玫瑰》的敘事語境〉等。

陳徵蔚

國立中山大學外文系學士，國立政治大學英文系碩士，國立政治大學英國語文學系文學組博士，現為健行科技大學應用外語學系副教授。是臺灣最早投入電腦文化、數位文學、網路文學與媒體研究的學者之一，2014、2015年擔任國立臺灣文學館「臺灣文學地景閱讀與創作App」計畫主持人，開發臺灣首創文學行動閱讀App。

李翠瑛

筆名雲朵，中文博士，元智大學中語系副教授，臺灣詩學編輯委員、乾坤詩刊社員。散文曾獲全國宗教文學獎，書法曾獲全國書法比賽獎項。出版詩集《玫瑰的國度》、《雲朵截句》，詩論《濛濛詩意——雲朵論新詩》、《細讀新詩的掌紋》等。

王勇

筆名蕉椰、望星海、一俠、永星等。生於江蘇，祖籍福建晉江安海，1978年末定居菲律賓首都馬尼拉。亦文亦商，已出版現代詩集、專欄隨筆集、評論集十三部。在東南亞積極推廣閃小說，首倡閃小詩。曾獲得菲律賓主流社會最高文學組織菲律賓作家聯盟詩聖獎等多項國內外文學殊榮，經常受邀擔任區域與國際文學賽事評審。現任世界華文微型小說研究會副會長、世界華文作家交流協會副祕書長、菲律賓華文作家協會副會長、菲律賓安海經貿文化促進會會長、馬尼拉人文講壇執行長、菲中一帶一路經貿文化促進會祕書長等眾多社會團體要職。

余境熹

美國夏威夷華文作家協會香港代表。著有《漢語新文學五論》，主編《島嶼因風而無邊界：黃河浪、蕭蕭研究專輯》、《追溯繆斯神祕星圖：楊寒研究專輯》、《詩學體系與文本分析》等。發表論文逾百篇，獲文史哲及宗教研究首獎三十餘項、全港青年學藝大賽、中文文學創作獎新詩獎等。

莊祖煌

筆名白靈，生於臺北萬華。現任臺北科技大學及東吳大學兼任副教授。作品曾獲2011新詩金典獎等十餘項。著有詩集《五行詩及其手稿》、《愛與死的間隙》、《女人與玻璃的幾種關係》等十二種，童詩集兩種，散文集三種，詩論集八種。

研討會海報

研討會照片集錦

研討會開幕，東吳大學中文系主任鍾正道（左二）致歡迎詞、沈惠如主持（右二）、大陸學者徐學（右一）、臺灣詩學季刊社長李瑞騰（左一）分別致詞。

研討會現場兩岸學者，由左至右：沈惠如、楊瀅靜、蕭蕭等發表論文、
李瑞騰（主持人）、徐學、夏婉雲、楊敏夷等個別評論。

研討會現場兩岸三地學者，由左至右：陳徵蔚、陳鴻逸、葉衽榤、王珂等發表論文，
蕭蕭主持（中）、陳仲義、陳政彥、余境熹、何金蘭（尹玲）等個別評論。

臺灣詩學季刊社長李瑞騰主題引言。

大陸學者陳仲義教授主題引言。

香港大學黎活仁教授發表論文

研討會現場一景

研討會中場休息時間相互交流。

大陸截句首倡者蔣一談發表論文

研討會分組討論現場，
何金蘭（尹玲）主持。

臺灣詩學2017~2020年度截句相關著作出版書目（秀威資訊出版／含電子書）

序號	書名	作者	備註
1	向明截句：四行倉庫	向明	2017
2	蕭蕭截句	蕭蕭	2017
3	白靈截句	白靈	2017
4	靈歌截句	靈歌	2017
5	葉莎截句	葉莎	2017
6	尹玲截句	尹玲	2017
7	黃裡截句	黃裡	2017
8	方群截句	方群	2017
9	王羅蜜多截句	王羅蜜多	2017
10	蕓朵截句	蕓朵	2017
11	阿海截句	寧靜海	2017
12	忍星截句	周忍星	2017
13	卡夫截句	卡夫	2017
14	截句選讀	卡夫編著	2017
15	臺灣詩學截句選300首	白靈編選	2017
16	許水富截句	許水富	2018
17	胡淑娟截句	胡淑娟	2018
18	王勇截句	王勇	2018
19	紫色習作：秀實截句	秀實	2018
20	詹澈截句	詹澈	2018
21	林煥彰截句─截句111，不純為截句	林煥彰	2018
22	孟樊截句	孟樊	2018
23	林廣截句	林廣	2018
24	劉梅玉截句─奔霧記	劉梅玉	2018

序號	書名	作者	備註
25	劉曉頤截句	劉曉頤	2018
26	緬華截句選	王崇喜主編	2018
27	新華截句選	卡夫主編	2018
28	馬華截句選	辛金順主編	2018
29	越華截句選	林小東主編	2018
30	菲華截句選	王勇主編	2018
31	截竹為筒作笛吹：截句詩「誤讀」	余境熹	2018
32	大自在截句	蕭蕭	2018
33	幻所幻截句	葉莎	2018
34	我夢見截句	卡夫	2018
35	截句選讀二	卡夫編著	2018
36	日頭雨截句	王羅蜜多	2018
37	野生截句	白靈	2018
38	魚跳：2018臉書截句選300首	白靈編選	2018
39	千島詩社截句選	王仲煌主編	2019
40	放肆詩社截句選	於淑雯主編	2019
41	淘氣書寫與帥氣閱讀：截句解讀一百篇	卡夫、寧靜海主編	2019
42	不枯萎的鐘聲：2019臉書截句選	白靈主編	2019
43	截句課	蕭蕭、曾秀鳳主編	2019
44	五月詩社截句選	郭永秀主編	2020
45	舞截句	蕓朵	2020
46	微的宇宙——現代華文截句詩學	李瑞騰主編	2020

臺灣詩學截句詩系網址及QR code：

https://store.showwe.tw/search.aspx?q=%E6%88%AA%E5%8F%A5

書籍封面

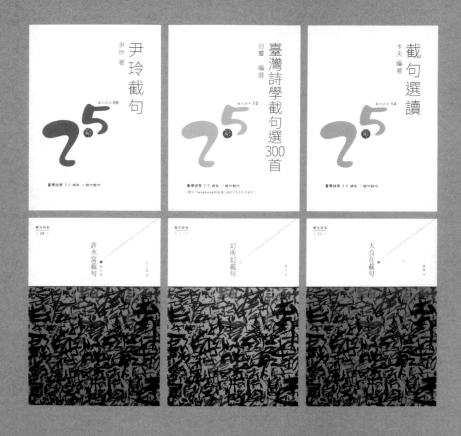

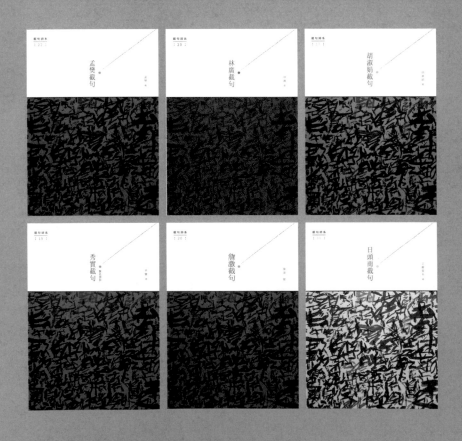

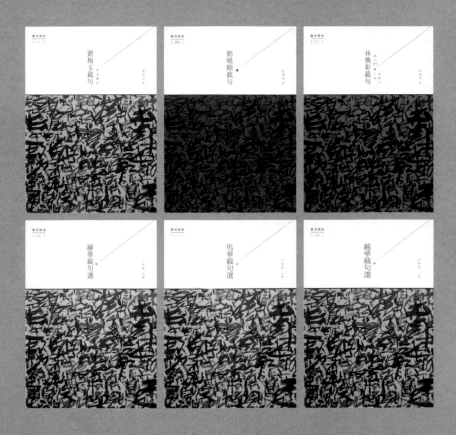

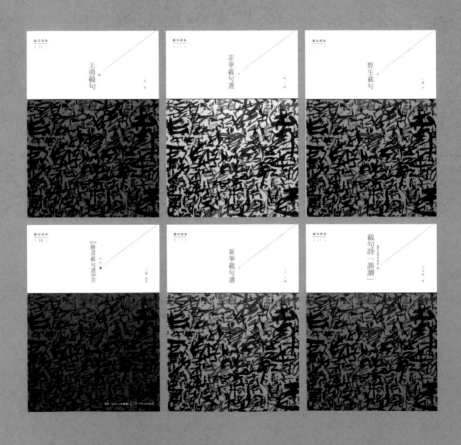

秀威經典　　　語言文學類　PG2514　臺灣詩學論叢20

微的宇宙
——現代華文截句詩學

主　　　編/李瑞騰
論叢主編/李瑞騰
責任編輯/陳彥儒
圖文排版/周妤靜
封面設計/蔡瑋筠

出版策劃/秀威經典
發 行 人/宋政坤
法律顧問/毛國樑　律師
印製發行/秀威資訊科技股份有限公司
　　　　　114台北市內湖區瑞光路76巷65號1樓
　　　　　電話：+886-2-2796-3638　傳真：+886-2-2796-1377
　　　　　http://www.showwe.com.tw
劃撥帳號/19563868　戶名：秀威資訊科技股份有限公司
　　　　　讀者服務信箱：service@showwe.com.tw
展售門市/國家書店（松江門市）
　　　　　104台北市中山區松江路209號1樓
　　　　　電話：+886-2-2518-0207　傳真：+886-2-2518-0778
網路訂購/秀威網路書店：https://store.showwe.tw
　　　　　國家網路書店：https://www.govbooks.com.tw

2020年12月　BOD一版
定價：530元
版權所有　翻印必究
本書如有缺頁、破損或裝訂錯誤，請寄回更換

國家圖書館出版品預行編目

微的宇宙：現代華文截句詩學/李瑞騰主編. --
一版. -- 臺北市：秀威經典, 2020.12
　面；　　公分. -- (語言文學類；PG2514)
(臺灣詩學論叢；20)
BOD版
ISBN 978-986-99386-1-7(平裝)

1.臺灣詩 2.新詩 3.詩評

863.21　　　　　　　　　　109019000

讀者回函卡

感謝您購買本書，為提升服務品質，請填妥以下資料，將讀者回函卡直接寄回或傳真本公司，收到您的寶貴意見後，我們會收藏記錄及檢討，謝謝！
如您需要了解本公司最新出版書目、購書優惠或企劃活動，歡迎您上網查詢或下載相關資料：http:// www.showwe.com.tw

您購買的書名：＿＿＿＿＿＿＿＿＿＿＿＿＿＿＿＿＿＿＿＿＿＿
出生日期：＿＿＿＿＿年＿＿＿＿＿月＿＿＿＿日
學歷：□高中 (含) 以下　　□大專　　□研究所 (含) 以上
職業：□製造業　□金融業　□資訊業　□軍警　□傳播業　□自由業
　　　□服務業　□公務員　□教職　　□學生　□家管　　□其它＿＿＿
購書地點：□網路書店　□實體書店　□書展　□郵購　□贈閱　□其他
您從何得知本書的消息？
　□網路書店　□實體書店　□網路搜尋　□電子報　□書訊　□雜誌
　□傳播媒體　□親友推薦　□網站推薦　□部落格　□其他＿＿＿＿＿
您對本書的評價：（請填代號　1.非常滿意　2.滿意　3.尚可　4.再改進）
　封面設計＿＿＿　版面編排＿＿＿　內容＿＿＿　文／譯筆＿＿＿　價格＿＿＿
讀完書後您覺得：
　□很有收穫　□有收穫　□收穫不多　□沒收穫

對我們的建議：＿＿＿＿＿＿＿＿＿＿＿＿＿＿＿＿＿＿＿＿＿＿

＿＿＿＿＿＿＿＿＿＿＿＿＿＿＿＿＿＿＿＿＿＿＿＿＿＿＿＿＿＿

＿＿＿＿＿＿＿＿＿＿＿＿＿＿＿＿＿＿＿＿＿＿＿＿＿＿＿＿＿＿

＿＿＿＿＿＿＿＿＿＿＿＿＿＿＿＿＿＿＿＿＿＿＿＿＿＿＿＿＿＿

11466
台北市內湖區瑞光路 76 巷 65 號 1 樓

秀威資訊科技股份有限公司 收

BOD 數位出版事業部

....

（請沿線對折寄回，謝謝！）

姓　　名：＿＿＿＿＿＿＿＿＿　年齡：＿＿＿＿＿　性別：□女　□男

郵遞區號：□□□□□

地　　址：＿＿＿＿＿＿＿＿＿＿＿＿＿＿＿＿＿＿＿＿＿＿＿

聯絡電話：(日) ＿＿＿＿＿＿＿＿＿＿＿　(夜) ＿＿＿＿＿＿＿＿＿＿＿

E-mail：＿＿＿＿＿＿＿＿＿＿＿＿＿＿＿＿＿＿＿＿＿＿＿